# El
# COLECCIONISTA
## de
# LÁGRIMAS

# AUGUSTO CURY

## *El*
## COLECCIONISTA
### *de*
## LÁGRIMAS

Planeta

Obra editada en colaboración con Editorial Planeta, S.A. – España

Título original: *O colecionador de lágrimas*
Imagen de portada: © Shutterstock

© 2012, Augusto Cury
© 2013, Traducciones Imposibles S.L. (Cristina Alonso), de la traducción
© 2013, Editorial Planeta, S.A. – Barcelona, España

Derechos reservados

© 2013, Editorial Planeta Mexicana, S.A. de C.V.
Bajo el sello editorial PLANETA M.R.
Avenida Presidente Masarik núm. 111, 2o. piso
Colonia Chapultepec Morales
C.P. 11570, México, D.F.
www.editorialplaneta.com.mx

Primera edición impresa en España: octubre de 2013
ISBN: 978-84-08-11844-2

Primera edición impresa en México: enero de 2014
ISBN: 978-607-07-1975-2

Impreso en los talleres de Litográfica Ingramex, S.A. de C.V.
Centeno núm. 162, colonia Granjas Esmeralda, México, D.F.
Impreso en México – *Printed in Mexico*

# ÍNDICE

*Dedico esta novela histórico-psiquiátrica a todas las víctimas del Holocausto, especialmente a los niños, que debían haber sido tan libres en el jardín de la existencia como las mariposas en los bosques floridos, pero cuyas vidas, desgraciadamente, les fueron cruel y despiadadamente arrebatadas... Este libro es un cirio más que busca mantener encendidas sus historias. Asimismo, se lo dedico a todos los niños de todas las generaciones, que, directa o indirectamente, han sido víctima de los más diversos tipos de «holocaustos». Una especie que no protege cariñosamente a sus hijos no es digna de ser viable.*

*También dedico esta obra a los profesionales más importantes y menos valorados de las sociedades modernas: los profesores. Éstos son tanto o más importantes que los psiquiatras o los jueces, pues labran los sueños de la psique de sus alumnos para que protejan su emoción, gestionen su estrés, desarrollen el altruismo y, por encima de todo, para que se conviertan en autores de su propia historia, para que no enfermen ni cometan crímenes. Los profesores son héroes anónimos; con una mano escriben en la pizarra y con la otra cambian la humanidad iluminando con su conocimiento la mente de un alumno... Yo no me inclinaría ante una celebridad o ante una autoridad política, pero me arrodillo ante los educadores, especialmente profesores de historia y sociología, que, como coleccionistas de lágrimas, al igual que el protagonista de esta novela, saben que una sociedad que no conoce su historia está condenada a repetir sus errores en el presente y a expandirlos en el futuro. Enhorabuena por creer en la educación e invertir en esta especie tan hermosa, compleja y paradójica, que se atreve a conocer el mundo exterior, pero que es tímida a la hora de conocer su esencia.*

## PREFACIO

No deberíamos huir del Holocausto perpetrado por el nazismo durante la segunda guerra mundial. En primer lugar, porque forma parte fundamental de nuestra historia, la historia de la humanidad. En segundo lugar, porque es probable que la mayoría de las personas de los más diversos continentes, incluso del europeo, desconozca sus hechos primordiales. En tercer lugar, porque la historia se puede repetir bajo múltiples formas y con múltiples ropajes. En cuarto lugar, porque no existen garantías de que la educación clásica, que nos presiona para que conozcamos desde los secretos de los átomos hasta la intimidad de las células, que nos seduce con millones de datos que pasan por la matemática y la física, pueda producir una masa crítica capaz de prevenir en tiempos de crisis económicas y sociopolíticas el ascenso al poder de nuevos «Hitlers» que aporten soluciones mágicas radicales e inhumanas. En quinto lugar, porque quien tiene contacto con el dolor humano y lo trabaja con madurez tiene más posibilidades de ser emocionalmente saludable. Huir del contacto con el «dolor» puede bloquear el desarrollo de la capacidad de superarlo.

Éstos fueron algunos de los temas abordados en mis conferencias sobre la educación del siglo XXI y el proceso de formación de pensadores en algunos países del este de Europa, como Serbia o Rumanía, con motivo del lanzamiento de mis libros.

Hermosos países, geográfica y afectivamente, que yo desconocía y que también fueron sorprendidos por las garras de Adolf Hitler. Serbia, Croacia y los demás países de origen eslavo, incluso Rusia, fueron consideradas como pertenecientes a una raza inferior por la pseudociencia del nazismo. Después de mis conferencias, aproveché para conocer el Museo del Holocausto en Polonia, situado en la región de Cracovia, donde se construyeron los tres campos de concentración de Auschwitz.

Con mi guía, experto en historia, discutí muchos detalles de aquellos dramáticos años. Primero pasé por el Campo I y, entre numerosas cosas impresionantes, vi miles de zapatitos de niños y sus maletas con sus fechas de nacimiento y sus orígenes. Se te encogía el corazón al ver lo que hombres trastornados habían hecho con niños y niñas de nuestra especie. Cuando entré en el Campo II, el más atroz de todos ellos, Auschwitz-Birkenau, nada más traspasar la entrada, asistí a un hecho extraordinario. Un grupo de hombres tomados de la mano cantaban en círculo y bailaban al son de una guitarra. Otro grupo, éste de mujeres, los rodeaba también y aplaudía. Era una escena impensable en aquel espacio, una alegría incomprensible en un lugar cuyas paredes fueron testigo de sufrimientos inexpresables y cuyo suelo fue escenario de atrocidades inimaginables. Definitivamente, no era un lugar para cantar y bailar. Parecía una violación de la historia. ¿Qué estaban cantando y qué los motivaba?, me pregunté sorprendido. Entonces lo descubrí: cantaban en hebreo. Era un grupo de judíos que celebraban que su pueblo aún vivía.

Aunque mis obras se publican en Israel, no entiendo nada del idioma hebreo. Más tarde, me tradujeron el contenido de la canción. Vislumbré, admirado, que no huían del dolor con su cántico, sino que, conscientes del mismo, tenían el coraje y la sensibilidad de homenajear la vida en aquel infierno nazi. Sin embargo, ¿tenían motivos para festejar nada? Lo hacían porque, a pesar de todo, aún creían en el ser humano; a pesar de que su pueblo hubiera vivido el ápice del dolor físico, la cumbre de la ansiedad y de la depresión, los niveles más altos de la discriminación, el exterminio cruel e industrial de hombres, mujeres, ancianos, niños, adolescentes…

Batían palmas porque tenían lo que nosotros, en la ciencia, no comprendemos ni les podemos dar: fe. Fe en que el espectáculo de la vida continuaba para quienes se despedían de esa breve existencia, aunque fuera de forma completamente injusta y brutal. Igualmente, consideraban que la vida tenía que latir con dignidad y placer para los que se quedaban. Nunca olvidaré esa escena. Nosotros, los psiquiatras, tratamos las depresiones, pero nuestras técnicas y medicamentos, por muy actuales y eficaces que sean, no producen la alegría y el encanto por la existencia. Con lágrimas en los ojos, los acompañé.

En un determinado momento de la visita a Auschwitz-Birkenau, le planteé una pregunta inesperada a mi guía: «¿No le perturba hablar sobre estos asuntos diariamente?». Sincero, él me dijo que había sufrido mucho, pero que ahora había tomado cierta distancia. Y se mostró incómodo con sus palabras, pues no quería que pensara que se había convertido en alguien que se ganaba la vida hablando de los problemas ajenos. Intentando aliviarlo, le comenté que su trabajo era relevante, tenía una función educativo-preventiva. Él sonrió y me dio las gracias.

En realidad, esa distancia que había adquirido no ocurría sólo porque así él se lo propusiera, sino por la acción espontánea e inconsciente del fenómeno de la psicoadaptación, un mecanismo de defensa que surge en la psique para ayudarnos a sobrevivir a las dificultades. Dentro de los campos de concentración, muchas víctimas desarrollaron este mecanismo. Se peleaban obstinadamente por un mísero pedazo de pan. Más tarde, cuando ya nos conocíamos más, el guía me confesó que lo que más le dolía era pensar que no era posible que los cerca de ocho mil policías nazis de Auschwitz fueran psicópatas. Es una cuestión crucial. Como sabía que yo investigaba la psique humana, quería conocer mi opinión. Ese asunto aparecerá a lo largo de esta obra; ahora me limito a adelantar que existe una diferencia inmensa entre un psicópata clásico y un psicópata funcional, entre una mente enferma, forjada a base de traumas a lo largo de la formación de la personalidad, y una mente frágil, capaz de ser adiestrada por ideologías radicales. Ambos cometen crueldades inimaginables, pero tienen orígenes diferentes.

Adolf Hitler, un austríaco tosco, rudo e inculto, empleó técnicas muy sofisticadas de manipulación de la emoción para agigantarse en el inconsciente colectivo de una sociedad a la que no pertenecía, la alemana. Es probable que nos quedemos perplejos al recorrer la infancia y la formación de la personalidad de quien se convirtió en uno de los mayores monstruos, si no en el mayor sociópata, de la historia, pero nos quedaremos igual de impresionados con la complejidad de su mente y con el magnetismo social fomentado por él y sus secuaces, especialmente por Goebbels, su ministro de Propaganda. Antes de acabar con judíos, eslavos, marxistas, homosexuales, gitanos y masones, Hitler usó estrategias muy sofisticadas para apoderarse del alma de los alemanes, uno de los pueblos más cultos de su tiempo, que contaba probablemente con la mejor educación clásica.

Pero ¿por qué escribir una novela sobre la segunda guerra mundial? Una novela cuenta con una apertura y una libertad mayor para intentar reconstruir el drama y los hechos históricos, y quien conoce este formato puede despertar el interés no sólo de adultos, sino también de jóvenes, para que así expandan su cultura sobre ese tema fundamental de la historia. Los jóvenes alemanes de aquella época se adherían en masa a las ideas megalomaníacas del nazismo.

Intentar escribir esta novela desde la perspectiva de la psiquiatría, de la psicología, de la filosofía, incluso de la sociología, tocó las raíces de mi emoción, me provocó insomnio. Nunca volveré a ser el mismo… En mis libros de ficción y no ficción, siempre había abordado grandes conflictos psicosociales, incluida la cárcel de los sentimientos en las sociedades democráticas. Ahora ha llegado el momento de hablar sobre el Holocausto. Llevo aproximadamente diez años, en los intervalos entre mis obras, trabajando en la arquitectura de esta novela. He estudiado muchos libros de historia intentando recoger detalles para intentar construir un cuadro psicosocial sobre el autor y actor principal de la más dramática y violenta «ópera» social, Hitler. El historiador deja constancia de los hechos y los contextos, el escritor de ficción construye personajes y el psiquiatra y el psicoterapeuta se transportan al interior del mismo. De estas actuaciones, la última se mezcló con mi estructura.

Por tratarse de una novela histórica, a diferencia de las demás que he escrito, es necesario introducir, a medida que se va desarrollando la trama, diversas referencias bibliográficas de algunos de los textos que he estudiado para escribirla. Fue una tarea extenuante y un aprendizaje constante. A pesar de todo mi esfuerzo, pido sinceras disculpas por la imperfección de esta obra.

¿Podemos imaginar el dolor de un ser humano que un día es médico, empresario o profesional respetado y una semana después, súbitamente, es arrancando de su contexto social y tratado como un gusano en un campo de concentración? ¿Podemos sentir la tortura emocional de mujeres que frecuentaban fiestas y llevaban ropa cómoda y, de repente, fueron tiradas como animales en trenes fétidos para, con suerte, ser esclavas o, sin ella, ser asfixiadas sumariamente? ¿Y sobre los niños judíos que, antes que judíos, eran hijos de la humanidad? Jugaban con sus amigos y se escondían tras los árboles, pero de repente fueron arrancados de sus escuelas, transportados en condiciones inhumanas, sin agua ni comida, y silenciados en una cámara de gas como si de objetos se tratara. ¿Y qué decir de los enfermos mentales alemanes, que merecían especial afecto y firme apoyo para soportar el caos de un trastorno psíquico, pero que fueron eliminados por el nazismo para purificar la raza aria? No, definitivamente no se puede rescatar la pesadilla sufrida por las víctimas del Holocausto, pero lo he intentado.

Muchos me dijeron: ¿por qué te metes en esos temas? ¿Por qué no eliges algo menos complejo de desarrollar? Me atrae escribir sobre este drama. Mi responsabilidad ante mis millones de lectores de más de sesenta países no es realizar una obra que tenga éxito, sino que pueda contribuir de alguna forma a la conciencia crítica y a la formación de mentes libres. La violencia no es producida sólo por sus autores, sino también por los que callan sobre ella…

Estoy convencido de que el Holocausto auspiciado por los nazis no fue solamente un accidente histórico violento e inhumano, sino que puso en jaque la viabilidad de la única especie que piensa y es consciente de que piensa, al menos al ser sometida a determinados niveles de estrés político-económico-cultural. No había reglas ni justificaciones para matar —aunque cualquiera de ellas sea inaceptable y demente—; se eliminaba por el simple placer morboso de eliminar.

Considero que la educación que contempla únicamente las competencias técnicas, que no desarrolla la resiliencia, el altruismo, la generosidad, la capacidad de ponerse en el lugar de los demás, de exponer y no imponer las ideas y, en especial, de pensar como humanidad, no previene nuevos Holocaustos, no viabiliza la especie humana para sus futuros y difíciles desafíos, a pesar de que promueva la evolución del PIB (Producto Interior Bruto). Somos americanos, europeos, asiáticos, africanos, judíos, musulmanes, cristianos, budistas, ateos..., pero por encima de todo formamos parte de una única y gran familia: la humanidad. Pensar como especie es la más noble y sofisticada de todas las funciones de la inteligencia, pero una de las menos desarrolladas. Esta novela revela que estamos equipados, entrenados y hasta viciados para pensar como grupo social. Y quien, como grupo racial, político, académico, religioso, cree que se encuentra muy por encima de la especie humana, tendrá dificultades a la hora de vivir una historia de amor con la humanidad. No contribuirá al alivio del dolor de ésta ni a la promoción de la tolerancia y la paz social, sino que tendrá grandes posibilidad de aumentar sus heridas...

# 1

## EL TERROR NOCTURNO

*Sin gritar ni llorar, padres e hijos judíos se quitaban la ropa, se reunían en grupos familiares, se besaban y se despedían unos de otros, esperando una señal de otros hombres de las SS,\* que permanecían cerca de la fosa con látigos en las manos. Durante los quince minutos que estuve presente en ese escenario, no oí ningún ruego de clemencia ante el pelotón de fusilamiento… Lo que más me dolió fue ver a una familia de unas siete personas: un hombre y una mujer de aproximadamente cincuenta años, con dos hijas, de veinte y veinticuatro; tres niños, de diez, siete y otro de apenas un año… La madre llevaba al bebé en brazos. El matrimonio se miraba con lágrimas en los ojos. Después, el padre cogió las manos del niño de diez años y le habló con ternura; el pequeño luchaba por contener las lágrimas. Entonces oí una serie de tiros. Miré a la fosa y vi los cuerpos retorciéndose o inmóviles encima de los que habían muerto antes que ellos\*\*…*[1]

---

\* *Schutzstaffel (SS)* [Tropa de Protección], creada inicialmente como guardia personal de Hitler (de ahí su nombre), se convirtió con el tiempo en una enorme organización paramilitar del Partido Nazi que se encargaba, entre otras funciones, del proyecto del exterminio en masa en los campos de concentración.

\*\* Testimonio real de un observador sobre el exterminio judío.

17

—¡No! ¡No! ¡Cobarde! Julio Verne se movía en la cama en estado de shock; acaba de tener una pesadilla con uno de los hechos más sombríos de la segunda guerra mundial. Se despertó de repente con el corazón palpitando a toda velocidad, las arterias latiéndole, los pulmones ansiosos en busca de oxígeno, las manos gélidas y una hematidrosis (sudor sangriento desencadenado en casos muy raros de estrés intenso). Se golpeaba la cara y gritaba:

—¡Soy débil! ¡¿Por qué no he reaccionado?!

Y lloraba sin parar, a pesar de que las lágrimas rara vez formaban parte del menú de sus sentimientos.

Katherine, su esposa, sobresaltada, encendió la lámpara.

—¿Qué ha pasado, Julio? ¿Qué ocurre?

Sin prestarle atención, presa del pánico, él continuaba castigándose.

—¡Soy estúpido! ¡Cobarde!

Perturbada, ella vio el rostro ensangrentado de su marido absolutamente desesperado. Se sentó en la cama, angustiada. Parecía que su esposo estuviera en una guerra y hubiera cometido un crimen imperdonable. Se conocían desde hacía ocho años y llevaban cinco casados. Una relación estrecha, íntima, llena de placer; pensaba que lo conocía bien, pero nunca había presenciado una reacción como aquélla antes. El hombre con el que había decidido compartir su historia era inteligente. Nunca lo había visto sufrir de insomnio, sueño fragmentado o tener terrores nocturnos y mucho menos hacerse daño. Esa fatídica noche parecía como si un brutal depredador y una frágil presa habitaran la misma mente.

Julio Verne era muy observador, decidido, perspicaz, alegre. Era analítico, pero con arrebatos de ansiedad; mesurado, pero sin rehuir nunca una polémica. Era políglota; hablaba cinco idiomas: inglés —su lengua materna—, alemán, francés, polaco y hebreo. Era un brillante orador, una mente refinada, un hombre poco común. Estudió psicología, fue un destacado alumno y aún más destacado psicoterapeuta clínico y profesor de psicología, pero un accidente cambió sus planes. Tras terminar su máster, un accidente de tráfico le provocó múltiples fracturas y lo dejó inmovilizado durante seis meses. En cama, recurrió a los libros científicos. No obstante, aburrido, perdió su atracción por ellos; necesitaba dosis de aventura. Retomó una antigua pasión, los libros de historia, especialmente los que trataban sobre la segunda guerra mundial. Los devoró durante días y noches como un hombre hambriento que llevara tiempo desnutrido.

Convaleciente, tomó una decisión que sorprendió a sus amigos y a sus padres: estudiar la más fundamental de las áreas del conocimiento, historia.

—¿Historia, Julio? Vas a cobrar menos —dijeron sus padres.

—Pero me mueve una pasión.

—Pero un psicólogo no debe dejarse llevar por pasiones —opinaron sus amigos.

—Y ¿por qué no? Una razón sin emoción es una tierra yerma.

Cuando decidía algo, nunca se volvía atrás. Terminada su nueva carrera, dejó de dedicarse a la terapia para probar suerte en las aulas. Y brilló, aunque su cuenta bancaria ya no fuera la misma. Como ya tenía un máster en psicología, decidió hacer un doctorado en historia, cuyo tema abarcaba la mente de los grandes dictadores. Intrépido, casó estas dos ciencias humanas y se convirtió en un especialista en el perfil psicológico, el marketing, las acciones y las influencias de sociópatas en el tejido social, en especial, de los nazis.

El profesor era de origen judío, tenía treinta y ocho años, vivía en Londres, la ciudad que, a finales de la primera mitad del siglo XX, había sido la capital de la resistencia al nazismo. Hijo único, 1,83 metros de estatura, cabello liso, oscuro, delgado, con una nariz sobresaliente, ojos almendrados y castaños. Un físisco fuera de los patrones de belleza, pero atractivo. Recibió el nombre de Julio Verne por la fascinación de sus padres, Josef, comerciante de arte y productos electrónicos, y Sarah, propietaria de una refinada tienda de una firma femenina, por el legendario escritor francés, Julio Verne. Josef y Sarah viajaban con los libros de este autor y soñaban con que su hijo, cuando creciera, dejase volar su imaginación y fuera un viajero en el tiempo. Lo que no sabían era que un día lo haría de verdad, primero en sus pesadillas y luego…

La dramática pesadilla del profesor lo llevó por primera vez a salir de las páginas de los libros para entrar en la verdadera historia, viviendo en su psique los horrores causados por Hitler. Nunca antes había tenido la sensación de haber sido transportado en el tiempo con tanto realismo. Respiró historia. Con la mente invadida, la tranquilidad robada y el ánimo quebrantado, su serenidad desapareció.

—¿Qué he hecho? ¿Por qué me he callado? ¿Por qué? —Se recriminaba, aún jadeante, Julio Verne, que en seguida le contó a Katherine los detalles de su pesadilla.

Ésta tenía como escenario el relato de Berthold Konrad Hermann Albert Speer, arquitecto-jefe del nazismo, ministro de Armamento y amigo íntimo de Hitler. Cuando terminó la segunda guerra mundial, Speer, uno de los más entusiastas de la construcción de la capital mundial soñada por el nazismo, contó ante el tribunal de Núremberg, creado para juzgar los crímenes de guerra, los asesinatos de familias judías que él mismo había presenciado.[2] El arquitecto del nazismo había visto muy de cerca la gran obra de Hitler, el cruel exterminio en masa de personas inocentes.

El profesor Verne no sólo había soñado con ese hecho histórico, sino que se vio y se sintió participando en «carne y hueso» en el suceso. Katherine se quedó impresionada con la descripción.

—Cariño, cálmate. Estamos aquí sanos y en nuestra cama. —E, intentado aquietar su ansiedad, lo abrazó afectuosamente, pero él no se detuvo ahí.

—Yo estaba ahí, Kate. Yo estaba ahí…

Kate era el nombre cariñoso con que la llamaba.

—¿Cómo que estabas ahí? —preguntó ella, preocupada.

—Yo participé en ese episodio…

—Pero sólo ha sido una pesadilla —dijo ella, interrumpiéndolo.

—¡Sí! Pero no ha sido una simple invención de mi psique. Era un drama histórico real. Pero yo… yo me acobardé. ¿Cómo pude hacer eso?

—Pero si era una masacre de judíos, ¿por qué en tu pesadilla no fuiste asesinado?

—Ése es el problema. Que yo no estaba en la piel de los judíos. No era blanco de los verdugos; al contrario, llevaba un uniforme de las SS. Estaba al lado de Albert Speer… —Tomó una profunda inspiración—: Yo vi cómo esas familias morían delante de mí. Vi a madres y niños asesinados despiadadamente. Sabía que pertenecían a mi raza, pero no grité a favor de ellos. Traicioné todas mis convicciones.

—Pero todo ha ocurrido en tu inconsciente. Todo el mundo sabe que eres un humanista, un…

—¿Y si no soy yo mismo? ¿Y si soy una farsa…? —dijo Julio Verne, pasándose las manos por la cara, con gesto de desesperación, de quien empieza a dudar de sí mismo.

Tensa, su mujer hizo otra tentativa más de proteger a su hombre, cuya marca personal, su «capacidad de rehacerse», ahora se encontraba temporalmente fragmentada.

—No te culpes… Recuerda uno de tus propios pensamientos: «Cuando la vida corre peligro, el instinto de supervivencia prevalece sobre la solidaridad»…

Pero este intento no hizo más que empeorar su estado.

—Yo acuñé ese pensamiento para entender las locuras de los demás. Jamás pensé en aplicarlo para entender las mías. No fui solidario, no protegí a los niños inocentes; me acobardé, aunque de manera inconsciente, para preservarme.

A pesar de que sólo quería meter la cabeza debajo de la almohada y no salir de casa, tenía que prepararse para un día más de trabajo. Desconsolado, se levantó rápidamente y fue a arreglarse.

Julio Verne y Katherine se conocieron en la sala de profesores de la universidad, cuando él ya era profesor de historia. Pelo negro, largo, ondulado, ojos verdes, 1,65 metros de altura, treinta y dos años —seis menos que él—, atraía por su belleza física y, más aún, por la intelectual. Formada en psicología social, era especialista en marketing de masas y en ciencia de la religión. Era católica practicante, pero, al igual que Julio Verne, respetaba y hasta elogiaba a los que eran de un credo diferente. Katherine tenía buenos amigos no sólo entre sus pares académicos, sino también entre musulmanes, judíos, protestantes, budistas y ateos. Carismática, de raciocinio rápido, osada, a veces impulsiva, hipersensible, sufría por hechos que aún no habían ocurrido. Soñaba con tener dos hijos con Julio Verne, pero la dificultad de quedarse embarazada la atormentaba.

Dos intelectuales, un judío y una cristiana, vivían en armonía y afecto. Su secreto era sencillo: no tenían la necesidad neurótica de cambiarse el uno al otro, respetaban sus respectivas culturas. Rara vez un matrimonio había sido tan apasionado y alegre. Katherine tuvo muchos pretendientes, pero se enamoró del profesor de historia, de su mente provocadora e inquisitiva, que sabía que el tamaño de las preguntas determina, dimensión de las respuestas. Su intelecto era una fuente ins de indagaciones, de ahí su predilección por discusiones, tes, mesas redondas. Pero los años pasaron y el éxito académ llamó a su puerta, causando un desastre.

Los aplausos y reconocimientos se volvieron un veneno que consiguió asfixiar la mente del maestro. Intelectual de renombre, escritor admirado (con cinco libros publicados en más de treinta países), el profesor Julio Verne dejó de nutrirse con las dudas. Su capacidad de preguntar, de pasear por nuevas ideas, entró en coma inducido. El pensador se apagó. La llama que fascinaba a Katherine se estaba debilitando. Sus clases, aunque eran didácticas, estaban bien articuladas y eran ricas en detalles, no oxigenaban la psique de sus alumnos, no encantaban a su público, no generaban introspección y conciencia crítica. Ya no era un formador de pensadores, sino un repetidor de información. Había olvidado la frase que lo motivaba al inicio de su carrera: «El día en que un profesor deje de provocar la mente de sus alumnos y ya no consiga estimularlos para que piensen críticamente, estará preparado para que lo sustituyan por un ordenador».

Aplicaba esta frase a otros profesores, pero le resultaba complicado aceptar que había llegado el día en que se adaptaba a él… Era igual de difícil aceptar que preparaba el alimento del conocimiento para un público que no tenía apetito intelectual. La destacable cultura de Julio Verne no poseía sabor, inducía al sueño. Hasta que otro accidente en su camino, tanto o más fuerte que el que lo había llevado a convertirse en profesor de historia, empezó a rescatarlo: sus terrores nocturnos…

Se preparó en cinco minutos. Nunca le había dado gran importancia a la ropa de marca ni a las combinaciones estéticas; Katherine lo supervisaba en ese campo. No desayunó, pues no tenía apetito. Se limitó a pedir disculpas a la mujer que amaba:

23

—Me recuperaré, Kate. Gracias una vez más por invertir en mí —dijo con cariño. Ella no lo acompañó; no trabajaba en la universidad esa mañana. Pero le pidió una cosa:

—Anula tus clases. No estás bien. Mira qué cara tienes.

—Ya me gustaría, pero ¿cómo? Los alumnos ya me están esperando. Ellos no tienen la culpa de mis problemas psíquicos.

Le dio un suave beso y se despidió.

Las pesadillas empezaron a sucederse noche tras noche y hechos perturbadores empezaron a ocurrir durante el día, reavivando y nutriendo su ansiedad, pero también, en cierto modo, liberándolo del calabozo de la monotonía y haciendo que su psique se volviera a aventurar. Volvería a brillar en las aulas, pero el precio que tendría que pagar sería alto, muy alto…

## 2

## EL TERROR EN EL AULA

El profesor, ansioso, sintió que no debería conducir su coche aquella mañana. Tomó el metro y se mezcló con la masa, algo que siempre había apreciado, aunque no en aquel momento. Intentaba evitar sus acusadores pensamientos, pero simplemente, no controlaba su mente. La universidad nunca le pareció tan lejos. Pero tenía que tranquilizarse; a fin de cuentas, debía dar una clase importante a un exigente grupo de estudiantes de Derecho, sobre el ambiente sociopolítico de la Europa previa a la segunda guerra mundial.

Al atravesar la avenida que se encontraba a tres manzanas de la universidad, de repente apareció un coche descontrolado que iba en su dirección. El conductor zigzagueaba como si estuviera borracho o no supiera conducir. Sus ojos parecían fijos en el profesor, que, con una reacción instintiva, dio un salto y rodó por el suelo, escapando de la colisión. El conductor chocó con su vehículo contra un coche aparcado a dos metros de él y perdió el conocimiento.

Por su intensidad, el susto acaparó toda la atención de Julio, aliviando así la sobrecarga de los inquietantes pensamientos que le rondaban. Los viandantes rápidamente intentaron socorrer al conductor. Como el hombre estaba inconsciente, esperaron a que la ayuda llegara. Las sirenas de la policía y de la ambulancia no tardaron en llenar el aire de sonidos ensordecedores.

El profesor no sufrió ninguna herida grave, sólo una pequeña excoriación de la mejilla derecha, el mismo lado en que tenía el ojo rojo por la autolesión que se había causado por su pesadilla.

La parte izquierda de la camisa, a la altura del ombligo, se le había ensuciado, pero, despreocupado por la estética, no volvió a casa; daría su clase tal cual.

Antes de marcharse hacia la universidad, se acercó al coche de la víctima y preguntó por su estado. Los paramédicos querían evitar preguntas de los curiosos, pero como les habían dicho que el profesor había estado a punto de ser atropellado por aquel hombre, le respondieron simplemente que quizá había sufrido un traumatismo craneal y tenían que someterlo a pruebas urgentes. Se trataba de un hombre de unos cuarenta años, de rostro alargado y apariencia nórdica. Cuando lo subieron a la camilla, Julio Verne lo miró y se llevó otra impresión al ver que el conductor llevaba un extraño anillo en la mano derecha. Intentó acercarse para verlo mejor y se dio cuenta de que parecía un anillo de las SS, la violenta policía del Partido Nazi, un premio concedido a pocos miembros de ese cuerpo dirigido por Himmler. Quería acercarse más y tocar el anillo, pero no le fue posible, pues los paramédicos se lo impidieron.

El conductor, inconsciente, estaba ya en la ambulancia, mientras el profesor, con las manos en la cabeza, exclamó en voz alta:

—¡No puede ser! ¿Un anillo de las SS? Debo de estar confundido por la pesadilla que he tenido.

Y después del episodio, se encaminó a la universidad.

A medida que recorría los pasillos de aquella inmensa institución, sintió que le faltaba el aire. Sus colegas profesores lo saludaban y, al mismo tiempo, se quedaban perturbados ante su espantosa apariencia. Tenía leves edemas y excoriación en la cara, la órbita ocular derecha enrojecida, la camisa sucia y caminaba con prisa y expresión tensa... No mostraba la misma sonrisa ni la misma disposición de siempre para un breve diálogo.

Entró en el aula. Esperó a que los alumnos fueran entrando a cuentagotas. Su inquietud y su apariencia impropia eran evidentes, pero la mayoría de sus distraídos estudiantes no las percibieron. Recorrió silenciosamente la clase con los ojos y se quedó decepcionado. No había ningún error en el grupo, ése era el problema. Conversaciones paralelas, juegos en los móviles, mensajes en las redes sociales... los comportamientos de siempre; simplemente, no sentían el placer de aprender, al menos, historia. Oyó una indiscreta voz que decía:

—Historia, qué rollo. Queremos oír proceso criminal, civil...

Como era frecuente, tenía que esforzarse para conquistar la atención de los chavales, pero algo en aquel momento empezó a provocarle náuseas. Iba a utilizar los medios multimedia para dar una clase didáctica más con riqueza de detalles. «Pero ¿para qué? ¿Y para quién? —se preguntó angustiado—. «¿Qué estoy haciendo aquí?» En lo más recóndito de su mente, se cuestionó su papel como educador como no lo había hecho en mucho tiempo.

Insatisfecho, negó con la cabeza, dejó su ordenador de lado y abandonó la didáctica rigurosa y las palabras mesuradas. Cambió de tema y se aventuró a hablar de lo que alteraba su psique.

—No ha habido una generación que no haya hecho locuras, no ha habido pueblo que no haya formado mentes estúpidas, pero en los días de Adolf Hitler, nuestra especie alcanzó los límites máximos de la locura. Terminada la guerra, se creó el tribunal de Núremberg. Testigos oculares denunciaron los sufrimientos perpetrados en los campos de exterminio. Gemidos inexpresables de niños y adultos formaron parte del menú de los juicios. ¿Vosotros qué opináis sobre eso, queridos estudiantes de Derecho?

Pocos querían pensar en el asunto. Mientras Julio Verne intentaba viajar por las atrocidades de la segunda guerra mundial, la mayoría de los universitarios seguía en otros mundos, hablando de deportes, música, moda, utilizando sus teléfonos móviles y otras distracciones.

Indignado ante su indiferencia, el profesor alzó aún más el tono de voz.

—8.861.800, éste es el número probable de judíos que estaba bajo control directo o indirecto de los nazis en los países europeos. Y se calcula que exterminaron a más de dos tercios de ellos, es decir, a 5.933.900. Las cifras son hasta tal punto astronómicas que, si asesinaran a un judío por minuto, la máquina de destrucción humana de los nazis tardaría diez años, trabajando veinticuatro horas al día.

Algunos alumnos, antes desconcentrados, se quedaron impactados ante estos datos, pero la mayoría aún permanecía indiferente. El dolor ajeno no les preocupaba. El profesor se pasó las manos por la cara. Profundamente indignado, preguntó, como si estuviera hablándole al aire:

—¿Qué especie es esta que elimina a sus iguales como si se tratara de subhumanos o de monstruos? La meta de Adolf Hitler era el genocidio, acabar con la raza judía, desde los niños hasta los adultos, de Europa y, a ser posible, de la faz de la Tierra. Para él y sus seguidores, no sólo los judíos, sino tampoco los eslavos, los gitanos ni los homosexuales eran seres humanos complejos y completos.

Según hablaba, se esforzaba en no involucrar sus sentimientos. Pero no lo consiguió. Al recordar las escenas de su pesadilla, cien mil células de su sistema lagrimal se contrajeron y expulsaron lágrimas que serpentearon por los surcos de su cara,

28

revelando la angustia reprimida en los terrenos secretos de su sentimiento.

Intentó disimular. Bajó un poco la cabeza y se pasó delicadamente los dedos de la mano derecha por los ojos y la cara. Frenó el llanto, pero no la emoción que lo había provocado.

Algunos alumnos se sensibilizaron, pero otros cuantos siguieron distraídos, sin ni siquiera darse cuenta de la conmoción del maestro. En la era digital, la juventud pierde la capacidad de percibir lo intangible, la historia ya no agudiza el paladar de la psique ni arrebata la imaginación de los estudiantes de Derecho, Medicina, Ingeniería, Psicología o Informática. Raras son las excepciones.

Se sintió atrapado en la trama de su inutilidad como profesor y en las garras del conformismo de la clase. Su ansiedad subió desmesuradamente. En un arrebato, se dirigió osadamente a los desconcentrados:

—¿La sociedad de consumo ha anulado vuestra sensibilidad? ¿Tenéis ojos pero no veis lo esencial?

Marcus y Jeferson, dos alumnos de ideología política extremista, comentaron en tono bajo pero audible:

—¿Quién es este tío para acusarnos de esta manera? —le dijo Marcus a Jeferson.

—¡A este profesor le pagan para enseñarnos y no para darnos sermones! —replicó Jeferson en voz alta.

Julio lo oyó y, por primera vez, cuestionó el papel de la historia, por lo menos la que él enseñaba, a la hora de prevenir el ascenso de psicópatas al poder. Para mentes desenfocadas, el conocimiento se había convertido en una semilla estéril. Respiró hondo y dio un fuerte golpe en la mesa.

—¿Estoy hablando de uno de los mayores dramas de la humanidad y vosotros os mostráis indiferentes a él?

Explicó que los campos de concentración eran zonas de confinamiento cercadas por alambres y otras barreras y vigiladas día y noche. Uno de los primeros campos fue construido en Sudáfrica por Inglaterra, durante la guerra de los Bóers, entre 1899 y 1902. Desgraciadamente, al final de la guerra, 26 mil mujeres y niños habían muerto, muchos por infecciones. Los campos de concentración se expandieron por todo el mundo. En Estados Unidos, tras el ataque a Pearl Harbor, se encerró a 120 mil personas, en su mayoría japoneses con ciudadanía estadounidense; un craso error. Incluso en Brasil, tras la declaración de guerra a los países del Eje, en 1942, el gobierno creó doce campos de concentración para confinar en ellos a alemanes, italianos y japoneses.

—Nada es comparable a los campos de concentración nazis. No eran campos de vigilancia, sino de exterminio brutal y esclavitud descomunal. El 17 de marzo de 1942, el campo de Belzec tenía «capacidad para asesinar» a quince mil personas diarias; en abril, llegó el turno de Sobibor, cerca de la frontera con Ucrania, con una capacidad de veinte mil muertos por día. En Treblinka, llegaban a los 25.000.[3]

La gran mayoría de los estudiantes ni siquiera habían oído hablar de esos campos. No conocían las cifras, no se imaginaban que en Treblinka hubiesen muerto 700.000 personas; en Belzec, 600.000; en Sobibor, 250.000; en Majdanek, 200.000; y en Kulmhof, más de 152.000.[4]

—¿Esto no los perturba, señoras y señores? —Más de la mitad de los alumnos se quedaron impresionados ante tales datos, pero algunos aún cuchicheaban en el fondo de la clase y se mofaban del profesor descontrolado—. ¿Qué sabéis sobre Auschwitz?

Algunos de ellos serían futuros juristas, magistrados, abogados o criminalistas, pero pocos se interesarían por estudiar la mayor máquina de violación de los derechos humanos de todos los tiempos. Sólo conocían datos superficiales.

—Fue un campo de concentración donde miles de judíos murieron en una cámara de gas —contestó Deborah, una de sus alumnas, que vivía distraída con las redes sociales, pero que se acababa de despertar.

Los alumnos no sabían que el gas empleado en Auschwitz no era el gas de los motores, el gas carbónico, sino un poderoso pesticida, el Zyklon B, hecho a base de cianuro, que desprendía un vapor altamente tóxico que asfixiaba y producía vómitos y diarreas. Desconocían el trabajo esclavo y los experimentos pseudocientíficos realizados sin autorización de los pacientes.

—Vale, Deborah, pero ¿quién fue deportado a ese campo?

Allí encerraron a numerosos ancianos, mujeres y niños y los exterminaron.

Había alumnos de universidades de otros países que creían que Auschwitz no había existido; nunca habían penetrado en las aguas profundas de la historia. La ignorancia hacía que los graves errores cometidos por las sociedades modernas dejaran de ser pedagógicos para prevenir atrocidades en el futuro.

—Calígula fue cruel, Stalin fue un sanguinario asesino, Pol Pot fue un tirano, pero Hitler y el nazismo traspasaron los límites de lo imaginable. Durante su juicio, Rudolf Höss, el comandante de Auschwitz, comentó con un punto de orgullo que el campo era una industria de masacre sin fallos, desde la selección de los que llegaban hasta la eliminación de los cadáveres y el aprovechamiento de sus pertenencias.[5]

El profesor explicó que Auschwitz, anexionado por los alemanes en 1939 y creado en la primavera de 1940 a partir de un antiguo cuartel, era una institución estatal administrada por las SS. El 14 de junio de 1940, las autoridades alemanas mandaron al KL* Auschwitz el primer envío de 728 presos polacos, la mayo-

* KL son las siglas de *Konzentrationslager*, campo de concentración.

ría políticos. Después de los judíos, los polacos representaban el mayor número de víctimas. A partir de 1941, los nazis deportaron a ciudadanos de otros países. Durante su funcionamiento, los alemanes enviaron a ese campo a más de un millón de judíos, casi 150.000 polacos, 23.000 gitanos, 15.000 prisioneros de guerra y 25.000 personas de otras nacionalidades.[6]

Evelyn se llevó las manos a la boca, espantada, y exclamó:

—¡Dios mío, qué absurdo! ¿Cómo fueron a parar a Polonia un número de judíos tan grande si no había transportes colectivos suficientes?

—Los judíos eran deportados en trenes de ganado, en condiciones insoportables hasta para los animales. No había baños, camas ni comida suficiente. El viaje era un martirio —respondió el profesor.

—Pero ¿de dónde venían? ¿Eran todos de Alemania? —preguntó Deborah, impresionada.

—No. Eran deportados desde muchos países, lo que demuestra el deseo demente y deliberado de exterminio industrial: 438.000 de Hungría, 300.000 de Polonia, 69.000 de Francia, 60.000 de Holanda, 55.000 de Grecia, 46.000 de la República Checa (Bohemia y Moravia), 27.000 de Eslovaquia, 25.000 de Bélgica, 23.000 de Alemania y Austria, 10.000 de Yugoslavia, 7.500 de Italia, 1.000 de Letonia, 690 de Noruega y 34.000 procedentes de otros campos. Resultado: más de un millón de judíos murieron en los tres grandes campos de concentración de Auschwitz.[7]

Julio Verne guardaba todos esos datos en su memoria y su pesadilla lo había llevado a sensibilizarse profundamente respecto a ellos. Bajó la cabeza y, una vez más, se frotó los ojos con las manos.

—Pero ¿qué explicaciones daban los nazis para deportarlos? ¿Lo hacían a la fuerza? —indagó Meter, despertando su apetito, hambriento por conocer más la historia.

—Sí, era a la fuerza; pero para disfrazar la máquina de destrucción en masa, vendían ilusiones. Usaban megáfonos y hacían circular rumores entre la población de esos países explicando que los judíos deportados que iban hacia el este iban a ser instalados, recibirían casa, trabajo, oirían orquestas y practicarían deportes. Al dejar todo lo que poseían, los judíos no sabían que los fétidos trenes eran el inicio del Holocausto.

El diálogo era interesante, pero no para todos los alumnos.

—¿Y qué ocurría cuando llegaban a Auschwitz? —preguntó Lucy, una alumna que rara vez hacía alguna pregunta en clase.

—Imaginaos la escena. Llegaban extenuados, sin dormir, hambrientos y deprimidos. Una vez allí, no se les daba de comer, ni agua, ni siquiera tenían bancos para sentarse. No se les permitía tampoco que lo hicieran en el suelo. Un médico de las SS los separaba inmediatamente. Los aptos para el trabajo esclavo eran perdonados y los demás iban directos a las cámaras de gas.

—¡Increíble! Pero ¿cómo los hacían ir a las cámaras de gas? ¿No se resistían? —preguntó Lucas, un estudiante aparentemente insensible, pero que ahora estaba conmovido ante esa información.

—La fábrica de mentiras continuaba. Los engañaban. Les decían que iban a tomar un baño, a desinfectarse. Inocentes, ellos entraban en la cámara de la muerte.

El profesor también comentó que, a partir de 1942, se empezó también a deportar mujeres a Auschwitz. Probablemente representaban la mitad de las víctimas de las cámaras de gas. Junto a ellas llevaban a sus hijos. Fatigadas, cargaban con sus maletitas, pero cuando bajaban de los trenes, no veían lo que les habían prometido. Algunas preguntaban por los pájaros, los campos verdes y los riachuelos, pero sólo se encontraban con el ambiente tétrico del campo. Los nazis deportaron en torno a 232.000 niños y adolescentes solamente a Auschwitz, la mayoría de ellos de origen judío.[8]

Los alumnos se quedaron pasmados ante estos sorprendentes datos. Las cifras y la forma de expresarlos atraparon la atención de buena parte de ellos. No obstante, Marcus, Jeferson y una media docena más aún insistían en continuar conversando en medio de la clase: nada de indignación, nada de inconformismo.

Aquéllos eran tiempos sombríos, brillantes en la era digital, pero opacos en el terreno psíquico. Perplejo ante su insensibilidad, el profesor gritó:

—¡Hijos del sistema cartesiano! Sentíos libres de marcharos.

—«¿Hijos del sistema cartesiano?» ¿Ha dicho algo malo de nosotros o bueno? —se preguntaron unos a otros los componentes de ese grupo. Y, mofándose, dijeron «al profesor se le ha ido la cabeza».

Pero en seguida no cupo duda de que, con una actitud poco habitual, el profesor estaba criticando severamente a sus alumnos con esa expresión.

—¡Ególatras! Podréis ser futuros juristas, pero con esa insensibilidad, tal vez seáis aptos para convivir con leyes, pero no con seres humanos. Estaréis habilitados para defender o acusar a otras máquinas, pero no a mentes complejas. Percibís sonidos, pero no ideas, y mucho menos sentimientos.

Marcus, de veintitrés años, uno de los líderes del grupo, se sintió ofendido. Tenía prejuicios contra los judíos y aprovechó para oponerse vehementemente al profesor. Sin embargo, como futuro abogado, habló con cuidado:

—¡Usted ha superado los límites! Para defender a su raza nos ha difamado. ¡Actúa con prejuicios, como un loco!

Julio dio unos pasos al frente, lo miró a los ojos y soltó estas palabras:

34

—No es mi raza la que fue mutilada, sino tu especie, ¡nuestra especie! ¿Eres incapaz de ver que fue la humanidad la que se autodestruyó? ¿No te das cuenta de que el *Homo sapiens* falló al no usar su propio pensamiento para ver que en el código genético no hay judíos, musulmanes, europeos o asiáticos, sino solamente una familia humana? ¿No ves que podrán surgir otros dictadores y devorar la mente de muchos? En tiempos fáciles, es sencillo repudiar a políticos psicópatas, pero en tiempos de estrés socioeconómico, ¿quién tiene conciencia crítica para oponerse a ellos? ¿Tú la tienes?

Marcus se vio afectado, pero su proceso de reflexión distorsionado y su emoción saturada de ira bloquearon su capacidad de interpretación, dando alas a su repulsión. No se indignó con los desvalidos de la segunda guerra mundial, pero sí con la situación en la que el profesor lo había puesto.

—¡Me ha insultado!

Intentando defenderlo, Jeferson, su gran amigo, habló como un abogado, alto y claro:

—Sí, ¡ha invadido nuestra intimidad, profesor! ¡No ha respetado nuestros derechos! Esto no va a quedar así.

Lo interesante es que ambos eran buenos estudiantes. No entraban en el estereotipo de personas de mal carácter. Aplicados, aunque fríos, e inflexibles, el mundo tenía que girar a su alrededor. Tenían posiciones radicales no sólo contra los judíos, sino también contra musulmanes e inmigrantes. Apoyado por su amigo, Marcus amenazó a Julio Verne:

—¡Vamos a denunciarlo!

—¡Denunciadme! Pero antes abandonad vuestro victimismo y juzgad vuestra actitud ante el dolor ajeno.

Casi se caen de sus asientos ante esas palabras, pero no se rindieron. Ofendidos por las ideas del profesor, Marcus y Jeferson, junto a un tercer alumno, salieron enfadados del aula. Los demás estudiantes con los que conversaban se calmaron. El clima era tenso, pero mostrando una osadía que había perdido hacía mucho, el profesor explicó a la clase qué era ser hijo del sistema cartesiano.

—René Descartes, el filósofo francés, exaltó solemnemente la matemática y la consideró como la fuente de las ciencias. El sistema cartesiano expandió los horizontes de la física, la química, la ingeniería y la informática. ¡He aquí las consecuencias! —Y señaló su ordenador, los móviles de los alumnos, la iluminación del aula, el sistema de sonido y la estructura del edificio.

Y, tras una pausa, añadió entristecido:

—La tecnología late a nuestro alrededor. Pero el mismo sistema lógico-matemático que nos hace eximios constructores de productos ha secuestrado nuestra emoción, ha prostituido nuestra sensibilidad, ha asfixiado la manera en que nos enfrentamos e interpretamos el sufrimiento humano.

Los alumnos nunca habían oído algo parecido. Algunos, atónitos, empezaron finalmente a entender la idea central de Julio Verne. Deborah, inquieta, respondió perspicaz:

—Increíble. Todo se ha convertido en números fríos.

—Sí, Deborah. El dolor humano se ha convertido en estadística.

Peter, estupefacto, comentó:

—Cien personas murieron el mes pasado en ataques terroristas. Mil han muerto de cáncer esta semana. Dos mil se suicidaron en esta ciudad el año pasado. Millones están en el paro en todo el país. ¡Números pelados que ya no nos impresionan! ¿Cuáles fueron sus historias, qué crisis atravesaron y qué pérdidas sufrieron? ¿Cuáles son los nombres de las víctimas de la segunda guerra mundial? ¿Cómo murieron: de hambre, por heridas, fusilados? ¿Qué historia tenían detrás? ¿Qué lágrimas lloraron? ¿Qué miedos los dominaron cuando se aproximaban al último aliento de su existencia?

—Correcto, Peter. No vemos a los demás a través de sus ojos, sino a través de los ojos de la matemática. —E, inspirando larga y profundamente, añadió—: La matemática adulteró nuestra capacidad de ver las angustias y las necesidades de los demás a partir de su propia perspectiva.

Hizo un signo de profunda complacencia con estos alumnos.

En la clase no se oía ni un zumbido. A continuación, el mismo Peter se atrevió a confesar:

—Creo que todos somos hijos del sistema cartesiano. Ávidos para juzgar, pero lentos para acoger. Esta mañana he visto a mi madre llorando, deprimida, y, en lugar de hablar con ella, he sido insensible con la persona que más quiero y he pensado: «¡sensiblerías!».

Mientras hablaban sobre el infierno emocional de las víctimas, un amigo de Jeferson, Brady, que se había quedado en el aula, se mostraba impaciente.

Con un arrogante cartesianismo, dijo desde los confines de la lógica:

—Pero ¡todo esto no entra en los exámenes! ¿En qué me va a ayudar para ser un profesional mejor?

El profesor se llevó las manos a la cabeza y dijo:

—Brady, ¡todo esto podrá ayudarte a volverte un ser humano mejor! —Y añadió, disgustado—: Los exámenes miden nuestros conocimientos, pero no nuestra humanidad; contrastan datos archivados en nuestro córtex, pero no nuestro altruismo; valoran nuestra capacidad de recitar información, pero no la de crear ideas. Si tú o alguno de tus compañeros fuerais capaces de derramar una sola lágrima por una de las víctimas de la segunda guerra mundial y no respondierais bien ni a una sola de las preguntas de mis exámenes, yo os daría la nota máxima.

Otros dos alumnos amigos de Brady salieron furiosos de la clase, pero Brady se quedó. Según oía los pasos de esos alumnos, el profesor fue transportado al terror nocturno que había sufrido. Se acordó de que había estado al lado de Albert Speer como el más tímido de los cobardes. Al recordar la escena, se le escaparon de nuevo algunas lágrimas, pero esta vez no intentó ocultar sus emociones. A continuación, les habló a los alumnos sobre la pesadilla y su realismo. Antes de explicar que vestía un uniforme de oficial de las SS, les contó sobre la formación de esa temible policía.

—El propio Hitler la fundó. Como él mismo dijo: «Convencido de que siempre hay circunstancia en la que hacen falta las tropas de élite, creé en 1922 las Tropas Adolf Hitler. Estaban compuestas por hombres preparados para una revolución, pues sabía que un día las cosas podrían llegar a ponerse difíciles».[9]

—Pero ¿Alemania no era un país democrático? ¿No tenía en funcionamiento los tres poderes: el ejecutivo, el legislativo y el judicial? ¿No era suficiente el aparato judicial para protegerlos? ¿Por qué creó las SS? —indagó Peter, como «abogado».

Julio Verne abordó el tema de la paranoia de Hitler —tenía delirios de persecución—. Vivía con el miedo a la conspiración, un fenómeno típico entre los tiranos.

—Todo depredador teme ser depredado. Quería, por tanto, una policía fiel, lista para actuar, capaz de protegerlo contra los falsos amigos, miembros de las fuerzas armadas, enemigos políticos y conspiradores internacionales.

Años antes del ascenso del Hitler al poder, las SS no debían de tener más de diez hombres. De 1931 a 1932, poco antes de que Hitler se convirtiera en canciller,[10] sus miembros aumentaron de dos mil a treinta mil. Y, a partir de su ascenso al poder, se convirtió en una organización paramilitar de un gigantismo y una crueldad sin precedentes, responsable incluso de los servicios de espionaje, las ejecuciones sumarias y la industria del exterminio en masa de los campos de concentración.

—Los miembros de las SS eran unos fanáticos. Aunque pertenecieran a la policía del Partido Nazi, sus miembros debían jurar lealtad incondicional, no al partido, sino al Führer (guía o líder) de Alemania, como si éste fuera una especie de mesías.

Viendo a sus alumnos tan atentos, el profesor aprovechó el momento para mostrar su alma y desnudar sus sentimientos. Habló sobre su cobardía:

—En mi pesadilla, yo no era un judío, sino un oficial de las SS.

En la clase se oyó un murmullo.

—Durante los minutos en que estuve en aquel escenario horrendo, vi a familias enteras desnudarse resignadamente, sin hacer ningún ruego de clemencia. Y luego ser fusiladas y tiradas en las fosas. Estaba paralizado, presa del pánico. Entonces vi a una familia formada por un padre y una madre de unos cincuenta años, con dos hijas jóvenes, un niño de diez, otro de siete y otro sólo de uno.

A algunos alumnos empezaron a humedecérseles los ojos al oír el relato del profesor. Acaban de sacar la nota máxima en el «examen de la existencia».

—El padre, sin importarle los fusiles de los soldados de las SS, abrazó a sus dos hijas a la vez. A continuación, besó la cabeza de su esposa y posteriormente fijó sus ojos en el bebé y lo besó también. Después, se agachó, besó y abrazó al niño de siete años, que no sabía lo que estaba ocurriendo. Y, finalmente, tomó las manos del de diez y habló con él, con un niño que no comprendía las causas, pero que sabía que iba a ser asesinado. El pequeño lloraba, pero intentaba contener sus lágrimas. Se pasaba las manos por la cara sin parar.

La voz del profesor estaba embargada de emoción. La manera en que pronunciaba las palabras y el movimiento de sus manos liberaron la imaginación de sus alumnos, llevándolos a vislumbrar la inenarrable escena del exterminio.

Julio tomó un pañuelo que amablemente le dio una de sus alumnas y, tras enjugarse las lágrimas, continuó:

—Me impresionó mucho el comportamiento de ese padre. Me preguntaba: ¿qué le diría ese hombre a su hijo de diez años que está a punto de ser asesinado? ¿Se puede decir «¡sé fuerte!»? ¿Qué palabras podrían mitigar el terror de ese niño? Si ese padre creyera en el Dios de Israel, ¿conservaría sus creencias ante esa inimaginable atrocidad? ¿Tendría ánimo de hablarle de la bondad de su Dios y de la continuidad de la existencia a su hijo en el momento en que éste iba a ser silenciado sin piedad? Si fuera un humanista, ¿perdería complemente la fe en la viabilidad de la especie humana o seguiría creyendo en ella?

Nunca unas pocas preguntas habían enmudecido de tal forma a una clase. Y el profesor aprovechó para preguntar:

—Si vosotros estuvierais en el lugar de ese padre, ¿qué le diríais a vuestro hijo?

Evelyn rompió el silencio y, emocionada, contestó:

—No lo sé. No tendría palabras para consolar a un niño que acaba de empezar a vivir y ya recibe un trato peor que el que se les da a los animales.

—Yo también me quedaría mudo —reconoció el profesor.

—Pero ¿esos hechos fueron reales? —preguntó Elizabeth, atónita.

—Sí. Soñé con hechos reales.

—¿Y el bebé de un año? ¿Qué pasaba por la mente de esos nazis para matarlo? ¿Qué violencia es ésa? —indagó Peter, casi sin voz.

—La presencia de ese bebé también me torturó. No sabía cómo protegerlo. Pensé en atacar a los nazis que estaban a mi lado. Pero cualquier reacción podría llevarme al fusilamiento sumario a mí también. Pensé en gritar: «¡Los niños no! ¡El bebé no! ¿Por qué matarlos?», pero me callé, fui un cobarde. Cuando encontré fuerzas para gritar, el sonido de mi voz fue acallado por el del fusilamiento. Me desperté en medio de una profunda crisis, como si hubiera traicionado la sangre de mi sangre.

—Pero fue sólo una pesadilla —dijo Deborah, intentando defenderlo, al igual que había hecho Katherine, la mujer que amaba.

Él respondió contundente.

—Sentado en mi casa, pensé para mí: si me callé en mi inconsciente, ¿no será porque también me callaría en una situación real? Y vosotros, si estuvierais ahí, ¿seríais más valientes que yo? No respondáis; solamente pensadlo.

Los alumnos fueron saliendo del aula en silencio. Habían entendido que eran humanos imperfectos, sin vocación de héroes.

Con esa pregunta, el profesor terminó su charla. La clase impresionó tanto a los alumnos que continuó provocando reflexiones, pues siguieron debatiendo el asunto en los descansos.

Antes de salir, Brady se acercó al profesor, le estrechó la mano, le dio las gracias por la clase y le pidió disculpas. Julio se alegró de haberlos incitado a pensar, pero la factura era alta. Sería denunciado por algunos alumnos.

Sin embargo, ése iba a ser el menor de sus problemas. Una persecución implacable por parte de enemigos desconocidos, que saldrían de los sótanos del tiempo, se estaba gestando. Julio Verne, que nunca había mostrado aptitudes para el comercio de productos, pero sí para el intercambio de ideas, necesitaría mucho más que ideas para sobrevivir…

## 3

## A LA CAZA DE ENFERMOS MENTALES

5 de diciembre de 1939. La nieve caía ininterrumpidamente, cubriendo de blanco casas, calles, coches y hasta animales. En el psiquiátrico de Hadamar, el viento frío silbaba, cortando la piel y torturando a los enfermos mentales, mal abrigados, obligándolos a encoger e inclinar sus cuerpos mientras caminaban.

Los Merkel cuidaban generosamente del psiquiátrico hasta la noche, cuando se recogían en sus aposentos dentro de la institución, un lugar pequeño, pero cómodo, formado por un salón, dos habitaciones y un baño. El aislamiento térmico, al igual que en el resto del edificio, era pésimo.

Los Merkel acababan de terminar de cenar un trozo de repollo rehogado, dos huevos repartidos entre cuatro personas, unas lonchas de queso y un pan del almuerzo, guardado de mala gana, para aliviar la insaciable hambre nocturna. A la mesa se sentaban Günter Merkel, de setenta y tres años; su esposa Anna, de setenta; Rodolfo, el hijo pequeño, que no se había casado, de treinta y cinco; y, junto a ellos, un desconocido de origen judío, un «protegido», en peligro por las temperaturas y, más aún, por la inseguridad. Lo habían encontrado hacía una hora y estaba hambriento, cansado y temblando de frío. Ni siquiera había tenido tiempo de entablar una conversación abierta con sus anfitriones, pues primero debía calentarse. Fuera hacía -9 ºC. Si no lo hubieran acogido en el psiquiátrico, no habría sobrevivido.

Los Merkel eran extremadamente altruistas, hasta el punto de compartir la ración que recibían del Estado con algunos de los enfermos mentales más debilitados de la casa.

El extraño miraba a los miembros de la familia que le había dado refugio; se veía que tenían bien poco. No entendía por qué se habían arriesgado a rescatarlo. Eran tiempos difíciles. Hacía pocos meses que Polonia había sido invadida por Alemania; la segunda guerra mundial empezaba a desbordarse. Desconfianza, miedo, carestía, hambre eran el pan de cada día; y más aún en aquel depósito de seres humanos enfermos mentales.

Rodolfo se reía solo. Miraba fijamente el tenedor, lo personificaba y dialogaba con él. Decía:

—¡Cuidado, amigo! Te doy el derecho de entrar en mi boca. Pero ¡no me hagas daño! Ja, ja, ja…

—Rodolfo, para —dijo Günter.

—Déjalo divertirse —intervino Anna, siempre paciente.

Rodolfo se entretenía con sus delirios. Después de hablar con el tenedor, hacía gestos extraños golpeándose la cabeza para intentar ahuyentar a los fantasmas de su cabeza. De repente, se ponía de pie y gesticulaba contra «esos miserables» que querían dominarlo. Su madre se vio obligada a intentar explicar el comportamiento de su hijo al asustado judío:

—Rodolfo siempre fue un buen niño. Era un estudiante aplicado y se convirtió en profesor, destacando en una escuela secundaria. Pero era intrépido, no tenía pelos en la lengua. Hitler, al que nunca le gustó la educación y siempre fue con pies de plomo con los profesores, despidió a muchos de ellos por considerarlos «sospechosos», de izquierdas. Rodolfo fue uno de ellos. Al sentirse excluido, abatido, un día su mente se desorganizó y empezó a decir cosas inconexas.

Anna tenía una inteligencia notable. Antes de jubilarse había sido investigadora en biología y profesora universitaria. Günter era funcionario público. Mientras ella explicaba las reacciones de Rodolfo, éste miraba al judío, soltaba alguna leve carcajada y hacía gestos indicando que su madre estaba «loca», que no sabía nada de lo que ocurría en Alemania. El huésped se relajó y esbozó una sonrisa contenida. De repente, Rodolfo dijo:

—En una guerra no hay vencedores, únicamente hay menos perdedores. Sólo ganan las moscas. ¡Muerte a las moscas!

—¡Bravo, Rodolfo! ¡Bravo! —aplaudió el extraño, que pensó que el psicótico era más listo que él. Pero sintiendo curiosidad, preguntó después:

—Si están cazando a los judíos por las calles sin piedad, ¿por qué me habéis acogido vosotros?

Anna suspiró profundamente y, a medida que el aire se adentraba en sus pulmones, ella miraba a su marido a los ojos. Cuando éste le dio sutilmente permiso para hablar, dijo:

—Años antes de sus primeras crisis, Rodolfo era reservado y un muchacho de pocos amigos, pero entre los que tenía, algunos eran de tu raza.

Rodolfo hizo de nuevo movimientos con las manos y muecas dirigidos al desconocido, pero en esta ocasión aprobando las ideas de su madre.

—Hitler detuvo a los amigos judíos de mi hijo. Furioso por esa intensa y violenta persecución, él empezó a criticar la política nazi en las aulas y en la sala de profesores.

—Fueron esos comportamientos los que lo llevaron a perder su puesto de profesor. Apartado de su trabajo, se deprimió, lo que precipitó su enfermedad mental —afirmó Günter.

—Y para no abandonarlo en este psiquiátrico, hace tres años que empezamos a dirigirlo. Sólo Günter recibe un sueldo, y muy bajo. El gobierno nos está abandonando.

—Rodolfo empezó a tener delirios de grandeza y, cuando los sufría, intentaba liberar a sus amigos judíos. En su imaginación se consideraba un gran oficial del Führer, pero no sabíamos si lo hacía porque se burlaba del gran líder de Alemania o porque de verdad creía que lo era.

De repente, al escuchar las palabras de su madre, Rodolfo se puso de pie, hizo un saludo nazi y clamó: «*Heil, Hitler*».* El desconocido se asustó ante su reacción. Después, Rodolfo hizo el saludo militar varias veces seguidas y dijo aún más alto:

—*Heil, Hitler!* ¡Soy un general del Führer! ¡Matad a las moscas! ¡Que vivan los judíos!

El huésped, una vez más, no pudo contenerse, dejando escapar una carcajada al entender la expresión como una broma sutil.

—¡Rodolfo, cállate! —intervino su padre—. ¡No pongas nuestra vida en peligro!

—Déjalo tranquilo, Günter. Nadie da importancia a lo que él dice. ¡Que grite por nosotros y por todo este refugio! —dijo Anna, entristecida.

—¡No! Es mejor que se calle —contestó el judío. Y añadió—: Hitler no es sólo el verdugo de los judíos, sino… —De repente se interrumpió y puso cara de aprensión.

Anna, ansiosa, preguntó:

—¿Sino qué? ¿A quién más persigue el Führer?

En lugar de responder a la dulce mujer, el extraño miró a Rodolfo y dijo pausadamente:

—A los alemanes desprotegidos.

—¿A los alemanes? —repitió, asustada e incrédula.

Günter negó con la cabeza, como no dando crédito a lo que decía el forastero.

—¡Es absurdo!

* «Salve, Hitler.»

—¡Espere! ¿En qué mes y año estamos?

Los Merkel se miraron entre sí y pensaron que el judío estaba confuso, que había perdido la orientación espacio-temporal, al igual que la mayoría de los enfermos mentales del psiquiátrico. Tal vez la persecución que había sufrido le había afectado psicológicamente. Günter le respondió irritado:

—¡Todo el mundo sabe que estamos en diciembre de 1939!

El judío se quedó helado, pero ahora no de fuera para dentro, sino del alma al cuerpo. Presa de una visible inquietud, con la cabeza gacha, taquicárdico y con las manos tapándose la cara, empezó a respirar entrecortadamente. Los Merkel no entendían su reacción. Parecía estar ante un depredador a punto de devorarlo. Balbuceante, dijo:

—¡No puede ser! ¿Cómo es que vosotros… aún no habéis sido invadidos?

—¿Por quién? —preguntó Anna.

—Por los nazis.

—¿Por qué invadidos? Somos alemanes, dirigimos una institución alemana que cuida de alemanes. ¿Por qué deberíamos ser invadidos por los nazis? —preguntó Günter con sequedad.

Mientras, Rodolfo parecía distraído con su extraño comportamiento.

El desconocido tragó saliva, no quería darles la noticia más triste de sus vidas. Se calló. Pero Anna notó algo. ¿No sería su huésped un perturbado mental o alguien que guardaba importantes secretos? Afligida, le dijo que tenía plena libertad para hablar, incluso delante de Rodolfo. Así era como se relacionaban ellos, abierta y francamente.

—Hitler, en su libro *Mein Kampf*,* indicaba bastante claramente cómo iba a lidiar con los enfermos mentales: defendía

* *Mi lucha.*

su esterilización. Y en 1929, cuando habló en el congreso del Partido Nazi sobre los más frágiles de la sociedad alemana, rozó los límites de la inhumanidad al usar el argumento económico, y principalmente el de la higiene racial, para proponer la eliminación de niños especiales.

—¡Eso no es posible! —rebatió Anna—. Nosotras, las mujeres, por lo menos la gran mayoría, nunca nos enteramos de eso.

Günter, que era afiliado del Partido Nazi, se calló.

El forastero, emocionado, añadió:

—En esa fecha, profirió estas palabras en ese congreso: «Si Alemania tuviera un millón de niños al año y se librara de setecientos mil a ochocientos mil de los más débiles, el resultado sería un aumento de la fuerza».[11] Hermosos y dóciles niños con traumas craneales, parálisis cerebral, defectos físicos, síndrome de Down y otras alteraciones genéticas que necesitarían ser protegidos como un tesoro inestimable de la especie humana, debían ser, en opinión de Adolf Hitler, eliminados.

Anna no podía creer lo que estaba oyendo. Estaba atónita. No podía ser cierto. Günter, por su parte, estaba temblando. Sintió ganas de saltar al cuello del forastero, pero algo lo mantenía sentado en su silla. Lo escuchaba impasible, pero no conseguía callarlo.

La ferocidad y la monstruosidad humanas habían llegado a niveles impensables. Era de temer que un líder político que hacía gala de una virulencia tal contra niños indefensos de su propio pueblo no tuviera compasión alguna con los niños de otras razas, y menos aún con adultos y ancianos. El exterminio en masa, la Solución Final para los judíos, ya estaba en curso en la mente de Hitler muchos años antes de que existieran los campos de concentración.

De repente, la puerta del pequeño salón de los Merkel se abrió sin que nadie hubiera llamado, asustando al huésped. Era

Klaus, un paciente con síndrome de Down, muy amable, que llevaba diez años viviendo en la institución. Íntimo de la familia, Klaus entraba con la mayor tranquilidad para rebuscar comida en las ollas de los Merkel y en su despensa.

Ahora, se sentó al lado de Rodolfo, puso los codos sobre la mesa y las manos bajo la barbilla y le dijo al forastero:

—Te estoy oyendo. ¡No digas tonterías!

Él sonrió y respondió:

—Solamente este discurso olvidado de 1929 habría bastado para apartar a Hitler para siempre del escenario político. Desgraciadamente, Alemania eligió a un líder sin examinar sus creencias. Lo pagará muy caro y llevará a millones de inocentes también a pagar un precio infernal.

Anna no aguantó más. Nerviosa y alterada, ella, que era bióloga, espetó:

—¡No es posible! ¡Es un plan bárbaro! ¡Una ingeniería racial por medio del asesinato en masa de niños indefensos! ¿Y justificada por qué? Por una ideología darwinista distorsionada e inhumana.

Y la dulce mujer, ahora enfadada, miró a su marido y le preguntó:

—¿Es eso verdad, Günter? ¿Tú lo sabías?

Él tomó aire varias veces antes de romper el silencio.

Lo sabía, por eso no había echado al forastero.

—Sí, Anna. Fue hace diez años, yo estaba en ese congreso.

—¿Cómo no te rebelaste? ¡Fuiste un cobarde!

—Consideré su tesis absurda, loca y estúpida. Pero yo era una voz solitaria y corría peligro de muerte en medio de todos aquellos radicales. Hitler fue ovacionado con entusiasmo. Ésa fue la propuesta que me hizo alejarme lentamente del partido.

—Sin embargo, a continuación, intentó calmar a su mujer—. Pero mira, Anna, Hitler está en el poder desde hace más de seis años y no ha hecho nada con esos niños. El Führer ha cambiado. Todo el mundo cambia.

—No, Günter —respondió el extraño, que parecía estar, una vez más, muy bien informado. Y explicó—: Hitler pospuso sus dementes teorías, pero no renunció a ellas. No sólo los niños especiales internados en instituciones, sino también enfermos mentales son su objetivo.

Rodolfo, que durante todo ese intercambio de palabras parecía distraído, reaccionó ahora al oír al forastero:

—*Heil, Hitler!* ¡Salven los psiquiátricos!

Klaus se levantó, hizo un saludo militar y lo secundó:

—¡Muerte a todas las moscas! ¡Viva yo! —Y mirando a Rodolfo, añadió—: ¡Y tú también!

Después, ambos se tranquilizaron. A continuación, el desconocido hizo comentarios que dejaron asombrados a sus anfitriones. Afirmó que el 1 de septiembre de 1939, el día que comenzó la invasión de Polonia, Hitler, que, para protegerse, raramente transmitía órdenes letales, firmó un memorando para liberar a personas con enfermedades incurables para que pudieran morir. El programa se llamó disimuladamente «eutanasia activa». No obstante, no se trataba de eutanasia en su sentido clásico, consentida por una persona en fase terminal y con horribles sufrimientos. Se trataba de una eutanasia forzosa, determinada por el Estado.

Varios médicos se rebelaron y fueron expulsados de sus puestos. No obstante, este programa, por increíble que parezca, fue apoyado no sólo por los médicos fanáticos de la Liga de los Médicos Nacionalsocialistas, sino por muchos otros facultativos. Aproximadamente un 45 por ciento de los médicos de la época eran afiliados del partido y, en cierta forma, estaban comprometidos con la purificación de la raza, algo intelectualmente débil y científicamente absurdo, lo que demuestra la influencia del medio sobre la inteligencia. Bajo la influencia nazi, diversos psiquiatras también lo aprobaron y eligieron pacientes que debían ser eliminados.[12]

En marzo de 1935, se inauguró una exposición en Berlín llamada «El milagro de la vida», en la que los médicos se perfilaban como los grandes líderes de la política racial. En esta búsqueda de la sangre pura, los judíos y los mestizos aparecían como enemigos. En una sección de dicha exposición, se mostraban las comparaciones de Paul Schultze-Naumburg, un ideólogo del arte nazi y de la defensa racial, respecto a seres humanos con deficiencias genéticas. Schultze abordó el tema de una forma tan agresiva que llegaba a cuestionarse la humanidad de estos enfermos.[13]

Posteriormente, Gerhard Wagner, el médico jefe del Tercer Reich, prometió que, en el futuro, conseguirían cumplir el deseo del Führer: crear el nuevo hombre destinado a dirigir la Tierra.

—Era casi increíble que profesionales de la salud, que, bajo el juramento hipocrático, debían preservar la vida a toda costa, defendieran ese bárbaro proyecto —afirmó, consternado, el forastero. Y añadió—: En una reunión del partido de ese año, Hitler declaró con voz imponente: «Compatriotas, lo que deseamos de la juventud de mañana es diferente de la del pasado. Tenemos que crear un nuevo hombre para que nuestra raza no sucumba…».[14] Gerhard Wagner hizo una película, proyectada en toda Alemania, en la que decía que en los últimos setenta años, la población había aumentado en un 50 por ciento, mientras las enfermedades hereditarias lo habían hecho en un 450 por ciento. Quería inducir a la gente a aceptar el exterminio de esos seres humanos inofensivos e insustituibles.[15]

Durante la República de Weimar, antes de que Hitler se convirtiera en canciller, la sociedad alemana no aprobaba la eutanasia. Pero tras su ascenso, todo cambió. El nazismo creó un ambiente alucinante; quería eliminar a los pacientes psicóticos, cuya complejidad intelectual no era en nada diferente de la de los «normales»; al contrario, eran mucho más afectivos. Sin embargo, Hitler tenía el poder de crear, fomentar y despertar el instinto animal que se alojaba en el inconsciente de las personas, incluso de los intelectuales.

—Pero ¡la Iglesia no lo aprobará! —dijo Anna, completamente desesperada.

—Hitler teme la reacción de la Iglesia, Anna —comentó el huésped—. Pero sibilinamente, esperó a que la guerra comenzara para aprovecharse del ambiente saturado de estrés y distraer la atención de las Iglesias católica y protestante, debilitando así su resistencia. Y, desgraciadamente, la guerra ya ha empezado. En breve este psiquiátrico será invadido y matarán a los pacientes; algunos morirán fusilados, otros asfixiados. Es necesario un plan urgente para…

Günter lo interrumpió violentamente:

—¡Mentira! ¡Mentira! —Y, con rabia, se levantó, sujetó al judío por el cuello de la camisa y le espetó—: ¡Hitler puede ser un dictador, pero no hará daño a su pueblo! ¡Lárguese de mi casa!

—Señor Günter, Hitler es un extranjero, es austríaco, y sólo se ama a sí mismo, no al pueblo alemán.

Sin embargo, incluso tras oír esas palabras, el viejo Günter arrastraba con fuerza al desconocido hacia la puerta. Rodolfo, arrancándose el pelo, se interpuso entre gritos.

—¡No, papá! ¡No! Yo soy general del Führer.

De repente, al ver la desesperación de su hijo, Günter lo soltó e intentó calmar a Rodolfo.

El forastero no se cortó, e insistió:

—Señor Günter, para Hitler, los internos de esta institución no significan nada, son una molestia social. Hay que hacer algo con ellos.

El hombre se aplacó y, abatido, se sentó en el viejo sofá que había detrás de la mesa.

—¡No puede ser! La justicia tiene que prevalecer.

—Sí, la justicia debe prevalecer —dijo Anna, pero sin convicción.

Pero el extraño no les escondió lo que sabía. No había justicia en la Alemania nazi.

—Hitler se ha saltado la Constitución. Él es la ley. Ha conseguido unir al poder ejecutivo y al legislativo y se ha vuelto un déspota que subyuga al poder judicial para realizar su voluntad.

Y comentó que un osado juez comarcal, Lothar Kreyssig, se opuso al programa de la «eutanasia activa». Para él, los niños deficientes y los enfermos mentales eran personas que necesitaban de un apoyo innegable. Escribió cartas de protesta contra la ilegalidad agresiva de la medida, pues creía que el sistema jurídico alemán se estaba derrumbando.

—Cuando le mostraron la autorización de Hitler para eliminarlos, dijo sobresaltado: «Incluso basado en la teoría positiva, lo errado no podría convertirse en cierto». Tal osadía le costó cara. El propio ministro de Justicia del Reich, Franz Gürtner, le escribió: «Si usted no reconoce la voluntad del Führer como fuente de ley, como base para el derecho, entonces no podrá seguir siendo juez». Kreyssig fue jubilado forzosamente.[16]

Oficialmente, de setenta a noventa mil alemanes fueron víctimas de ese programa de ingeniería racial, pero extraoficialmente debió de acabar con muchos más.[17] Con inenarrable dolor, padres, esposas e hijos perdieron a sus seres queridos. Pero los engañaban. Recibían tres cartas. La primera decía que estaban llevando a los pacientes a un lugar de asistencia. La segunda, que estaban bien alojados y que recibían un buen tratamiento. La tercera les transmitía las condolencias por su muerte.

Los Merkel se quedaron impresionados ante la cantidad de información que les daba el extraño. Se asustaron por lo que podía ocurrir. Hospedaron al judío durante más de dos días en su casa. Rodolfo lo hacía relajarse y sonreír. Ambos paseaban con buen humor entre los enfermos mentales. Mientras, los padres de Rodolfo y él empezaron a tramar un plan para proteger a aquellos pacientes, pero era casi imposible. Hacía mucho frío, no tenían coches, alojamiento, provisiones. Pero aun así, empezaron a llevarlos a la finca de un amigo, que poseía una casa abandonada. Desplazaron a dieciséis pacientes, incluido Klaus. Cuando se preparaban para transportar otra tanda, lo inevitable ocurrió. Se oyeron golpes violentos en la puerta de la verja de la institución, situada al lado del diminuto alojamiento de los Merkel. No eran golpes habituales.

El matrimonio se puso tenso. Le pidieron al extraño que saliera rápidamente del salón. Rodolfo también se escondió. Eran doce policías de las SS armados hasta los dientes. Rostros de rabia, manos con documentos, expresiones que denunciaban la búsqueda de enemigos. Pero en esta ocasión no buscaban judíos. Tenían una larga lista de personas y Rodolfo Merkel estaba en ella. Sus delitos: tener necesidades especiales, gastar dinero del gobierno, «contaminar» la raza aria.

Metieron a los enfermos mentales en camiones. Los soldados ya habían pasado por muchas instituciones de ese tipo; los escuadrones de las SS ya habían matado a algunos, otros habían muerto en furgonetas meticulosamente preparadas para liberar gas, pero en el psiquiátrico de los Merkel los soldados se enfadaron, porque los números no coincidían. Empezaron a buscar a Rodolfo; sabían que era el hijo del director de la institución. Entre los llantos de Günter y Anna, rebuscaron en su casa y no lo encontraron. Estaba dentro de un armario.

—¿Dónde está el loco? —preguntó a gritos el líder de las SS.

—¡Aquí no hay nadie más! —afirmó Anna.

—¡Es mentira! ¿Dónde está el loco? —volvió a preguntar el jefe de la misión.

—¡Todos nosotros somos locos, señor! —contestó Günter, queriendo decir indirectamente que estaban locos por haber aceptado el liderazgo de Hitler.

El jefe de las SS ya había fusilado personalmente a más de cincuenta hombres. Tenía experiencia y era frío. Al notar la ironía de Günter, sin importarle su edad, le dio inmediatamente una bofetada que lo tiró al suelo. Anna, desesperada, fue a socorrerlo.

Rodolfo era un «oficial», no podía seguir escondido al ver a su padre herido. Salió del armario de la habitación y, gritando, fue hasta el salón.

—Yo soy un general del Führer. Matad a las moscas y no a mis padres.

El jefe de la misión soltó una espeluznante carcajada y dijo:

—Los locos siempre se entregan. —Y mirando a sus compañeros, despiadadamente agarró a Rodolfo y lo empujó en dirección a la puerta para que se lo llevaran.

—¡Dejen a nuestro hijo en paz! —gritó Anna, deshecha en llanto, postrada a los pies de los soldados—. Por favor, suéltenlo… Él es incapaz de hacerle daño a nadie.

El mundo se quedó pequeño para contener toda su angustia. Rodolfo era el sentido de su vida, vivía para su hijo.

Pero el jefe de la misión, portando una orden expresa de los altos cargos de las SS, sentenció, sin resto alguno de sensibilidad:

—En nombre de la raza aria, debe irse.

Impresionado por el dolor de su madre, Rodolfo se resistió a rendirse:

—¡Soy general de Hitler! ¡Matad a las moscas! ¡Vivan los judíos!

Al oír esa infamia, otro soldado le dio un fuerte bofetón, cuyo dolor no sólo sintió el joven, sino que también afectó al judío que estaba escondido debajo de la cama, en el cuarto de Rodolfo. Entonces, le apuntaron a éste con una arma a la cabeza.

En ese momento, el desconocido intentaba salir de su escondrijo. Quería proteger a su amigo, que había sido quien en un principio lo había acogido para que no muriera congelado, pero se sentía paralizado, como si fuese a explotar en su escondite, pero no tenía dominio de cuerpo. Jadeante, de repente, en pleno ataque de ansiedad, gritó:

—¡Reacciona! ¡Sal, cobarde!

Y se golpeaba la cara, se castigaba como el último de los hombres.

Estaba entre el sueño y la vigilia. De repente, Julio Verne se despertó presa del pánico, parecía que estuviese sufriendo un infarto. Sudaba. Acaba de tener otra pesadilla, con todo lujo de detalles, basada en hechos históricos y de un realismo espantoso.

Katherine, al oír sus gritos, se despertó de un salto e igualmente tensa. Encendió la luz de la lamparilla de noche y vio el rostro de su marido desfigurado por el miedo, igual que la última vez. Los ojos muy abiertos, el rostro contraído… parecía salido de una película de terror en la que él fuera la víctima, como si estuviera huyendo de algo que lo consumía por dentro.

—¡Cálmate, Julio! Estás en tu habitación. ¡Cálmate!

Al oír la voz de Kate, respiró profundamente. Pero aún estaba bajo los efectos de la crisis. Intentando escapar de su pavor, la abrazó y el hombre que no estaba acostumbrado a llorar volvió a derramar lágrimas. Ella sintió el acelerado latir de su corazón y el jadeo de sus pulmones. Estaba de verdad sufriendo, no eran pesadillas comunes. En un intento de aliviarlo, le dijo:

—Todo va bien. Ha sido sólo una pesadilla, cariño.

El intrépido profesor, por primera vez se permitió abrazarse como un niño tímido al cuello de su mujer.

—Kate, entraron en el hospital psiquiátrico de Hadamar y, sin piedad, se llevaron a aquellos pobres inocentes a la muerte.

—No te entiendo, Julio.

Fue entonces cuando le contó el sueño que lo trastornaba. Ella se quedó impresionada. Nunca había sabido de nadie que soñase con esa riqueza de detalles.

Las pesadillas continuaron con una frecuencia de, al menos, dos o tres veces a la semana. Su imaginación lo transportaba dentro de la historia, en vivo y en directo.

A medida que el tiempo pasaba, Katherine, que siempre consideró a su marido muy equilibrado emocionalmente, empezó a preocuparse por su salud mental. Diez días después, mezclando el papel de esposa y de psicóloga, sin querer ser brusca, le habló con honestidad.

—Julio, estás muy tenso últimamente. Tu buen humor se está disipando, tu paciencia se está agotando. Yo sufría por anticipación, pero ahora tú sufres por el pasado, un pasado que tú no construiste, aunque parece que hubieras participado en él.

Él guardó silencio, no se defendió ni se justificó. Sabía que ella tenía razón. Katherine continuó:

—Eras tan fuerte, cariño… Era difícil verte llorar, mostrarte inseguro, atemorizarte, pero ahora… de un mes para acá, te has convertido en un coleccionista de lágrimas… Te despiertas sumido en llanto. Sinceramente, sé que estás sufriendo, pero no sé cómo ayudarte.

—Es como si que va a explotarme el cerebro. Siento mi inconsciente esté traicionando mi tranquilidad. Vivo en estado de alerta. Me da miedo dormirme, Kate, y que la película vuelva a empezar… —confesó el profesor, que nunca había sufrido ningún tipo de fobia. Había tenido algunas pesadillas importantes, pero era algo que no formaba parte de su rutina.

—Tú siempre fuiste un referente en salud psíquica para mí. Sé que eras un poco ansioso, un tanto obstinado...

Él sonrió suavemente y ella continuó:

—Pero nunca te había visto tan irritado. ¿No será el momento de buscar ayuda? —preguntó, animándolo a que acudiera a un especialista.

—No sé. Pienso que primero tengo que intentar reorganizarme. Lo voy a superar, Kate, lo voy a superar

No era reacio a la idea de buscar ayuda, pues ya había ejercido con éxito la psicología clínica, antes de ser profesor. El problema era que, en el fondo, creía que algo estaba fallando, pero no sabía decir si era dentro o fuera de él.

A principios de la semana siguiente, un acontecimiento le hizo tener la certeza de que algo extraño le estaba sucediendo. Katherine no había estado en Londres durante los dos últimos días; había ido a París a dar una conferencia. Él había pasado una noche relativamente tranquila, sin sobresaltos, pero en esa ocasión el pánico vino del exterior. Al despertar, oyó golpes fuertes y apresurados en la puerta de su apartamento.

—¡Qué raro! —se dijo en voz alta—. El portero no me ha avisado de que fuera a subir nadie.

Se puso unos pantalones arrugados y fue rápidamente a abrir. Echó un vistazo por la mirilla de la puerta y no vio a nadie. Titubeó un instante, pero luego en seguida abrió, ansioso. Nada. Diez segundos de silencio, respiración lenta, ojos fijos en el pasillo. Nadie. «¿Será que algún vecino me está gastando una broma? ¿O alguien se habrá equivocado de casa?», pensó. Al cerrar la puerta, bajó la cabeza y vio una carta. Hacía meses que no recibía ninguna. Toda su comunicación era a través de redes sociales o correo electrónico. Se agachó y la tomó delicadamente con extrañeza. Estaba fechada el 6 de diciembre de 1939. Se frotó los ojos mientras leía de nuevo la fecha de la carta.

El sobre era oscuro, desgastado, envejecido; no parecía el suave papel utilizado en la actualidad. No se veía remitente ni destinatario. La abrió y, para su asombro, la carta estaba escrita a mano, con pluma. Y, lo que era peor, la letra era suya.

—Pero ¿cómo puede ser? —dijo, suspirando.

Y los misterios continuaron. La miró, atónito. No podía creerlo; la carta estaba dirigida al ministro de Propaganda de Hitler, Goebbels. Rápidamente la leyó:

```
Sr. Goebbels:
    Nos gustaría tener un encuentro con usted con motivo
de la visita de su madre a nuestra ciudad. Desearíamos
discutir ciertas ideas que son de su interés, incluidas
las nuevas técnicas de propaganda proporcionadas por la
radio. Con la certeza de que tendrá a bien recibir nues-
tra petición, le saludamos cordialmente.
                            Julio Verne y Rodolfo Merkel
```

—¿Qué está pasando? ¡Le escribí una carta a ese crápula! ¡No puede ser! —dijo, caminando de un lado a otro, con la mano derecha revolviéndose el pelo y con la izquierda agarrando la carta. Y añadió, pasmado—: Yo odio el proyecto megalomaníaco de Hitler, odio la propaganda de masas lanzada por Goebbels, ¿cómo puede ser entonces que me dirija a él? ¡No puedo estar del lado de esa fábrica de horror! ¿Quién me está gastando esta broma? ¿Quién es el que firma junto a mí?

Impresionado, se sentó en el mullido sofá beige, aunque le parecía estar sobre piedras puntiagudas. No podía relajarse. Intentó centrarse y analizar racionalmente lo ocurrido. Pero no lo consiguió. Le resultaba difícil controlar sus pensamientos; eran parcialmente inconexos. Un tanto confuso, pensó en voz alta: «Ya sé. Estoy teniendo una pesadilla. ¡Nada de esto es real!». Pero apretó la mano izquierda y sintió su piel, frotó la carta con los dedos y notó su textura. No era una pesadilla, aunque no por eso era menos sorprendente. Perturbado, intentó encontrar razones:

«Mi subconsciente me está jugando una mala pasada. Eso es; sólo puedo haberla escrito estando sonámbulo. Pero ¡no puede ser! Este papel, esta tinta… Y ¿por qué un encuentro con el arquitecto de la propaganda nazi? ¿Colaborar con él? ¡Imposible! ¿Eliminarlo? Probablemente, pero si no he matado ni una mosca en mi vida… ¿Y ese tal Rodolfo? ¿Es el mismo con el que soñé hace unas semanas? ¿Por qué firma esta carta conmigo?».

Muchas preguntas, pero ninguna respuesta. Recordó el coche que casi lo atropella y el anillo con el símbolo nazi. Empezó a pensar en voz alta, creyendo que estaba siendo objeto de una conspiración. Pero nada tenía sentido.

—No soy ningún agente secreto. No formo parte de ningún partido político. Sólo soy un profesor, un simple profesor de historia… ¡Dios mío! O me estoy volviendo loco o me están… No, eso es una paranoia —dijo, suspirando y alterado.

Mientras el caldero de imágenes mentales y pensamientos inquietantes hervía en su cabeza, él, para intentar sobrevivir, procuraba dar clases brillantes. Ya no se limitaba a transmitir información sobre la historia, sino que la teatralizaba, transportaba a sus alumnos al interior de la historia, al igual que él la vivía en sus pesadillas. Describía a personajes como Rodolfo, los rasgos de su personalidad, sus muecas y gestos extraños, estimulando a sus alumnos a admirar la complejidad de la psique humana y llevándolos a contemplar la inhumanidad del líder de Alemania y de su radical partido.

—Hitler asesinó a los hijos de Alemania con alteraciones genéticas y mentales como si fueran enemigos de la política racial del Estado. Nunca la ciencia había deshonrado tanto a la humanidad —les decía el profesor a alumnos perplejos. En sus clases, imitaba la voz y el comportamiento grosero de los oficiales de las SS con sus órdenes de búsqueda. Impresionaba a su público.

No quería ser un héroe, pero se convenció de que los profesores, a pesar que no siempre tengan los mejores sueldos, son revolucionarios «sembradores» de ideas, de que tienen un poder de transformación social mayor que los generales y los políticos. Las ideas son las que promueven la paz u originan guerras. Julio Verne nunca se había sentido tan frágil y al mismo tiempo tan poderoso. Algunos lo veían como un hombre mentalmente trastornado; otros, como un maestro disconforme con la cárcel social.

—Si las ideas no os inquietan, queridos alumnos, o vosotros estáis muertos como pensadores o yo estoy muerto como educador.

El mensaje era directo y provocador. Y añadía:

—Si venís aquí para oír información, olvidadme; encended un ordenador. Éstos harán un trabajo mejor que el mío.

Estimulando a sus alumnos a debatir ideas, decía:

—La violencia no sólo es causada por la acción de los tiranos, sino también por el silencio de los que callan.

«Pero ¿sobre qué se callan?», se preguntaban sus estudiantes. Aun así, el profesor no explicaba mucho. Cada uno lo interpretaba como quería.

Su irreverencia era tema de conversación en los pasillos de la universidad. Muchos querían conocer al «loco» que se subía a la mesa, que ponía a los alumnos contra la pared y gritaba teatralmente en sus clases. En una universidad tediosa, en la que la transmisión seca y fría del conocimiento competía con la emoción que ofrecía internet a la hora de captar la atención del público, y que perdía por goleada, la existencia de un profesor «descompensado» y polémico fue un acontecimiento notable. Alumnos de otras disciplinas que no tenían historia en sus programas empezaban a disputarse la asistencia a sus clases. El intelectual comenzó a ganar fama, algo que incomodaba al rector.

Coleccionaba admiradores, pero no pocos detractores también. No había una clase en la que no fuera aplaudido o de la que no salieran espectadores enfadados en algún momento de su conferencia. Algunos alumnos, como Peter, Deborah, Evelyn, Lucas, Brady y otros, empezaron a seguir al maestro en todas sus clases. A muchos no les gustaban los libros de historia, ni expresar sus pensamientos en clase, pero algo ocurrió en su mente: comenzaron a tener una sed insaciable de conocimiento.

Días después, Julio Verne estaba trabajando en su ordenador, cuando, de repente, le llegó un correo electrónico convocándolo a una reunión urgente en el rectorado de la universidad. En otra época, se habría sentido cómodo con la invitación. Seguramente habría oído elogios. Ahora sabía que el panorama había cambiado.

Nunca había tenido mucha afinidad con el imprevisible y austero rector, pero lo soportaba y a la hora señalada fue al encuentro. Las piernas cruzadas y el pie izquierdo en movimiento ininterrumpido revelaban su ansiedad. Esperó durante unos largos veinticinco minutos a que lo atendiera.

La puerta se abrió y el vicerrector, Antony, lo invitó a entrar. Ni una sonrisa, ni un cumplido. Además del vicerrector, estaban reunidos alrededor de la mesa oval de caoba rojiza el rector, Max Ruppert, el coordinador del departamento de Derecho, Michael, y un abogado de la institución. Los rumores sobre las clases de Julio Verne los llevaban perturbando semanas. Rostros cerrados, piedras en las manos.

—Usted lleva años aquí y nunca ha tenido problemas, pero últimamente varios alumnos se han quejado de su conducta —afirmó el rector.

—Lo sé. Pero ¿no los hay que me han elogiado?

No hubo respuesta

—Lo que es peor, tres alumnos lo han denunciado por calumnias y difamación. Al tenerlo contratado, nuestra universidad tiene responsabilidad solidaria en ese proceso —dijo con sequedad el rector.

Los demás inquisidores guardaban un temeroso silencio.

—No entiendo los motivos… —Antes de que terminara la frase, el rector lo interrumpió.

—¿No entiende los motivos? ¡Los llamó nazis!

—¡Jamás! Eso es mentira. ¡Les dije que son hijos del sistema cartesiano!

—¿Y qué quiere decir con eso? —preguntó, confuso, el abogado de la universidad, el señor Cassio.

—¿No conoce los accidentes provocados en el inconsciente colectivo por el cartesianismo?

—No somos sus alumnos. ¡Vaya directo al grano! —dijo con frialdad Antony, el vicerrector.

—Afirmé que el dolor ha sido institucionalizado por las matemáticas. Los homicidios, los suicidios, la violencia contra las mujeres, los malos tratos en la infancia, la farmacodependencia se han convertido en estadísticas propagadas por los medios de comunicación o estudiadas en las universidades. ¿No se dan cuenta de este fenómeno?

Michel, como coordinador del departamento de Derecho y especialista en derechos humanos, se quedó fascinado ante las implicaciones psicosociales de esa simple sucesión de ideas. Pero no fue ésa la impresión de Max y Antony, los líderes de aquella poderosa institución.

—¡Deje ya ese romanticismo académico, profesor! —comentó secamente Antony. Pero Max fue más lejos:

—¿Quién es usted para inducirnos a defender sus tesis? ¿Quién dice que su crítica de ese cartesianismo no es una estupidez? Se está convirtiendo en un cuerpo extraño en esta universidad. Muchos comentan que tenemos un profesor histriónico, polémico, loco... Cumpla con su papel académico, como siempre ha hecho —concluyó Max con tono exasperado.

—Lo siento mucho. No volveré a dar las clases como hacía antes. Estaba formando a repetidores de ideas y no a pensadores —contestó Verne, recordando que no pocos intelectuales aplaudieron las locuras de Hitler...

—¡Nos está ofendiendo, profesor! Si sigue así, tomaremos medidas para apartarlo de la universidad —afirmó Max, señalándolo con el dedo—. Nuestro abogado, el señor Cassio, lo defenderá, así como a la universidad. Una reclamación más y rescindiremos su contrato y puede que se tenga que enfrentarse a otro proceso. En este caso, iniciado por nosotros.

—Calma, caballeros —dijo Michael, intentando suavizar la furia de Max. —Señor rector, los puntos de vista del profesor son respetables —dijo luego en su defensa.

—¿Respetables? ¡Estamos manchando la imagen de nuestra magna institución con la conducta antiética de este profesor! Estamos incluso perdiendo alumnos por su petulancia. —Eso era falso. Su tono de voz y su profusa transpiración indicaban que estaba completamente descontrolado, lo que no disimulaba. Su deseo era intimidar al profesor. Y, pesimista, sentenció—:

Y seguramente tendremos que pagar altas indemnizaciones a ciertos alumnos por sus difamaciones.

Respiró profundamente y añadió en un tono de voz más bajo:

—Decidimos introducir la historia en los programas de algunas de nuestras carreras para distinguirnos de otras instituciones académicas y le encargamos esta tarea al que era uno de los más notables profesores. Y ahora nos vemos apuñalados por espalda, traicionados…

El vicerrector intervino:

—Usted podrá tener sus convicciones, profesor, pero nunca debería ofender a nuestra clientela. Se le paga para que transmita datos y no para crear polémica.

—Señor Antony, se me paga para formar mentes libres. Si la meta es transmitir datos fríos, contrate un programa de ordenador, que será más eficaz. ¿Cómo formar mentes libres sin provocar a los alumnos con el arte de la duda? ¿Cómo usar el arte de la duda sin cuestionarlos? ¿Y cómo cuestionarlos sin perturbarlos? ¡Imposible!

Ante esas palabras, el rector, ansioso, se frotó la cara con las manos sin saber qué decir. Antony se llevó las manos a la cabeza. Sabía que Julio Verne era un genio en el debate de ideas y, desde que él era vicerrector, nunca un profesor había sido tan solicitado, todos querían asistir a sus clases, aunque también tuviera detractores.

—Profesor Julio Verne —dijo Antony, ahora pausadamente—. Lo que le pido es que no cause motines. Sólo eso.

Eso era imposible para el profesor, que odiaba la pasividad de la clase, a quien apasionaban las discusiones. En ese momento, se zambulló en su psique y, conmovido, reveló una de sus pesadillas:

—Hace poco tiempo tuve un sueño que me perturbó muchísimo. Vi a jóvenes alemanes, entre dieciocho y veinte años, en los tiempos de Hitler. Tenían sueños, iban a escuelas, eran risueños, alegres, les gustaba tener amigos, ir a fiestas y comidas, al igual que a nuestros alumnos de esta universidad. No eran psicópatas en el sentido clásico, no se imaginaban que un día tomarían las armas y serían capaces de asesinar sin compasión a judíos, gitanos, homosexuales e incluso a dóciles niños de su propia raza con necesidades especiales. Pero, adiestrados por el nazismo, ellos los consideraban la escoria de la humanidad e hicieron tales atrocidades. Con un arma en una mano y un orden de busca y captura en la otra, se convirtieron en dioses del mal.

Todos los que estaban en el rectorado se quedaron impresionados por sus palabras y más perplejos aún porque el profesor representó, como hacía en clase, a un soldado alemán siguiendo el rastro de enemigos del régimen. Imitando la voz del alemán, dijo:

—«¿Dónde están los enfermos mentales que ensucian la raza aria? —A continuación, imitó la voz y el comportamiento extraño de un inocente psicótico—: ¡No lo sé, señor! ¡Viva Alemania! ¡Por favor, llévenos a conocer al grande y bondadoso Führer…!» —Y el Führer les daba un regalo. Entonces representó el regalo: el sonido de una ametralladora.

Tras esa breve teatralización, Julio Verne reafirmó:

—Estoy aquí para contribuir a la formación de mentes con conciencia crítica y no manipulables. No sé si lo conseguiré, pero si no lo intento, será mejor desistir de ser… —E, interrumpiendo su propio discurso, se levantó y, sin despedirse, salió en silencio y emocionado.

Michael también sintió que se le humedecían los ojos.

Absorto en sus pensamientos, Julio Verne ni siquiera sabía por dónde caminaba. Si seguía con su programa, se vería con el agua al cuello. Pero ¿cómo callarlo? ¿Cómo silenciar a alguien con una mente atemorizada por terrores nocturnos, embargada por hechos inexplicables y perturbada por el conformismo social? Era un hombre inquietante e inquieto.

4

## CONFLICTOS IRRESOLUBLES

Las clases de historia del profesor Julio Verne iban adquiriendo cada vez más solidez, estructura emocional, realismo, crudeza, concreción, «sabor». El profesor-actor sonreía, lloraba, asustaba, sorprendía a sus alumnos. Tenía éxito entre los estudiantes de Derecho, Psicología, Medicina y Pedagogía. Incluso los estudiantes de Ingeniería se peleaban para asistir a sus clases. Las sensaciones que antes sólo se experimentaban en el cine ganaron terreno en los áridos escenarios de las aulas.

En cierta ocasión, Julio estaba hablando sobre los mecanismos de interpretación de la historia.

—Todo pensamiento deriva en teoría de la historia. No sólo los hechos del pasado o los textos de los libros se basan en ella, sino que cada pensamiento que uno produce en cada exacto momento, aunque se refiera al futuro, tiene elementos de la historia, ya sea por los verbos y sustantivos que se ha rescatado, ya sea por hechos que se ha aprobado o negado, o por los miedos y expectativas que uno ha proyectado. La historia es la madre de las ideas y, como tal, debería ser interpretada con criterios históricos, incluso la de las personas que uno quiere o rechaza. Si no nos deshacemos de nuestras tendenciosidades, cometeremos crasos errores a la hora de valorar los hechos y comportamientos ajenos. Y, sinceramente, tarde o temprano produciremos interpretaciones falsas o estúpidas.

—¡Protesto! Yo siempre soy verdadero —exclamó un alumno que estaba esperando una oportunidad para contradecir al profesor. Estaba allí para espiar, pues era amigo de Jeferson y Marcus.

—Gracias por contestarme. El pensamiento es solitario, nunca incorpora la realidad del objeto pensado. Por ejemplo, un psicólogo interpreta a su paciente no sólo a partir del otro, sino también a partir de sí mismo. Su historia (quién soy), su emoción (cómo estoy), su ambiente social (dónde estoy) comprometen su interpretación. Concluyo así que la verdad es un fin intangible.[18] Por tanto, no puedes ser siempre verdadero, a no ser que seas un dios —respondió el maestro.

Ese alumno estaba grabando al profesor. De repente, al oír esas palabras, junto con otros compañeros, salió de la clase. Antes de marcharse, espetó:

—¡Usted es quien se cree un dios!

El clima se enrareció.

Segundos después, Julio miró a la clase, respiró profundamente y dijo:

—¡Cuidado! El pensamiento consciente es virtual y, como tal, libera nuestra imaginación, pero, al mismo tiempo, está sujeto a graves distorsiones. En el momento exacto en que leemos nuestra memoria y construimos una cadena de pensamientos, nuestros niveles de ansiedad, nuestras creencias religiosas, nuestras ideologías políticas interfieren en décimas de segundos en esa construcción y contaminan nuestro juicio. Intentad siempre observar al otro, incluso a los personajes de la historia, más con sus ojos y menos con los vuestros. Os equivocaréis también, pero menos.

Deborah, impresionada por sus palabras, dijo:

—Nunca me había imaginado que el pensamiento fuera virtual y susceptible de causar distorsiones. Soy impulsiva, siempre digo lo que pienso, pero nunca había pensado sobre el modo en que pienso y sobre lo que pienso.

—Si los dictadores que mataron, esclavizaron y excluyeron a personas comprendieran las distorsiones del pensamiento y miraran a sus víctimas desde la perspectiva de éstas, aunque fuera mínimamente, no habría cometido crueldades —afirmó Peter.

—¡Así es! Las mayores locuras no las producen los psicóticos, sino los que nunca han viajado hacia el interior de sí mismos. ¿Quién de vosotros no ha mirado con prejuicios a la gente que tiene comportamientos extraños en la calle? ¿Quién no ha considerado frágil a un adolescente que llora o a un adulto que duda o a una persona que tiene una reacción fóbica? Sed honestos.

Al profesor le encantaba usar la historia para enfrentar a sus alumnos a los prejuicios. Tras un prolongado silencio, una alumna decidió hablar.

—Yo me reí de un mendigo la semana pasada. Iba caminando por la calle, hablaba solo, hacía movimientos graciosos con las manos, parecía que estuviese delirando. Mis amigos y yo no nos aguantamos y nos empezamos a reír —declaró Geny, una estudiante de Física, que por primera vez asistía a una de sus clases.

—Mi padre tiene ataques de pánico desde hace diez años. No va a reuniones, fiestas ni grupos de trabajo. Me he metido con él muchas veces, lo he llamado débil, dependiente de mi madre. Para mí, sus crisis eran una disculpa para no asumir sus responsabilidades —comentó Robert, un estudiante de Administración poco generoso, que vivía para consumir.

—Gracias por tu sinceridad. El prejuicio surge cuando no nos ponemos en el lugar de los demás. Éste es el cáncer de la humanidad. Ah, y los tímidos son prejuiciosos contra sí mismos. Se menosprecian. ¿Quién tiene algún grado de timidez aquí?

Espantosamente, aproximadamente un 70 o un 80 por ciento de los alumnos respondió afirmativamente. La ausencia de debate en las universidades contribuía a fomentar ese accidente psíquico.

—Sed espontáneos. No tengáis miedo de ser estúpidos.

Los alumnos sonrieron y, sin más palabras, el profesor terminó su clase. Los elogios se extendían por los pasillos, pero las quejas tampoco paraban de llegar al rectorado.

Max, que no había digerido la osadía de Julio Verne en la última reunión, se planteaba despedirlo, pero su fama había crecido.

—Tienes que interrumpir el movimiento que ha producido ese profesor, Antony —le dijo al vicerrector.

—Pero muchos alumnos aprecian al señor Verne. Parece que les gusta debatir ideas —contestó éste.

—¡Profesores de historia! Soy consciente de que son un peligro para el buen comportamiento de los alumnos. Incitan a la rebeldía —dijo el rector, bramando contra Antony—. No sé ni cómo escuché tu sugerencia de meter la historia en el plan de estudios de nuestras carreras, hasta en la de Ingeniería. ¡Qué tonto que fui yo, Max Ruppert, uno de los intelectuales más respetados de este país!

—Señor, discúlpeme, los profesores de historia pueden incitar el pensamiento crítico. La historia es la lupa para ver el futuro y corregir el rumbo —dijo tímidamente Antony, intentando defender su idea.

—¡Hasta a ti te ha seducido ese romanticismo de Julio Verne! Algunos alumnos y profesores están furiosos, consideran sus exposiciones una payasada, un insulto a la rutina académica. Lo importante son las competencias técnicas.

Antony sabía que las competencias técnicas formaban al profesional, pero no al ser humano. Tenía en sus manos investigaciones que revelaban que gran parte de las dimisiones de ejecutivos se producían por falta de habilidades emocionales, interpersonales, cultura general y capacidades que no fueran técnicas, por lo que intentó innovar en su universidad. Pero no podía enfrentarse al rector, un especialista en despedir a desafectos.

—Pero, señor Max, nuestra universidad está cada vez más solicitada.

Al oír eso, el rector reaccionó rápida y secamente.

—¡Sí! Pero no por causa de él, sino a pesar de él. La demanda ha aumentado por mi trabajo.

Antony fue en busca del profesor de historia, sintiendo que también él podía estar con el agua al cuello. Al final de una de sus clases, le pidió a Julio Verne que fuera más moderado.

—Profesor Julio, me recuerda usted a mí cuando empecé mi carrera, pero, sintiéndolo mucho, su puesto aquí está pendiente de un hilo… El rector está al límite.

—¡No me importa!

—¿No le importa? Europa está en crisis económica. Hay profesores universitarios que trabajan como taxistas, hay maestros empleados como camareros, doctores como dependientes, sin contar el aumento del paro.

El profesor suspiró y titubeó un poco, pero fue sincero.

—¿Y qué puedo hacer, Antony? Últimamente ya no duermo bien y, si le soy infiel a mi conciencia, sufriré de insomnio, seré un zombi.

—La decisión es suya y las consecuencias también —dijo, desanimado, el vicerrector, sintiendo que el profesor era inmutable, al menos en esa área, lo que acabaría trayéndoles problemas a ambos.

Diez pasos más adelante, Julio Verne se encontró con Peter, Lucas y Brady, que habían estado en su última clase y conversaban en el pasillo. Lo saludaron con entusiasmo. Peter se adelantó y preguntó:

—¿Dónde será su próxima clase, profesor?

—Espero que sea aquí, Peter.

—Pero ¿por qué?

—Parece que soy un cuerpo extraño en la institución.

Y antes de que le hicieran más preguntas, se despidió con la mano y se marchó, indeciso. Pasó el día y la noche pensativo. Cuando apoyó la cabeza en la almohada, lo asaltó el miedo de zambullirse en los insólitos espacios de sus pesadillas. Y de nuevo ocurrió. De madrugada, se despertó asustado. Se sentó rápidamente en la cama, con los ojos llenos de lágrimas, jadeando y presa del pánico, su pan psicosomático de cada día. Eran las cinco y cuarto de la madrugada.

Katherine también se despertó tensa y, en esa ocasión, perdió la paciencia.

—Julio, yo te quiero mucho, pero no soporto presenciar tu dolor. No es normal que alguien sea esclavo de pesadillas dramáticas y tan frecuentes.

—Lo sé —dijo, incómodo.

—Tienes que tratarte. Tomar inductores de sueño, hacer terapia.

—Creo que tienes razón —reconoció por primera vez.

—Pero ¿por qué te quedas inerte, paralizado, sin reaccionar? No te entiendo. Has estudiado psicología, tienes grandes conocimientos de la mente humana, siempre fuiste seguro. ¿Qué te perturba? ¿Qué te aflige? ¿Admitir que no eres perfecto? ¿Que eres frágil? ¿Que hay monstruos en tu inconsciente que te avergüenzan?

—Discúlpame, Kate.

—Eso es lo único que sabes decir. ¡«Discúlpame»! ¿Y nuestro matrimonio? ¡Hace dos meses que vives estresado! Casi nunca hacemos el amor. Tengo tu cuerpo, pero no tu alma. Vives distante. Ya no salimos, ni siquiera quieres ir a un simple restaurante. ¿Dónde está el hombre fuerte, el judío alegre, el romántico cautivador?

Katherine dijo esas palabras y salió de la cama angustiada, intentando esconder sus lágrimas. Por primera vez, puso en cuestión su matrimonio. Se cambió rápidamente y se fue a preparar el desayuno; ya no tenía ganas de seguir durmiendo. Estaba perdiendo al hombre que amaba y se sentía completamente impotente.

Quince minutos después, Julio Verne apareció en el comedor y se sentó a su lado. Ella ya había comido algo y se iba a tomar un zumo de naranja. Julio se quedó sentado en silencio. Katherine sintió que no tenía nada que decirle en ese momento. Cuando ella se disponía a levantarse, alguien llamó a la puerta. Y, al igual que la última vez que Julio recibió la extraña carta, el portero tampoco llamó para avisar de la llegada de una visita. Los golpes en la puerta eran igual de fuertes y apresurados.

Él, ansioso, se levantó de repente, derramó su zumo sobre Kate y, sin ni siquiera pedirle disculpas, se dirigió a la puerta como si esperara algo o quisiera esconderle un secreto.

«Puede que pille in fraganti al extraño visitante que dejó la carta la última vez», pensó Julio. Sin echar un vistazo por la mirilla de la puerta para saber quién era, la abrió de repente y tampoco había nadie. Respiró profundamente, inclinó la cabeza y volvió a ver una carta. Sintió un frío que le subía por la espalda. La agarró, inseguro, y se la llevó al pecho.

A Katherine su comportamiento le pareció muy extraño.

El sobre era de un papel ajado, tosco, igual que el de la primera entrega. Se la guardó dentro de la camisa, como si estuviera escondiendo algo prohibido. No quería angustiar más aún a Katherine. El problema era que ella ya estaba detrás de él y había visto su gesto. Al darse la vuelta, Julio se sobresaltó con su presencia.

Ella pensó que su comportamiento era perturbador y más extraño aún era que intentara esconder la carta. Eran abiertos, transparentes el uno con el otro, no había secretos entre ellos, al menos hasta ese momento.

«¿Una amante? —pensó ella—. Sólo una amante usaría cartas y no una red social», se dijo.

—¿Quién te envía esa carta, Julio?

Él la sacó de dentro de su camisa y se quedó sin palabras.

—¿Quién te la manda? Siempre has sido honesto conmigo.

—No lo sé, Kate. No lo sé.

—¿Cómo que no lo sabes? ¿No has visto quién es el remitente?

—No hay remitente.

—¿Cómo que no? —dijo ella, aún más suspicaz—. ¿Estás teniendo una aventura?

—Claro que no. Yo te quiero.

—Julio, piensa un poco. Corres hasta la puerta como si estuvieras esperando algo importantísimo. Recibes una carta sin remitente y sin dirección. ¿Crees que soy tonta? Si yo hiciera eso, ¿cómo reaccionarías?

A pesar de toda su crisis de celos, Kate no invadió la intimidad de Julio Verne, no le quitó la carta de la mano. Él hizo una pausa y asintió con la cabeza, de acuerdo con ella.

—Venga, vamos a leerla juntos.

Y, amablemente, se sentó a su lado en el sofá del salón. Pero estaba inseguro, pues, después de leerla, tal vez ella quisiera internarlo en una clínica psiquiátrica.

Querido tío Julio Verne,

Puedes estar tranquilo, la señora Fritz ha dicho que cuidará de nosotros mientras papá y mamá están en Polonia. También dice que los policías que se los llevaron no son tan malos, aunque no la creemos. Después de que salimos de nuestra casa, hicieron una subasta con todo lo que teníamos: joyas, muebles, cuadros. También se llevaron nuestros juguetes y nuestra ropa. Anne llora mucho. Lo hemos perdido todo. No entiendo por qué nos odian. La señora Fritz también comentó que papá y mamá se han ido a buscar un lugar agradable donde vivir. Un nuevo hogar. Anne y yo los echamos mucho de menos. Ya no podemos ir a nuestra escuela ni tenemos ya amigos alemanes. Sólo nos queda jugar en la nieve y, aun así, escondidos. Éste va a ser el invierno más triste de nuestra vida. Gracias por habernos ayudado.

Un beso de Moisés y Anne Kurt

—¿Quiénes son Moisés y Anne Kurt? No sabía que tuvieses sobrinos.

—No lo sé. No tengo la menor idea —dijo Julio Verne, completamente confuso.

—No juegues conmigo.

—No estoy jugando. Conozco niños y niñas con esos nombres, pero con ese apellido, no, no me acuerdo. —Y se llevó las manos a la cabeza, confuso.

—Intenta recordar a algún amigo o conocido. Esta carta es tan íntima…

—No sé, Kate, estoy tan perplejo como tú.

—Espera. Estamos en verano. El invierno aún queda lejos —observó Katherine.

—También me he dado cuenta de ese detalle —dijo, curioso, y añadió—: Y mira el papel de la carta.

—Sin brillo, áspero, rugoso. Diferente. Parece antiguo —dijo ella.

—Espera, Kate.

Julio fue hasta su biblioteca, tomó la otra carta, escondida en un libro de historia, y se la entregó.

Ella la leyó, pasmada. No se lo podía creer. Con fecha de 1941 y escrita por el propio Verne, con pluma.

—¿Qué significa esto, Julio?

—No lo sé, cariño, no lo sé —contestó con respiración jadeante.

—Es increíble, está dirigida a Goebbels.

—Sólo sé que estas cartas son tan extrañas como mis pesadillas.

—¿No será que…? —Ella interrumpió su frase. No se atrevía a dar un diagnóstico.

Pero fue él quien la completó:

—… estoy teniendo un brote psicótico?

—No una psicosis, pero quién sabe si es otro síndrome.

—¿Qué síndrome? ¿Crees que estoy mentalmente tan desorganizado que me escribiría a mí mismo?

Kate se quedó en silencio y él dijo:

—Pero ¿cómo? Puedo estar perturbado, pero no he roto con la realidad. Sé quién soy, dónde estoy, conozco mis roles sociales —dijo, tenso, intentado ser razonable.

Mientras hablaba, sudaba. Ella aventuró otra posibilidad.

—¿No estarás siendo víctima de alguna conspiración?

—Ya lo he pensado, pero no soy más que un profesor de historia.

—¿Quién sabe? Grupos extremistas.

—No incito a la violencia, no soy radical, no tengo enemigos. Soy pacifista. Lucho día y noche para que palestinos y judíos vivan en armonía. Pero no lo entiendo, Kate... En estas cartas no hay amenazas ni injurias.

Ella afirmó con la cabeza. De hecho, la misiva estaba llena de afecto.

De momento, se estaban librando de las increíbles amenazas que seguirían.

—La carta parece referirse a familias que fueron deportadas por los alemanes a Polonia durante la segunda guerra mundial. Pero ¿por qué estos dos niños se quedaron? —preguntó él.

—Tal vez unos alumnos tuyos te estén gastando una broma pesada.

—Tal vez...

Y así terminó la conversación. Kate se quedó muy preocupada. Miró el reloj y le dijo que tenían que irse ya a la universidad. Salieron llenos de dudas. Era hora de que sus preocupaciones recibieran algunas respuestas para aliviar su estrés. Pero éstas parecían lejanas y, sin que ellos lo supieran, muy peligrosas.

# 5

## UNA ESPOSA ATERRORIZADA

Katherine llegó a la universidad sin la alegría y el buen humor que eran habituales en ella. Por muy equilibrada que fuera, la avalancha de estímulos estresantes había superado lo soportable. Paul Simon, amigo y profesor de Psicología clínica, se la cruzó en los pasillos y le notó algo extraño:

—¿Estás bien, Kate?

Él también tenía la libertad de usar su nombre cariñoso.

—Tirando, Paul, tirando.

Llegaba tarde a su clase. La conversación no podía alargarse. Tal vez Paul no fuera la persona ideal con la que sincerarse. Él tenía sentimientos no confesados hacia ella. Habían salido juntos en el pasado y, en ocasiones, iba a su casa de visita. Siempre había considerado que era el hombre ideal. Pero al conocer a Julio, cambió al hombre rico, al psicólogo de éxito, por el aventurero profesor de historia. No obstante, Paul era un profesional que ella respetaba.

—Aquí estoy si me necesitas. Puede que te haga más falta un amigo que un psicoterapeuta.

Katherine le dio las gracias y siguió caminando. Aquélla era una mañana para olvidar. No consiguió dar su clase de Psicología social como siempre había hecho. Parecía que sus ideas no fluían, entorpeciendo su exposición. Cada dos por tres se interrumpía y, en un chapuzón introspectivo, pensaba en la salud mental de Julio Verne, en sus crisis nocturnas y en las cartas que había recibido.

Los alumnos se dieron cuenta de que la ponderada y observadora profesora había perdido en cierta parte su concentración. Tras las dos primeras clases, Kate se dirigió a la sala de profesores del departamento de Psicología. Paul estaba allí, con otros profesores. Minutos después, se quedaron solos los dos; ella porque quería relajarse y él porque quería ayudarla.

Julio Verne, aunque considerara a Paul un hombre culto, siempre lo había visto un poco precipitado y radical en sus diagnósticos.

Su amigo percibió ahora que Katherine seguía ansiosa. En cualquier otro momento, ella ya habría bromeado, pero ese día estaba introspectiva.

—¿Puedo ayudarte en algo? —Katherine permaneció en silencio. Dudaba en confiarse.

—Si los amigos no estuvieran para eso, ¿para qué servirían?

Era el momento ideal para que se abriera a alguien, compartiera sus preocupaciones, pero era muy discreta, no revelaba sus intimidades, y menos aún si éstas podían comprometer la imagen de su marido. No obstante, sentía que lo estaba perdiendo, no sabía ni por qué ni por quién. Podría estar perdiéndolo a causa de sus exigencias, pensaba Katherine.

Como psicóloga experimentada, sólo tenía una certeza: un enemigo sin cara, desconocido, por inofensivo que sea, se convierte en un monstruo en la imaginación humana. Conocerlo lo minimiza. Dudó un poco más, pero finalmente dijo:

—No sé, Paul. No quiero hablar sobre este asunto, pero estoy muy preocupada por Julio.

—No tengas miedo de desahogarte. A lo mejor puedo ayudarlo.

Katherine abandonó su resistencia y empezó a contarle con

detalle las pesadillas de su marido, pero no tocó el tema de las cartas. Tras su exposición, Paul concluyó:

—Muchos pacientes tienen terrores nocturnos y no pocos se despiertan asustados. Pero soñar con hechos históricos que aparentemente no tienen ninguna conexión directa con hechos cotidianos o con la historia de formación de la personalidad es poco común. No obstante, lo más extraño es que Julio se sienta partícipe de esos hechos y se acobarde, según él.

—Lo sé, es muy raro. Pero no consigo entender qué conflicto tiene.

—Parece que esté desarrollando un grave trastorno —dijo Paul y, para angustia de ella, añadió—: Parece que su inconsciente esté gritando: «¡Eh, tío, bájate esos humos! ¡Baja de tu pedestal! No eres ningún héroe, sino un crápula. ¡Sé sensible, humanízate!».

—Discúlpame, Paul, pero a pesar de defender sus ideas con contundencia, Julio nunca se ha subido a ningún pedestal ni se ha presentado como ningún héroe. Es más culto que sus colegas y es el más humilde de todos. ¿Cómo puede su inconsciente gritarle que baje de su pedestal? —dijo ella, corrigiendo el pensamiento de su amigo—. Y, además es uno de los hombres más sensibles que conozco, capaz de observar a una prostituta por la calle e intentar imaginar las lágrimas que ha llorado y las privaciones que ha sufrido en su infancia.

Paul se quedó impresionado; él no tenía esa sensibilidad, pero no se echó atrás ni dejó de defender su tesis.

—¿Estás segura de que lo conoces bien, Kate? Una mujer puede dormir con un hombre durante décadas y no acceder a los sótanos de su personalidad. Tal vez sus sueños sobre asesinatos indiquen que tiene un instinto asesino reprimido.

Ella se lo rebatió inmediatamente:

—¡Qué absurdo, Paul! Los mecanismos mentales nos llevan

a producir sueños también sobre aquello a lo que tenemos aversión y no sólo lo que deseamos. Que una madre vea desesperada la imagen de un cuchillo clavándose en su hijo no implica que quiera matarlo, sino, por el contrario, que le repugna la idea de matarlo, pues lo ama intensamente. Julio sueña con lo que más odia, la violación de los derechos humanos.

Desde que salió con Katherine, Paul sabía que ésta poseía un raciocinio brillante; convencerla era una tarea hercúlea. Si fuera ingenua, tal vez él habría planteado un conflicto en su relación con Julio Verne.

A continuación, la criticó:

—¿Por qué te resistes a cualquier conversación, Kate? No puedo decir nada sobre Julio porque te enfureces. No soy tu enemigo —añadió con astucia.

Ella suspiró, intentó recomponerse y se dio cuenta de que tenía razón. Ya que había decidido sincerarse, por lo menos debería tener la amabilidad de escucharlo. A fin de cuentas, no debía tener reparos en intentar conocer un poco mejor las crisis de su marido.

—Perdóname, Paul, estoy muy ansiosa.

Él le tomó las manos y se las acarició, demostrándole que la entendía. Ella, delicadamente, las retiró. Paul continuó:

—¿Está deprimido? ¿Piensa en el suicidio? ¿Ha perdido la motivación para vivir?

—No creo que tenga ideas suicidas. Es más, Julio es un enamorado férreo de la vida. Es probable que esté mucho más estresado que deprimido. Sin embargo, se despierta por la noche llorando, sudando, taquicárdico, asustado.

—Pero ¿por qué llora?

—Parece que entra en las páginas de la historia y vive el dolor de las víctimas de la segunda guerra mundial, y no sólo el de los judíos. El otro día soñó con enfermos mentales alemanes y se despertó sumido en llanto. Después tuvo una pesadilla con una familia de gitanos de Rumanía que habían sido tratados como perros por los oficiales de las SS. Ese día, se despertó castigándose a sí mismo porque no consiguió protegerlos.

—Es la vieja culpa, ese sentimiento tan antiguo que, aún hoy, asfixia la emoción de millones de seres humanos. Huyes de ella de día y, astutamente, surge de noche.

—¿A ti te ha perseguido algún sentimiento de culpa, Paul? —preguntó Katherine, intentado ponerlo a prueba.

—No, de ningún modo. Soy una persona resuelta —dijo, un tanto incómodo.

—Ser resuelto no quiere decir que no sientas culpa. La culpa es un raciocinio complejo, de importancia vital para reconocer los errores y corregir el camino. Si se trabaja bien, es una herramienta excelente para desarrollar la madurez.

—¡Claro! Pero si se trabaja mal, deprime o produce sociopatía. Tú podrías ser una buena psicóloga clínica —dijo él, otra vez incómodo.

Después, ella le habló sobre algunos comportamientos más de Julio.

—Ya se ha despertado varias veces castigándose. Dice que, si falla en su imaginación, tiene grandes posibilidades de fallar en una situación real.

—Julio tiene miedo de sí mismo. Ha perdido su confianza.

—Creo que sí. Ya no tiene la misma alegría, ligereza, serenidad.

—Tú eres fuerte y resiliente —contestó Paul, como si estuviera animándola a dejar su relación. A continuación, preguntó—: ¿Él organiza bien las ideas?

—Está un poco perdido, pero conserva su capacidad de raciocinio.

—¿Seguro? ¿No lo tiene fragmentado ni rompe con la realidad? Intenta pensar en sus comportamientos —la instó Paul, inquietando aún más a Katherine. Y, sin demora, preguntó—: ¿Julio tiene falsas creencias?

Ella tardó en responder. No quería hablar sobre las cartas que le había mandado a Goebbels ni sobre la extraña misiva que había recibido de los niños. Tampoco quería mencionar al conductor que casi lo atropella ni el extraño anillo de éste. Estaba aprensiva. Temía que Paul fuera implacable con el hombre al que amaba.

—¡Kate, responde! —pidió él sin delicadeza, pues se dio cuenta de que guardaba secretos—: ¿Ha tenido pensamientos irreales?

Con los ojos llenos de preocupación, ella le relató los misteriosos hechos. Paul se pasó las manos por su alargado rostro y, fijando la vista en la abatida mirada de la mujer, preguntó:

—¿Cartas sin remitente? ¿Una carta dirigida a un personaje del pasado? ¿Quién era Goebbels? —preguntó él, demostrando sus pésimos conocimientos históricos.

—El ministro de Propaganda nazi. ¿No lo sabías?

Paul esta vez utilizó la ofensa:

—Lo siento mucho, Kate, pero tienes un psicótico en casa. Y, lo que es peor aún, un hombre violento, que puede poner tu vida en peligro.

—No puede ser —dijo ella, muy dolida—. Ya te lo he dicho: Julio es dócil, más amable que tú y yo juntos.

—Sólo en apariencia. Los peores monstruos son especialistas en esconder sus garras —comentó Paul, sin ninguna compasión.

Abandonó su ética; no era el psicólogo el que hablaba, sino un hombre que siempre había tenido celos de Julio Verne y que aprovechó su crisis para destrozarlo delante de la mujer que él había perdido.

—¡Paul, Paul, para! —dijo Kate entre lágrimas—: Me estás confundiendo, me estás machacando.

Sintió ganas de salir corriendo de la sala, pero él no la dejaba ni respirar. Ella amenazó con levantarse, pero Paul, sutil, le pidió disculpas y continuó con su labor:

—Perdóname, Kate, sólo quiero decir que Julio necesita tratamiento. Vamos a ayudarlo. Pero ¿hay dudas sobre la firma de esa carta?

Ella respondió con voz estrangulada:

—Él re… reconoce que parece la suya. Pero no lo sabemos. Julio es muy coherente e inteligente, no puede estar teniendo brotes psicóticos —dijo, alterada.

—Pero ¿quién te ha dicho a ti que los inteligentes no los tengan? Es muy probable que esté desarrollando una grave esquizofrenia paranoica, con ideas de persecución. Él mismo se crea sus verdugos.

—Paul, ¿qué diagnóstico extremista es ése? ¿He venido para que me dieras esperanzas y tú las sepultas por completo?

—Las verdades tienen que decirse. Pregúntale a tu padre, que estará de acuerdo conmigo.

El padre de Katherine, el doctor James Klerk, era un neurólogo clínico de renombre. Apreciaba a Paul y quería que su hija se casara con él. Pero Julio Verne la enamoró. Un profesor universitario sin patrimonio no entraba en los planes de aquella familia descendiente de lores para su única hija. El doctor James era una persona ponderada, justa; no aceptó a gusto el cambio, pero respetó la decisión de Katherine. Al final, empezó incluso a admirar al profesor. Helen, su esposa, tardó dos años en tener una relación soportable con Julio Verne.

—Pero ¡mi padre es neurólogo, no psiquiatra!

—Es un hombre con experiencia. Dale la espalda a la verdad y ésta sepultará tu salud mental.

—¿La verdad? —repitió ella de pie, airada. Kate nunca había sido servil; al contrario, siempre decía lo que pensaba—: ¡La verdad es que tú siempre has tenido celos de Julio! ¡La verdad es que él siempre ha pensado que vives bajo el peso de la industria del diagnóstico! ¡La verdad es que encuadras a complejos seres humanos con prejuiciosas etiquetas! ¡La verdad es que he sido una tonta por haberme sincerado contigo!

Pero antes de que se marchara, una vez más Paul recurrió a la crueldad:

—Tu descontrol es un signo claro de que piensas como yo, pero te resistes en aceptar la dura realidad. Ese hombre está enfermo y va a ir cada vez a peor.

Ella le respondió de nuevo:

—Julio tiene un trastorno emocional y no psicótico. Puede estar debilitado, pero no ha perdido de vista la realidad.

Él dio un golpe en la mesa y se le enfrentó con agresividad:

—Vas a arrastrar una relación infeliz. —Después, bajó el tono y dijo—: Piensa en una válvula de escape. Cuenta conmigo. —E intentó poner sus manos en los hombros de Kate, pero ella lo rechazó vehementemente.

Paul estaba casado con Lucy, una buena amiga de Katherine, pero hacía más de un año que el matrimonio estaba cada vez peor.

—¿Qué me estás proponiendo? ¿Que olvide mi matrimonio y caiga en tus brazos cuando mi hombre más me necesita? ¿Y Lucy? ¿No piensas en mi amiga?

—Soy honesto conmigo mismo, reconozco que mi relación ha fracasado, ¿por qué no reconoces que la tuya también? Confiesa. Siempre hemos sentido atracción el uno por el otro.

—¡Tú estás loco! ¿Usas mi fragilidad para imponer tus instintos sexuales? ¿Esto es lo que es ser psicólogo? ¿Qué ética es ésta? Tú denigras nuestra profesión.

Kate era la obsesión de Paul, que siempre intentaba acercarse Julio y a ella por su sentimiento de pérdida y su fascinación sexual por su antigua novia. Era consciente de ese conflicto, pero nunca lo había tratado.

—Cálmate, Kate, siéntate, vamos a hablar. ¡Siempre me he preocupado por ti!

—Nunca más, Paul, nunca más. —Y salió de la sala, decepcionada y angustiada.

Pero él, sagaz, antes de que cruzara la puerta, disparó:

—Me vas a dar la razón. Ve a las clases de tu marido y descubre el escándalo que está armando.

Paul era amigo del rector Max Ruppert, que lo había puesto al corriente del proceso en curso promovido por Jeferson y Marcus. Se había acercado a éstos y había ayudado a denigrar la imagen de Julio Verne.

A Katherine le tembló el alma con esa acusación, pero se marchó sin despedirse. Paul podía ser un seductor sin escrúpulos y un profesional de posiciones radicales, pero ella nunca había pensado que fuera un mentiroso.

«¿Julio también ha provocado problemas con sus clases?», pensó afligida.

Al llegar a su casa, no le contó nada a su marido de todo eso, no quería angustiarlo aún más. Pero no conseguía relajarse y comportarse como su esposa. La psicóloga entraba en escena, observaba cada uno de sus gestos para intentar entender la dimensión de su trastorno. Percibiendo su ansiedad, él comentó:

—Angustia, esa mazmorra emocional que nos asfixia siendo libres. ¿Qué te preocupa?

Ella tosió e intentó disimular.

—Todo y casi nada. No te preocupes. —Y fue a beber agua.

Intentó ver una película con él, pero no lo consiguió.

—Me voy a acostar, estoy muy cansada. —Y lo dejó en el salón.

Minutos después, él también fue a dormir.

Antes de cerrar los ojos, Katherine recordó una intensa conversación que había tenido con él hacía tres años.

—Julio, me he acordado de una frase que me dijiste al principio de nuestro matrimonio.

—¿Cuál, cariño?

—«Si las derrotas no hacen caer a un hombre, dale mucho éxito, que, embriagado con él, caerá.» ¿No crees que has bebido de ese veneno?

Él se quedó pensativo. Y después contestó:

—Puede ser.

Katherine sabía que, a pesar de que él no había aún caído al suelo, estaba, sin embargo, casi en caída libre. Necesitaba un paracaídas para aliviar el impacto.

Una vez dormida, su inconsciente se resistió a su crisis conyugal, liberando su imaginación y zambulléndola en un complejo sueño que rescató los mejores días con el hombre al que se había entregado. Ella era de clase media alta, tenía numerosos pretendientes del más alto estatus social y financiero, como Paul. Dinámica, proactiva, directa, honesta, se enamoró de Julio Verne.

Soñó con el comienzo de su enamoramiento. Ella acababa de cumplir veinticinco años y estaba empezando a dar sus primeras clases. Julio, a punto de cumplir los treinta y dos, ya había terminado la facultad de Psicología, el máster y la carrera de Historia. En todo lo que hacía era muy precoz. Hacía años que brillaba como profesor. Él le enseñó técnicas pedagógicas, postura y entonación de voz a Katherine. Pero tras esas lecciones le dijo: «Olvídate de todo esto, sé espontánea».

Después, soñó con el humor contagioso de su marido dentro

y fuera de clase. Recordó los tiempos en que él se la encontraba por los pasillos de la facultad e, irreverente, le agarraba los brazos y bailaba con ella, libre y leve, delante de todo el que pasaba. Kate se ruborizaba con sus bromas y adoraba su forma despreocupada de ser y vivir la vida. Y eso no era todo: hacía declaraciones amorosas en público y, en ocasiones, hasta se arriesgaba a cocinar para ella, aunque fuera un desastre haciéndolo.

Los psiquiatras y los psicólogos, así como los jueces y fiscales, tienden a la discreción social, pero Julio Verne era diferente. Era el intelectual más extrovertido y apasionado que había pasado por la universidad. Las amigas de Katherine se morían de envidia. Así era Julio Verne: pensaba como un hombre maduro, pero se aventuraba como un niño. Año tras año, se había convertido en el profesor más valorado por los grupos que se formaban. Tenían algunos enfrentamientos con Katherine, es cierto, porque era determinado y bastante obsesivo con la consecución de sus metas y ella, preocupada e impulsiva, pero la capacidad que tenían de rehacerse era sorprendente.

Él no le exigía que fuera razonable, ni insistía en ello cuando ella se irritaba por cosas tontas. La elogiaba y, después de conquistarla, transformaba una actitud impulsiva o una reacción incoherente en un motivo de risa. Era, como ningún otro hombre, especialista en desarmarla. Las crisis hacían crecer su amor. No se iban a dormir sin hablar, sin pedirse disculpas o sin hacerse íntimas declaraciones en voz queda.

De esta forma, Julio y Katherine habían construido una rica historia de amor. Eran un matrimonio sociable, participaban en eventos y les gustaban los buenos restaurantes, el cine y los viajes. El único problema era que él había ascendido rápido en su carrera académica; el éxito y el exceso de actividades no sólo sofocaron su capacidad de instigar a sus alumnos, sino que también asfixiaron su romance.

Hacía dos años, Katherine ya sentía que los compromisos nacionales e internacionales, los libros y las clases lo estaban llevando a perder su forma irreverente y natural de ser. Le gustaban las «flores», pero no tenía tiempo de «ensuciarse» las manos para cultivarlas.

El sueño de Katherine era tan realista que, dormida, empezó a reírse, haciendo que Julio se despertara lentamente y sintiera curiosidad. No la despertó, sino que se quedó observando con cierta envidia su alegría, sus gestos, pues sabía que, a diferencia de él, ella viajaba por los agradables valles de la imaginación.

Al final del sueño, Kate recordó el día en que se casaron. Fue inolvidable, y no sólo para ellos, sino para todos los invitados. Un matrimonio ecuménico entre un judío y una cristiana, celebrado por un rabino y un sacerdote ortodoxo. Cuando, al final de su ritual, el sacerdote le preguntó si aceptaba a Katherine como legítima esposa, él la miró fijamente a los ojos, guardó quince largos segundos de silencio, esbozó una gran sonrisa y gritó: «¡Sí! ¡Sí! ¡¿Cómo no voy a decir que sí si esta mujer ha dominado mi cerebro y ha secuestrado mi emoción?! —Y, volviéndose hacia el público, declaró—: Prometo que la amaré no sólo en la salud y en la enfermedad, sino también en la riqueza y en la pobreza. Bueno, un profesor difícilmente se hará muy rico —dijo. Todos rieron y él añadió—: Pero también prometo amarla en la cordura y en la locura». Todos volvieron a reír. Fue el «sí» más alto que se hubiera oído en Londres.

De repente, Katherine empezó a despertarse suavemente, bajo la mirada de Julio, que le dio un afectuoso y prolongado beso en la cara.

—¿Qué era, Kate? ¿Con qué has soñado? —preguntó, sorprendido.

—Con nuestra relación. Con la forma en que me conquistaste. ¡Y ha sido tan bonito! —dijo, besándolo—. He recordado nuestra boda, tu «sí» y tus últimas palabras, inapropiadas para un psicólogo.

—Pero apropiadas para un hombre enamorado —declaró él. Y, recordándolas, declamó en voz alta para ella—: ¡Mujer! ¿Estás dispuesta a amarme en la cordura y en la locura?

Era un gran desafío, amar a un hombre en crisis. Pero aunque así fuera, ella realmente lo quería. Le lanzó la almohada a la cara, saltó encima de él y le dijo:

—Sí, loco. Pero no exageres en tus locuras.

Dejaron las preguntas atrás y se amaron intensamente. Bajo las sábanas, revelándose secretos íntimos, rescataron los mejores momentos de su historia. Su matrimonio necesitaba reinventarse. Era la única manera de superar el caos que ambos estaban atravesando y de conseguir sobrevivir.

## 6

## EL EGO DE HITLER

A Katherine le costaba sincerarse con su madre, una mujer irritante, rápida a la hora de dar consejos y lenta a la hora de ponerse en el lugar de los demás. Pero en cambio admiraba a su padre.

—He notado que Julio está más circunspecto, Kate. Su buen humor ya no tiene el mismo tono ni los mismos matices. Su alegría ya no es contagiosa —dijo el doctor James al visitar a su hija.

Afectada y sin nadie experimentado a quien confiarle sus conflictos, Katherine decidió contarle a su padre los turbulentos fenómenos que los dominaban.

Él la escuchó pacientemente. Intentaba ocultar su perplejidad. Le hizo varias preguntas, pero no dio su opinión hasta que profundizó al máximo en todos los detalles.

—Hija, nunca había visto un caso así. Hay fenómenos neurológicos poco comunes, mezclados con fenómenos psiquiátricos inconexos. Todo es muy raro. Parece que, mientras duerme, Julio entra en fases más profundas de su sueño y vive una realidad histórica tan cruda y cruel que sus pesadillas intentan sabotear su tranquilidad al despertarse.

—¿Crees que todo lo crea él? Las cartas, los mensajes…

—Es una posibilidad. No soy psiquiatra, pero me parece que su inconsciente intenta comunicarse o solapar desesperadamente su consciente. Su salud mental es preocupante. Tenemos que hacerle pruebas para descartar la posibilidad de un tumor cerebral o una degeneración neuronal precoz, como causa básica de esos síntomas psiquiátricos.

Con esfuerzo, Katherine convenció a Julio para que se sometiera a una batería de exámenes neurológicos. Días después, el diagnóstico dio negativo, lo que los alivió. Pero el doctor James estaba preocupado por la fragmentación de la psique de su yerno. Éste conservaba su agudeza intelectual, su brillante raciocinio, pero podía estar desarrollando un trastorno psiquiátrico, junto con ideas de persecución; sus sospechas eran semejantes a las de Paul.

Ocultando lo que pensaba, al menos a Julio, le sugirió que buscara un buen psiquiatra y le recomendó a un amigo suyo. Pero él no acudió a verlo. Consideraba que estaba integrado en la realidad y que necesitaba absorber y asimilar los fenómenos incomprensibles que literalmente llamaban a su puerta. Como psicólogo, respetaba mucho el trabajo de los psiquiatras, pero los fenómenos que lo rodeaban eran tan inusitados que uno de estos profesionales lo confundiría aún más, pensó.

Toda la conversación con el padre de Katherine y sus hipótesis echaron más gasolina a la ansiedad de Katherine. Su madre, que se enteró del desierto emocional por el que estaba pasando su hija a causa de su marido, días después propuso rápidamente una solución.

—La separación no es tan dramática, hija mía.

—¡¿Tengo que separarme de la persona a la que amo en el momento en que más me necesita?! ¿Qué amor es ése, que no pasa el test de la crisis emocional, mamá?

—Pero te vas a arruinar la vida, hija. Él es un enfermo mental.

—¡Helen! ¡Yo no he dicho eso! —saltó el doctor James, incómodo—. Siempre pasa igual, no puedo hablar de nada a fondo con tu madre, porque ella siempre distorsiona mis palabras.

Katherine se derrumbó. Su padre la abrazó e intentó consolarla, pero ella era consciente de que, si quería permanecer al lado de Julio, tendría que atravesar ese desierto sola.

Por otro lado, la fama de Julio Verne desbordaba cada vez más los límites de su universidad. Alumnos de otras escuelas y hasta de otras ciudades iban a ver y a oír al intrépido y polémico profesor.

Al comienzo de sus terrores nocturnos, daba clases a grupos de veinte alumnos; después llegaron a ser cuarenta, cincuenta e incluso sesenta. Y, posteriormente, empezó a tener una gran cantidad de público, que sólo cabía en los anfiteatros de la universidad. Pero la fama no le importaba lo más mínimo. Su placer era inquietar a sus oyentes. Ni los que lo aplaudían escapaban a sus provocaciones.

En cierta ocasión, ante un público de 232 alumnos, se mostró raro. Antes de empezar su clase, dio las gracias:

—No aplaudiría a celebridades ni a hombres poderosos, pero sí aplaudo a los alumnos que salen del silencio subordinado, que quieren ampliar el mundo de las ideas y que intentan ser agentes modificadores de la sociedad. Muchas gracias por tener la paciencia de escucharme. —Y añadió—: Los locos también tienen algo que decir.

Y empezó a aplaudir a los alumnos. Éstos, sonriendo, se levantaron en masa y también lo aplaudieron a él.

A continuación, comentó que Hitler tenía una personalidad altamente compleja. Su ego era explosivo, belicoso, neurótico, intolerante, manipulador, mesiánico. Después, un alumno interrumpió su charla, algo que el maestro apreciaba e incentivaba. Odiaba el silencio servil.

—No lo entiendo, profesor. Si el ego de Hitler tenía tales características enfermizas, ¿cómo pudo convertirse en líder de un gran país de incontestable cultura?

—Ésa es una gran pregunta. Historiadores, psicólogos, sociólogos se la han plateado millones de veces y se acaban enredando en un ovillo de dudas. No tengo todas las respuestas, pero tengo algunas importantes. Y las estudiaremos.

—Yo tampoco lo entiendo, maestro. Si Hitler era un actor social agresivo y radical, ¿cómo es que, después de convertirse en líder de una sociedad democrática, no fue expulsado del teatro político? ¿Por qué no cayó? —preguntó una alumna que estudiaba Ciencias Políticas.

—Ésa es otra gran cuestión —dijo, apreciando las intervenciones. Y apuntó algunas causas—: Los dictadores surgen en cualquier estación, pero permanecen hibernando hasta que eclosionan en los inviernos sociales. La vergüenza de Alemania a raíz de la derrota en la primera guerra mundial, las fuertes indemnizaciones impuestas por el Tratado de Versalles, que puso al país al borde de la quiebra, la inflación galopante (la gente necesitaba bolsas llenas de papel moneda para comprar comida), el desempleo masivo, la violencia social en alza, la falta de líderes nacionales, se convirtieron en un caldero de estímulos estresantes que disminuyeron los niveles de conciencia crítica de la población y elevaron el instinto de supervivencia. Hitler dominó Alemania cuando la inmunidad psíquica de este país estaba en decadencia, al igual que un virus infecta el cuerpo cuando su sistema inmunológico está debilitado.

—Pero ¿la Alemania que devastó Europa tenía vocación para la guerra? —inquirió un alumno que estaba al fondo del anfiteatro.

—Alemania mostró más vocación para la paz que sus pares, en algunos períodos. Entre la primera y la segunda guerra mundial se produjeron por lo menos catorce guerras regionales, con innumerables batallas, y Alemania no participó en ninguna.[19]

—Pero maestro, ¿no faltaba cultura académica para que el pueblo alemán se opusiera a las ideas radicales de Hitler? —preguntó un estudiante de Ingeniería.

Al profesor también le gustaba que sus alumnos lo provocaran.

—Alemania tenía a los mejores científicos y las mejores escuelas. Era, sin duda, uno de los pueblos más cultos de su época. Un tercio de los premios Nobel hasta la década de los treinta, antes del advenimiento del nazismo, los ganaron sus investigadores. Alemania fue la cuna de grandes pensadores, como Kant, Hegel, Schopenhauer, Marx, Nietzsche o Max Weber. Si la culta Alemania, llena de notables escuelas y nutrida por una rica filosofía, cayó en esa trampa, ¿qué pueblo estará libre de caer en manos de un sociópata si las variables socioeconómicas se reproducen? En tiempos de estrés, se les da mucho valor a las palabras y no se valoran las acciones.

Al percibir la inquietud del público ante esa información y queriendo azuzar aún más la capacidad de raciocinio de los alumnos, hizo una pregunta que sorprendió a algunos de ellos.

—Si vosotros hubierais formado parte de la juventud alemana de aquella época, ¿quién dejaría de decir «Heil, Hitler»?

Un murmullo recorrió al público. De repente, en una explosión emocional, Gilbert, un alumno negro, inteligente, preocupado por los derechos humanos, practicante de la religión católica ortodoxa, gritó:

—¡Yo no soy un insensible! ¡Jamás diría «Heil, Hitler»!

—Pero ¿cuáles son tus credenciales intelectuales para garantizar que vomitarías a Hitler de tu mente si ingirieras sus tesis de aquel tiempo? —cuestionó Julio Verne.

—Yo odio a Hitler.

—Discúlpame, pero el odio y la pasión pueden estar muy cerca. El odio nunca ha sido una gran vacuna contra el prejuicio.

Pero Gilbert, muy irritado, se levantó de repente para salir del anfiteatro. Ante esa reacción, el profesor asestó un golpe a toda la clase:

—Tengo la certeza de que vosotros jamás saludaríais al sociópata que hoy la historia disecciona, conoce y os transmite, pero durante los primeros años en que fue canciller, aunque entre bastidores fuera un crápula, Hitler vendía una imagen de estadista eficiente.

Gilbert, al oír eso, se detuvo.

Inmediatamente, el profesor sacó de su bolsillo izquierdo un papel y lo leyó teatralizándolo, con acento alemán, no inglés. Gilbert, que estaba al fondo del pasillo, al oír el texto, lo miró.

Señor presidente Roosevelt,

Comprendo perfectamente que la extensión de sus dominios y las inmensas riquezas de su país le permitan ser responsable del destino del mundo entero y de la suerte de todos los pueblos. Mi esfera, señor presidente, es de ámbito considerablemente más modesto y restringido y no puedo sentirme responsable del destino del mundo, pues éste ha preferido cerrar los ojos ante la triste situación de mi pueblo. Me considero llamado por la Providencia para servir sólo a mi pueblo y sacarlo de su terrible miseria...[20]

Julio Verne interrumpió la lectura y preguntó a los jóvenes:

—¿Quién es el autor de este texto?

Sólo unos pocos descubrieron, por la entonación de la voz, que era Hitler.

—Hitler, el mismo. Forma parte de una carta dirigida a Roosevelt, presidente de Estados Unidos. ¿Por qué? Porque Roosevelt había escrito a Hitler y a Mussolini, el 14 de abril de 1939 para mostrarles su preocupación por una posible guerra y animaba a Alemania y a Italia a firmar un tratado de no agresión con treinta y un países.[21] Hitler respondió a Roosevelt con contundencia. Pero en la primera parte de su respuesta, os pregunto a vosotros: ¿dónde se vislumbran las garras de un psicópata y de un sociópata? —dijo el profesor y esperó a que el público respondiera.

—No se puede ver claramente —afirmó una alumna de Ingeniería informática de otra universidad, que participaba en su clase por primera vez.

—En efecto, no se puede abiertamente, pero sí subliminarmente.

—Tal vez cuando ironiza sobre el poder de Estados Unidos —intervino Brady.

—Correcto. Su psicopatía se ve en primer lugar cuando ironiza sobre las inmensas riquezas de Estados Unidos. En segundo lugar, cuando comenta también con ironía el papel de Roosevelt como apóstol del destino del mundo. En tercer lugar, cuando grita, por medio de la palabra, que él no es responsable de ese destino. Nadie escribe una carta diplomática con expresiones grandilocuentes y tan poco elegantes; sólo si éstas están alojadas inconscientemente como objeto de deseo en su psique. Estas expresiones revelan, justamente, lo contrario que Hitler quería mostrar: una ambición megalomaníaca. En cuarto lugar, Hitler no asume los errores de Alemania en la primera guerra mundial; al contrario, condena al mundo por haberlos abandonado al caos económico y social: «El mundo ha preferido cerrar los ojos ante la triste situación de mi pueblo». En quinto lugar, a pesar de ser austríaco, un forastero, asume con habilidad los dolores del pueblo alemán, llamándolo continuamente «mi pueblo», una expresión que usará hasta la saciedad como propaganda para cautivar a la sociedad y ponerla al servicio de su necesidad neurótica de poder. En sexto lugar, como maestro de los disfraces, Hitler vende la idea de que sólo es un líder preocupado por el destino de su pueblo, sin ningún otro interés, pero... —Y dejó concluir a sus alumnos.

—... después, traicionó su humildad revelando un mesianismo fanático que se perpetuaría hasta el fin de sus días —dijo Peter categóricamente.

—¡Exacto! Ese fanatismo está claramente visible en la frase: «Llamado por la Providencia para servir sólo a mi pueblo».

—¡Increíble! —exclamó con introspección el futuro abogado Lucas—. Hitler, en ese discurso, no se consideraba portador de un mandato temporal sustentado por el voto, sino un líder investido por la Providencia divina para ejecutar una misión.

—Y esa misión era moldear el mundo a su gusto —completó Nancy.

El profesor asintió con la cabeza, satisfecho. Bajo el impacto del análisis de Julio Verne, Deborah, siempre presente en sus clases, comentó con honestidad:

—Temo concluir que, si hubiéramos vivido en aquella época, es probable que algunos de nosotros hubiéramos dicho ingenuamente *«Heil, Hitler!»*. Es difícil percibir el veneno de una cobra cuando ésta serpentea sosegadamente por el suelo.

El profesor se quedó admirado ante el raciocinio de la chica. Gilbert, que aún estaba de pie cerca de la puerta del anfiteatro, decidió finalmente sentarse. Como no había sillas disponibles cerca de él, se sentó humildemente en la escalera.

A continuación, Julio Verne comentó:

—Es fácil abortar a un dictador cuando está en gestación, pero no cuando se agiganta en el útero social, pues, como los reyes, empiezan a apreciar la «caza», persiguen a sus enemigos para perpetuarse en el poder. Y, paranoicos, se crean enemigos, aun cuando éstos no existen.

Cinco años antes de ese enfrentamiento entre Hitler y Roosevelt, la persecución a los judíos ya había tomado forma. En marzo de 1933, menos de tres meses después de que el Führer accediera al poder, las SA* invadieron los tribunales y destilaron todo su odio contra jueces y abogados judíos.[22]

Algunos fueron perseguidos; otros, golpeados, y a todos se les impidió ejercer su profesión. Un abogado judío de Múnich fue un claro ejemplo de los tiempos de humillación que precedieron a las locuras de los campos de concentración. Con los pantalones cortados por encima de las rodillas, tuvo que caminar por la vía pública con un cartel que decía: «Soy un judío insolente».

—El presidente del Tribunal Supremo, que debería haber gritado en favor de los derechos humanos, se acobardó; «traicionó» la Constitución al anunciar que era necesario restringir las actividades de los jueces, fiscales y abogados judíos para generar «tranquilidad en la población». Un mes después, las universidades también se convirtieron en felpudos del nazismo, destruyendo la democracia de las ideas, despidiendo de golpe a casi todos los profesores judíos gracias a la Ley del Funcionariado Público, de 7 de abril de 1922. Nunca la universidad había violado tanto los derechos humanos.[23]

—¿Y los alumnos judíos? ¿Cómo acabaron? —preguntó Evelyn, que musulmana.

—No sólo fueron expulsados, sino también humillados, vilipendiados. En algunas universidades había carteles que decían: «¡Fuera, gusanos!». Hoy vosotros, musulmanes, hindúes,

* *Sturmabteilung (SA)*, [Tropas de Asalto], milicia del movimiento nacionalsocialista.

chinos, latinos, tenéis libertad para ir a las universidades británicas. La libertad es muy necesaria, tan necesaria como el aire, pero sólo apreciamos su inestimable valor cuando nos falta.

—Y la prensa, ¿ella también traicionó la libertad? —quiso saber Peter, intentando vislumbrar un poco de esperanza entre el caos.

—En lo que respecta a los defectos, los periodistas son «animales» políticos de la fauna humana, sujetos a las mismas futilidades y tendenciosidades que los demás de la especie *Homo sapiens*. En lo que respecta a las cualidades, algunos tienen una osadía sobrehumana, capaces de denunciar corrupciones y violaciones de los derechos humanos, aunque con ello pongan su vida en peligro. El antisemitismo latía en las arterias de la prensa alemana. Los pocos periodistas de esa nacionalidad que estaban en desacuerdo con esa política sufrían castigos severos.

—¡No entiendo! ¿Por qué los intelectuales alemanes no usaron su influencia para cuestionar a Hitler cuando ganó presencia y asumió el poder? ¿Qué omisión fue ésa? —preguntó Elizabeth.

Se trataba de una cuestión fundamental. No obstante, aun siendo experto en psicología e historia, era difícil explicarles a los alumnos en qué medida la mente humana estaba llena de contradicciones.

Algunos intelectuales dejaron la Alemania nazi; otros se callaron; muchos, sin embargo, se adhirieron a las ideas de Hitler.

—Somos constructores de un mundo lógico, pero la mente humana no es tan lógica como pensamos. Los intelectuales guardaron un silencio irracional y colectivo, incluso los psicólogos alemanes amordazaron su voz ante el nazismo. El intenso estrés político, social y económico, el clima de terror impuesto por los nazis en los bastidores de la sociedad, la propaganda de masas, la búsqueda de un héroe en tiempos de crisis y el carisma de un líder vendía soluciones mágicas que redujeron la conciencia crítica de los intelectuales, que es el factor regulador y el filtro del proceso de interpretación, lo que derivó en un comportamiento incomprensible. Parecía que la sociedad alemana estuviera hipnotizada por una especie de «síndrome» de circuito cerrado de la memoria.

—¿Cómo? Cuando manejo un ordenador, tengo acceso a los archivos que quiero y cuando quiero, pero ¿lo que usted está queriendo decir es que en nuestra mente las cosas pueden ser distintas? ¿Que determinados niveles de estrés pueden restringirme la lectura de los archivos de mi memoria y, en consecuencia, hacerme reaccionar de forma estúpida? —concluyó Peter.

—Exactamente, Peter, exactamente. Si cierras el circuito de la memoria, aunque contenga mucha cultura, podrá reaccionar inadecuadamente.

—Discúlpeme, pero no estoy de acuerdo con esa tesis, profesor. ¿Dónde está la libertad de elección? —preguntó Deborah.

—En la vieja y siempre joven habilidad de pensar antes de actuar, frecuentemente no practicada en los momentos de tensión. Dime una cosa, Deborah, ¿hay algún estímulo estresante que te haga reaccionar irracionalmente?

Ella necesitó poco tiempo para pensar.

—Armo un gran escándalo con las ratas.

El grupo sonrió. Lucas especialmente soltó una carcajada. Pero, en el fondo, todos tenían algún estímulo o situación que cerraba el circuito de la memoria y los echaba del puente del equilibrio.

Deborah, viéndose atacada, dijo:

—A Lucas le da pánico estar encerrado en un ascensor.

El grupo se quedó atónito, pues Lucas era uno de los alumnos más osados. «¿Cómo puede ser tan frágil ante una máquina tan segura?», pensaron. Pero el chico, que estaba aprendiendo a ser transparente, reconoció su conflicto y, levantándose, aprovechó para representar los síntomas y burlarse de sus compañeros.

—Puede parecer tonto, pero cuando estoy en lugares cerrados no razono. Parece que me falta el aire… —Y se puso las manos en la garganta—: Me siento asfixiado… Grito: ¡Ahhhh! Y necesito salir corriendo para respirar.

Todos volvieron a reír. El profesor le dio las gracias a Lucas por su sinceridad y continuó con su pensamiento:

—La emoción, una herramienta tan primitiva y actual, nos aprisiona o nos libera. —Hizo una pausa y también confesó—: Me encanta dormir, pero tengo pavor de hacerlo.

Los alumnos pensaron que era una broma.

—Lo digo en serio. Me da miedo dormir y tener pesadillas. Me he transportado a la historia y he sentido algo que los textos nunca me habían dicho.

Pero no dio más explicaciones, usó ese ejemplo sólo para explicar algunos aspectos del inconsciente colectivo de la sociedad alemana.

—Si en un clima tranquilo tenemos nuestros fantasmas, imaginaos en un clima irracional. Los intelectuales alemanes de los tribunales, de las universidades y de la prensa tenían información suficiente en su córtex cerebral para oponerse al antisemitismo, expresar solidaridad hacia los judíos e izar la bandera de la libertad, pero se callaron. Unos por miedo y otros por conveniencia. Pero ninguno de esos motivos los disculpa.

De repente, un hombre mayor, conmovido por todo lo que había oído, se levantó del fondo del anfiteatro e intervino. Era Michael, el intelectual de confianza del rector, el coordinador de la facultad de Derecho, que sorprendentemente estaba presente en esa clase.

—De acuerdo con la filosofía jurídica, todo ser humano capaz de ser autor de su propia historia es responsable de las consecuencias de sus actos. En caso contrario, las explicaciones disculparían crímenes inexcusables. Estos intelectuales podrían y deberían abrir el circuito de su memoria a través del arte de la duda, para poder pensar otras posibilidades... Pero se cerraron en un capullo cerebral.

El profesor se alegró de su contribución.

—Gracias, Michael. Ellos no corrieron riesgos, prefirieron permanecer subordinados. Hitler sedujo tanto a las clases con menos recursos como a la élite intelectual, con palabras claramente mañosas. El 11 de febrero de 1933, por tanto un mes después de asumir el poder, tuvo la osadía de decir: «Pueblo alemán, danos cuatro años, después júzganos y senténcianos. Pueblo alemán, danos cuatro años y yo juro que, así como tomé posesión de este cargo, estaré listo para dejarlo».[24] Mentía, pues amaba el poder por encima de todo y jamás renunciaría a él. Cuando estaba completamente derrotado en la guerra, todos pedían que dejara Berlín, pero Goebbels insistía en que Hitler cumpliera su papel histórico y permaneciera en el poder. Y así lo hizo, aunque estuviese oyendo ya los cañones rusos retumbando en sus oídos.

—¿No creéis que, si hubiéramos vivido en ese contexto, al comienzo del gobierno nazi, y hubiéramos oído a Hitler pedir con falsa humildad cuatro años de completa confianza para después ser juzgado también nos habríamos callado? —planteó Michael.

Los estudiantes pensaron en esa pregunta. A continuación, Julio Verne retomó la cuestión del coordinador de Derecho y se desnudó ante sus alumnos.

—Yo soy judío y muchos de vosotros sois cristianos, musulmanes, budistas, ateos... Pero un análisis de nuestra psique en situaciones especiales revela que si nuestro «yo» no fuera plenamente libre, tendríamos posibilidad de negar aquello en lo que más creemos. Mi inconsciente, mediante sus pesadillas, está gritando que hay un cobarde dentro de mí. —Y contó otros episodios que ni sus más cercanos alumnos conocían—. De algún modo, yo me he callado.

Los estudiantes se quedaron perplejos con lo que acababan de oír. Nunca habían visto a un profesor dejar al descubierto su historia tan crudamente. Eran clases de anatomía del alma humana.

—¿Cómo reaccionaríamos al ver como los médicos judíos se convertían en una especie de leprosos en los tiempos de Hitler, con carteles que decían: «Evite a los médicos judíos»? ¿Acudiríamos a sus consultas, aunque confiáramos en ellos? Estos médicos habían dedicado toda su vida a tratar el dolor y en ese momento experimentaban la más intensa de las dolencias, la del desprecio. Sin poder ejercer su profesión, algunos cayeron en profundas depresiones. ¿Qué reacción tendríamos al ver a los comerciantes judíos transformándose en virus contagiosos: «No compre en tiendas judías»? —Al hablarles del dolor de esa pobre gente, el profesor volvió a sorprender una vez más a sus alumnos—: ¿Tendríamos el valor de ir contra la opinión pública y comprar mercancías de judíos? ¿Soportaríamos las consecuencias? Dudo mucho que haya héroes entre nosotros.

Continuó diciendo que al comienzo del gobierno de Hitler, durante 1933 y 1934, los nazis retiraron su promesa de cerrar tiendas de judíos, pues eso podría aumentar el desempleo de los «arios».[25] En 1936, hubo una tregua relativa a la persecución de la comunidad judía con motivo de los Juegos Olímpicos, originada por el temor de los nazis a una represalia internacional. Pero luego volvieron a las andadas. Las embestidas contra los judíos se volvieron cada vez más frecuentes y extremas.

Una de ellas tuvo como consecuencia la expulsión de ocho

mil judíos de ascendencia polaca. Muchos de ellos ya llevaban viviendo en Alemania más de veinticinco años, pero confiscaron sus bienes sin piedad. Los despojaron de todo, dejándolos con nada más que la ropa.[26] Los llevaron hasta la frontera con Polonia. Desde ahí, los obligaron a caminar, sometiéndolos a constantes abusos físicos y verbales por parte de los guardias de las SS. Tras atravesar la frontera sin comida, algunas familias, acostumbradas a finos manjares, fueron alojadas en establos con el hedor agrio del estiércol fermentado de los animales. Era el comienzo de la desgracia judía en masa. En esa época, a Hitler ya no le importaban las críticas del exterior. Comentó que era el Robert Koch de la política. «Él descubrió el bacilo y cambió la medicina. Yo he expuesto a los judíos como una bacteria que destruye la sociedad…»[27] Es como si no fuera humano. Era incapaz de perturbarse por el sufrimiento ajeno, hasta con el más manifiesto.

Tras ese comentario, Julio Verne bebió un poco de agua, se humedeció los labios y, pausadamente, cogió la otra parte de la carta de Hitler al presidente estadounidense y la leyó. Imitó para ello la voz de Hitler como si estuviera pronunciando uno de sus impactantes y agresivos discursos:

[…] He dominado el caos que reinaba en Alemania, he restablecido el orden, he aumentado inmensamente y en todos los campos la producción de nuestra economía. He conseguido encontrar trabajo para los siete millones de desempleados. No sólo he unido políticamente al pueblo alemán, sino que también lo he rearmado y, además, lo he librado de aquel tratado (el Tratado de Versalles), página por página, que en sus 448 artículos contiene la opresión más vil jamás infligida a los hombres y a las naciones… He traído de vuelta al seno de la madre patria a millones de alemanes que estaban en la más abyecta miseria. Señor Roosevelt, he hecho todo esto sin derramar sangre y sin traer a mi pueblo, y por tanto a otros pueblos, la desgracia de la guerra.[28]

—Hitler no estaba exagerando sus argumentos al dirigirse al presidente de Estados Unidos. Se había sentido ofendido con la carta y la propuesta de Roosevelt, pero en lugar de mostrar su espíritu aguerrido, disimulaba sus intenciones mostrando sus notables hechos como pacificador y las estadísticas en el campo económico, social y bélico. Hitler dividió el mensaje de Roosevelt en veintiún puntos y los respondió uno a uno.

—Pero yo pensaba que Hitler había sido un pésimo canciller, una farsa como líder —comentó Lucas.

—En los primeros años, no, Lucas, por lo menos en algunos aspectos.

De repente, una joven que no eran alumna suya, pero que apreciaba mucho al profesor y que estaba sentada discretamente en la vigésima fila, se levantó y lo elogió públicamente. Era Katherine, la mujer de su vida.

—Enhorabuena por sus argumentos, maestro. Me gustaría tener un poco de su locura. —El público prorrumpió en aplausos—. Pero tengo una pregunta: ¿las acciones de Hitler eran internacionalmente reconocidas antes de la guerra? ¿Y hasta dónde contribuyó el éxito de la primera fase de su gobierno al dominio de la sociedad alemana?

El profesor sonrió, sorprendido; nunca se habría imaginado que Kate estaría presente. Sospechó que estaba allí para calibrar su cordura. Fuera como fuese, ella lo inspiraba y lo alegraba.

—Sí, Katherine. Hitler fue reconocido internacionalmente, aunque muchos lo consideraban extraño, un camaleón. Por raro que parezca, Winston Churchill, su enemigo más acérrimo, hizo este comentario: «Si Hitler hubiera muerto en 1938, antes de que se desencadenara la segunda guerra mundial con la invasión de Polonia, sería considerado uno de los mayores políticos de Europa».[29] Pero Churchill estaba muy equivocado en eso; tal vez no era consciente de las atrocidades que Hitler estaba cometiendo en los bastidores del régimen.

Julio Verne explicó que, más tarde, Churchill le dijo a John Martin, su secretario particular: «Puedo parecer feroz, pero sólo lo soy con un hombre: Hitler».[30] Sin embargo, es verdad que a costa de fuertes inversiones en infraestructuras y en rearme, por tanto, con un gran endeudamiento, Hitler alivió la crisis económica, aumentó la producción, fomentó el empleo, un hecho notable.[31] ¡Introdujo en el mercado laboral a siete millones de desempleados! Tal vez el 20 por ciento de la mano de obra.

—¡Siete millones encontraron trabajo! —se dijeron unos alumnos a otros, admirados. Era un número de personas realmente grande.

—¡Una Alemania humillada tras la derrota en la primera guerra mundial recuperó su orgullo! Probablemente en la década siguiente, el endeudamiento implosionaría las bases de la economía del país, pero no cabe duda de que su éxito inicial contribuyó a anestesiar a la sociedad alemana para recibir sus trágicas obras maestras: la invasión de otros países, la supremacía racial y la cultura aria y el exterminio en masa de los judíos de Europa.

Ante eso, Katherine, dijo:

—Todo político es un empleado de la sociedad pagado con dinero del contribuyente. Tener éxito es su obligación y no objeto de exaltación. El político que no se considera siervo de la sociedad, sino que se sirve de ella, no es digno del cargo que ocupa.

Los alumnos aplaudieron y el profesor aprovechó su motivación para invitarlos a interpretar el comportamiento de Hitler expresado en el texto que había leído. Con voz ampulosa, les pidió que contaran cuántas veces el Führer hacía su autoexaltación:

—«Yo he dominado el caos de Alemania.» —Los alumnos dijeron en voz alta.

—¡Una!

—¡«Yo he restablecido el orden en Alemania»!

—¡Dos!

—¡«Yo he conseguido trabajo para el pueblo alemán»!

—¡Cuatro!

—¡«Yo lo he unido políticamente»! ¡«Yo lo he rearmado»! ¡«Yo lo he librado del Tratado de Versalles»! ¡«Yo lo he guiado»! ¡«Yo he hecho todo eso»!

Los alumnos se quedaron perplejos. ¡Contaron que, en un texto corto, Hitler había usado, directa o indirectamente, el pronombre «yo» nueve veces!

—¿Qué indica ese ego superinflado?

—Representa a unególatra de marca mayor, que ambiciona que las personas se inclinen ante su grandeza. Si en un texto diplomático, que requiere de un discurso de lo más pulido, muestra un egocentrismo tan tosco, imagino cómo se mostraba en las radios, en discursos del partido y ante sus generales —comentó Michael, apreciando la forma en que Julio Verne daba sus clases.

Ante eso, Lucy, una tímida alumna de cuarto curso de Trabajo social, también dio su opinión:

—Da muestras también de ser un líder que niega la colaboración de sus pares. Éstos tenían que gravitar en su órbita. Alemania era Hitler.

—Puede que ni Winston Churchill se diera cuenta de ese defecto en la personalidad de Hitler cuando lo exaltó como político. El uso excesivo del pronombre «yo» revela un desvío de personalidad muy grave, típico de un sociópata —afirmó Katherine.

—Hitler dijo acertadamente que Alemania no era un país con espíritu bélico, pero su líder sí lo tenía. Disimulaba su agresividad latente entre líneas. «Señor Roosevelt, he hecho todo eso sin derramar sangre y sin traer a mi pueblo, y por tanto a otros pueblos, la desgracia de la guerra.» ¿Qué apunta este pensamiento?

—Que Hitler consideraba en lo más recóndito de su mente día y noche las hipótesis del derramamiento de sangre y de la guerra —dijo Peter.

—Muy probablemente. La negación radical puede tener el color y el sabor de una afirmación disfrazada —afirmó el profesor—. El fantasma de la intolerancia estaba consumiendo su alma y estaba listo para devorar a los líderes polacos.

Katherine, tomando la palabra, sorprendió al hombre que amaba, citando las ideas de un gran psicólogo social:

—Erich Fromm comenta en su libro *Anatomía de la destructividad humana* que muchas guerras ocurren no por dolores reprimidos del pasado, sino por agresión instrumental de las élites militares y políticas. Y que, cuando más primitiva es una civilización, menos guerras se encuentran en su pasivo.[32]

Mirando a Katherine, el coordinador de Derecho, amante de la filosofía, se mostró en desacuerdo. Él la conocía.

—¿Qué está diciendo, profesora? ¿Cuanto menos desarrollados están los países, menos guerras hay en su historia? No es posible. Pienso que es justamente lo contrario, que el desarrollo asfixia cualitativa y cuantitativamente las guerras. ¿Qué tesis es ésa? ¿No estará usted equivocada?

Tras esa impresionante y breve frase de Erich Fromm, Katherine amplió sus argumentos y dio datos para sustentarlos.

—Las agresiones entre los Estados europeos siguen una trayectoria creciente a medida que se desarrollan económica y tecnológicamente: en el siglo XVI hubo 87 batallas. En el siglo XVII, 239. En el siglo XVIII, 781 batallas. En el siglo XIX, 651. Pero por increíble que parezca, sólo en la primera mitad del siglo XX hubo una explosión en el número de batallas: de 1900 a 1940 hubo 8.928.[33]

Tras una pausa para un breve momento de reflexión en que pensó en las guerras de la actualidad, que nunca daban tregua, Katherine preguntó, para asombro del público:

—¿No será que el desarrollo tecnológico, si no es controlado por las ciencias humanas, en lugar de ablandar el fantasma del impulso agresivo del ser humano, lo fomenta? ¿Qué podemos esperar para nuestros hijos en las próximas décadas con la escasez de agua, energía y alimentos?

—¿No habrá posibilidades de que las locuras de la exclusión, el control de las personas, los asesinatos en masa, patrocinados por Hitler, se retomen de alguna forma? —añadió Deborah, temerosa.

El profesor, subiéndose al carro de esas ideas, dijo:

—De una cosa estoy seguro: la educación lógico-lineal y, por tanto, cartesiana, que no fomenta la exploración del territorio psíquico y el desarrollo de la tolerancia y el altruismo, no es una vacuna eficaz contra las atrocidades humanas. Al contrario, fomenta la ansiedad, el consumismo y nos proporciona un umbral muy bajo de aguante ante las frustraciones. Hitler odiaba ser contrariado. ¿Quién aquí tiene madurez para reaccionar con buen humor cuando es contrariado? —satirizó una vez más el profesor.

Mientras los alumnos murmuraban, él elevó el tono de voz y terminó la carta del tirano.

He hecho eso, señor Roosevelt, con mis propias fuerzas, aunque hace veintiún años yo era un desconocido
trabajador y soldado de mi pueblo... En comparación, señor Roosevelt, su tarea es mucho más fácil. Se convirtió en presidente de Estados Unidos en 1933, cuando yo
me convertí en canciller del Reich. Desde el principio, usted era jefe de uno de los Estados mayores y más
ricos del mundo. Por tanto, tiene tiempo para dedicarse a los problemas universales. Mi mundo, señor presidente... es mucho menor. Comprende sólo mi pueblo. Pero
considero que así sirvo mejor a lo que está en el corazón de todos nosotros: justicia, bienestar, progreso y
paz para toda la raza humana.

Adolf Hitler, 28 de abril de 1939

Tras leerla, el profesor pidió a los alumnos que señalaran los puntos conflictivos o enfermizos de Hitler en ese párrafo. Aprendiendo a no tener temor a ser «estúpidos», ellos, con ayuda del maestro, empezaron a interpretar el texto. Eligieron varios puntos:

*1)* El continuismo del egocentrismo de Hitler, expresado en el pensamiento «(yo) he hecho eso con mis propias fuerzas». *2)* La sobrevaloración de su origen humilde, apuntada en la frase «aunque fuera un desconocido trabajador». Valorar el origen humilde es fundamental, pero sobrevalorarlo indica un conflicto no resuelto, una contracción latente de la autoestima y de la autoimagen no superada y una exploración de la infelicidad. *3)* La insistencia en decir que no anhela el poder, indicada en la idea «mi mundo es mucho menor». Quien dice repetidamente que no quiere el poder tiene una pasión clandestina por él, afirmó Julio Verne. *4)* La cantidad exagerada de citas directas o indirectas al presidente estadounidense.

111

—Mirad bien, queridos alumnos. Hitler habla nueve veces de su ego y aquí aborda seis veces en un único párrafo, directa o indirectamente, el nombre de Roosevelt. Lo llama por su nombre o «señor», indicando una vez más la magnitud de sus traumas y la dimensión de su complejo de inferioridad, que se canalizaba en autoritarismo y en una irrefrenable ambición por grabar su nombre en la historia. Acompañando los pasos de Roosevelt y envidiándolo, dice: «Se convirtió en presidente de Estados Unidos en 1933, cuando yo me convertí en canciller del Reich. Desde el principio, usted era jefe de uno de los Estados mayores y más ricos del mundo...».

—Entonces, se ha de concluir que, antes de que Hitler lanzara a Alemania a una guerra irracional, había una bomba en su psique que estaba explotando... Una bomba que sus discípulos se negaban a admitir o desactivar —concluyó Lucas.

El profesor se mostró de acuerdo. Y, en ese momento, sin que él pudiese evitarlo, su mente volvió a ser invadida por pensamientos inquietantes. Vio la imagen de dos niños conversando, Moisés y Anne, los muchachos de la extraña carta que había recibido. Nunca había soñado con ellos y no entendía por qué ni de dónde venían esas imágenes, que mostraban que estaban siendo deportados a un campo de concentración. Su respiración se hizo más rápida y superficial, su corazón empezó a latir más fuerte y Julio empezó incluso a tener extrasístoles —contracción superpuesta del corazón—, que le produjeron inquietud y lo hicieron llevarse la mano derecha al pecho. Se esforzaba por controlar su ansiedad, una ardua tarea. Todos se dieron cuenta de que algo no iba bien, sólo que no sabían qué era.

Katherine se asustó. Los ojos del profesor se humedecieron ante las imágenes vislumbradas y no le importó que lo llamaran frágil, inseguro, inestable.

Con un esfuerzo descomunal, intentó finalizar su clase.

—El hombre que proclamaba a los cuatro vientos «[…] considero que así sirvo mejor a lo que está en el corazón de todos nosotros: justicia, bienestar, progreso y paz para toda la raza humana» cometía actos de violencia inimaginables tras la cortina de sus discursos, incluso con los niños. Cinco meses después de responder a Roosevelt y de autoproclamarse uno de los mayores pacifistas de Europa, Hitler invadió Polonia y empezó la segunda guerra mundial. La mayor máquina de destrucción humana de todos los tiempos arrancaba.[34] ¡Nunca las palabras habían traicionado tanto las acciones!

A continuación, el profesor se recostó, fatigado, en la mesa central del anfiteatro. Su salud estaba debilitada. Su presión arterial variaba, palpitantes cefaleas lo acompañaban. El sueño de mala calidad y la gastritis nerviosa que había sufrido durante las últimas semanas lo castigaban.

Clausuró su clase sin un punto final, sólo inclinó la cabeza en señal de agradecimiento. El público se levantó y lo ovacionó durante largo rato.

—Esto va para las víctimas del nazismo —dijo pensativo y pausadamente.

Katherine caminó apresuradamente hasta él. No parecía el coleccionista de lágrimas de los últimos tiempos, el frágil hombre que se despertaba con crisis en medio de noches mal dormidas. Esperó a que el grupo de admiradores, incluido Michael, se dispersara para aproximarse a él. Lo miró, lo besó suavemente en los labios y, sin más rodeos, le pidió disculpas por sus exigencias.

—Entre la cordura y la locura, tal vez sólo haya sobrado locura, Kate —dijo él con buen humor.

—Tonto. Eres el loco más admirable que conozco.

Ella lo abrazó y, como él era más alto, reposó suavemente la cabeza sobre su pecho, sintiendo su corazón y sus pulmones estresados. Él se relajó y la abrazó cariñosamente. Era un hombre en conflicto, Kate lo sabía, pero también era sorprendente, algo de lo que estaba segura.

## 7

## UN PSICÓPATA EN LA UNIVERSIDAD

Martes, siete horas y cincuenta y cuatro minutos de la mañana. Julio Verne y Katherine entraron en el vestíbulo principal de la hermosa universidad. Las diez lámparas relucientes, con sesenta bombillas cada una, colgadas en círculo, las columnas romanas sosteniendo los arcos torneados y el suelo de mármol de Carrara con suaves estrías suscitaba la contemplación de los menos apresurados, una rareza en el ambiente académico, pues la universidad reproducía la sociedad estresante de fuera y resultaba difícil encontrar profesores tranquilos, menos aún alumnos relajados. Todos caminaban con prisa, sin cuestionarse el porqué.

Al ver al profesor, los alumnos lo rodearon como a una pequeña celebridad, algo que nunca había ocurrido en la institución. Él sonreía, daba las gracias y, del brazo de Katherine, continuaba su camino. Besaba a algunas chicas en la mejilla, abrazaba a algunos chicos, era afectuoso con sus alumnos.

Max Ruppert lo observaba desde lejos, indignado con su conducta «impropia». La intrepidez y oratoria de Julio ofuscaban el brillo del rector como estrella mayor de la universidad y le provocaban aversión. La vanidad de un intelectual no permite competidores.

Aquel día era igual que cualquier otro. Julio Verne caminaba bajo el asedio de los alumnos. Pero de repente, cuando estaba en medio del vestíbulo, su semblante cambió; empezó a inquietarse, perturbado, como si presintiera que algo dramático estaba a punto de ocurrir. Su mente no fue acometida por imágenes aterradoras, pero su emoción había sido sobresaltada por altos niveles de ansiedad. Miraba a todos lados sin parar. Katherine se preocupó ante su comportamiento. Tomándola del brazo, él aceleró el paso. Ella, disimuladamente, se acercó a su oído y le dijo:

—No seas grosero con tus alumnos. ¿Qué está pasando?

—No sé, parece que nos están siguiendo.

—¿Una pesadilla estando despierto? Imposible. Cálmate —dijo impaciente.

Él se esforzaba por relajarse, pero parecía descontrolado. Ella, por su parte, encantada con la sensatez de su marido durante los últimos días, se desanimó. Pensó: «¿Habrán vuelto sus crisis? ¿Su mejora es sólo temporal?».

De pronto, un pequeño estruendo llamó la atención de los presentes en el vestíbulo. Asustados, todos miraron hacia arriba, pero no vieron nada. Parecía un trueno, pero no era un día de lluvia y, además, estaban en el interior de un edificio, en un lugar protegido. Tal vez estén haciendo obras en la calle, pensaron algunos. Lo raro era que el aislamiento acústico de la universidad no permitía oír el barullo de fuera. Más tarde, la curiosidad desapareció y los alumnos empezaron a conversar con el profesor.

De repente, vieron a un tipo poco habitual, rubio, alto, de unos veinticinco años, que vestía un abrigo negro que tapaba un uniforme militar. Tenía la mirada fija, la cara en tensión y parecía sediento de odio. Quien se cruzaba con él lo sentía extraño, pero la universidad era una colección de figuras atípicas. Nadie sospechó que aquel sujeto estuviera allí para matar a personas inocentes.

116

Julio Verne continuaba mirando alrededor. Súbitamente, avistó al extraño personaje, que ya estaba a aproximadamente quince metros de él. Ambos cruzaron la mirada. De repente, él supuesto militar sacó una pistola y apuntó en su dirección. De un salto, el profesor intentó ponerse delante de los alumnos para protegerlos y gritó:

—¡Agachaos! ¡Agachaos! —Y sin saber de dónde le venían las fuerzas, le gritó luego al asesino—: ¡Por favor, no dispares! ¡No dispares!

Todo fue tan rápido que nadie entendió qué pasaba, pues muchos ni siquiera habían visto al tirador. La estrategia del profesor no dio resultado; el despiadado asesino hizo varios disparos. El primer blanco fue Peter Douglas, uno de los alumnos más queridos y participativos de Julio, que había sido el último en abrazarlo. Alcanzado en plena columna vertebral, cayó al suelo de inmediato.

Gritos, tumulto, pánico, una sinfonía de desesperación. Alumnos y profesores corrían en todas direcciones. El asesino, furioso, seguía disparando su pistola en dirección al maestro, hacia el lugar con mayor aglomeración de personas. Les dio a otros dos alumnos, a uno en el hombro derecho y a otro en el abdomen. Ambos cayeron al suelo.

Disparó unos cuantos tiros más hasta que alcanzó a Julio Verne de refilón, en el brazo izquierdo. Temiendo por Katherine, él se abalanzó sobre su mujer, intentando evitar que también fuera alcanzada.

En veinticinco segundos de pánico, el vestíbulo se vació totalmente. Sólo permanecieron en escena, caídos, los tres alumnos heridos, el profesor y Katherine.

El tirador, como una serpiente con ganas de clavar los dientes, se acercó paso a paso a Julio Verne y gritó: «*Heil, Hitler!*».

En ese momento, el profesor, perplejo, sabiendo que estaba

viviendo sus últimos momentos, volvió la cara hacia su verdugo, que lo sentenció en voz baja con una sonrisa macabra:

—¡Es tu final, judío!

Pero antes de que disparara, Julio Verne vio algo que lo dejó atónito. Debajo del abrigo, el joven asesino llevaba un uniforme de las SS con la esvástica, la insignia del Partido Nazi.

Apuntó a la cabeza de Julio a poco más de un metro de distancia. Y disparó… Sin embargo, afortunadamente el arma falló. Al parecer, el gatillo se había trabado o no quedaban más balas en el tambor. El asesino insistió, apretando el gatillo ansiosa y continuamente, pero nada. Furioso, empezó a darle patadas al profesor.

Pero entonces, éste, incluso herido, consiguió derribarlo enredando sus piernas con las suyas. Una vez en el suelo, cinco guardias de seguridad de la universidad aparecieron e intentaron inmovilizarlo usando espray de pimienta y pistolas eléctricas, que le generaron violentas contracciones musculares. Al final lo consiguieron, pero no sin esfuerzo, pues el joven parecía estar bajo los efectos de poderosas drogas estimulantes.

Katherine y Julio empezaron a socorrer a los alumnos. Él abrazó a Peter, de veintiún años, el primer joven alcanzado por las balas.

—Sé fuerte, Peter. Te vas a recuperar.

El chico miró al profesor y, por increíble que parezca, le sonrió y le dio las gracias.

—Usted no es un cobarde, profesor. Gra… gracias… gracias. —Y cerró los ojos.

Julio gritaba:

—¡Una ambulancia! ¡Una ambulancia!

Peter no murió, pero tenía la columna rota. Los otros dos alumnos, por suerte, consiguieron sobrevivir sin secuelas, aunque al que le disparó en el estómago estuvo casi cinco días ingresado. No fue un asesinato en masa porque, aparentemente, el verdugo tenía un blanco claro que eliminar.

A Julio Verne le dieron tres puntos en la herida. Pasado el tumulto, profundamente angustiado, en especial por Peter, fue interrogado en el hospital. Katherine, igualmente aterrorizada, estaba a su lado. Lo sometieron a un largo interrogatorio, dirigido por Billy, el alegre, estrafalario, pero inteligente inspector de policía de Scotland Yard, la policía metropolitana de Londres.

De 1,76 metros de altura, un tanto calvo, de cabello negro, rasgos redondos y leve sobrepeso, Billy se sentía orgulloso de trabajar en la policía fundada por sir John Peel el 29 de septiembre de 1829. Le encantaba su trabajo. Siempre consideró que el objetivo fundamental de la policía era la prevención del delito, por eso le gustaba bombardear a preguntas a sus entrevistados, incluso sobre hechos aparentemente innecesarios.

Le preguntó al profesor si conocía grupos radicales de Londres, si sabía de la existencia de neonazis en Inglaterra, si había recibido amenazas antes, si tenía enemigos, si era perseguido, si se había visto implicado en peleas, si no había pagado alguna de sus deudas. Las respuestas fueron todas negativas. Julio Verne sólo dijo que algunos jóvenes se sentían disgustados por sus clases.

—Hum… ¿Disgustados por qué, profesor? —peguntó Billy, retorciéndose el bigote.

Julio intentó explicarse.

—Soy profesor de historia. He dado clases sobre la segunda guerra mundial y los crímenes contra la humanidad cometidos por el nazismo. Pero no incito a la agresividad, soy pacifista. Por mucho que a algunos alumnos no les guste mi didáctica y mis tesis, creo que serían incapaces de cometer un atrocidad tal. Además, no conozco al asesino, nunca lo había visto antes.

—¿Tiene problemas con palestinos, con árabes?

—En absoluto. Tengo varios alumnos árabes por los que siento el mayor respeto. Soy amigo de profesores musulmanes que, junto a un grupo de judíos londinenses, participan en un movimiento en pro del desarrollo socio-educativo de Palestina.

Katherine, más directa, le preguntó al inspector:

—Pero ¿usted cree que Julio era el objetivo del asesino?

—No lo sabemos. Nos parece que no disparó aleatoriamente. Puede que quisiera matar a alguien que se encontraba en el foco central de su mirada y ustedes por casualidad estaban allí. Pero ¿dijo algo antes de que lo detuvieran?

Preocupado, el profesor contestó:

—Sí: «*Heil, Hitler!* ¡Es tu final, judío!».

Katherine se asustó, pues no había oído esas palabras.

Billy se quedó pensativo, respiró profundamente y comentó:

—Es interesante. Él sabía que usted es judío. —E, irónico, añadió—: Pero eso lo delata, profesor. Hum… ¿sabría también que usted es profesor de historia? Tengo que investigar. Anota esto —le dijo a un asistente, que era más bien un figurante a su lado.

Después ponderó:

—Es difícil decir si programó el asesinato. Esos jóvenes radicales sienten rabia por la vida, por el mundo, por todo. Viven a expensas de la sociedad, pero no quieren reconstruirla, sino destruirla. Matan sin objetivo, sin importarles quién va a morir.

—¿Y cómo se llama? —preguntó Julio.

Billy cogió la ficha del interrogatorio preliminar.

—Dice que es Thomas Hellor.

—¿De dónde viene? ¿Es alumno de la universidad? ¿Dónde vive? ¿Quiénes son sus padres? —indagó Katherine, ansiosa.

—No hemos conseguido grandes respuesta. El sujeto no tenía documentos, parecía estar en estado de shock, confuso, perturbado. Está delirando. Vocifera que forma parte de las SS y que Hitler ganará la guerra. El loco no sabe que Hitler murió hace un montón de tiempo. Habla inglés, pero tiene el acento de alguien que ha vivido mucho tiempo en Alemania. Tiene un carácter fuerte, determinado.

Al recordar las dos misteriosas cartas que había recibido, Julio se inquietó al saber que el individuo creía ser un personaje que había vivido en los tiempos de Hitler. Pero no le contó nada sobre ellas al inspector. Tenía miedo de que lo acusaran de ser un enfermo mental.

—¿Cómo? ¿El asesino cree que está viviendo en los tiempos de la segunda guerra mundial?

—Sí. Y jura que Hitler ganará a Inglaterra. Cuando le hemos dicho que ganamos nosotros, ha estado a punto de tirársenos al cuello. Hemos tenido que contenerlo.

—¿Le han dicho que Hitler se suicidó? —preguntó Katherine.

—Sí y casi echaba espuma por la boca: «¡Es mentira! ¡Es mentira!». Obsesivamente clamaba «*Heil, Hitler!*». Si Renan estuviera aquí, creería que el sujeto ha salido de un portal del tiempo, que no es de esta era.

—¿Renan? ¿Portal del tiempo? No le entiendo, inspector —dijo Julio.

—Ah, perdone, pienso en voz alta. —Y se explicó—: Renan es un amigo, un genio de la física cuántica, pero muy raro. Bueno, no tanto… Cree en los universos paralelos. Dice que es posible que se produzca transporte en el tiempo, que el pasado puede visitar el futuro y viceversa.

—Hay locos para todo —comentó Katherine, mirando a su marido e intentando quitarle importancia a esas tonterías. La sobrecarga de estrés de Julio era ya enorme. Dar crédito al misticismo sólo lo empeoraría. No obstante, él era más escéptico aún que ella.

Pero a Billy no le gustó la forma prejuiciosa en que ella habló de Renan.

—Señora, mi amigo es diferente, pero no está loco —afirmó el inspector.

—Discúlpeme, he exagerado —respondió la profesora.

A continuación, Billy dijo que la convicción del asesino era perturbadora.

—Al mismo tiempo que delira, parece convencido. Puede que sea bipolar.

—¿De dónde es? —preguntó el profesor.

—Dice que su padre se llamaba Cooper, que era británico y que fue, fíjese, soldado fotógrafo en la primera guerra mundial, y que su madre era alemana. Tras la guerra, sus padres volvieron a Gran Bretaña, donde él nació. Ha comentado que no lo dejaron entrar en la policía británica por su acento germánico.

Según oía esas palabras, Julio Verne sentía escalofríos en la espalda. Después, empezó a sentir vértigo. Balbuceó dos veces en voz baja el nombre del tirador, como si estuviera intentando refrescar su memoria.

—Thomas… Thomas Hellor.

Katherine se sentía incómoda ante su comportamiento.

—¿Está usted bien? —le preguntó el inspector.

Pero él no respondió. A continuación, planteó una extraña pregunta:

—¿Por casualidad no habrá dicho que nació en agosto de 1917?

El inspector tomó la declaración y se quedó impresionado.

—¡Sí! Dice que nació el 29 de agosto de 1917. ¿Cómo lo sabe?

Julio tampoco respondió esta vez, pero añadió otra pregunta:

—¿Trabajó como profesor en Alemania?

Nuevamente sorprendido, el inspector confirmó.

—Sí, dice que fue profesor. Pero no lo entiendo. ¿Cómo sabe todo eso?

Julio explicó:

—Thomas Hellor, después de ser rechazado por la policía inglesa, se marchó a Alemania. Entró en las fuerzas de Hitler y se convirtió en el único británico condecorado por el nazismo.

—¡Imposible! ¿Un británico luchó del lado de Hitler y por la causa nazi? ¡Ahora es usted el que delira, profesor!

—Ya me gustaría, inspector, ya me gustaría. Pero Thomas Hellor también tuvo problemas en Alemania. Lo expulsaron de su trabajo como profesor por ser británico. Posteriormente, tras adherirse a las tesis nazis, lo animaron a alistarse en el ejército alemán. Y la cosa no se acaba ahí. Tiempo después, le presentaron al oficial Gottlob Berger y se alistó en las SS. Fue comisionado como oficial en el 5.º Regimiento de Infantería, donde trabajó como instructor permanente. En febrero de 1943, estuvo en el frente y, tras matar a varios aliados, fue herido por un estallido de bomba. Y por los servicios prestados a la Alemania nazi, fue condecorado con la Insignia de Plata para Heridos, un premio de prestigio. En 1945, fue detenido y juzgado en Old Bailey por alta traición, declarado culpable y condenado a muerte, pero la sentencia fue conmutada por cadena perpetua.[35]

—¿Y cómo sabe usted todo eso? —preguntó, desconfiado, el inspector.

—¿Lo ha olvidado? Soy profesor de historia, especialista en esos nebulosos tiempos.

—Si luchó del lado de Hitler, se mereció la sentencia —declaró Billy.

Arrojando luz al ambiente, Katherine, siempre racional, afirmó:

—Pero si creyéramos que el asesino que ha intentado matarnos es el mismo Thomas Hellor del siglo pasado, deberíamos reservar plaza en un hospital psiquiátrico.

—Claro, Kate. Aunque no estamos locos —contestó el profesor.

Billy se mordió los labios y negó unas cuantas veces con la cabeza, revelando resquicios de duda. A continuación, echó un vistazo a la declaración.

—¿No ha dicho el asesino que fue condecorado como herido de guerra? ¿Y ha notado que cojea de una pierna?

—Sí, me he dado cuenta de que cojea de la pierna izquierda.

De nuevo, a Julio le vinieron a la mente las cartas, lo que, unido a ese hecho, lo desconcertaron. Eran varios fenómenos totalmente fuera de lo común en un período tan corto de tiempo, en meses; inquietante incluso para él, que era racional y coherente.

Katherine, como psicóloga social, tenía su explicación.

—No pocos psicópatas tienden a despojarse de su identidad real y a apropiarse de una identidad social, a incorporar personajes del pasado a los que admiran. El asesino seguro que ha leído la historia del nazismo y, como inglés, se ha proyectado en Thomas Hellor, asumiendo su personaje.

—Seguro —afirmó Julio Verne.

—No hay duda —confirmó el inspector, que, en el fondo, se inclinaba por el misticismo. Tras esa larga conversación, se despidió de ellos.

Posteriormente, una vez en casa, recibieron la visita de los padres de Katherine.

—Hija, ¿qué está ocurriendo?

Ella les contó los hechos, pero no los detalles. Si les hubiera hablado sobre la supuesta identidad del tirador, su madre, una vez más, le habría hablado de la separación.

Julio Verne se acordó de sus padres. Eran grandes amigos

suyos y, si estuvieran vivos, tendría dos hombros sobre los que llorar.

Quince minutos después, los padres de Katherine se marcharon. El matrimonio, por fin, estaba solo. Julio Verne sufrió mucho cuando recibió la noticia de que Peter tenía muchas posibilidades de quedarse parapléjico.

—¡Qué injusticia! Es terrible que nunca más vaya a poder caminar. ¡No volver a correr, a caminar, a ser libre!

—Sin duda, es muy triste. Tendrá una larga batalla por delante para volver a ponerse de pie y superarse.

—Por mi culpa Peter va a quedarse en una silla de ruedas —dijo él, afectado, pensando en la posibilidad de que él mismo fuera el blanco del asesino y que éste hubiese fallado.

Ella lo miró a los ojos y lo reprendió.

—Deja de culparte, Julio. Te has convertido en un especialista en castigarte. Así vas a conseguir encerrarte en la mazmorra de una depresión.

E intentó desviar su atención hacia algo que la intrigaba.

—¿Por qué, antes de ver al asesino, estabas inquieto? ¿Qué te ha producido esa sensación de que nos estaban siguiendo?

—No lo sé. Sólo he presentido algo.

—¿Has tenido a menudo esa sensación?

—No, Kate. Recuerda la frase de Voltaire: «Amo a Dios, amo a mis amigos, no odio a mis enemigos, pero detesto la superstición». Yo detesto también la superstición. No tengo ideas de persecución, estate tranquila.

—Perdona mi ansiedad, pero me preocupo por tu salud mental.

—Y agradezco tu preocupación. Pero en cuanto a esa impresión, ha sido la primera vez. Me he debido de cruzar con el asesino y notar, de pasada, su comportamiento extraño, lo que ha debido de abrir algunas ventanas de mi mente y desencadenar mi inquietud. Nada místico, nada sobrenatural, nada irracional, ¿entiendes?

—Sí, entiendo —dijo ella, respirando profunda y relajadamente.

Y no hablaron más del tema. Al día siguiente, Julio fue a visitar a Peter al hospital. Fue una visita rápida, porque el chico estaba en la UCI (Unidad de Cuidados Intensivos) tras la operación. Desgraciadamente, Peter no movía las piernas ni tenía sensibilidad en ellas. Hablaron un poco.

—Me da miedo no volver a andar, profesor.

—Tu miedo es normal, pero no permitas que frene tu libertad y tu gusto por la vida. Úsalo para construirte y no para destruirte.

—Gracias, maestro.

Él tenía el brazo izquierdo vendado. Poniendo la mano derecha afectuosamente sobre el hombro de Peter, se despidió diciendo:

—Te espera un tiempo difícil.

Quince días después, Peter apareció en la universidad en una silla de ruedas. Sus padres iban con él y, por donde pasaban, la gente se conmovía. Muchas lágrimas y muchas preguntas sin respuesta formaron parte de aquellos cálidos momentos.

Los padres de Peter estaban deprimidos, sin palabras. Sabían lo mucho que su hijo admiraba a Julio Verne y la influencia que éste tenía sobre él. Los debates del aula se comentaban con entusiasmo en el salón de casa.

El profesor y Katherine, junto con algunos alumnos, fueron a su encuentro y le hicieron un gran recibimiento al muchacho.

Tocaron una canción que los propios estudiantes habían compuesto, con el lema de «eternos amigos». Todos esperaban que Julio Verne dijera unas palabras, incluso los padres de Peter. Él, respirando profundamente, recordó algunas brillantes intervenciones de su alumno.

—Sin golondrinas no hay primaveras. Éstas pían y revolotean alegremente en busca de la más noble de las libertades. ¿Y qué puedo decir sobre Peter? Sin alumnos como él, no hay primaveras en el teatro de la educación. Con sus debates e intervenciones, transforman el árido suelo de las aulas en un lugar donde aprender es el mejor de todos los placeres. Peter, con sólo veintiún años, ya navega en las aguas más profundas de la sensibilidad. Revelando que estamos perdiendo la capacidad de observar al ser humano desde una perspectiva más profunda, en cierta ocasión dijo unas palabras inolvidables: «Mil personas han muerto de cáncer esta semana. Dos mil se han suicidado. Millones están desempleados. ¡Fríos números que ya no nos impresionan! La matemática ha prostituido nuestra emoción. ¿Cuáles fueron sus historias, qué crisis han atravesado y qué pérdidas han sufrido?». Y mirando al chico, dijo:

—Puede que hoy él se haya añadido a la lista de los heridos. «¿Quiénes son los que han perdido la capacidad de andar? ¿Qué lágrimas han llorado?».

Y, secándose los ojos, concluyó:

—¡Peter! Muchos tienen piernas, pero no saben caminar, tienen libertad para correr riesgos, pero viven en la cárcel del miedo. No les falta musculatura, pero sí osadía. Y osadía no es falta de miedo, sino la capacidad de dominarlo. Tú tendrás que tenerla para transformar tus límites en libertad. Y cuando, deprimido, te preguntes «¿Por qué yo?», espero que puedas gritar: «Porque, soy uno de los pocos capaz de transformar el caos en creatividad, la revuelta en agradecimiento y de hacer largas caminatas sin piernas».

Con esas palabras terminó. Y todos, con entusiasmo, aplaudieron al maestro y a su alumno.

Peter, intentando dominar su miedo, agradeció el homenaje.

—Tal vez un día vuelva a andar o puede que nunca más lo haga… —Los ojos se le llenaron de lágrimas. Entonces, rehaciéndose, continuó—: Será un trayecto difícil y cuento con el apoyo de todos vosotros y con el amparo del Artesano de la Vida. Me prometo a mí mismo que procuraré gestionar mi ansiedad, administrar el miedo al futuro y luchar todos los días para nutrirme del menú del placer. Os doy las gracias por formar parte de la lista de mis amigos y por tener el privilegio de empujarme.

Todos sonrieron.

## 8

## LA MENTE COMPLEJA Y ENFERMA DE HITLER

Enseñar levantaba el ánimo debilitado de Julio Verne. Por amor a alumnos como Peter, no podía desistir, necesitaba continuar penetrando en los espacios más íntimos de la historia. Llegaba tarde a más de una clase. Intentaba, ansioso, abrirse camino entre el bloqueo de los estudiantes en los pasillos. Muchos lo saludaban con entusiasmo. Sin que él se diera cuenta, alguien lo pisó y lo hizo tropezar. Intentó caer sobre el lado no herido por la bala, aunque ya había cicatrizado. Sus libros y sus notas se desparramaron por el suelo. Jeferson y Marcus, que habían iniciado una causa contra el profesor, se empezaron a reír a carcajadas. Marcus, que había sido quien lo había hecho tropezar, se acercó a él y le dijo al oído:

—¿Necesita ayuda, judío?

—No, gracias —contestó él, expresando su profunda frustración.

—¿No se siente culpable por Peter, maestro? —dijo Jeferson, despiadado, en el momento en que otros alumnos estaban ayudando al profesor.

Éstos, inmediatamente recriminaron la actitud del muchacho. Una vez en pie, el profesor lo miró a los ojos y contestó:

—Sinceramente, sí. Pero mi mayor sentimiento de culpa no es por los alumnos heridos, sino por los que creen que están vivos.

Jeferson se calló, pensativo. A continuación, los alumnos

que admiraban al profesor retiraron a los otros dos de su lado. Incómodo, él les dio las gracias y, minutos después de recorrer largos pasillos, entró en el abarrotado anfiteatro. Había jóvenes incluso sentados en la escalera, algo que no estaba permitido. Querían embarcarse en un paseo más por los laberintos de la historia, en otro viaje por los secretos de la mente humana, en una aventura sorprendente. Peter, con su silla de ruedas, estaba en la primera fila. Sin perder el tiempo, el profesor dijo:

—Hoy veremos que la locura y la razón pueden estar muy cercanas y, en determinados psicópatas, en especial en Hitler, habitar en la misma alma. Si consideramos la psique como la más compleja de todas las construcciones, debéis entender que las puertas de entrada y de salida no están marcadas y que los mapas no tienen fronteras definidas.

—Pero ¿cómo explorar nuestra mente o, en nuestro caso, la de los psicópatas que cometieron crímenes contra la humanidad si no hay mapas definidos? —preguntó Peter, confuso; el primero en intervenir.

Julio se animó al oírlo. Pero la respuesta no era sencilla.

—Para averiguarlo, es necesario, en primer lugar, no tener miedo a perderse. ¿Tú tienes ese miedo? —A continuación, prosiguió—: En segundo lugar, es necesario liberarse al máximo de prejuicios y tendenciosidades. En tercer lugar, hay que ser más amante de las preguntas que de las respuestas. Los que prefieren las respuestas siempre serán superficiales. En cuarto lugar, es preciso ser un observador detallista del objeto analizado. En quinto lugar, hay que sistematizar los datos observados y analizados multiangularmente, es decir, por todos los lados posibles. Así, caeréis en menos tonterías interpretativas. —Los alumnos se rieron—. Pero aun así, es probable que el noventa por ciento de vuestros juicios sobre los demás estén equivocados o distorsionados.

—Por eso mi novia no me entiende —bromeó Lucas.

Deborah, que era amiga suya, la defendió.

—Eso es porque tú tienes una mente complicadísima.

El grupo se rió de él.

El profesor creaba un clima relajado para entrar en las capas más profundas y complejas de los personajes que mancharon la historia.

—Deberíamos inventar estrategias para recorrer los espacios psíquicos más inhóspitos de la mente humana. —Y, como le gustaba decir, aprovechó para poner una vez más a sus alumnos entre la espada y la pared—: Pero ¿quién pasa tiempo observando su estupidez? ¿Quién interpela su ansiedad? ¿Quién dibuja un mapa de sus intenciones subliminales? Si vivís bajo el barniz social, ¿cómo podréis autoconoceros? Y, peor aún, si la historia impresa o digitalizada es tan fría y distante, ¿cómo podréis interpretar hechos históricos sin grandes contaminaciones?

Para el profesor nadie debería investigar a grandes personajes del pasado si no se arriesgaba antes a conocer al personaje vivo más importante, la propia persona. Para animarlos a iniciar ese camino, una vez más mostró sus debilidades:

—Algunos de vosotros sabéis que me altero ante la posibilidad de tener pesadillas, pero no sabéis que fracasar como educador también me hace perder el equilibrio. Y tengo otra fobia perturbadora… —Hizo una pausa, se frotó el rostro con las manos y les dijo—: No os riais…: los arácnidos, esos bichos con un sinfín de patas que vosotros llamáis arañas, también me provocan pánico.

Algunos alumnos se echaron a reír a carcajadas; otros, relajados, trazaron el mapa de las trampas de su propia mente. Y eran muchas. Algunos sentían pavor a empobrecer, envejecer, morir, ser traicionados, amar, entregarse. Y, finalmente, Julio

Verne comentó lo que más horror le causaba, pero no se sabía si hablaba en serio o estaba bromeando:

—Nada me perturba tanto como perder a la mujer que me fascina, me domina y me deja atontado. —Las alumnas lo aplaudieron. Katherine, discretamente sentada en el fondo del anfiteatro, suspiró y pensó alegremente: «¡Éste es mi intrépido hombre!».

—Yo creo que todo ser humano es un mundo con increíbles particularidades —afirmó Deborah. —Pero en esta sociedad de consumo, clasificamos a las personas como productos: a algunas, por su delgadez; a otras, por su cultura académica y a otras, por su poder financiero.

—Gracias por introducir el tema, Deborah. —Y, mirando a sus alumnos, afirmó—: Todo ser humano tiene su complejidad y singularidad, incluso los personajes como Hitler. Ya comenté en otra clase el ego enfermizo que éste tenía; ahora debemos avanzar, tenemos que conocer las increíbles fluctuaciones de la mente del hombre que dejó perplejo al mundo.

A continuación, comentó que todo ser humano, por saludable que sea, sufre fluctuaciones emocionales e intelectuales.

—¡Sólo los muertos son estables! —bromeó Peter—. Afortunadamente, yo estoy vivo.

—Correcto, Peter. Los vivos, en un momento están tranquilos, al otro, inseguros; en un período son racionales y en otro incoherentes; un segundo, amables y al otro, individualistas. Una fluctuación suave es aceptable, pero una extrema es preocupante, que es el caso de Adolf, hijo de Klara y Alois Hitler. En su caso, reflejaba una mente destructora. La estabilidad emocional del Führer de Alemania fluctuaba entre el cielo y el infierno.

—No entiendo esa característica de la personalidad de Hitler, profesor. ¿Era un psicótico?

—Hitler no era un psicótico, era un psicópata, que es muy

diferente. Un psicótico no es consciente de sus actos, ha perdido los parámetros de la realidad, no tiene capacidad para sopesar las consecuencias de sus comportamientos, por lo que no puede ser responsable de ellos. Los psicóticos frecuentemente son inofensivos. Hitler en cambio era un psicópata y, como tal, tenía plena conciencia de sus actos. Hería, excluía, exterminaba y no sentía dolor por los demás. Y no sólo era un psicópata, sino también un sociópata, de alta peligrosidad, lo que lo llevaba a poner en peligro a la sociedad por su agresividad. En esta clase, quiero mostraros que su mente no era simple, sino altamente compleja y seductora: en algunos momentos, expresaba gran generosidad; en otros, extrema violencia.

—La psique de Hitler era espantosamente no lineal. Al igual que en la teoría cuántica, en la que no se puede determinar la trayectoria exacta de un electrón, o por lo menos de forma simultánea a la velocidad y la posición de una partícula —dijo un joven profesor de física nuclear que por primera vez acudía a una de las clases de Julio Verne.

Éste no entendía mucho sobre física cuántica, pero comprendió el sentido de la observación y afirmó:

—La mente de Hitler era extremadamente paradójica, lo que lo llevó a confundir a la culta sociedad alemana. ¿Quién de vosotros ha estudiado ya su biografía para poder darnos un ejemplo?

Nadie se arriesgó a hablar. El profesor sabía que algunos podían expresar ideas interesantes.

—Venga, chicos. Es mejor el sonido de la insensatez que el silencio de la timidez.

Cuando la clase llegaba a un punto muerto, él simplemente esperaba uno, dos o cinco minutos; lo que fuera necesario. No quería espectadores pasivos. Profesor y alumnos tenían que ser cocineros del conocimiento. Como en toda cocina que se precie, tenía que haber un pequeño caos antes de que los «platos» se elaboren. Los alumnos se quedaban asombrados con su absoluto silencio, hasta que se veían impelidos a arriesgarse, a decir lo que les venía a la mente.

Ese día, Julio esperó tres largos minutos, hasta que Katherine se puso nerviosa y dijo:

—Hitler acariciaba a su perra.

El grupo sonrió sin entender por qué acariciar a una perra revelaba la fluctuación de la psique del tirano, pero ella iba en la dirección correcta.

—¡Vale! Hitler era amable con su perra, *Blondi*. Solitario en su búnquer, un refugio de seguridad máxima, era capaz de no moverse de su diván durante horas, con *Wolf* a sus pies, una cría de la prole de *Blondi*.[36] Por un lado, Hitler sentía un profundo afecto por los animales, por otro, no nutría su afecto por los seres humanos. ¿No es ése un comportamiento extremista, inhumano, inaceptable? Mientras protegía cariñosamente a un pequeño cachorro a sus pies, enviaba a la muerte a cientos de miles de niños judíos, hijos de su propia especie, para el exterminio colectivo. Es imposible no convertirse en un coleccionista de emociones inexpresables si analizamos los últimos instantes de esos niños y niñas.

Hizo una pausa y prosiguió sin demora:

—Y os comento otra fluctuación paradójica. Cuando Hitler tenía sus reuniones de cúpula, el clima era de un control absoluto de los participantes. Rara vez había conversaciones paralelas entre ministros y líderes de las fuerzas armadas. Uno de los participantes de esas reuniones relató: «Había un clima de servilismo, de nerviosismo y de permanente falsificación de la realidad que terminaba por sofocarnos y generar en nosotros un malestar físico. Nada allí era auténtico; sólo el miedo».[37]

Adulterando la realidad, Hitler conseguía siempre hacer

fluir la confianza y despertar la esperanza delante de los líderes de Alemania. Lo sorprendente es que su autoridad permaneció indiscutible hasta su último aliento de vida, a pesar de sus errores, sus mentiras, sus crisis de agresividad y sus tesis incoherentes.

—El miedo, la vieja ave de rapiña de la psique, era la única cosa auténtica en las reuniones de los constructores de la segunda guerra mundial, pero los ciegos seguidores de Hitler no dibujaban sus mapas ni el de su líder, no se adentraban en el edificio de la mente. Se quedaban en la superficie. Tuvo que terminar la segunda guerra mundial para que se hiciera un examen de conciencia.

Hitler hacía gala de un optimismo inalterable y de una autoridad incuestionable en las reuniones ministeriales y en las campañas de guerra, pero cuando estaba solo, recluido en su búnquer, se mostraba con frecuencia deprimido, tenía una actitud sombría de meditación, un espíritu distante y vago.

»Hitler se suicidó emocionalmente años antes de hacerlo físicamente. Él asesinó su placer de vivir, pues nunca aprendió que el secreto del gusto por la vida se encuentra en las pequeñas cosas. Necesitaba grandes eventos para experimentar chipas de alegría. Y éstas son otras dos fluctuaciones enfermizas del líder de Alemania: optimismo social y depresión, autoridad política y fragilidad emocional.

Una profesora de psicología amiga de Katherine, que también frecuentaba las clases, comentó:

—De su exposición, se concluye que Hitler tenía una pésima relación consigo mismo. La soledad lo asfixiaba. Sólo se podía ver entusiasmo en su rostro ante las grandes decisiones, con el dominio de los pueblos, la adulación de la gente. ¿Qué se puede esperar de una sociedad cuyo líder es así? Un caudillo enfermo hace enfermar a su sociedad.

El profesor reflexionó sobre esa tesis y se mostró de acuerdo. Y luego continuó diseccionando algunas características de la personalidad del Führer ante un público superconcentrado.

—Como todo dictador, Hitler no desarrolló el pensamiento abstracto, pues era incapaz de corregir sus caminos. Y vosotros, ¿sois flexibles?

Algunos alumnos eran, a su manera pequeños dictadores, radicales, inflexibles, tenían grandes dificultades a la hora de superar algunas características enfermizas de su personalidad. Pero Julio Verne no los agobió; tras lanzar la pregunta al ire, comentó:

—La mente de Hitler era pendular, fluctuaba entre la amabilidad y la agresividad explosiva.

Nancy dijo:

—¿Cómo convivir con un hombre que no se sabía de qué humor estaba? ¿Cómo actuar ante una persona que en algunos momentos mostraba afecto y en otros una compulsión por eliminar a quien se le oponía?

El profesor aprovechó el momento para comentar que Albert Speer, amigo y arquitecto del gobierno de Hitler, habló sobre su paradójico comportamiento. Dijo que, durante la campaña electoral, en 1932, tras la llegada al aeropuerto de Berlín, en un momento de intensa agresividad, Hitler reprendió a sus asesores por el retraso de los coches que debían recogerlo. Caminaba de un lado a otro ansioso, descontrolado. Se golpeaba las botas con la fusta, como si quisiera pegarle a alguien.

»Speer, al ver su descontrol y su irritabilidad ante una pequeña contrariedad, dijo: "Era muy diferente del hombre de modales amables y civilizados que me había impresionado…".[38]

Impresionada, Katherine levantó la mano y preguntó:

—¿Y Hitler era amable con las mujeres?

—Depende de con qué mujeres, Kate. Con las de los oficiales, los grandes empresarios y los políticos destacados era un caballero, incluso con sus secretarias. Era capaz de besarles la mano delicadamente.

—¿Qué? ¿Hitler gustaba a esas mujeres? —preguntó Evelyn, espantada.

—Las mujeres alemanas sentían una verdadera fascinación por el Führer, el solterón más famoso. Tenían la impresión de que era un hombre de rara sensibilidad.[39] Siempre que se cruzaba con una de ellas, se inclinaba para besarles la mano, en especial a las mujeres de la buena sociedad. Pero el mismo hombre que trataba así a las mujeres arias era el que daba órdenes de matar a miles de mujeres judías sin ningún tipo de remordimiento, también a gitanas. He aquí otra fluctuación de su carácter.

—¿Cuántas mujeres judías fueron asesinadas por el nazismo? —preguntó Deborah.

—La cantidad es imprecisa, pero fueron por lo menos dos millones las que murieron bajo su dominio.

Lucy se quedó pasmada. Siempre había pensado que los hombres, por violentos que fueran, tenían tendencia a preservar a las mujeres. Desconocía ese asesinato industrial. Impresionada, preguntó:

—¿Cómo las seleccionaban para la muerte?

El relato del profesor fue sorprendente.

—Las mujeres llegaban afligidas de los trenes a los campos de concentración de Auschwitz, Sobibor, Treblinka, Maidanek o Belzec, desesperadas por un pedazo de pan, ansiosas por alimentar a sus hijos. Imaginaos viajar durante dos días, ciento setenta personas enlatadas en un único vagón. Y cuando llegaban, eran seleccionadas sin demora por los médicos de las SS. En un lado estaban las que servirían en el régimen de esclavitud de los campos; al otro, junto a los niños, ancianos y deficientes, las que iban a las cámaras de gas. Cargando sus maletas, mu-

137

chas veces después de más de un día sin comer, sedientos, los niños, casi sin voz, decían: «Mamá, tengo hambre. ¿Adónde vamos?». —Y, con la voz embargada de emoción, el maestro añadió—: Las madres no sabían qué responder... Algunas, en un esfuerzo descomunal por consolarlos, decían: «Vamos a tomar un baño y después a cenar». Nunca más comerían.

Los alumnos que acudían a las clases del profesor, pese a ese contacto con el dolor humano, se volvían cada vez más estables emocionalmente, empezaban a valorar sus comidas, sus amistades, su libertad. Adquirían mejores estrategias para superar sus crisis y angustias.

—Hitler era un hombre de doble comportamiento, de doble cara, una en el escenario y otra entre bastidores —comentó Katherine—. Me parece que tenía tendencia a inspirar el suicidio.

—Él era un suicida en potencia. Tenía una resiliencia débil, un umbral bajo para lidiar con las frustraciones, no soportaba que le llevaran la contraria. Actitudes violentas o depresivas acompañaban sus decepciones. Goebbels alimentaba su mesianismo. Incluso al final de su vida, le decía a Hitler: «Si la muerte fuera su destino, debería buscarla en los escombros de Berlín. Su muerte sería un sacrificio a la lealtad para con su misión en la historia mundial».[40] Eran una panda de locos sustentando una misión torpe.

Baldur von Schirach, el líder de las Juventudes Hitlerianas, escribió críticamente en 1932: «Creo que algunas personas atraen a la muerte y Hitler definitivamente es una de ellas»,[41] pero, con el tiempo Baldur, al igual que otros muchos críticos, se inclinó a los pies del líder.

El profesor hizo una pausa y recordó la relación enfermiza del Führer con sus mujeres más cercanas.

—Las mujeres más próximas a Hitler enfermaban mentalmente de tal forma que intentaban suicidarse.

138

Las alumnas se sorprendieron ante esa información. El profesor aportó algunos datos, incrementando su angustia:

—Mimi Reiter, una de sus novias, intentó suicidarse en 1926; Geli, su sobrina y amante, se mató en 1931; Renata Muller, una amiga, también lo hizo en 1937. Inge Ley, mujer del político Robert Ley, lo intentó. Y, finalmente, Eva Braun se mató con cianuro pocas horas después de casarse con Hitler.[42]

Mientras el profesor hacía su exposición, había enviados del rector tomando notas de su comportamiento. Lo estaban vigilando y él lo sabía.

—¿Qué hombre era ése cuyas mujeres más cercanas se derrumbaban de esa manera? —reflexionó Deborah en voz alta.

—Tal vez las cautivase en un primer momento, después les robara la identidad y finalmente las llevara a la desesperación —afirmó Katherine.

El profesor se alegró por la cooperación de su esposa. Aunque ella estaba muy estresada y preocupada, era una mujer vibrante. Él dijo:

—Espero no llevarte nunca a la desesperación.

Después, se dio cuenta de que estaba en público, carraspeó y prosiguió:

—Cito una alteración más de la personalidad del hombre que inició la segunda guerra mundial. Hitler era vegetariano, cuidaba de su cuerpo con obsesión, pues tenía miedo de caer enfermo.

—¿Qué? ¿Hitler, el hombre más sanguinario de la historia, era vegetariano? ¿Cómo puede ser? —se extrañó Gilbert, el mismo alumno que en cierta ocasión había amenazado con irse de clase.

—No sólo era vegentariano, sino que quería conseguir seguidores para su doctrina. Aludiendo a las muestra de sangre que su médico, Morell, le extraía para su tratamiento, se burlaba de sus invitados no vegetarianos con palabras desagradables y altas dosis de ironía: «Voy a mandar que les preparen un aperitivo extra: chorizos con las sobras de mi sangre. ¿Por qué no? Con lo que les gusta a ustedes la carne».[43]

La clase intentó asimilar esas groseras palabras de Hitler.

—Ese hombre que odiaba que los animales fueran sacrificados para saciar el hambre fue el responsable del Holocausto, sacrificó la vida de millones de personas para saciar su irrefrenable ambición. Su psique, de hecho, se nutría del menú de la razón y de la locura —comentó una alumna desconocida.

—¿Y el pintor, el amante de la ópera, de los museos y de la música clásica no contrastaba también con sus actitudes groseras? —observó Katherine.

—Bien dicho, Kate.

De repente, en medio de su exposición, un empleado de la universidad se le acercó y le entregó una carta con las mismas características que las extrañas misivas que había recibido en casa. Tenso, Julio interrumpió su charla y, alejando el micrófono, le preguntó al empleado:

—¿Quién le ha entregado este sobre?

—Un tipo extraño al que los guardias de seguridad le han prohibido el paso. Pero ha dicho que era urgente, por eso he venido hasta aquí.

El profesor, ansioso, abrió la carta y se quedó atónito con su contenido:

Hay dos maneras de asesinar a un hombre: desangrándolo o destruyendo su imagen. Usted ha optado por la más cruel: destruir la imagen de Hitler. Yo prefiero la primera. Le sigo la pista. Sus días están contados.

Alemania. Otoño de 1941

Reinhard

Julio pensó por un instante en interrumpir su clase. Pero miró a sus alumnos y vio que todos estaban esperando que continuara; a fin de cuentas, estaban a punto de terminar su jornada académica. Captó también la mirada de Katherine y la vio afligida. Ella sabía que algo no iba bien. Tenía que darle seguridad. En un ataque de rabia, en lugar de intimidarse, continuó diseccionando la imagen del Führer:

—Hitler, cayendo de lo alto de la cumbre de su gloria, hizo un comentario tétrico sobre lo que ocurriría después de su muerte. —Y, una vez más, el profesor puso la voz de Hitler—: «Si me ocurre algo, Alemania se quedará sin guía, pues no tengo sucesor. El primero enloqueció (Hess), el segundo tiró por la borda la simpatía del pueblo (Goering) y el tercero es mal visto por el partido (Himmler)... Y Himmler, además, es totalmente contrario a la música».[44]

Tras esta cita, Julio preguntó:

—¿Qué pensáis vosotros de esta frase de Hitler?

—A las puertas de la muerte, el ser humano recoge sus máscaras y habla sin disfraces. Se sentía un mesías derrotado, pero no tenía sustituto —afirmó Lucas.

—Exacto, Lucas. El mayor criminal del siglo xx estaba físicamente debilitado, muy cerca de poner punto final a su historia, pero hasta cuando el mundo se derrumbaba bajo sus pies, fue capaz de exaltarse a sí mismo. Y no sólo eso, sino que, por increíble que parezca, exaltó también la importancia de la música como requisito básico para la formación de un líder. Sus más fieles seguidores no podrían sustituirlo y, en cuanto a Himmler, el todopoderoso jefe de las crueles SS, con ambiciones de convertirse en el gran Führer, tenía en su contra no sólo el rechazo del Partido Nazi, sino su aversión a la música clásica.

—Hitler realmente apreciaba la música. Pero yo creía que

141

todos los músicos eran sensibles y generosos —dijo Ellen, una pianista que estudiaba música clásica.

—¡Yo protesto! No puede que ser que Hitler amara la música. ¡Un amante de ese arte no cometería las crueldades que él cometió! —exclamó Ronald, un respetado profesor de música que acudía a sus clases.

Julio hizo una pausa, agradeció su respuesta y dijo:

—Hay más diferencias entre admirar la música y amarla de lo que imagina el mundo de las artes. Admirar es una experiencia fortuita, desprovista de profundidad. Amar la música es entregarse a ella, penetrar en su esencia, adentrarse en su sensibilidad, saborear sus notas. Solamente el amor produce la generosidad y el altruismo.

Ronald guardó silencio ante esa observación. A continuación, el profesor hizo una pausa, suspiró y dijo:

—Hitler podía ser rudo, tosco, inculto, pero tenía una psique singular, admiraba indudablemente las artes, aunque no las amara.

Y comentó que, en 1939, seis semanas antes de que comenzara la segunda guerra mundial, se celebró una conmemoración apoteótica, el Día de las Artes de Múnich, la última manifestación artística del Tercer Reich. El presidente de la Cámara de Literatura del Reich, Hans-Friedrich Blunck, declaró: «Este gobierno está constituido por hombres que aspiran servir a las artes […]. Nacido en oposición al racionalismo, este gobierno conoce los mayores sueños del pueblo […] a los que solamente un artista puede dar forma».[45] El artista era Hitler. Y el racionalismo tan criticado fue asimilado por el nazismo y llevado hasta las últimas consecuencias por las ambiciones geopolíticas, la purificación de la raza, la eliminación de minorías e incluso de inocentes enfermos mentales.

—Un grupo de artistas frustrados lideraban el nazismo.

Goebbels, el «padre» del marketing, escribió una novela, poesía y obras de teatro. Alfred Rosenberg, el ideólogo del partido, era pintor, se consideraba filósofo y tenía ambiciones literarias. Von Schirach, líder de las Juventudes Hitlerianas, era considerado un importante poeta del Reich. Heydrich, uno de los grandes partidarios de la solución final de la cuestión judía, adoraba tocar el violín. ¿Y Hitler? Era un escritor mediocre, un pintor frustrado que pintaba acuarelas como postales. Y, como hemos visto, era un confeso amante de la música. Después de comenzar la guerra, declaró: «Soy un artista y no un político. Cuando termine la guerra, pretendo dedicarme a las artes...».[46] Con una mano destruía y con la otra, acariciaba. Con una mano sostenía la espada y con la otra el pincel.

Los alumnos se quedaron impresionados ante esa información.

—Resulta difícil entender una personalidad como la de Hitler —dijo con humildad el profesor Ronald—. Yo estoy aterrorizado. El hombre que reconocía solemnemente la importancia de la música fue el director de la orquesta que llevó a cabo los mayores crímenes contra la humanidad de la historia. La batuta que usaba para dirigir era la misma que sostenía para acabar con vidas.

—En cierta ocasión, leí que el nazismo organizaba conciertos en las fábricas de armas. Estas características diametralmente opuestas son simplemente increíbles —comentó Gilbert.

Después de un breve silencio, Peter se atrevió a concluir:

—Pienso que convivir con una persona con solamente una cara, aunque sea agresiva, insensible y controladora, es posible si nos construimos una defensa, pero hacerlo con alguien que en un momento está dotado de ternura y al otro es asaltado por una intensa agresividad es una invitación a ponerse enfermo.

La clase enmudeció ante el punto de vista de Peter, pues los alumnos sabían que había muchas personas irracionalmente fluctuantes a su alrededor, incluso algunos de ellos. Rompiendo el silencio, James, un alumno que iba con asiduidad al cine, preguntó:

—¿A Hitler le gustaba el cine?

—Al líder de Alemania no sólo le gustaba, sino que era un ferviente cinéfilo. ¿Y qué tipo de películas creéis que veía? —preguntó el maestro.

—Seguro que de guerra y acción —afirmó Deborah convencida, pero estaba parcialmente equivocada.

—Hitler apreciaba las películas que mostraban la grandeza y el éxito del país que dirigía —confirmó Julio Verne y añadió—: Pero también le gustaban otros géneros. ¿Cuáles?

—¡Terror! —sugirió una alumna.

—¡Suspense! —dijo otra.

—¡Policíaco! —aportó James, el alumno que había planteado la pregunta.

—¿Qué tal dibujos animados? —preguntó el profesor.

El público sonrió.

—Imposible, maestro —opinó Deborah. Todos coincidieron con ella.

—Pues, preparaos. En cierta ocasión, en Navidad, Goebbels, que durante algún tiempo controlaba las películas y las producciones teatrales de Alemania, le regaló a Hitler dieciocho películas de dibujos animados de Mickey, el ratoncito de Disney.[47]

—¡Está de broma, profesor! ¿Un hombre con espíritu asesino y con sed insaciable de poder cómo va a distraerse con inocentes dibujos animados? —exclamó Peter.

Pero Julio Verne no bromeaba con esas cosas. Estaba relatando un hecho histórico más, lo que dejó a los alumnos boquiabiertos.

—A Adolf Hitler no sólo le gustaban las películas infantiles,

144

sino también los cuentos de niños. Nunca dejó de leer a Karl May, el escritor que leía durante su infancia y que escribió cerca de setenta libros para niños y adolescentes.[48] Karl May describía con detalle bosques, indígenas, entornos naturales, técnicas de supervivencia y lugares que en realidad nunca había visitado, pero que vivían en su mente. Hitler admiraba la imaginación de Karl May y, como él, liberaba la suya propia para ser el mayor político, tanto en tiempo de guerra como de paz, aun sin tener experiencia alguna en el asunto. Y, por increíble que parezca, solicitaba que los soldados que estuvieran en el frente, pudieran disponer de un libro de su autor infantil preferido para sobrevivir a las duras circunstancias. Hitler, intelectualmente inmaduro, vendía la imagen de un gran líder.

—Un adulto que leía cuentos infantiles y que, al mismo tiempo, empujó a su país a la guerra, que metió a sus adolescentes en el calabozo del frente, que dio órdenes para eliminar a niños especiales y que odiaba a los niños judíos. ¿Cómo no desconcertarse ante estas paradojas? —concluyeron los alumnos.

Y, para terminar su clase, Julio comentó que una de las mayores ambiciones de Hitler era crear un grandioso museo en su inolvidable Linz, ciudad donde creció. El dictador compró cerca de tres mil cuadros durante los años 1943 y 1944, por valor de 150 millones de marcos. Y, por absurdo que parezca, incluso cuando estaba indiscutiblemente derrotado, no sólo señaló la relevancia de la música, sino también de las artes plásticas, y gastó ocho millones de marcos más en éstas. A finales de 1945, en las minas de sal de Altaussee, en Austria, los estadounidenses encontraron 6.755 cuadros que Hitler había adquirido.[49]

Ante un público asombrado, el profesor afirmó:

—Nadie en la historia compró más obras de arte que Adolf Hitler. Es probable que comprara incluso más que todos los grandes dictadores juntos, desde Alejandro Magno, pasando por los emperadores romanos, hasta nuestros días.

—¡Estoy perpleja! ¿Cómo puede un hombre con ese sesgo emocional no sentir compasión por los pobres? —cuestionó Nancy.

Haciéndose eco de las palabras de la joven, una psicóloga clínica especialista en psicología forense, que asistía por primera vez a una clase de Julio Verne, comentó:

—Lo que me perturba de su exposición, profesor, es que, por un lado, Hitler tenía necesidades completamente grotescas y, por el otro, completamente humanas y normales... Soy especialista en mentes criminales, pero nunca había visto ni estudiado una como ésa. ¿Cómo está forjada? Me gustaría mucho saber más sobre ese asunto.

—Discutiremos sobre la formación de la personalidad de Hitler en mi próxima clase —contestó él. A continuación, miró a sus alumnos y añadió—: Podéis llamar a Hitler loco, demente, maníaco, psicópata, sociópata, pero no podéis dejar de reconocer su complejidad mental. La tesis es que, si su psique no hubiera sido compleja, nunca habría seducido a la también compleja sociedad alemana.

—En su mente convivían simultáneamente el vampiro social y el artista, el monstruo y el niño. El carisma y el terror, la afectividad y la destructividad caminaban de la mano. Ésa es la mente del mayor tirano de la historia, que fue elegido por votación y que penetró en el tejido emocional de la sociedad, que la sedujo y consiguió decenas de millones de ciegos seguidores. ¿Qué sociedad moderna tendría fuerza para expurgarla? —concluyó Katherine y Julio contestó:

—He aquí una pregunta que no puede dejar de plantearse: ¿personalidades como ésa pueden volver a nacer del útero de la humanidad?

146

Y con esa pregunta sin respuesta, dio por concluida su clase. Inmediatamente, recogió sus cosas de la mesa, así como la perturbadora carta que había recibido y se marchó sin despedirse. Tras saludar a algunos alumnos, se encontró con Katherine en el pasillo, le pasó un brazo sobre los hombros y se marchó con ella. Toda aquella información llevó a los alumnos a salir del aula silenciosos, reflexivos, observándose.

Deborah era racional, ponderada en las relaciones interpersonales, pero no con su novio. El miedo a la pérdida la controlaba y se traducía en crisis de celos y en interminables exigencias. Lucas era un chico amable con los de fuera, nunca le había levantado la voz a un extraño, pero, paradójicamente, su amabilidad no se extendía a sus más íntimos, especialmente a su abuela, que lo había criado. Reaccionaba con irritación ante sus manías y su débil memoria. Gilbert era un chico dado a la espiritualidad, inteligente y socialmente generoso, pero consigo mismo era un verdugo: se castigaba ante el más mínimo error. Peter era rápido y preciso en su raciocinio, pero era hipersensible. Vivía el dolor ajeno y sufría mucho anticipadamente. Si no consiguiera reciclarse, podría desarrollar un importante cuadro depresivo.

Estos alumnos tenían características excesivamente fluctuantes en su psique. No ponían a la sociedad en peligro, es cierto. Reconocían sus errores, también es cierto, pero podían poner en peligro su salud psíquica.

El profesor, que sufría terrores nocturnos, empezó a provocarles «insomnio» a sus alumnos.

9

## APARTADO DE LA UNIVERSIDAD

Julio y Katherine tuvieron una larga conversación sobre la breve carta que él había recibido durante su clase. Una vez más, la textura del papel, el tipo de letra, la fecha y, principalmente, el nombre del autor echaron gasolina al caldero de dudas del matrimonio. Afortunadamente, aquella noche él no sufrió pesadillas.

Al día siguiente, entró en la universidad a las ocho de la mañana. Su clase empezaba a las ocho y media. Iba a hacer una vez más un viaje al pasado, pero antes decidió disfrutar del presente y pasar por la sala de profesores para tomarse un café y encontrarse con sus colegas y amigos. Katherine se dirigió a la biblioteca, mientras él, por su parte, saludaba con entusiasmo a varios profesores. Algunos lo admiraban hasta tal punto que, cuando tenían tiempo, acudían discretamente a sus clases. Pero también existía entre el cuerpo docente una oposición, fomentada principalmente por Paul.

Hacía apenas cinco días, Katherine le había contado a Julio algunas partes de la tensa conversación que había tenido con Paul. Éste también estaba en la sala de profesores y no perdió la oportunidad de meterse con él:

—Dicen que estás un tanto alterado, Julio.

El clima se enrareció, pero Julio Verne sabía calmar los ánimos.

—¿Dicen? ¿Quiénes?

—Algunos alumnos.

—Pues tienen razón. No estoy totalmente equilibrado. ¿Acaso tú lo estás?

Perturbado, Paul respondió:

—¡Claro que sí!

—Entonces, ¿por qué has cambiado el tono de voz para responder? —indagó Julio.

Paul tuvo un leve ataque de tos a causa de la ansiedad. Pero para no perder el embate, respondió:

—Tú no eres psicólogo clínico. No tienes competencia para interpretarme.

—Te olvidas de que sí lo soy. Pero no lo he dicho como psicólogo, sino como un simple observador.

El ambiente se tensó aún más, pero Paul no quería salir del campo de batalla derrotado. Mirando a los demás colegas, intentó humillar a Julio.

—¿Qué crédito tiene un profesor al que tiene que llamarle la atención el rectorado?

—Tienes razón. No tengo crédito en el rectorado, pero puede que sí lo tenga con los alumnos. ¿Y tú? ¿A tus alumnos les gusta ir a tus clases?

Paul interrumpió la conversación y salió de la estancia muy irritado, pues sus clases no atraían a los estudiantes. Eran una invitación al aburrimiento.

Quince minutos más tarde, cuando Julio Verne se disponía a salir de la sala de profesores, Madeleine, la cascarrabias secretaria del rector, que muchos creían su amante, lo llamó:

—Profesor, el rector lo requiere en su despacho.

—Pero mi clase está a punto de empezar. Podría ser después…

—No, tiene que ser ahora. Ya hemos avisado de que va a llegar tarde.

Los profesores se miraron unos a otros. Uno de éstos, Atos, un viejo amigo, bromeó en voz baja:

—Eres afortunado, Julio.

Atos dijo eso porque pocos profesores tenían acceso al temido rector. Sólo algunos coordinadores académicos y, aun así, cuando eran invitados.

—Pero, Madeleine, mis alumnos…

—Profesor, no está entendiendo. Es una orden. —Entonces, la secretaria le contó la verdad—: Acabo de poner un cartel anulando su clase de hoy.

—¿Qué? ¡Sin avisarme! ¿Son éstas formas de tratar a un profesor?

—No se enfade conmigo. Aclárese con el rector.

Y le dio la espalda. El ambiente entre los compañeros se hizo pesado. Algunos le dieron una palmada en el hombro, queriendo transmitirle fuerzas. Disgustado, él fue hasta el rectorado. Se sentó y esperó a que lo llamaran.

Transcurrieron diez largos minutos de espera hasta que Madeleine lo condujo hasta el despacho del rector. Pero éste estaba ausente. Sólo se hallaban presentes Michael, el coordinador académico, Antony, el vicerrector, y Paul, que era el asesor académico más reciente, información con la que Julio Verne no contaba. A Michael se lo veía completamente apesadumbrado:

—¿Dónde está el rector?

—Max tenía otros compromisos —contestó Antony, también abatido.

—Lo siento mucho, profesor Julio Verne —dijo Michael, que lo admiraba mucho y que había asistido a sus interesantes clases en dos ocasiones.

Desgraciadamente, había guardado silencio en el momento en que más tenía que haberlo defendido. Prefirió salvar su pellejo para no perder su importante cargo. Y, peor aún, al ser abogado, el rector lo había presionado para que redactara una carta de suspensión.

Paul tomó esa carta de las manos de Michael y, sin delicadeza alguna, la leyó en voz alta:

```
Profesor Julio Verne,
    Por indisciplina, polémicas y denunciar por calum-
nias por parte de algunos alumnos e incluso llegar a
poner en peligro la institución, está suspendido por
un mes de sus actividades académicas. Su comportamien-
to y su didáctica serán evaluados por un consejo forma-
do por profesores destacados. Dicho consejo decidirá
su destino en esta institución: la renovación de su
contrato o su desvinculación.
    Sin más por el momento,

                                        El rector,
                                        Max Ruppert
```

—Lo siento mucho, Julio. Así es la vida —comentó Paul con tono irónico. Y le entregó la carta.

Max podría haberlo despedido sin advertencia, pero por temor a los alumnos que tanto lo admiraban y para evitarse un juicio por discriminación, dijo que Julio Verne sería evaluado en un consejo de profesores, los mismos que ahora le estaban leyendo la cartilla.

No había nada que discutir, su destino estaba decidido.

—No estoy de acuerdo con esta decisión —dijo Michael—. Pero ¿quién sabe?, puede que el consejo renueve su contrato.

Julio lo miró y recordó a aquellos que se callaron ante las víctimas del Holocausto. Luego dio las gracias:

—Yo aún soy libre: puedo salir, andar, respirar.

Después de esto, negó con la cabeza, esbozó una leve sonrisa, saludó a Antony y a Michael y les dijo:

—Conservad vuestros trabajos. Es mejor así.

A continuación, miró a Paul a los ojos como si estuviera diciéndole: «Lo has conseguido, pero aún soy libre».

Al salir, por los pasillos se encontró al grupo de alumnos que más participaba en sus clases. Se habían hecho amigos entre sí y de vez en cuando se reunían para debatir las ideas del profesor en cafeterías, fuera del entorno universitario. En cuanto lo vieron, fueron a saludarlo. Pensaban que la clase había sido anulada por motivos de fuerza mayor; no sabían lo que estaba ocurriendo.

El rector no se hacía a la idea de lo mucho que lo querían.

—¡Hola, profesor! ¿Cuándo será la próxima clase? —preguntó Evelyn.

—En las calles, en las plazas, en cualquier lugar, Evelyn, menos aquí.

—¿Cómo? —exclamó Peter, acercando su silla de ruedas.

—¡Me acaban de apartar de la universidad! —dijo, enojado.

No bastaba con los últimos acontecimientos enigmáticos de su vida, sino que ahora también tenía que lidiar con el posible desempleo. Probablemente, muchas universidades lo recibirían con los brazos abiertos, pero serían otros alumnos, otro comienzo.

—Iniciaremos un movimiento a su favor. Recogeremos firmas. ¡Haremos del rectorado un infierno! —dijo categóricamente Lucas.

Pero él intervino:

—Por favor, no hagáis eso. Ya no hay sitio para mí en este lugar. Me niego a que me vigilen. Cuando el precio de la libertad es más alto que el precio de tu sueldo, la única salida es dimitir.

—Profesor, ¿y nuestros debates? —preguntó Deborah.

—No nos deje huérfanos justamente ahora que vemos la diferencia entre asistir a las clases y participar en ellas, entre oír y construir el conocimiento —lo presionó Brady.

Julio miró a aquel grupo selecto de alumnos y se conmovió ante su motivación. Entonces pensó en esperar un poco, pero ciertamente, al final sería despedido. Y, por otra parte, debido a los peligrosos acontecimientos que lo estaban acechando, no era conveniente poner a sus alumnos en peligro.

Así pues, se despidió de ellos individualmente con afecto y se marchó.

Al atravesar la puerta de la universidad, una sorpresa más lo esperaba en la calle: un hombre de unos sesenta y cinco años, de pelo grisáceo, se dirigió a él.

—¡Profesor, profesor! He aprendido mucho en sus clases.

—Muchas gracias. Pero ¿quién es usted y en qué carrera está matriculado?

—Soy guardia de seguridad de la institución. En mis descansos, empecé a acudir a sus clases. Nunca había leído un libro, no sabía nada sobre el Holocausto ni sobre las garras de Hitler. Ahora paso seis horas a la semana en la biblioteca. Estoy pensando empezar a estudiar historia o derecho.

—¡Felicidades! Los libros nutren el cerebro tanto como los alimentos el cuerpo, pero su digestión tarda más.

Y, de esta forma, se marchó para nunca más volver.

Katherine intentó consolarlo. Después de reflexionar con su mujer sobre la desalentadora carta de Max Ruppert, sintió que podría adaptarse a su necesidad de no exponerse públicamente hasta que los riesgos cedieran y los extraños fenómenos se esclarecieran.

Profesor callado es profesor muerto. Enseñar es su mundo, su aire, su suelo, su sentido existencial. Con el paso de los días,

Julio empezó a sentirse abatido, deprimido, aislado. Katherine pensó que dejar de enseñar podría comprometer aún más su salud mental. Al final de la semana, ella reaccionó. Reunió a sus alumnos más íntimos y les hizo una proposición. Formar un pequeño grupo de estudio en su propia casa, dos veces por semana. Pero la propuesta tendría que ser aprobada por Julio.

—¿Un grupo de estudio en nuestra casa, Kate? No seas ingenua, los alumnos no vendrán.

—Ellos ya me han dicho que están de acuerdo —dijo ella, sonriendo—: Y con un entusiasmo que nunca había visto en universitarios.

Julio respiró profundamente y se animó. Los alumnos, efectivamente, estaban exultantes ante esa posibilidad. Desconocían los peligros que los aguardaban.

## 10

## LA INFANCIA DE HITLER

El grupo de estudio sería la salida ideal para que Julio Verne pudiera continuar sintiéndose vivo como profesor. Estaba formado por diez integrantes, incluyéndolos a él y a Katherine.

A pesar de las limitaciones de los datos históricos, Julio intentó zambullirse en un asunto en el que siempre había querido profundizar —lo que resultaba difícil con un público masivo—, un campo poco explorado: el proceso básico de formación de la personalidad de Hitler, el desarrollo de su psicopatía, de su necesidad neurótica de poder y el nacimiento de las sofisticadas técnicas de manipulación de masas que utilizó.

Se reunieron el martes a las ocho de la tarde. Tras saludarse y acomodarse, el profesor empezó a discurrir sobre un frágil niño que dejaría pasmado al mundo.

—Veinte de abril de 1889. Una fecha sin importancia en la minúscula localidad de Braunau, en Austria, si no fuera porque un niño iba a ser expulsado del útero materno hacia el complejo útero social. Nacía Adolf Hitler.

—¿Nació un psicópata? —intervino Evelyn.

—¡No, Evelyn! Nació un niño. Llanto, movimientos musculares bruscos, expresión facial de dolor… reacciones comunes a todos los inofensivos bebés. No había ni el más mínimo trazo psíquico de un monstruo, sino de un simple niño, cuya existencia contaría con alegrías y angustias, pérdidas y victorias, aventuras y rutina.

—Pero ¿la psicopatía no es genética, profesor? —preguntó Lucas.

—Los factores genéticos pueden influir en la formación de la personalidad, pero no determinan o condenan a un ser humano. Los factores educacionales, el entorno y el desarrollo del yo como gestor psíquico pueden actuar para regular y moldear las influencias genéticas.

—Entonces, en su opinión, nadie nace psicópata, sino que se hace, aunque haya alguna influencia genética para serlo —sintetizó Peter.

—Sí, ésa es mi convicción. Y si creemos lo contrario, podremos incurrir en las tesis nazis de querer eliminar cerebros menos aptos para purificar la especie humana. Un error cruel. El código genético es el más democrático de todos los fenómenos de la naturaleza. Entre blancos y negros, palestinos y judíos, americanos y asiáticos hay diferencias genéticas diminutas, como rasgos, color de la piel, estatura; en esencia, somos todos iguales. Tenemos el mismo potencial intelectual para desarrollar los más altos niveles de raciocinio complejo, abstracto, inductivo, deductivo. Tenemos el mismo potencial para ser autónomos y no autómatas.

—¿Autónomos y autómatas? —repitió Gilbert, curioso.

—Sí, a pesar de ser palabras parecidas, las diferencias son enormes. Ser autónomo es construir su propia historia, tener conciencia crítica, aprender a hacer elecciones, tener opiniones propias, aunque estén influidas por el ambiente. Ser autómata es obedecer órdenes y no pensar en las consecuencias de las «verdades» ideológicas, políticas, religiosas, abdicar de la identidad, ser mentalmente adiestrado. El templo nazi requería que sus adeptos no pensaran. Millones de jóvenes se volvieron autómatas.

Viendo a sus alumnos atentos, el profesor recorrió con la mirada el pequeño grupo y les preguntó:

—¿Y vosotros? ¿Sois autónomos o autómatas?

—Yo creo que soy autónoma —afirmó la siempre rápida Deborah.

—Yo no siempre lo soy —dijo Katherine honestamente—. Cuando experimento el miedo, éste me controla, obedezco las órdenes de ese sentimiento. Cuando sufrimos un ataque de pánico o tenemos una crisis de ansiedad, hasta nuestro cuerpo deja de ser autónomo, no hace elecciones, tiene una serie de reacciones que nos someten a él.

Julio Verne completó el pensamiento de su esposa.

—Una persona que excluye, grita, elimina y tiene necesidad de que el mundo gravite en su órbita tampoco es autónoma. Parece fuerte, pero en realidad es frágil. Los nazis tenían armas y dominaban brutalmente a las personas, pero en el fondo eran esclavos de sus creencias, siervos de sus prejuicios.

—Pero si es así, en la sociedad de consumo, el marketing puede dirigir o moldear nuestra voluntad y hacernos autómatas. Creemos que somos libres para decidir, pero en el fondo podemos estar obedeciendo órdenes —dijo Elizabeth, preocupada, pues tenía una hermana adolescente que estaba enganchada a las últimas novedades de la moda y a las nuevas tecnologías electrónicas.

—Exacto. Por eso el marketing tiene que respetar el derecho de elección del consumidor y se tiene que fomentar que éste realice un consumo responsable. El marketing político, principalmente el nazi, debería respetar la autonomía de los ciudadanos, pero el juego de intereses, calumnias y mentiras domina el escenario.

Los alumnos nunca habían hablado de esos temas e introducirlos en ese campo fue capital para que comprendieran al-

157

gunos fenómenos de la psique del joven Adolf. El profesor dijo que la madre de Hitler parecía haber sido una mujer justa, sociable y simpática. Una campesina humilde, iletrada, que trabajaba como empleada de hogar en casa de Alois Hitler, su tío y futuro marido.[50] Alois utilizó su relación desigual para seducir a Klara, su amante y tercera mujer cuando murió la segunda.[51] Se casaron el 7 de enero de 1885. Hitler nacería cuatro años después, un período sin sobresaltos. Klara no era una adolescente, tenía veintisiete años y Alois, cuarenta y siete.

—Se acusa a la madre de Hitler de ser excesivamente tolerante y de fomentar en él el sentido de la singularidad, de ser único y estar destinado a grandes cosas —dijo Katherine.

—Sentirse singular es saludable para estructurar la identidad, pero sentirse único en el sentido de ser mejor y de estar por encima de sus iguales es totalmente enfermizo. Es probable que Klara fuera superprotectora con el niño que amamantó, generando en él timidez e inseguridad y constriñendo su autonomía. Pero aunque ella protegiera exageradamente al pequeño Hitler, las cosas cambiaron cuando él cumplió cinco años.

—¿Qué ocurrió? —preguntó Deborah.

—Klara dio a luz a otro niño. La atención tuvo que dividirse. Su madre ya no sería sólo suya, el mundo ya no le pertenecía sólo a él. El pequeño Adolf tendría que adaptarse a esa nueva realidad.

—Pero me parece que esa adaptación nunca se hizo con madurez —apuntó Deborah.

—Correcto. Hitler nunca se adaptó. Muchos niños sobreprotegidos crecen con la necesidad neurótica de ser el centro de atención. No saben cooperar, compartir afectos, emociones, aplausos —declaró el profesor.

—Puede que ésa sea la primera característica enferma de su personalidad —sugirió Katherine—. El mundo tenía que girar en torno a las necesidades del niño Hitler.

—Su padre, Alois, era reservado, circunspecto, de humor sombrío. Hijo ilegítimo, usaba el apellido de su madre, Schicklgruber, que más tarde cambió por Hitler. Era funcionario público[52] —comentó el profesor.

—¡El padre del hombre que quiso conquistar el mundo era un burócrata que vivía la rutina de un servicio público! ¿No es una paradoja? —dijo Brady, que había aprendido a valorar los conocimientos que no entraban en los exámenes.

—Pero recuerda, Brady, la mente de Hitler era paradójica. Es probable que su madre lo exaltara y su padre lo humillara. Amor y odio corrían por sus «arterias emocionales».

—Probablemente, la exaltación del niño por parte de su madre era una forma de proyectar en él una admiración que no le suscitaba su marido, mucho más mayor, apagado, sin glamur —dijo Katherine.

—Esa tesis tiene fundamento, pero el padre de Hitler no era un burócrata estancado. Consiguió salir de la condición de funcionario subalterno de la aduana austro-húngara y alcanzar una posición relativamente alta: inspector jefe de derechos aduaneros. Alois no era alcohólico, pero le gustaba disfrutar de la vida y los vinos; puede que incluso más que la convivencia con sus hijos.[53]

—Nunca me olvidaré, Julio —comentó Kate, siempre muy atenta a los detalles—, que, en cierta ocasión, me comentaste que, aunque el padre de Hitler no tuviera un gran sentido del humor y no fuera muy sociable, tenía una relación estrecha con la naturaleza, particularmente con las colmenas. Hasta hizo realidad su sueño de comprarse una finca con un colmenar y criar abejas a gran escala. Lo que me intriga es que el contacto con la naturaleza debería haber atenuado la ansiedad y la irritabilidad del niño, pero al parecer no lo hizo.

Durante toda su vida, antes de adquirir su propiedad rural, Alois había sido ahorrador y con lo que había guardado de su sueldo pudo comprar una casa que, junto a otros bienes inmuebles, le posibilitó tener una existencia financiera cómoda.

El profesor se quedó pensativo. A continuación, dijo:

—Incluso en un entorno sin grandes estímulos estresantes se pueden no desarrollar funciones complejas de la inteligencia, como la generosidad y la sensibilidad. Algunas veces, el padre de Hitler ha sido descrito como un tirano, un hombre brutal, pero esa descripción busca más intentar explicar o justificar de manera superficial el carácter demente de su hijo.[54] No hay datos de abuso sexual, privaciones, humillaciones sociales o violencia doméstica a gran escala en su caso. Aunque Alois no fuera afectuoso, no hay pruebas de que pegara o maltratara al niño, ni de que lo encerrara en la cárcel de la humillación o del desprecio.

A pesar de ello, el profesor comentó que era probable que el padre fuera un hombre radical, con un rechazo hacia los judíos y los clérigos. Sus últimas palabras antes de fallecer de un ataque al corazón fue una expresión de rabia —«esos negros»—, expresión que se refería a los clérigos reaccionarios.

—Sinceramente, yo estoy confuso —afirmó Peter—. Una madre simple y un padre burócrata al que le gustaban las colmenas de abejas y aparentemente sin un carácter brutal, educaron a un hombre de la ferocidad de Adolf Hitler. No entiendo ese proceso.

—Yo tampoco. Siempre he pensado que un entorno social caótico, lleno de privaciones y abusos, y una relación materna y/o paterna extremadamente enfermiza son lo que pueden explicar la formación de un hijo psicópata —afirmó Deborah, a pesar de que era psicóloga social.

—Ésa es la gran cuestión. Pedagógicamente, es inaceptable que padres «aparentemente normales» puedan criar a hijos crueles. Pero recordad que «padres normales» pueden criar a hijos autómatas que no saben hacer elecciones y no tienen conciencia crítica, que no saben pensar antes de actuar ni ponerse en el lugar de los demás, como es el caso de Hitler —reflexionó Julio Verne.

—Entonces, quien tiene la visión simplista de que la psicopatía de los hijos o su maldad tienen una relación directa con la personalidad destructora de los padres puede extrañarse al analizar la historia de Hitler —afirmó Gilbert.

Katherine, por su parte, dijo:

—Esa teoría es angustiosa, pero en algunos casos tiene fundamento: el ser humano no necesita ser devorado en la infancia para devorar a los demás cuando es adulto... La mente humana es de una gran y sorprendente complejidad. Si estudiamos los actos violentos cometidos por jóvenes, incluso los ataques terroristas, no siempre encontramos padres que de alguna forma los hayan fomentado. Hay padres a los que los come la culpa sin ser culpables.

—El estrés social, el radicalismo político, las crisis económicas, las ideologías fundamentalistas y la apología de la exclusión pueden anidar en la psique de un ser humano privado de autonomía y generar verdades absolutas que lo controlarán —confirmó Julio Verne. E hizo una nueva revelación—: Hitler, Himmler, Goebbels y otros nazis no vivieron en su relación familiar situaciones que justifiquen que se convirtieran en los mayores psicópatas de la historia, pero así fue.

—¿Cómo? —indagó Gilbert.

Deborah completó la pregunta:

—¿Quiere decir, profesor, que no todos los protagonistas del nazismo eran psicópatas?

Lucas, confuso, también quiso saber:

—En Auschwitz había ocho mil soldados de las SS, ¿no todos ellos eran psicópatas?

—¡No! No es eso lo que quiero decir. Todos ellos fueron psicópatas y, por lo que sabemos, hirieron, violaron, controlaron, esclavizaron y/o mataron sin sentir el dolor de sus víctimas, no se pusieron ni lo más mínimo en su lugar, se revolcaron en el fango de la indiferencia. Pero tenéis que saber que hay una diferencia enorme entre un *psicópata estructural*, forjado por las dificultades psíquicas y sociales, y un *psicópata funcional*, que no ha sufrido traumas importantes en su infancia, pero que aun así tiene una necesidad neurótica de poder y de relevancia social, cuya mente es susceptible de ser adiestrada por ideologías inhumanas y, consecuentemente, de cometer atrocidades inimaginables.

A continuación, el profesor añadió:

—Es probable que solamente el dos o el tres por ciento de la temible policía de las SS, dirigida por Himmler, estuviera formada por psicópatas estructurales, influenciados por la carga genética, la agresividad, los abusos sexuales, las privaciones, la discriminación, el acoso. Afortunadamente, la mayoría de las personas traumatizadas sale adelante. ¿Y los demás verdugos de las SS qué eran?

»Se volvieron psicópatas funcionales, forjados en el útero social estresante y por ideologías radicales e inhumanas construidas por los nazis.

—Pero eso es muy grave —comentó Gilbert.

—La masacre de los judíos, los marxistas, los homosexuales en la segunda guerra mundial, la destrucción colectiva propiciada por Stalin, el genocidio de Ruanda en la década de los noventa del siglo xx... en fin, nuestra historia está manchada por psicópatas funcionales que, con su carisma, convencen a las masas y son capaces de acceder al poder, ya sea por la fuerza de las ideas o por la fuerza de las armas, y cometer atrocidades impensables —concluyó Peter con precisión—. Y pienso que los psicópatas estructurales, debido a sus limitaciones intelectuales, difícilmente dominan a las masas.

—Pero ¿cómo prevenirlos? ¿Nosotros también podemos caer en esa trampa? —preguntó Brady, asustado.

Según Julio Verne, en las sociedades actuales, si hubiera un botón que pudiera eliminar una parte significativa de la humanidad, algunas centenas o miles de personas tendrían el valor de apretarlo. Afortunadamente, no tienen el poder o el carisma de Hitler.

—Recuerda, Brady, es preciso ser autónomo, tener la mente libre, hacer elecciones inteligentes. Si no somos autónomos, podremos, en circunstancias especiales, ser seducidos, acallados o amordazados por estos líderes —afirmó Elizabeth.

—Pero ¿quién es plenamente autónomo? —inquirió el chico de nuevo.

De repente, interrumpiendo la conversación, alguien llamó a la puerta con premura. El portero del edificio no había avisado de que nadie fuera a subir a su apartamento.

Julio y Katherine, angustiados por las extrañas cartas que habían recibido, se pusieron en tensión inmediatamente. Se miraron entre sí y Julio fue rápidamente a abrir, pero en esa ocasión había alguien en la puerta.

Era Billy, el inspector de policía. El portero no les había avisado porque el interfono tenía un pequeño problema y el hombre subió porque se identificó como policía.

—Hola, Billy, un placer recibirlo en mi casa —dijo Julio, más relajado y en un tono un poco alto, para tranquilizar a su mujer.

Se habían conocido hacía menos de dos semanas, pero habían construido una buena relación. El inspector estaba preocupado, pero no había perdido su buen humor.

—Creo que mi amigo Renan tenía razón.

—¿Renan? Ah, sí, el que cree en el transporte en el tiempo. ¿Qué ha ocurrido? ¿Ha sido abducido? —bromeó Julio Verne.

—Él no, pero Thomas Hellor sí.

—No lo entiendo —dijo aprensivo el profesor y pensó: «Si el asesino ha huido, podrá intentar asesinar a otras personas y quién sabe si no volverá a buscarme».

—Pero ¿cómo ha huido? ¿Quién lo ha ayudado?

—No lo sabemos. El sujeto ha desaparecido sin dejar rastro. Estaba aislado en una celda debido a su peligrosidad y, sin que nadie se diera cuenta, como por arte de magia, simplemente desapareció. Y hay algo más: lea esto. —Y le dio un sobre que contenía un informe policial.

Julio lo abrió. Katherine dejó a los alumnos en el salón y también se acercó a la puerta. Ambos lo leyeron juntos. Decía que la muestra de tejido del uniforme de las SS de Thomas Hellor no era de un tejido actual, sino que estaba hecho con fibras confeccionadas en los tiempos del nazismo.

—Billy, no vamos a delirar —dijo Katherine. —Debe de haber tejidos como ése repartidos por todo el mundo.

—Sí, pero en escasos museos. Es una fibra diferente. Pero no estoy afirmando que el individuo sea Thomas Hellor. Aún no he reservado mi plaza en un hospital psiquiátrico. Sin embargo, bromas aparte, todo esto es incomprensible —concluyó Billy.

—Ese sujeto debe de formar parte de una sociedad secreta que busca reproducir los tiempos antiguos de manera obsesiva —aventuró Julio, sin querer pensar mucho en el asunto.

—Es lo más lógico —afirmó Billy, pero se veía claramente que dudaba.

Confuso y angustiado al recordar al verdugo que había dejado a Peter parapléjico, Julio Verne invitó al inspector a participar en la mesa redonda sobre la personalidad de Hitler. A fin de cuentas, estaría relativamente seguro con el policía presente. Curioso, el hombre decidió aceptar la invitación. A decir verdad, estaba más interesado en el zumo y en los canapés que había sobre la mesa.

Tras presentarle al grupo, los debates continuaron. Billy, que no leía libros ni se interesaba por la historia, a los diez minutos de estar allí ya estaba admirado. Recibió un baño de luz en su pragmática racionalidad.

—Aunque Hitler no tuviera grandes traumas, es probable que la diferencia de edad entre Klara y Alois Hitler, los celos enfermizos y el control excesivo del padre sobre la «joven» madre afectaran al pequeño Adolf. El niño tenía un vínculo intenso con su madre, pero ésta era incapaz de protegerlo de los arranques del padre.

—Tal vez ahí empezara a dibujarse su carácter de «libertador», que más tarde explotaría aunque caóticamente, como líder político —concluyó Brady.

—Increíble. El hombre que quería «liberar» Alemania era el mismo que no consiguió liberar a su madre de las garras de su padre —sintetizó Peter.

—Protegido por ella, Hitler tenía una actitud conformista, no le gustaba el trabajo duro, no era proactivo ni líder de grupo; al contrario, era indolente, pasivo, pero le gustaba vestir bien —dijo el profesor.[55]

—Es sorprendente. Creía que Hitler, desde su infancia, era un dominador, un líder de grupo —comentó Billy con la boca llena, sintiéndose lo bastante a gusto como para expresarse.

—Hitler no fue un adolescente brillante —afirmó el maestro—. La estética lo fascinaba más que el contenido, incluso su imagen social. No se sentía atractivo, cautivador. Tenía necesidad de autoafirmación. Hasta su extraño bigote, adoptado siendo ya adulto y poco común en la época, era una necesidad de dejar su marca, una excentricidad para distinguirse de los demás mortales.[56] Nace el hombre preocupado por su imagen social.

Klara percibía que su hijo no tenía grandes proyectos e intentaba despertar en él el interés por la vida y por el futuro, una ardua tarea. Lo envió a una escuela de artes en Múnich, donde pasó pocos meses. En cierta ocasión, en otra tentativa, le dio dinero para que visitara Viena. Desde esa ciudad, con su pésima escritura, él le envió postales exaltando la grandeza de los edificios de la capital austríaca.[57] No tenía una causa por la que luchar.

Su padre, dándose cuenta de que su hijo no tenía aptitudes para el trabajo pesado ni para ser un burócrata como él, hacía tiempo había sugerido que tomara clases de canto. La madre, por su parte, le dio permiso para que fuera a clases de música, en las que Hitler duró cuatro meses, desde principios de 1907,[58] pero no administraba bien su estrés y su desánimo. Desánimo que marcaría su historia.

Sus discursos teatrales, sus gestos vibrantes, sus radicales decisiones eran reflejo de un ser humano privado de una motivación existencial saludable, un hombre que buscaba salir de su «insignificancia».

—No consigo percibir en su exposición los trazos de un destructor en ese muchacho —comentó Deborah.

—No subestimes a la fiera que hiberna —dijo Julio Verne—. El joven Adolf Hitler rara vez continuaba con lo que empezaba. Sus reacciones ante las embestidas educacionales de su madre siempre fracasaban. Sería ese muchacho sin brillo el que veinticinco años más tarde iba a asumir el control de Alemania. Se hizo poderoso, elocuente, agresivo, combativo, determinado, pero pocos eran los que veían que escondía una personalidad frágil, insegura, llena de complejos.

—Era más un actor que un líder. No sin motivo le gustaba representar papeles —afirmó Katherine.

—¿Y qué tal era en la escuela? ¿Era un buen estudiante? —indagó Peter.

—No. Su ortografía estaba muy por debajo de lo que cabría esperar de un chico de diecisiete años que había ido a la escuela secundaria.[59] Hitler era tan irresponsable que abandonó los estudios sin acabarlos,[60] un comportamiento que demostraba su disgusto a la hora de entrar en las capas más profundas del conocimiento —comentó el profesor.

—Por eso siempre va a despreciar la formación académica. No pocas veces se mofaba de las escuelas y de los profesores, pues como sabía que tenía limitaciones intelectuales, necesitaba crearse argumentos para aliviar sus conflictos —afirmó de nuevo Katherine.

—Yo también siempre me he reído de las escuelas. ¿Por casualidad, como a mí, no le gustaba escribir ni leer libros? —preguntó Billy.

—No le gustaba leer ni escribir, a pesar de que escribiera dos volúmenes de un libro que lo hizo rico y famoso, *Mein Kampf* —dijo el profesor—. En toda su historia le dio más importancia a la palabra hablada que a la escrita. En un regimiento de infantería de Baviera, hizo amistad con otro recluta, Rudolf Hess, su gran admirador y compañero de locuras. Probablemente, cuando estaban en prisión, mecanografió uno de los dos volúmenes de *Mein Kampf*.[61] Volviendo a la adolescencia de Hitler, vemos que éste, sintiéndose sin la protección de su madre, partió definitivamente a Viena en pos del sueño de ser artista plástico, sueño que su padre rechazaba. Se inscribió tanto en la Academia de Artes de Viena como en la Academia de Arquitectura, pero, sin cualificación, fue rechazado en ambas.[62]

—¿Rechazado? —preguntó Gilbert—. ¿Hitler?

—Sí. El rechazo siempre caló hondo en su psique, se convertía en una experiencia avasalladora, una ventana traumática inolvidable.

—¿Ventana traumática? ¿Qué es eso? —preguntó Billy, que era completamente lego en el funcionamiento de la mente humana, pero que acababa de despertar.

El profesor de historia, actuando como un maestro de psicología, comentó con el inspector un fenómeno que, según creía, estaba en la base de la agresividad humana.

—Las ventanas de la memoria son áreas de lectura en un determinado momento existencial. Interpretamos y sentimos el mundo y reaccionamos ante él a través de las ventanas en las que estemos. En los ordenadores somos dioses, Billy. Entramos en los archivos que queremos y cuando nos apetece, sin distorsiones. En la memoria humana, esa libertad puede verse salpicada de ventanas de miedo, celos, envidia, pasiones, que son verdaderas trampas que asfixian nuestra percepción de la realidad. El *Homo sapiens* inventó la matemática, pero su mente puede ser más ilógica de lo que imagina.

—Increíble. Pensaba que yo era estrictamente racional. Tal vez por eso transformo una cucaracha en un monstruo —afirmó Deborah.

—Y yo un examen en un foco de tensión. No consigo ni dormir bien —dijo Brady, haciendo una mueca.

—Y yo siempre pienso que tengo un bandido detrás de mí —afirmó Billy, olvidando que estaba en público. Pero en seguida intentó defenderse—: Muchos policías se vuelven paranoicos.

—Hitler nunca tuvo una mente libre —continuó el profesor—. Estaba controlada por los complejos que aparecieron en su adolescencia, aunque aparentemente en su infancia se librara de ellos. Si hubiera sido alegre, resuelto y sereno, podría haber absorbido el impacto del rechazo sin grandes traumas. Pero el niño sobreprotegido, hipersensible y emocionalmente frágil se abatió mucho. En Viena, desolado por haber sido rechazado, se mudó a una posada sucia, de paredes descoloridas y sin aislamiento térmico. No conseguía sobrevivir con dignidad, pero no quería volver a su casa. Para saciar el hambre, se arriesgó a poner anuncios y a pintar carteles para pequeñas empresas.[63]

—¿No sería en esa época cuando desarrolló sus habilidades intuitivas para la propaganda que más tarde iba a utilizar? ¿No surgiría en esos tiempos el embrión del propagandista en masa? —preguntó Nancy.

—Es probable —dijo el profesor—. Tímido, impulsivo, socialmente retraído, sin atractivo físico ni intelectual, Hitler llevaba una existencia solitaria, lo que reforzó en su inconsciente la necesidad neurótica de alcanzar relevancia social y de controlar a las personas. Debemos señalar de nuevo que alguien que se siente muy disminuido puede tener una sed insaciable de poder si no trabaja su complejo de inferioridad. Y, peor aún, cuando conquista el poder, se puede volver, en algunos casos, un verdadero verdugo de sus seguidores.

Para ilustrar esa característica de la personalidad de Hitler, el profesor recordó una de sus frases:

—Mirad lo que les dijo el Führer a sus ministros y líderes de las fuerzas armadas: «Nada tenía detrás de mí, nada, ningún hombre ni poder, ni prensa, nada de nada, absolutamente nada».[64]

—Hitler, y solamente él, tenía que estar en el centro de atención. Él se decía maestro de sí mismo, organizador de un partido, creador de una ideología, salvador táctico, el Führer (conductor, guía, jefe) de Alemania y durante una década fue el epicentro del mundo.

—Es increíble, creo que ahí nació el ególatra que se pronunció de manera tan vulgar ante el presidente Roosevelt, antes de comenzar la segunda guerra mundial —recordó Brady.

El profesor comentó que ese hombre megalomaníaco había sido un joven sin conciencia crítica, tímido, sin autodeterminación, una presa fácil del sistema social. Desubicado y sin espacio, archivó experiencias inolvidables en Viena. Empezó a confeccionar su odio por la sociedad burguesa y sus normas. Y como el rechazo a los judíos recorría las arterias de muchos entornos sociales, poco a poco ese rechazo penetró en su psique y produjo efectos desastrosos.

—Y como Hitler no se observaba ni dibujaba su mapa, proyectó su odio por la sociedad vigente contra un pueblo que nunca le había hecho daño. El odio a los judíos empezó a controlarlo —afirmó Katherine.

—En esa época, él y su amigo de la infancia, August Kubizek asistieron a la ópera *Rienzi*, de Richard Wagner —continuó el profesor—. La ópera tenía lugar en la Roma medieval. Rienzi, portavoz del pueblo, se opone a la aristocracia. Él quiere retroceder un siglo y rescatar la república de la Antigüedad, pero se enfrenta a una conspiración. Su última batalla es en el Capitolio, que se desmorona también.

Hitler se conmovió intensamente ante el revolucionario Rienzi de Wagner. En su ingenuidad intelectual, trazó planes para su futuro y para la sociedad. Él veía el mundo no por la realidad de éste, sino a través de las ventanas traumáticas que había construido en su psique y que expandían sus conflictos. Ensimismado y con bajo nivel de socialización, sus proyectos, aunque absurdos, se volvieron una obsesión. Más tarde, cuando lideraba el Partido Nazi, dijo sobre la ópera de Wagner: «Fue en aquel momento cuando todo comenzó». Efectivamente, allí se desarrollaron tres ideas fijas que nunca lo abandonaron: *1)* Linz, la ciudad de su infancia, donde él nunca destacó; *2)* la Antigüedad, especialmente en la pintura y la escultura; odiaba el arte moderno; 3) Wagner. Wagner, político y artista, se convirtió en el icono de Hitler, lo que lo llevó más tarde a comentar que no era posible comprender el nazismo sin comprender a Wagner. Éste rechazaba drásticamente a los judíos; enarbolaba, por tanto, la bandera del antisemitismo y del culto a la raza pura, lo que dio forma a la visión de Hitler.

Hitler soñaba con escribir óperas. Era la coreografía lo que lo fascinaba. En su imaginación, concebía escenas impactantes, que sobrepasaban las de su ídolo. Y, de hecho, sus coreografías sobrepasaron con mucho a las de Wagner. No obstante, nunca fueron representadas en el escenario de un teatro, pero sí en el inmenso teatro social de Alemania, cuando dos décadas más tarde se convirtiera en su gran Führer. Hitler usó sus dotes artísticas para crear la propaganda nazi, desde los uniformes hasta las banderas y los estandartes.[65] La población alemana se quedaba fascinada ante los desfiles de las fuerzas armadas en las festividades, con sus colores vivos, sus banderas y sus cientos de miles de figurantes en perfecta armonía.

—Hitler, por fin, era superior a su ídolo, Richard Wagner; él era «Rienzi», el actor principal, el libertador del pueblo, el revolucionario que lo conduciría a las ilusiones del Tercer Reich. Adolf nunca revisó ni rompió con su pasado, nunca se convirtió en un líder maduro y autónomo, sino en un líder autómata, que obedecía las órdenes de los fantasmas que acosaban su mente, en especial los del rechazo y la inseguridad. El hombre que nunca fue dominado por nadie era un frágil prisionero de las enfermedades que vivían en su psique —afirmó también el profesor—. Otro hecho relevante que influenció al joven Hitler fue cuando fue a ver la película *Tunnel*, de Kellermann[66]—continuó el maestro.

»En esa película, un agitador social despertaba a las masas con su oratoria. El frágil e inseguro Hitler estuvo días en estado de éxtasis con el poder de la palabra hablada, una fascinación que moldeó su intelecto y le hizo creer que podría tener gran éxito social si la utilizaba, lo que acabó haciendo hasta la saciedad. Empezó a dar discursos para públicos pequeños.

—Tal vez ahí empezara a gestarse el gran orador y el manipulador de la palabra. El protagonista de la gran ópera social —afirmó Gilbert, perspicaz, con el acuerdo de los demás asistentes.

De ese modo, el selecto grupo de amigos dio un paseo por la infancia y adolescencia de Hitler, un camino, sin duda, incompleto e imperfecto, pero impactante. Tras debatir esos temas, el profesor, para finalizar, dijo que en la primavera de 1913, a sus veinticuatro años, Hitler dejó Viena huyendo del alistamiento obligatorio. Las armas no lo atraían en un primer momento, aún estaba incubando su virulencia. Fue a Múnich, Alemania. Pero era impensable que ese inmigrante cultural, intelectual y emocionalmente incompetente se convirtiera en el líder máximo del país. Todos desconocían los secretos que ese joven guardaba.

—Esperad un poco. Permitidme concluir. La afición por las artes y, por extensión, por la estética, la predilección por el marketing, la compulsión por la palabra hablada, asociados a una personalidad depresiva, tímida y que intentaba compensarse por medio de la neurosis de poder, gestaron a un hombre que aprendió a amar espectáculos y, como pocos, a dominar al gran público —discurrió Katherine agudamente. Lo mismo que Julio, leía casi todas las noches los libros de historia a la luz de la psicología y la sociología.

—Fascinante remate —dijeron Deborah y Evelyn.

—¿Ése es el hombre que dejó atónita a Europa? Yo, un policía bien informado, no conocía casi nada de él —afirmó el inspector Billy, de nuevo con la boca llena.

—En Múnich cristalizó su obsesión por la problemática judía —continuó el profesor—. Multitudes de judíos ya eran víctimas de purgas en Rusia y en la Europa oriental, en especial en Polonia y Hungría, lo que indicaba que el antisemitismo ya tenía musculatura años antes del nazismo. Hambre, miedo, angustia, conflictos sociales formaban parte de la historia no sólo de los judíos, sino de millones de europeos en los calientes años que precedieron a la primera guerra mundial y continuarían latiendo aún más fuerte hasta el inicio de la segunda.

Al ver en Múnich los problemas sociales inherentes a la llegada en masa de judíos desde varios países, el joven Hitler, que también era extranjero, en lugar de sentir compasión por los desprotegidos, empezó a unirse al coro de los que decían que ellos eran la causa de los problemas de Alemania. Poco a poco, empezó a considerarlos causantes de las desgracias de la humanidad.

—Hitler compró, amplió y extendió falsas creencias y soluciones mágicas. ¿Y cuál es la diferencia entre un remedio y un veneno? —preguntó Julio Verne.

—La dosis —afirmó Billy.

—Correcto. Existen falsas creencias contra minorías antes del nazismo, pero la dosis de la propaganda expresada tanto en los discursos de Hitler como en los dos volúmenes de su libro, así como por el Ministerio de Propaganda, capitaneado por Goebbels, consolidaron dichas creencias como verdades políticas y sociales absolutas —completó Julio Verne.

—Nació así uno de los mayores excluidores de la historia. Un hombre incapaz de sentir el dolor ajeno —concluyó el futuro jurista Peter, que más que a cualquier otro del grupo le co-

173

rrespondía llegar a esta conclusión, pues él mismo había sentido ya las garras de la exclusión al ser parapléjico.

Con todo lo que acababa de decir y debatir, Julio Verne acabó aquel día con el grupo de estudio casi sin aliento. El viaje había sido largo, muy largo, y necesitaba tiempo para digerir los fenómenos que, de alguna forma, habían contribuido a sentar las bases de la psique del muchacho que un día destruyó a parte de la humanidad.

Billy fue el último en despedirse del matrimonio. Antes de que se fuera, el profesor sintió que debía contarle algo que lo estaba incomodando y que al principio había considerado un pensamiento paranoico sin sentido. Pero ante los últimos acontecimientos tenía que sincerarse con el inspector. Le habló sobre el coche que zigzagueaba descontrolado y casi lo mata tras su primera gran pesadilla.

—¿El individuo estaba borracho? —preguntó Billy.

—Me parece que sí. O puede que no supiera conducir.

—Es difícil que, en la actualidad, un adulto no sepa conducir un coche. A no ser que venga de otra época —bromeó el inspector.

—Pero lo más extraño, Billy, es el anillo que llevaba.

—¿Qué anillo?

—Uno de homenaje de las SS. Fue todo muy rápido y puedo equivocarme, pero parecía un anillo que algunos de los miembros más agresivos, destacados y fieles a Hitler recibían.

—¿Y por qué no me contó eso antes?

—Ocurrió hace meses. No pensé que pudiera haber alguien siguiéndome la pista.

A continuación, Katherine mencionó el asunto de las cartas. Fue hasta el armario, lo abrió con llave y se las mostró a Billy. Éste era alegre y bonachón, pero también un policía profesional y respetado en Scotland Yard.

174

Se rascaba la cabeza, perplejo, según las tocaba y las leía. Las fechas, las frases, el contenido, el papel... todo era muy extraño. Nunca había estado tan confuso.

—Profesor, o estamos ante el caso psiquiátrico más complicado de la historia o ante el delito más enigmático. Pero cálmese. Considero que usted es una persona muy inteligente, aunque los inteligentes también se vuelven locos... Pero este caso... —e hizo una gesto de extrañeza—. Tiene más secretos que un museo. Voy a ver si consigo identificar a ese conductor.

—¿Podría pedir que examinaran las cartas en el laboratorio, la tinta, el papel...? —pidió Katherine, aprensiva.

—Sí, claro. Ya iba a proceder a ello. Pero si no quieren visitar un cementerio, es mejor que el profesor evite salir de casa —dijo Billy, irónico y preocupado. Sintió que la vida del profesor corría peligro.

Con esas palabras se despidió de la pareja. Mientras bajaba en el ascensor, le iba dando vueltas al tema. No conseguía organizar el puzzle. Había sido el que más casos complejos había resuelto en Londres en la última década, pero nunca se había sentido tan perdido. Acercarse al profesor era una invitación a encontrarse con misterios inimaginables y riesgos imprevisibles. Pensó que si Sherlock Holmes hubiera sido un personaje de carne y hueso, se estaría revolviendo en su tumba ante tales secretos.

## 11

## UN SIMPLE SOLDADO QUE IMPRESIONA A ALEMANIA

A la semana siguiente, Billy apareció para dar noticas de la investigación del accidente y sobre las cartas. Y aprovechó para participar en el grupo de estudio que tenía lugar aquella noche. Antes de sentarse en el salón con los alumnos, llamó a Julio Verne para conversar con él en privado. Estaba tenso, sin su buen humor característico. El profesor, notando que algo no iba bien, pidió permiso a los alumnos y fue a su despacho a conversar con Billy. Katherine los acompañó. Fue una charla rápida y estresante.

—En primer lugar —dijo Billy, leyendo un informe—, el papel de las cartas tiene una consistencia celulósica que no existe en la actualidad. En segundo lugar, la máquina de escribir es de origen alemán y se usaba en aquella época. En tercer lugar, la tinta de la firma tiene una consistencia molecular que no es de nuestros tiempos.

Mientras el inspector les informaba, la seguridad de la pareja se deshacía como hielo bajo sol de mediodía.

—Pero ¿cómo es eso posible? —preguntó Julio—. ¡Esas características indican que no fui yo quien escribió esas cartas! No tengo ese tipo de papel, de máquina ni de tinta en mi poder.

—¡Conspiración! Es una hipótesis probable. Tal vez esté siendo blanco de una gran conspiración.

—¿Y el conductor? —preguntó Katherine ansiosamente.

—El conductor estuvo tres días en coma. No llevaba documentos. Sus huellas digitales no lo identificaban como ciudadano británico. Tras despertarse, se mostró muy agitado. Quería levantarse como fuera y salir del hospital. Tuvieron que sedarlo. En total, estuvo cinco días internado hasta que huyó. Nadie sabe nada de su paradero.

—Pero ¿quién era? —preguntó el profesor.

—Hablaba un pésimo inglés. Por el acento, parecía de origen alemán, aunque no tenía los rasgos típicos.

—¿Y el anillo? —volvió a preguntar Julio.

—¿Por casualidad no será éste?

Los enfermeros le habían quitado el anillo en la unidad de cuidados intensivos y lo habían guardado. Julio Verne sintió un pequeño escalofrío en la espalda al cogerlo. Lo miró detenidamente y confirmó que era el de homenaje de las SS. Sólo que no sabía si era falso o verdadero.

—Parece verdadero. Y, si realmente lo es, ¿de qué museo lo robó o de dónde lo sacó? —preguntó, reforzando la hipótesis de que el hombre probablemente quería matarlo.

Una vez más, Katherine expresó una pregunta que se estaba convirtiendo en repetitiva.

—Sólo somos profesores. ¿Por qué esta persecución implacable? ¿Cuál era el nombre del conductor?

—Quienes le tomaron los datos dijeron que, estando sedado y semiconsciente, el paciente murmuró que se llamaba Hey… Heydrich… Rei…

El profesor completó el nombre que Billy tenía dificultades en pronunciar.

—Reinhard, Reinhard Heydrich.

—¿Cómo lo sabe?

Julio, perplejo, no respondió; estaba jadeante, a duras penas conseguía respirar. Pidió que fueran al salón y allí se lo explicaría. Tras un momento para reorganizar sus pensamientos, casi en estado de shock, dijo a su pequeño grupo de alumnos:

—Reinhard Heydrich fue el arquetipo del Partido Nazi: frío, cruel, intolerante, radical, orgulloso, pero astuto, profundamente astuto a la hora de alcanzar sus metas. Por el puesto que ocupaba en las SS, se sabe que tenía archivos de todos los nazis en sus manos, incluso de Hitler.[67]

—¡Qué fiera! ¿Un nazi, con miedo a caer en desgracia, tenía información privilegiada de las autoridades? No es muy diferente de los corruptos amantes del poder de nuestros días —concluyó el inspector.

Mientras Billy hacía sus consideraciones, el profesor rápidamente tomó una de las cartas y su tensión aumentó. Estaba firmada por Reinhard. Katherine, perpleja, también se dio cuenta de ese detalle.

—¿Será que el sujeto que te amenazó por carta es el mismo que casi te atropella en la calle? —le preguntó a su marido—. ¿Cómo es posible que alguien, hoy en día, quiera hacerse pasar por ese desalmado?

—¡No lo sé! Estoy confuso. Sólo sé que el Reinhard Heydrich de aquellos tiempos era de una inhumanidad tal que en Londres se elaboró un plan para asesinarlo.

El profesor comentó que líderes checos exiliados, que vivían en Londres, decidieron asesinar a Heydrich por sus políticas inhumanas en la antigua República Checa. Probablemente, el gobierno británico los entrenó para ese fin. Heydrich se había convertido en el dirigente de Checoslovaquia después de que Alemania invadiese el país.

—Con su política de compensación, aumentó la producción. Usó una cartilla de racionamiento adicional con un mensaje inequívoco: ¡colabora y prospera, resiste y perece! Ganó notoriedad entre los nazis. Era un hombre de habilidades excepcionales, incluso para pisar derechos humanos. Pero como Hitler, su ídolo, era igualmente paradójico. Imaginaos: heredó el talento musical de su padre y podía dar conciertos de violín.[68] Una vez más, se dio la paradoja nazi entre la música y la sinfonía del asesinato en masa.

También afirmó que Heydrich era emocionalmente desequilibrado, imprevisible y con una muy baja tolerancia a los que pensaban de forma diferente. Desde el inicio, su historia se salía de lo común. Tras ser expulsado de la Marina, se convirtió al nazismo en 1931 y fue presentado a Himmler. Éste, tras realizarle un test en el que le pidió que dibujara un esquema del servicio de seguridad, impresionado, lo contrató en seguida. Heydrich pasó entonces a dirigir el poderoso servicio de seguridad e inteligencia de las SS.[69] Más tarde, una red de espías de ese cuerpo surgía en toda Alemania bajo sus órdenes, lo que le dio un gran poder.

—Heydrich era un antisemita radical —prosiguió el profesor y añadió algo que Katherine desconocía totalmente—: Pero tenía miedo de que su apariencia nórdica —su nariz prominente y sus facciones triangulares—, poco acorde con los rasgos arios, lo denunciara como de ascendencia judía. Se esforzaba desesperadamente por ahogar esas sospechas. Su padre se llamaba Suss, un nombre que podría tener alguna connotación judía, al igual que el de su madre, Sarah. Investigaciones posteriores demostraron que Heydrich no tenía orígenes judíos, pero él sentía tanta aversión por esa posibilidad que llegó a borrar el nombre de Sarah de la lápida de su madre. Himmler, el todopoderoso jefe de las SS, probablemente usaba perversamente el miedo de Heydrich de ser considerado judío para controlar su talento.[70]

—¡Qué desalmado! Deshonró a su propia madre —afirmó el inspector de policía.

—Heydrich no fue un desalmado cualquiera. Contrajo una deuda impagable con la humanidad. A petición del hombre que recibió la condecoración máxima de la jerarquía militar alemana, Goering, redactó un programa global para llegar a la «solución final del problema judío», protocolo que fue aprobado en la Conferencia de Wannsee, en Berlín, presidida por el propio Heydrich, en enero de 1942, y que llevó al asesinato sistemático de los judíos en los campos de Europa del Este entre 1942 y 1944.[71]

—Dios mío, en una simple conferencia, militares sentados en cómodos sillones consideran a hombres, mujeres, niños y ancianos indignos de la condición de seres humanos —se sobrecogió Katherine.

—Entre los aplausos del público, Heydrich, como un animal rabioso, gritaba: «¡Nada de Madagascar! ¡Fin a los judíos hasta el último de sus descendientes! ¡Vamos a eliminarlos de Europa y puede que de todo el planeta!».

—¿Madagascar? —preguntó Lucas.

—Madagascar es la isla tropical donde, al principio, la política racial nazi pensó en llevar a todos los judíos de Europa, manteniéndolos bajo el yugo de los alemanes. Pero el odio de Heydrich y de aquellos militares llegó a límites impensables, ¡no admitían que ellos respiraran en el teatro del tiempo!

—¿Y cuál fue la justificación? —quiso saber Billy, asombrado.

—¿Porque algunos judíos eran ricos? ¿Porque algunos eran usureros? ¿Porque tenían habilidad para el comercio? Tener dinero no era ni es un defecto; al contrario, es una oportunidad para fomentar el desarrollo, aunque la mayoría de los judíos de la época tuviera que luchar para sobrevivir. ¿Porque tenían su religión, su cultura y sus costumbres? ¿Acaso eso es pecado? ¿Porque eran de una raza diferente a la aria? En realidad, no existen «razas», como Hitler o la pseudociencia nazi pensaban,

180

sino una sola especie. ¿Porque tenían relación con el socialismo y el arte moderno? ¡No, no existe ninguna justificación para el exterminio en masa! —argumentó el profesor como un coleccionista de lágrimas.

—La especie humana se cortó su propia carne, eliminó un pedazo de sí misma sin compasión, sin ni siquiera anestesia —dijo Katherine, tomando la mano derecha de su marido.

—¿Será que no percibían en absoluto los gemidos de esas personas, al menos de los niños? ¡No consigo entender hasta dónde llega la locura humana! Si no hay justificaciones externas, profesor, ¿por qué la mente de las personas es capaz de esa monstruosidad? —preguntó Peter.

Todos esperaban una respuesta. Julio había pensado en ese asunto crucial durante años. No pocas noches le había quitado el sueño. Respiró hondo. Sabía que la verdad era un fin inalcanzable, pero no dejó de dar una respuesta, aunque solamente una mínima parte de sus alumnos la entendiera en sus dimensiones más profundas.

—Recuerda lo que ya os dije: el pensamiento, que es el instrumento básico del *Homo sapiens* para dialogar, oír, escuchar, debatir, conocer, es de naturaleza virtual. Por lo tanto, nunca incorpora la realidad del objeto pensado. Por ejemplo, todo lo que pensamos sobre los demás, por muy juicioso que sea, no incorpora su realidad, sino que es un sistema virtual que intenta definirlos, caracterizarlos, conceptualizarlos. Ni siquiera lo que pensamos sobre nosotros mismos justifica la realidad de nuestras emociones, de nuestros conflictos, de nuestra complejidad.

—¡Eso es increíble! ¡Entonces estamos siempre solos! —exclamó Brady, espantado.

—Sí, profundamente solos. Existe la soledad de verse socialmente abandonado, la de ser abandonado por nosotros mismos y la soledad impuesta por el pensamiento virtual, que es a la que me refiero y la que el sentido común no percibe. Estamos cerca e infinitamente lejos de todo. Esa soledad genera una ansiedad vital que pone en movimiento los fenómenos psíquicos para producir diariamente una inmensa cantidad de pensamientos e imaginación para acercarnos a la realidad jamás alcanzada. Por lo tanto, pensar no es una opción del *Homo sapiens*, sino un fenómeno inevitable.[72] Puedes alterar la velocidad y la calidad de los pensamientos, pero nunca dejarás de pensar, ni siquiera durmiendo.

—Esa idea me inquieta —afirmó Gilbert—. Pero ¿cómo podemos demostrar que el pensamiento es virtual?

—La materia prima del pensamiento rara vez ha sido estudiada por ilustres pensadores como Freud, Jung, Skinner o Piaget. Si el pensamiento no fuera virtual, no podríamos pensar en el futuro, pues es inexistente, ni rescatar el pasado, pues éste no vuelve. En la esfera de la virtualidad, el *Homo sapiens* ha conquistado una plasticidad constructiva sin precedentes. Hasta un psicótico es un brillante ingeniero de imágenes mentales, aunque aterradoras.

—Pero entonces, el fenómeno de la virtualidad ha liberado la mente humana —afirmó Deborah.

—Sin duda, sin él no seríamos lo que somos, no tendríamos un riquísimo imaginario.

—¿Y dónde entra el nazismo en eso? —preguntó Katherine, que, aunque era psicóloga, tenía que esforzarse por seguir el raciocinio de Julio.

—Ésa es la cuestión. El mismo fenómeno que nos liberó también nos puede hacer prisioneros, y mucho. Si no tenemos la realidad del objeto pensado, podemos disminuirlo o aumentarlo —argumentó el profesor.

—Entiendo. Es el caso de las personas tímidas. Como el

182

«pensar» de ellas no incorpora su propia realidad concreta, aunque muchas sean destacables, tienen tendencia a disminuirse y, al mismo tiempo, a valorar excesivamente el juicio de los demás.

—Espere —dijo Deborah, recordando a un tío suyo científico—: por eso una persona, aunque sea un físico brillante, si tiene fobia a las ratas, las transformará en dinosaurios. El pensamiento virtual puede expandir mucho el objeto pensado.

Tras eso, en una introspección que iluminó su mente, Peter llegó por sí mismo a la respuesta a su pregunta: ¿hasta qué punto, aun sin grandes justificaciones, la mente humana es capaz de monstruosidades?

—Y si no tenemos la realidad de los demás, podemos disminuirlos cruelmente. En la esfera de la virtualidad, los nazis contrajeron el valor y la dimensión intelectual de los judíos, así como de los gitanos, los homosexuales, los rusos... —Y recordando que Hitler consideraba a los judíos como bacterias, remató—: Era un odio psicótico, irracional, enfermizo.

—La mente humana tiene facilidad para producir enemigos que no existen. ¿Podrían volver a producirse otros Holocaustos, aunque en menor escala? —cuestionó Billy, inquieto.

—Ya se han producido, inspector, y hay grandes posibilidades de que vuelvan a ocurrir. Ustedes los policías protegen a los ciudadanos contra criminales reales, pero no protegen la mente humana para que no fabrique sus propios enemigos. Sin conocer las trampas de los prejuicios y reciclar la influencia del estado emocional y social y sin filtrar las ideologías radicales se pueden cometer atrocidades contra musulmanes, judíos, homosexuales, negros, inmigrantes, mendigos...

Para Julio Verne, los nazis eran intelectualmente superficiales. No comprendían la naturaleza de los pensamientos, ni los fenómenos que se dan entre los bastidores de la mente,

183

que construyen en milésimas de segundos las cadenas de ideas y que consecuentemente gritan que somos esencialmente iguales.

Los hombres que determinaron la solución final del problema judío no sólo vivían en la cárcel de la virtualidad, sino que también cerraron el circuito de la memoria.

Una vez más, el profesor comentó que la violencia no la producen sólo los villanos, sino también los que se callan sobre ella por miedo, conveniencia o indiferencia.

—Los que no estaban de acuerdo con las tesis de Heydrich, Goering, Rosenberg y Himmler en la fatídica Conferencia de Wannsee, en Berlín, hicieron del silencio su más escandaloso error. El radicalismo intelectual, el fundamentalismo político, la tendenciosidad científica produjeron una masa de psicópatas funcionales, mentes adiestradas. Si uno de ellos alzara la voz contra la solución final, podría cambiar, al menos un poco, el curso de la historia, aunque pusieran precio a su cabeza por ello. El silencio de los que se callan es combustible para la villanía de los canallas —completó Julio Verne.

Por unos instantes, nadie se atrevió a hablar, pues casi todos los presentes habían usado alguna vez el silencio para esconderse.

En mayo de 1942, cuatro meses después de la funesta conferencia de la solución final, Heydrich desfilaba orgulloso en coche descapotable por Praga, por el famoso boulevard Kirchmayer. El grupo de checos entrenados en Inglaterra lo aguardaba ansiosamente. El corazón parecía que se les iba a salir por la boca. Era el momento de eliminar a Heydrich. Su coche fue ametrallado, pero, por increíble que parezca, el arma del asesino, una Sten, dejó de funcionar. Heydrich, herido, intentó perseguirlo, pero un fragmento de una granada lanzada por otro asaltante se clavó en su cuerpo. Murió dolorosamente de septicemia, infección generalizada, que paralizó sus riñones y produjo una coagulación diseminada. Muchos de dentro y fuera del Partido Nazi se sintieron aliviados con su muerte.[73]

Después de escuchar ese breve relato histórico, Billy, rescatando su lado irónico e impulsivo, dijo:

—Bueno, el Heydrich del pasado fue asesinado y usted, profesor, está vivo, por lo menos de momento. Ahí fuera hay otro Heydrich y puede que hasta un hatajo de paranoicos que quieren acabar con usted. —Tras decir esas palabras, se dio cuenta de que estaba en el grupo. E intentó arreglar las cosas—: Es broma. El profesor aún va a vivir unos cuantos años.

Era difícil recomponerse después del comentario de Billy, pero, una vez más, enseñar lo hacía respirar. Bajo amenazas, sus clases adquirían mayor nivel emocional y más densidad histórica. Tras hablar sobre Heydrich, el profesor retomó la discusión anterior sobre la adolescencia de Hitler y recordó brevemente las dificultades que éste había atravesado en Viena.

Después, empezó a hablar sobre su traslado a Múnich, Alemania, huyendo del alistamiento militar.

El 28 de junio de 1914, se produjo un grave accidente. El heredero de Austria, el archiduque Francisco Fernando, fue asesinado, lo que provocó un tumulto internacional que desencadenó la primera guerra mundial. El solitario Hitler, el «artista» frustrado, el frágil líder y débil propagandista que había huido del alistamiento en Austria, en un acto de «valentía», se alistó en Alemania.[74]

Según el profesor iba discurriendo sobre la historia, Billy, que tenía cierto aprecio por el poder, preguntó curioso:

—Seguro que Hitler desempeñó un papel destacado en la primera guerra mundial, como oficial de alto nivel.

—Incorrecto, Billy. Hitler desempeñó un papel pequeño,

sin notoriedad ni relevancia. En Baviera le encargaron llevar mensajes *(Meldegänger)* del frente de guerra al cuartel y viceversa.

—¡Espere! ¿Me está diciendo que el hombre que años más tarde dominaría a grandes generales, almirantes y mariscales de la poderosa Alemania era un simple soldado que corría desesperadamente largas distancias para llevar mensajes? ¿Es una broma? —preguntó Billy, perplejo, pues, como inspector de policía, conocía el valor de la jerarquía.

—Profesor, no es posible que un soldado raso dominara a gigantes de las fuerzas armadas —comentó Gilbert.

—¿Cuánto tiempo llevó ese proceso? —preguntó Deborah.

—Haced vosotros mismos las cuentas. La primera guerra mundial terminó en 1918 y Hitler fue nombrado canciller en 1933.

—¡Increíble! En sólo quince años —dijo Peter.

—Realmente increíble. Un extranjero inculto y políticamente no preparado dominó en poco tiempo todo un país, pero no con el poder de las armas, aunque las usara, sino con otro tipo de poder, el más penetrante.

—El poder de la palabra —afirmó Gilbert.

—El poder de las armas domina el cuerpo, el de las palabras domina la mente. La palabra dramatizada de Richard Wagner empezaba a influenciarlo. Durante la primera guerra mundial, Hitler llegaba tímido y jadeante ante sus líderes, les revelaba lo que ocurría en el frente de batalla y recibía órdenes, corriendo para transmitirlas. No era un intelectual, ni un estratega. No tenía voz de mando, ni llamaba la atención por su perspicacia ni por sus brillantes ideas. No obstante, el simple soldado que más tarde ascendió a cabo estaba en estrecho contacto con los que decidían el destino de los demás. El poder, en especial el poder de las palabras, una vez más lo fascinaba.

—¿Y cuáles fueron los méritos de Hitler en la primera guerra mundial? —preguntó Elizabeth.

—Fue como cualquier otro soldado. Lo hirieron dos veces y dos veces recibió la distinción de la Cruz de Hierro por su valor, lo que le encantó. Pero ningún mérito más relevante que los de los cientos de miles de jóvenes alemanes que murieron o resultaron heridos. Sin embargo, el conflicto penetró en las entrañas de su mente, afectó a su débil capacidad de tolerancia y fomentó su comportamiento agresivo, radical y exclusivista.

—Derrotado en la primera guerra mundial, los ataques de furia y odio ganaron musculatura en la psique del tímido Hitler —ponderó Katherine.

—¡Exactamente! El estrés social y de la guerra dieron cuerpo a sus conflictos psíquicos.

—¿Y cuándo empezó su carrera política este simple soldado? —preguntó Gilbert.

El profesor comentó que Alemania, derrotada y debilitada, firmó el Tratado de Versalles con los vencedores y, entre otras cosas, aceptó pagar indemnizaciones, un peso insoportable para una economía en crisis.

—Nunca pises la cabeza de un derrotado; un día se recuperará y te morderá como una serpiente para envenenarte. El dolor de la humillación es más penetrante que el físico: éste se alivia con el tiempo, pero aquél se vuelve inolvidable. El Tratado de Versalles fue el mayor error de los vencedores de la primera guerra mundial, ya que promovía el odio alemán y creaba un espacio social para el desarrollo de partidos radicales, una falta corregida cuando los aliados ganaron en la segunda guerra mundial.

—Leí recientemente —dijo Peter, que era el más estudioso de entre sus compañeros— que el gobierno alemán de después de la primera guerra mundial, constituido en la República de Weimar, no era popular. Hitler, a pesar de carecer de cultura, planeaba iniciar un movimiento para aniquilar el poder de la socialdemocracia, así como acabar con la influencia de los judíos en el país.

—Recuerda lo que ya estudiamos. El caos político y social, el desempleo masivo, la inflación galopante, la humillación y el yugo impuesto por el Tratado de Versalles crearon un gran útero social para nutrir el embrión de las tesis nacionalistas y exclusivistas —afirmó el profesor.

La ansiedad por los cambios estaba presente en el pueblo alemán y alimentaba las ambiciones del joven Hitler de liderar a las masas descontentas. Se alejó de los convalecientes partidos políticos tradicionales, incluso porque probablemente no lo aceptaron, y usó el Partido Obrero Alemán como su vehículo político. Con pocos afiliados y baja cultura, era el ambiente ideal para que un líder débil pero agresivo iniciara su carrera.[75]

—¿Quién fundó ese partido? ¿Fue Hitler? ¿Y cómo lo desarrolló? —preguntó Billy, que nunca se había interesado por las ciencias políticas y que, por primera vez, mostraba sed de conocimiento en ese complejo campo.

—No, Billy, no fue Hitler el que lo fundó. Fue un herrero llamado Anton Drexler el 7 de marzo de 1918, por lo que fue antes del fin de la primera guerra mundial. Drexler reunió a sus amigos en Múnich para fundar el Comité de los Trabajadores Libres por la Buena Paz. Al principio no era un partido político, sino un movimiento de amigos, amantes de la cerveza, que se reunían en tabernas mientras sus compatriotas, incluido Hitler, aún estaban en el frente. Querían hacer algo en pro de la grandeza de Alemania, así que fundaron un partido nacionalista.[76]

—Pero ¿el movimiento nació con bases saludables? —preguntó Brady, curioso.

—Todo movimiento o partido nacionalista, por muy buenas intenciones que tenga, se vuelve exclusivista, no piensa como humanidad, sino como grupo social. En nombre de la defensa nacional, excluye, expurga y hasta elimina minorías. Aunque Anton Drexler pareciera una persona honesta, su partido ya nació enfermizamente ambicioso. Sus miembros establecieron un programa de conquista: querían anexionar Serbia, Rumanía, Polonia, parte de Bélgica, Ucrania, los países bálticos y Albania.[77] Ése era el irónico programa de la «Buena Paz». Pero con la derrota de Alemania en la primera guerra mundial, esa ambición se desvaneció. Con la fragmentación política producida por la derrota, Drexler fundó el Partido Obrero Alemán.

—¿Quiénes lo constituían al principio, políticos tradicionales, filósofos, abogados, líderes sindicales? —preguntó Lucas, imaginando que, para dominar Alemania en menos de quince años, grandes formadores de opinión debían formar parte del nacimiento de ese partido.

—No. Drexler no consiguió reunir más que cuarenta miembros, entre los que había mecánicos, vendedores de caballos, herreros, artesanos, borrachos… —afirmó el maestro.

Y continuó:

—Entre los objetivos del partido estaba refundar la Gran Alemania, reunir a todos los compatriotas y combatir a toda la competencia judía en el comercio y en la industria. Eligieron el blanco equivocado; no estaban atacando los problemas reales de una Alemania convaleciente económica y políticamente. Si surge en un ambiente de bajo nivel de conocimiento, el radicalismo frecuentemente se sube al carro del populismo.

—¿Y cómo Hitler, un simple cabo y además inmigrante, entró en el partido y lo dominó? —quiso saber Peter.

—Déjeme responder a esa pregunta, maestro —dijo Billy de buen humor—. Hitler usó el gatillo de los gatillos: la palabra. Las palabras frecuentemente preceden a los homicidios. La palabra dispara la ofensa, pero también la fascinación, acaricia la emoción y domina el alma —concluyó el inspector de policía.

El grupo lo aplaudió. Por primera vez, Billy se sintió inteligente en medio de personas cuyo poder no estaba en las armas, sino en las ideas. Tras su intervención, el profesor propuso una pausa de diez minutos antes de tocar un asunto saturado de enigmas, uno de sus temas predilectos: las artimañas que Hitler usó para ascender al poder.

Ninguno de los alumnos quería interrumpir la sesión de estudio, pero él estaba cansado. Transmitir conocimientos, aunque le proporcionara placer, le robaba energía mental. Y sumado a las noticas que Billy le había traído sobre sus enemigos, el estrés se hacía casi insoportable.

Fue a beber agua. Pero el agua que le refrescaba el cuerpo era insuficiente para refrigerar su mente, asaltada por ardientes preocupaciones.

## 12

## EL NACIMIENTO Y DESARROLLO DEL FÜHRER

En 1919, Hitler estaba sin trabajo y pasando necesidades. Pronunciaba discursos en entornos nacionalistas para ganarse la vida, lo que era una tarea difícil. Fue en aquella época cuando conoció al capitán Ernst Röhm, el hombre que se convertiría en su amigo y en uno de sus patrocinadores y admiradores. Röhm no se imaginaba que, años más tarde, cuando Hitler ascendiera al poder, pagaría un precio muy caro.

Tras la primera guerra mundial, después de la disolución del ejército alemán, los oficiales intentaban entrar en contacto con lo que se llamó el Cuarto Estado, los artesanos, los pequeños burgueses. En ese ambiente intentaban encontrar medios para crear organizaciones paramilitares. Pretendían, entre otras cosas, expandir y fortalecer el ejército alemán, que, de acuerdo con el Tratado de Versalles, no podía tener más de cien mil miembros regulares.[78]

Eran tiempos difíciles. El capitán Ernst Röhm animaba a Hitler a estimular el sentimiento nacionalista entre los hombres comunes. Al tener noticia del nuevo partido, le pidió a su amigo que estudiara sus bases, sus tesis, su movimiento, su influencia social.

Esa misión cambiaría la historia de Hitler. Encontró reunidos en una taberna a los hombres que desempeñarían un papel fundamental en la primera fase del nacionalsocialismo. A Röhm le gustó el nuevo partido, pero su dimensión era demasiado reducida para un oficial. Hitler, un simple cabo, empezó a frecuentar y dominar sus reuniones.

—¡No entiendo! ¿Cómo un simple policía se convirtió en uno de los políticos más poderosos del planeta? —preguntó Peter, intrigado.

—En 1919, Hitler se afilió al Partido Obrero Alemán. Tenía alrededor de treinta años. Al sentirse útil, empezó su camino de divulgación de sus tesis. En primer lugar, por las cervecerías, muchas de ellas en sótanos; después, por salones y auditorios.

—El orador agresivo y vibrante debió de ganar notoriedad al tocar el alma de los abatidos por la derrota en la guerra y por el desempleo —comentó Evelyn.

—Sin duda. Y al frecuentar muchas ciudades y lugares donde estaba la masa descontenta y desesperanzada, el inmigrante que llevaba solamente seis años en Alemania conoció los problemas y las ansias del pueblo alemán como jamás los políticos alemanes, encerrados en hermosos gabinetes, lo habían hecho —afirmó el maestro.

—Fue una gran estrategia política —declaró Gilbert.

—No podía no dársele crédito. Cuando asumió el poder como canciller (cargo equivalente al de primer ministro), en 1933, raras eran las ciudades de Alemania en las que no había ya puesto el pie, pronunciando contundentes discursos.

Una vez que Hitler había penetrado en la base de la política, las soluciones mágicas, aunque superficiales, y sus discursos teatrales llamaron la atención de su pequeño y radical partido. En poco tiempo, se convirtió en una estrella entre sus miembros. En julio de 1921, asumió finalmente el mando del minúsculo Partido Obrero Alemán. Nunca había sido jefe de nada, ni de una cervecería, ni siquiera tenía una profesión definida, pero ahora, el ambicioso Hitler tenía un pequeñísimo partido en sus manos. Pasó a tener el control absoluto de su gremio. Sus gestos y sus ideas empezaron a contagiar la región de Baviera.

»Frecuentes peleas entre nacionalistas y marxistas estallaban en las reuniones abiertas. El Partido Nazi aguerrido, radical y exclusivista ya estaba formado. Entre sus metas estaba la unión de todos los alemanes en una Gran Alemania, la anulación del Tratado de Versalles, la exclusión de los judíos de los cargos públicos y la eliminación de la amenaza bolchevique —completó el profesor.

—Amante de la propaganda, Hitler y algunos amigos pegaban carteles rojos, con la imagen de la esvástica, en diversos puntos de la ciudad en los que no sólo se informaba del lugar de las reuniones, sino que incluían el resumen de los discursos. De esta forma creó, con las parcas tecnologías de la época, su red social —comentó Katherine.

—Es probable que, con Hitler, la política y la propaganda contrajeran un matrimonio inseparable que dura hasta los días actuales —añadió Lucas.

—Exacto. Luego, al asumir en 1921 el control del partido —continuó Julio Verne—, empezó a dejar al margen a los hombres que lo fundaron, en especial al idealista Anton Drexler, que en 1919 ya tenía una postura política de repudio a los extranjeros, en especial a los judíos. Hitler, queriendo imprimir su marca, cambió el nombre del partido a Partido Nacionalsocialista de los Trabajadores Alemanes (NSDAP, de forma abreviada, Partido Nazi).

Él odiaba a los marxistas, pero puso la palabra «socialismo» en el nombre del aún incipiente partido, una estrategia de marketing. Su considerable complejo de inferioridad lo llevó a soñar con inscribir su nombre en la historia. No aceptaba la mediocridad. Atrapar hombres, tener grandes públicos, estar rodeado por grupos de aduladores excitaba la psique del que pocos años antes era un joven rechazado y sin grandes cualificaciones culturales ni intelectuales.

En 1924, el partido tenía un número pequeño pero no despreciable de miembros: diez mil. En 1926, había alcanzado más del doble. En 1929, cuando Himmler se convirtió en el líder pleno de las SS, había superado los cien mil. En aquella época, ganaron doce escaños en la Cámara de los Diputados.[79]

El profesor hizo una pausa.

—Los acontecimientos políticos se vuelven galopantes —dijo Julio—. Inspirado por la exitosa «Marcha sobre Roma» de 1922, que marca la llegada de Mussolini al poder, Hitler, entonces con treinta y cuatro años, tras analizar la inflación galopante, en el otoño de 1923 llegó a la obvia conclusión de que la economía de Alemania se iba a colapsar.[80] Era necesario hacer una revolución, empezando por Múnich.

Algunos personajes que marcarían la historia de la segunda guerra mundial participaron en el famoso levantamiento conocido como el Putsch de la Cervecería de Múnich.

Hitler reunió a amigos, como Hermann Goering y Ernst Röhm, y entre todos pensaron que, con el uso de la fuerza de las aún frágiles SA, podrían tomar el gobierno regional de Baviera. Como un loco, el jueves 8 de noviembre, un fanático Hitler instigaba a los hombres de las SA, así como a borrachos, desempleados y otros radicales, a tomar el poder.[81]

Y Julio continuó:

—Una revolución nacional comenzó a partir de Múnich. «En este momento, nuestras tropas ocupan toda la ciudad» —dijo el profesor, imitando la voz de Hitler—. Claro que Hitler, siempre eufórico y megalomaníaco, exageraba.

—Resulta interesante. Cinco años antes, era un humilde y tímido cabo; ahora era un agitador de masas en la ciudad más importante de Baviera. ¡Cómo cambian los tiempos! —comentó Katherine.

—¿Y el plan tuvo éxito? —preguntó Lucas.

—No, el plan fracasó. Hitler, Goering y Röhm eran aficionados; en primer lugar, porque no consiguieron controlar los medios de comunicación. Cuando Hitler fue canciller, empezó a controlarlos, y de esa forma hizo añicos la democracia alemana. En segundo lugar, confió en algunos compañeros que no se unieron a ellos el día del golpe. Años más tarde, el Führer se convertiría en un experto en eliminar a aquellos en quienes no confiaba. El tercer error fue creer que ganarían la batalla con facilidad. Tanto fue así, que Himmler, el abanderado del partido, había posado estúpida e ingenuamente para la prensa como un vencedor.

Al día siguiente, los rebeldes tuvieron que enfrentarse a una verdadera batalla campal con la policía estatal y el ejército. Tres policías y catorce nazis murieron. Goering resultó herido y Hitler se dislocó un hombro al tropezar. Casi todos los principales miembros del partido huyeron. Hitler fue apresado y acusado de alta traición. El 26 de febrero de 1924 fue juzgado en el tribunal de la Escuela de Infantería en Munich.[82]

—No entiendo. ¿Ese juicio no supondría el fin de Hitler? —pregunto Lucas, que estaba acabando la carrera de Derecho y quería convertirse en abogado criminalista.

—En teoría, era como para que quedara sepultado tras ese malogrado golpe. Pero él demostró una gran habilidad para manipular el hecho a su favor, para transformar el caos en oportunidad creativa. En una estrategia de propaganda, Hitler asumió la total responsabilidad del liderazgo de las tropas de asalto, las SA, en el fracasado golpe.

—Pero ¿cómo un inmigrante pudo asumir la responsabilidad por los alemanes? —señaló Peter.

—¡Sí! Hitler usó el suceso para convertirse en lo que nunca antes había sido, el «alemán de los alemanes», para mostrar un patriotismo que sus iguales no tuvieron. Fue un golpe en el inconsciente colectivo del partido y del país. Al mismo tiempo que «protegió» a Goering, Himmler y Röhm, los subyugó con su intrepidez. Como toda la prensa nacional se hacía eco del caso en portada, la fragmentada Alemania encontró a su «héroe», un hombre que, aunque forastero, parecía ser un gran defensor de la patria. Mirad lo que el que había sido un adolescente frágil y un soldado tímido dijo ahora, como líder de un partido pequeño, al poderoso tribunal que lo juzgaba:

No son ustedes los que nos juzgan. El juicio le corresponde al eterno tribunal de la historia... Esta corte no nos preguntará: «¿Ustedes son culpables o no de alta traición?». Esta corte nos juzgará... como alemanes que únicamente deseaban el bien de su pueblo y de su patria; que deseaban luchar y morir... Si así fuera, ustedes podrán declarar mil veces nuestra culpabilidad...[83]

—Es sorprendente la capacidad que tenía para manipular a la gente. Un inmigrante que llevaba cerca de diez años en Alemania se presentó como el más devoto alemán —comentó Katherine.

—Los jueces, fascinados con Hitler y su patriotismo, se compadecieron de él y de los otros rebeldes. Desaprobaban sus acciones, pero exaltaron sus intenciones. Desconocían las tesis que defendía, no prestaron atención al monstruo que estaba en gestación.

»Hitler era un líder fracasado, es cierto, pero ahora era un líder nacionalmente famoso y ya no un militar que vivía en el anonimato. En un único movimiento de marketing, ganó simpatizantes en toda Alemania. Con actitudes como ésa, que sobrepasaban el terreno de la política y entraban en el territorio de la emoción, cautivó poco a poco el alma de la sociedad, que, a excepción de una pequeña minoría, depositó en él su confianza y su futuro. Fieles habían sido durante su éxito y fieles permanecieron en su flagrante derrota.

En aquella ocasión, Hitler fue condenado a cinco años de prisión, pero solamente cumplió nueve meses. Una pena pequeña para un delito tan grave. Y en la cárcel tenía privilegios; podía recibir amigos, leer periódicos y escribir. Además de eso, aprovechaba para criticar al gobierno, incapaz de asegurar la seguridad de la sociedad, controlar la inflación y resolver las pendencias humillantes del tratado que los vencedores de la primera guerra mundial habían impuesto.

En nueve meses, su sed insaciable de poder fue ganando cuerpo. En la cárcel escribió el primer volumen de su libro *Mein Kampf*, donde expone sus tesis: odio a los judíos, superioridad de la raza aria representada por los alemanes, y su predestinación como Führer de los alemanes para imponer el germanismo sobre el resto del mundo.[84]

El profesor hizo una pequeña pausa y luego añadió:

—Hitler era el «héroe» bocazas de un partido diminuto, pero que tenía la meta de salvar Alemania y redimir al mundo. El tiempo pasó y Alemania continuaba siendo frágil económicamente y más frágil aún socialmente. Pero el progreso de Hitler fue consistente. Los derechos de autor de *Mein Kampf* lo hicieron rico.[85]

—Leí que Martin Bormann, el hombre al que Hitler confió sus finanzas, también ideó otras fuentes de ingresos para su ídolo. Entre ellas, la asignación de parte del seguro obligatorio contra accidentes para los miembros del Partido Nazi, lo que generaba ganancias considerables[86] —explicó Katherine.

—Es cierto —dijo el profesor—. Además de eso, en 1930 se

creó el Fondo de Donación Adolf Hitler de la industria alemana. Se aconsejó a los líderes empresariales, incluso a judíos, que demostraran su aprecio con contribuciones «voluntarias» al Führer. A medida que Hitler iba ganando impulso, salía de las cercanías de la provincia y defendía ferozmente sus tesis en los más diversos espacios de Alemania. El odio mordaz contra los judíos se iba consolidando.[87]

—¿Los judíos eran numerosos en Alemania? ¿Eran millones, como los musulmanes que viven hoy en Francia e Inglaterra? —preguntó Billy.

—No, eran una pequeña minoría. Representaban poco más de un 0,5 por ciento de la población alemana. No eran una amenaza para el Estado, ni siquiera numérica. Y, aun así, muchos de esos quinientos mil judíos empezaron a emigrar en masa de esa explosiva Alemania. La mitad se quedó, pero éstos nunca se imaginaron el fin que les esperaba. Esa ingenuidad explica por qué no intentaron asesinar a Hitler. No era sólo el temor a las ya existentes SS y SA lo que los bloqueaba, sino también su pacifismo en aquellos difíciles tiempos.

»Hitler, que había nacido en Austria bajo el antiguo Imperio austrohúngaro, renunció a la ciudadanía austríaca en 1925. Pasó siete años siendo apátrida, hasta que, en 1932, con la intención de presentarse como candidato a la presidencia de la República, decidió convertirse en ciudadano alemán.[88]

De repente, después de esta explicación del profesor, un ruido ensordecedor destrozó la puerta del apartamento.

Todos se asustaron mucho y algunos salieron despedidos y cayeron al suelo. Hubo gritos, miedo, tensión, nadie entendía nada. Katherine, pensando en los últimos acontecimientos, con polvo por todo el cuerpo, estaba desesperada. Algunos pensaron que el edificio se estaba derrumbando; otros, como Julio Verne y Billy, que estaban sufriendo un ataque terrorista. El inspector sacó su arma y se preparó para enfrentarse a enemigos armados.

Se hizo un silencio absoluto, pero en los sesenta segundos siguientes nadie entró disparando. Billy pidió que todos se metieran en las habitaciones. Los vecinos llamaron a la policía y las ambulancias ya estaban de camino. Cuando se asentó la polvareda, Billy y Julio Verne se dirigieron lentamente hasta la puerta de entrada, o lo que quedaba de ella. Escrutaron el pasillo, que estaba completamente vacío. Había dos apartamentos por planta y los vecinos del profesor estaban de vacaciones.

Éste, muy asustado, miró hacia abajo y vio un sobre lleno de polvo. Sus labios temblaron. Hizo un gesto para tomarlo, pero el inspector se lo impidió. Temía que contuviese una bomba, pero era tan delgado que parecía tener sólo una hoja en su interior; no tenía el formato de una posible bomba.

Billy se agachó lentamente y lo recogió y, después de examinarlo, se lo entregó al profesor, que, visiblemente tenso, lo abrió y leyó:

Julio Verne, hemos descubierto su trama. Su caza a Hitler fallará. Sus propias palabras, que figuran más abajo, dirigidas a la señora Katherine, firmaron su sentencia de muerte:

Querida Katherine:
No se puede considerar a Hitler racional. Él fue, como ya sabes, un niño superprotegido por su madre, un preadolescente que tuvo un rendimiento intelectual insuficiente en la escuela, un adolescente arrogante que nunca destacó en ningún deporte, un joven rechazado como artista plástico, un

adulto que nunca tuvo éxito con las mujeres, un
ser humano sin conciencia crítica y con bajo nivel
de sociabilidad. Por todo ello, Adolf no admite
competidores. Es una mente enferma con una necesidad neurótica e incontrolable de poder. Voy a intentar eliminarlo antes de que se convierta en
canciller.

Julio Verne

Alemania, 1 de octubre de 1932

Billy, casi afónico, le pidió explicaciones:

—¿Qué… qué significa… esta carta, profesor?

Julio estaba asustado.

—Yo no la he escrito. Es una imitación de mi firma. ¡Sólo puede ser eso!

Katherine se acercó al inspector y a su marido. Éste, con un rápido movimiento, intentó esconderle el sobre. Pero ella, rauda, lo tomó y leyó cada palabra en estado de shock.

—¡Dios mío! ¿Qué está ocurriendo, Julio? Tienes que darme una explicación. O muchas. Parece que estamos viviendo una psicosis colectiva.

Él, tapándose la cara con las manos, cabizbajo, apenas conseguía articular palabra.

—No lo sé… No lo sé, Kate. Estoy… Estoy completamente perdido.

—¿Cómo una carta falsa puede ser responsable de una explosión de tal contundencia que casi hace que el edificio se derrumbe?

—¿A qué se refiere con cazar a Hitler, profesor?

—No lo sé. No tengo respuestas. Sólo estoy destruyendo su imagen —explicó Julio Verne y, en ese momento, sitió un escalofrío que le recorría la espalda, pues recordó el mensaje de

200

«Heydrich»: «Ha escogido la peor forma de asesinar a un hombre, destruyendo su imagen. Le sigo el rastro».

—Pero ¿y la fecha? ¿Por qué el 1 de octubre de 1932? —insistió Billy.

—¡Ya le he dicho que no lo sé! —dijo Julio Verne, exasperado. Después, más tranquilo, añadió—: Esto sólo puede ser obra de terroristas. De hombres que se hacen pasar por Heydrich, Thomas Hellor y, quién sabe, quizá otros nazis.

—No consigo entender nada con este caos —afirmó el experimentado inspector—, pero una cosa es segura: tenéis que marcharos de este piso y permanecer ocultos y guardar silencio hasta que la policía investigue el caso.

—¿Callarme, Billy? Si silencio mi voz, mi mente va a gritar y mi emoción va a deprimirse. Sin libertad de expresión no tengo oxígeno.

—¡Y con ella no tendrá pulmones para respirarlo, profesor! —le dijo el inspector, en un tono más alto, al intrépido y obstinado profesor.

—Pero ¡sin libertad ya estoy muerto! —replicó Julio Verne.

Billy no se convenció. Añadió con sequedad:

—¿No sabe que su caso es el más complejo y explosivo de los últimos cien años del departamento de policía? No se lo he dicho, pero hay más de cinco agentes vigilando este edificio día y noche, ¡y aun así se ha producido este ataque! ¿Por qué cree usted que he estado viniendo a su casa?

A Julio no le gustó lo que oyó. Indignado, preguntó:

—¿Qué? ¿Está viniendo a mi casa para vigilarme?

Inquieto, el inspector intentó darle la vuelta a la situación.

—No es exactamente así. Para ser honesto, al principio sí era ésa la meta. Pero luego cambié, conocí a un profesor que me enseñó a disfrutar surfeando en las aguas de la historia —reconoció con humildad, algo raro para el experimentado inspector, que, a pesar de ser alegre, era rígido con un palo.

Julio, al oír esas palabras, se relajó y le dio las gracias por su protección.

—Discúlpeme, Billy. Ando estresado últimamente.

Para el inspector, Julio Verne estaba siendo blanco de una tremenda conspiración. Si quería sobrevivir, tendría que cambiar de dirección, esconderse, variar su rutina. Parecía no haber leyes ni reglas para esos agentes del mal, que actuaban en las tinieblas.

Deborah, Lucas, Evelyn, Brady, Gilbert y Peter se habían acercado a ellos y habían escuchado parte de la conversación, pero no sabían qué estaba ocurriendo. Sus caras mostraban tensión y angustia; el profesor los miró y también les pidió disculpas, dándoles algunas explicaciones. Sin embargo, éstas los dejaron más confusos de lo que estaban. En ese momento, Julio miró a Peter en su silla de ruedas y experimentó un tremendo sentimiento de culpa. No consiguió decir nada, solamente dejó escapar algunas solitarias lágrimas.

Peter parecía haber entendido que el tirador de la universidad tenía un blanco definido y que él había sido el blanco equivocado. Agarró a Julio del brazo y, una vez más, dijo, ahora casi sin palabras:

—¡No se culpe, profesor!

De repente llegó una tropa de asalto compuesta por diez hombres armados. Invadieron la escalera, los pasillos y los ascensores. Billy los recibió y les pidió que barrieran el edificio, pero guardó el sobre. Los policías no encontraron nada, ni sospechosos, ni vestigios, ni otras pistas. Los misterios cada vez eran mayores.

A continuación entraron los paramédicos con camillas y equipos para atender a los heridos. Afortunadamente, sólo había leves escoriaciones. Cuerpo intacto, mente fragmentada, así estaban Julio Verne y Katherine, que rápidamente cogieron algunas prendas de ropa y fueron a refugiarse a un hotel que Scotland Yard les indicó y que ellos mismos vigilaban. El que era un tranquilo matrimonio de profesores, que había empezado a despertarse sobresaltado por los terrores nocturnos, ahora pasaría a tener cada vez más pesadillas diurnas.

## 13

## UNA METEÓRICA ASCENSIÓN AL PODER

El servicio de inteligencia de Scotland Yard, con la ayuda de la Interpol, hizo una larga investigación de la explosión. En cuanto a la carta, la textura del papel, la tinta con la que supuestamente alguien había firmado en nombre de Julio Verne, la tipografía de la máquina con la que se escribió el texto... en fin, todos los datos remitían de nuevo a los tiempos de la segunda guerra mundial. Se celebraron largas reuniones periciales y de valoración de riesgos con importantes especialistas y, una vez más, no se veía ninguna luz en el horizonte. En una de esas reuniones, la conversación fue perturbadora.

—¡Qué caso tan complejo! Me espanta la posibilidad de que haya en la ciudad personas sueltas capaces de todo —afirmó Thomas, un especialista en ataques terroristas.

—Aunque sea una posibilidad remota, no podemos dejar de considerar al propio Julio Verne como sospechoso. Disimular comportamientos es una característica de los más peligrosos criminales —comentó James, otro especialista—. ¿Tú qué crees, Billy?

—No, no es posible. Julio Verne es alguien de enorme generosidad.

—Cuidado, Billy, puede que estés fascinado con su inteligencia y no veas el riesgo que representa. Sé más racional —le pidió Robert, el jefe del equipo.

La única conclusión consensuada a la que llegaron era que el «caso de Julio Verne» era de seguridad nacional. Después de analizar los hechos y medir los riesgos, los especialistas recomendaron que Julio y su mujer interrumpieran su grupo de estudio y se les pusiera protección, no sólo vigilancia. El profesor se quedó desolado. Quien le comunicó la recomendación no fue Billy, sino los propios Thomas y James.

—Quien no tiene miedo no mide las consecuencias de sus actos. Sabemos que usted es osado, pero debe protegerse —afirmó Thomas.

—Ser osado no implica no tener miedo, sino gestionarlo. Yo tengo miedo, pero no puedo ser su rehén. Necesito una última reunión con mis alumnos. No puedo abandonarlos. No sería bueno para su formación.

El servicio de inteligencia de la policía dio permiso para que se celebrara esa reunión y designó a Billy para que liderara de ahí en adelante un riguroso esquema de seguridad para proteger a Julio. Después de reflexionar, se consideró que sería más seguro que el profesor hiciera esa última reunión con sus alumnos en una sala del Departamento de Justicia del gobierno, un lugar supuestamente muy seguro.

Cinco días después, un jueves a las siete y media de la tarde, se reunieron en torno a una hermosa mesa, pulida con un barniz que cubría las estrías de madera. Los sillones eran muy cómodos, pero eso a nadie le importaba. Todos estaban más angustiados por la separación del grupo que por la comodidad y la seguridad. Los vínculos denunciaban que eran más que alumnos y su maestro; eran un grupo de amigos que habían roto la cárcel de la soledad y, con la mente libre, viajaban por el mundo de las ideas. Era una pérdida irreparable, que esperaban que fuera temporal.

Billy estaba presente en la reunión. Como el edificio estaba completamente vigilado, no había policía de guardia fuera de la sala de reuniones. Antes de empezar la charla del profesor, el grupo de alumnos les hizo un homenaje a él y a Katherine. Con música de violín, tocada por Peter, cantaron la canción *We are the World!*, que exalta a la familia humana, compuesta por todos los pueblos, las razas y las culturas, con el objetivo de rescatar la dignidad de los africanos hambrientos de pan y libertad, nutrientes esenciales para la vida humana.

Julio Verne se sintió profundamente emocionado con el homenaje. Su sentimiento era tal que le embargó la voz y, por unos instantes, no consiguió decir nada.

Intentando aliviarlo, Peter inició la reunión con algunas indagaciones.

—¿Por qué lo persiguen? No consigo imaginar que pueda tener enemigos. —Pero recordando al rector y a algunos alumnos que lo denunciaron, se corrigió—: Quitando los que lo envidian, pero ésos no se ensuciarían las manos…

El profesor dedicó los quince primeros minutos de la clase a explicar algunos detalles más que ellos no conocían. Tras ese resumen, Lucas vio un lado excitante en todo lo que el profesor estaba pasando. Le pareció una gran aventura.

—Increíble. Parece que tenga enemigos viajando en el tiempo para perseguirlo.

Ante eso, Peter, bromeando, le planteó una inquietante pregunta a Julio.

—Si pudiera entrar en una máquina del tiempo y destruir a Hitler, ¿lo haría?

—Nunca había pensado en ello. Pero… para intentar ayudar a millones de personas, no me callaría —afirmó el profesor, perturbado con la propuesta.

—¡Yo también creo que Julio Verne es blanco de enemigos de otro tiempo, de otro mundo! —afirmó Billy, rápida y eufóricamente. Pero a continuación, observando la mirada de Katherine, intentó calmarla—: Es una broma. Esto es cosa de locos.

—La realidad es cruda, preocupante y dramática. Katherine y yo podemos perder la vida.

—Por el tipo y el contenido de las cartas, así como por las amenazas, parece obra de una conspiración internacional —afirmó Gilbert.

—Sí, es posible. Pero ¿qué peligro puede representar un profesor de historia?

—¡Muchos! —afirmó Peter—. Formar mentes pensantes es más peligroso que usar armas. Somos la prueba de ello.

Julio sonrió, como dándole las gracias a su alumno.

—En la vida, períodos de calma se alternan con otros de agitación, tranquilidad con ansiedad, pero yo no me imaginaba que la vida se me fuera a poner patas arriba.

Y aprovechó ese gancho para comentar que, entre la primera y la segunda guerra mundial, Alemania vivió días turbulentos.

—¿No hubo momentos tranquilos en ese período? —preguntó Gilbert.

—Hubo instantes de tranquilidad en el tiempo que sucedió el encarcelamiento de Hitler. Alemania empezó a desarrollarse económicamente, lo que fortaleció la democracia y dificultó el ascenso del futuro dictador.

—¿Quiere decir que la democracia es el régimen político de la abundancia y la dictadura el del caos? —preguntó Brady, llevando al profesor a reflexionar sobre las implicaciones de esa cuestión sociopolítica.

—El desarrollo socioeconómico fortalece la democracia y, a su vez, la democracia lo promueve. No obstante, el caos es un excelente medio para la tiranía. Hitler observaba la crisis de Alemania y consideraba que la democracia era ineficaz para resolverla, por lo que él planteaba otra forma de gobierno: el nacionalsocialismo; una verdadera dictadura, en la que se abolirían los sindicatos, se suprimiría el derecho de huelga, se controlaría la renta del trabajador, aunque preservando el lucro y la propiedad privada.[89]

Hitler, a pesar de no sentir aprecio por la democracia, estaba en un régimen democrático y, dentro de las reglas del juego, preparó su partido para presentarse a las elecciones. Pero con el desarrollo económico, su partido ya no gustaba tanto, sus discursos no inflamaban la emoción, y sus ideas, que estimulaban la hostilidad contra el gobierno y los judíos, ya no causaban el mismo efecto. Hitler casi fue sepultado.

—Yo no entiendo la mente de algunos políticos. Cuando están en la oposición, intervienen para que quienes están en el gobierno revienten y la sociedad entre en crisis para poder ganar espacio —afirmó Lucas.

—Eso se llama necesidad neurótica de poder —declaró Katherine.

—El virus tuvo que esperar a que el cuerpo social de Alemania disminuyera su inmunidad para provocar una grave infección —comentó Julio Verne.

—Pero ¿cuándo ocurrió eso? —preguntó Billy, que desconocía la historia de la economía mundial.

—En la crisis de 1929, con la quiebra de la Bolsa de Valores de Nueva York. Consecuentemente, América y Europa se zambulleron en la depresión económica. Con el sistema inmune comprometido, el virus del nazismo se volvió a multiplicar descontroladamente. Las industrias empezaron a cerrar, la gente no conseguía trabajo, el comercio sufrió una fuerte caída. Todo eso se instaló en Alemania, ya debilitada económicamente.

—Entonces, fue en ese período cuando la clase media y las grandes industrias se alarmaron, lo que los llevó a apoyar e incluso a financiar a los nazis, los radicales nacionalistas —concluyó Gilbert.

—Exacto. Y el éxito llegó a las urnas. En 1930, el que era un partido minoritario ganó musculatura y se convirtió en la segunda fuerza política del país, con seis millones de votos. Comparad la rapidez con que las fechas se sucedieron: trece años antes, en 1918, el tímido Hitler huía de las armas llevando mensajes del cuartel al frente; seis años más tarde, en 1930, su partido tuvo un éxito explosivo. El depresivo Adolf estaba eufórico, sentía que podría abrazar a Alemania y al mundo —declaró el maestro. Y continuó—: Hitler tenía ahora millones de adeptos. Y no sólo eso; tenía también dos poderosas organizaciones paramilitares en formación, las SA y las SS. En los meses y años siguientes, esas organizaciones paramilitares nazis no tardaron en actuar. Provocaron el caos y el terror social, así como la desestabilización de la República de Weimar, lo que llevó al ascenso y la caída de cancilleres, obligando al anciano presidente Hindenburg, con ochenta y cuatro años, a convocar nuevas elecciones para julio de 1932. Sería el marco ideal para el Partido Nazi. La determinación de Hitler era sorprendente. En una época en que los aviones y los aeropuertos no tenían tanta seguridad, hacía cinco vuelos diarios, pronunciando discursos de quince minutos en cada ciudad, por todos los rincones del país.[90]

En ese año, casi siete millones de alemanes estaban desempleados; el hambre y la inseguridad eran el pan de cada día de las familias más pobres. Sobrevivir era un arte. El resultado de esas elecciones no podría ser más favorable para Hitler. Su partido aumentó en un 133 por ciento el número de votos en solamente tres años. Otro éxito notable.

—En tiempos de crisis, el voto, que debería ser racional, se vuelve pasional —afirmó Katherine.

En esa época, Hitler, que odiaba a todos los demás partidos, aceptó llegar a un acuerdo con la derecha alemana, ganando así más fuerza. En 1933, sin capacidad para impedir el acceso de Hitler al poder, el presidente Hindenburg lo nombró canciller de Alemania.[91]

—La culta Alemania, el país que contaba con las mejores escuelas y los pensadores más brillantes, ponía su destino en manos de un extranjero truculento, extremista y sin cualificación —afirmó Julio.

—En solamente quince años, el humilde soldado mensajero que pasaba completamente desapercibido por los poderosos generales, mariscales y almirantes del país, controlaba a éstos con mano de hierro. La velocidad del ascenso de Hitler fue sorprendente —concluyó Deborah, impresionada.

—Ése es el hombre. Hitler tenía cuarenta y cuatro años cuando asumió el cargo de canciller, estaba completamente saturado de ambición, era irritable, ansioso, explosivo, de interiorización limitada, resiliencia débil y con muy baja capacidad para soportar contrariedades, pero con una notable habilidad para la manipulación. Puede que nunca superara una simple prueba para calibrar su capacidad para trabajar en equipo o dirigir una mísera institución, pero la democracia tiene una característica fundamental: los líderes son valorados mediante el voto. El sociópata prevaleció —concluyó Julio Verne.

—Debería hacerse un análisis psiquiátrico previo para verificar la cordura y las intenciones de los líderes que se presentan a candidatos —reflexionó Peter.

—Podría ser útil. Pero ¿qué parámetros usar? ¿Cómo evitar errores? —indagó el profesor.

—¿Hitler dominó a la sociedad alemana después de asumir el poder? ¿Cómo hacía para que los políticos tradicionales se inclinaran a sus pies? —preguntó Gilbert.

—Una vez que se estrenó en la política, fue blanco de mofas

y bromas de los más ilustres personajes de la sociedad. «¿Hasta dónde podría llegar un hombre radical, con ideas extrañas, sin flexibilidad ni habilidad para dirigir un complejo país?», decían. Los periódicos hacían caricaturas, ironizando sobre su poder y su competencia. Ni los líderes de otros países consideraban que Hitler pudiera llegar lejos. No lo conocían. Oponerse a él nutría su autoritarismo y su insaciable sed de poder —comentó Julio Verne.

»Los problemas sociales eran graves y la intervención extranjera, a través del Tratado de Versalles, creaba un malestar emocional y económico. Muchos políticos serios creían que el austríaco que nunca había ocupado ningún cargo ejecutivo se caería de la compleja tela política alemana. Pero la propaganda y la censura empezaron. Un conjunto de lemas nacionalistas que exaltaban al pueblo alemán, la cultura alemana y la raza aria empezaron a propagarse por la aún frágil Alemania nazi.

A continuación, el profesor continuó:

—Presionado por Hitler, el viejo Hindenburg firma, el 4 de febrero, un decreto «De protección del pueblo alemán», que daba poderes al gobierno para que prohibiera las manifestaciones políticas y los periódicos impresos de los partidos adversarios.

»Un rumor empezaba a asombrar a la sociedad germánica. Intervenciones de castigo se llevaban a cabo en todas partes donde hubiera movimientos sospechosos. Se prohibió un congreso de artistas e intelectuales, que tenía lugar en el teatro Ópera Kroll, por supuestas afirmaciones ateas.[92] Nadie con ideas diferentes estaba seguro.

Como era característico en él, Hitler, bajo la batuta de Goebbels, hizo una poderosa y penetrante propaganda bipolar: actitudes generosas se alternaban con comportamientos violentos, confundiendo a los alemanes. Tras una pausa, el profesor continuó:

—Hitler, tras convertirse en canciller, no se trasladó a Berlín en seguida, sino que lo hizo a Múnich. Su gesto demostraba renuncia a sus privilegios de canciller, incluso a su sueldo, una falsa humildad, pues era un hombre rico debido al gran éxito de su libro, que se convirtió en una especie de biblia del nazismo, un regalo que se daba incluso en bodas.

—¿Era el propio Hitler el que hacía el trabajo sucio, el que eliminaba a sus opositores? ¿O se protegía con su cargo? —preguntó Katherine.

—Hitler era el arquitecto de las atrocidades, pero se mantenía lejos del lodo. Le correspondía a Goering, su perro guardián, cuya corpulencia daba un carácter jovial a la agresividad, destruir sin compasión los focos de resistencia.

»Cuando Hitler asumió su cargo, Goering hizo una gran limpieza en el cuerpo administrativo y militar. Muchos líderes fueron destituidos y sustituidos en masa. Al principio del gobierno nazi, más concretamente el 17 de febrero, la agresividad alcanzó su cota más alta. Ese día, Goering ordenó a los policías bajo su mando: "Complacencia y cordialidad máxima con los grupos nacionalistas, pero hay que recurrir a las armas sin compasión, si fuera necesario, cuando se trate de grupos de izquierda".[93]

»A partir de un servicio secundario de la policía de Berlín, que se dedicaba a vigilar movimientos "anticonstitucionales" de marxistas, judíos, periodistas y políticos descontentos, Goering empezó a organizar la Gestapo (la poderosa policía secreta del Estado, la Geheime Staatspolizei). Vio en esa policía el secreto de la perpetuación del nazismo, hasta tal punto que su aparato tendría, cuatro años más tarde, un presupuesto cuarenta veces mayor. El ejecutor de los sueños megalomaníacos de Hitler ordenó, el día 22 de febrero de 1933, la formación de un cuerpo policial auxiliar de cincuenta mil hombres, compuesto sobre todo por miembros de las SA y de las SS. La democracia alemana perdió su carácter neutral e instauró el terrorismo político-policial.[94] Hitler, a través de sus seguidores, calló a la oposición, sofocó las voces disonantes —comentó el profesor.

—Pero ¿Goering no siguió el marketing bipolar de Goebbels al principio de su camino? —indagó Lucas, sorprendido—: ¿No mostró generosidad en el escenario y agresividad entre bastidores? ¿Y la diplomacia del nuevo gobierno?

—Goering era el estereotipo del verdadero pensamiento de Hitler. Los opositores no eran portadores de ideas divergentes, sino enemigos que debían abatirse. Lo que el verdugo oía en secreto del Führer lo ponía en práctica radicalmente. Escuchad lo que tuvo el valor de decir poco más de un mes después de que Hitler asumiera el poder: «Toda bala que salga ahora del cañón de un revólver es un proyectil mío. Si llaman a eso asesinato, entonces yo soy el que asesina; yo he ordenado todo y asumo la responsabilidad».[95] Al oír al gran Goering decir esas palabras, los policías perdieron el miedo a matar y cometieron abominables crímenes —explicó Julio.

—Pienso que dar poderes inconstitucionales a la Gestapo y a otras policías fomentó todo tipo de atrocidades contra las minorías —comentó el agudo Peter.

—Exacto —confirmó el profesor—. Ejecuciones sumarias, juicios sin pruebas, humillaciones públicas, destrucción de familias enteras formarían parte en el futuro de la rutina de esos «semidioses». El dramático incendio del Reichstag, la Cámara de los Diputados, a finales de febrero de 1933, y la responsabilidad que los nazis atribuyeron a los socialistas son otros ejemplos de esas atrocidades. «Detenedlos», dijo Hitler en seguida, añadiendo que investigaría lo ocurrido hasta las últimas consecuencias —comentó el profesor. Y continuó—: Un diputado de Berlín, cuando estaba ante los cañones de los revólveres de los soldados de las SS, suplicó por su vida: «Por favor, tengo hijos, mujer, mis padres son mayores. ¿Por qué yo?». «Porque eres marxista, no mereces vivir…», fue su respuesta. Médicos, abogados, escritores y políticos comunistas serían perseguidos, arrancados de sus camas, llevados a la cárcel y asesinados sin piedad. Paradójicamente, ese mismo Hitler que odiaba a los comunistas intentaría, años más tarde, firmar a toda costa un tratado de no agresión con Rusia para iniciar la invasión de Polonia.

—En política, la lógica no existe. Los enemigos se convierten en amigos por contrato —comentó Lucas.

—No todos, Lucas. Hay muchos políticos muy honestos —declaró Julio Verne, intentando suavizar su desánimo con la clase política y atenuar un poco el radicalismo de su alumno.

—Quien asesina a dos o tres personas para mantenerse en el poder inicia un camino sin retorno y continuará asesinando a diez, cien, mil. Pues si reconociera sus asesinatos, tendría que enfrentarse a dos tribunales: el primero, el de su propia conciencia, cuyo castigo sería infligido por el sentimiento de culpa, unido a angustia y depresión; el segundo tribunal es el jurídico, los dictadores rara vez se entregan espontáneamente —comentó Katherine con fina astucia.

En ese momento sintió vibrar su móvil. Se había olvidado de apagarlo. Cuando iba a hacerlo, vio que era su madre. Pidió permiso y fue al baño para contestar.

—Kate, nos hemos enterado de la explosión de tu casa. ¡Estamos preocupadísimos! ¿Por qué no nos has dicho nada?

—Discúlpame, mamá, no quería preocuparos. Pero la policía ya está investigando el caso.

—¿Investigando? Han venido aquí a hacernos una serie de

214

preguntas extrañas, en especial sobre Julio. Paul también estuvo aquí ayer, preocupado por ti y por la salud mental de tu marido.

—Olvida a Paul, mamá. Perdóname, pero estoy en medio de una reunión. Después te llamo, te lo prometo.

—¡Espera! —dijo su madre, exaltada—. No sé lo que te está pasando, pero es hora de que dejes ese matrimonio. No es porque Julio esté… esté teniendo brotes psicóticos; ahora es por tu seguridad.

Katherine respiró hondo para no dar una respuesta agresiva a su madre.

—Ok, mamá. Me lo pensaré. —Y colgó.

Cuando se sentó al lado de Julio, éste le preguntó con los ojos qué estaba ocurriendo. Intentando mostrarse alegre, ella dijo en voz baja:

—Era mi madre, feliz con nuestro matrimonio.

A continuación, el profesor comentó que toda persona o régimen autoritario necesita tener o inventar enemigos para seguir ejerciendo su autoritarismo. Sin ellos, los dictadores no se perpetúan en el poder ni ejercen el control de las masas. Al principio del gobierno nazi, el primer gran enemigo eran los marxistas; después, los judíos. La lista de perseguidos era enorme.

Y continuó hablando sobre el arte y la cultura bolcheviques. En 1933, se hicieron una serie de exposiciones en Núremberg, Dessau, Stuttgart y Dresde sobre el llamado «arte degenerado», que era el arte moderno producido por artistas socialistas. Ese arte, según los nazis, tenía clara influencia judaica y era considerado una amenaza para la cultura alemana, una depravación intelectual y espiritual. Tal postura tenía carácter higiénico. Según los nazis, las obras de los artistas modernos muestran enfermedades mentales de sus creadores y propician la contaminación de la raza al exaltar las formas de un ser humano imperfecto.[96]

—Aunque hubiese factores sociales estresantes, parece que fue menos la caótica sociedad de la posguerra la que creó el monstruo de Hitler y más el monstruo Hitler quien moldeó la sociedad para hacerla destructiva —dedujo Deborah.

—Es una tesis interesante —comentó Julio Verne—. Hitler hizo aflorar y cultivó los instintos agresivos de cualquier ser humano, raza o cultura. Era un especialista en dominar a la gente creando un ambiente fantasmagórico. Tal vez por eso tuviera una clara preferencia por la guerra. De él son estas palabras, escritas en *Mein Kampf*: «En la guerra eterna, la humanidad se vuelve grande; en la paz eterna, la humanidad se arruinaría».[97] Al invadir Checoslovaquia sin resistencia, les dijo a sus secretarias: «Hijas, dadme cada una de vosotras un beso aquí y aquí… Es el mayor día de mi vida. Voy a entrar en la historia como el mayor de los alemanes».[98]

Hitler traicionó al propio pueblo alemán, que había depositado en él su confianza. Sin duda, en sus campañas preelectorales y en su libro, discurrió sobre su espíritu beligerante, pero una vez elegido, procuró escoger sus palabras. Los años pasaban y, como canciller, habló sobre la paz en muchas ocasiones, aunque entre bastidores llevara a cabo una caza de «brujas». Sin embargo, nunca se pudo olvidar de su sed de poder y de su opción por la guerra.

Llegó el momento de acabar con el discurso de paz y de dispararle a todo un país, así como de meter a todo el mundo en el calabozo. En un importante discurso hecho para un grupo selecto de espectadores, en concreto para dirigentes de la prensa alemana, pronunciado el 10 de noviembre de 1938, reveló la sutil artimaña que, astuta y detalladamente, había preparado para Alemania:

Durante años, las circunstancias me han obligado a hablar casi solamente de paz. Sólo insistiendo sin cesar en el deseo de paz de los alemanes y en sus intenciones pacíficas, fue posible conquistar paso a paso la libertad del pueblo alemán y darle el armamento indispensable para las etapas siguientes. Esa propaganda pacífica, defendida durante largo tiempo, presenta igualmente su aspecto negativo: podría llevar a mucha gente a la idea de que el régimen de hoy se identifica realmente con esa decisión, esa voluntad de mantener la paz a cualquier precio.

Esto llevaría no sólo a un juicio erróneo sobre las finalidades de nuestro sistema, sino principalmente a impregnar a la nación alemana… de un espíritu que terminaría convirtiéndose en derrotismo y eliminaría inevitablemente las conquistas actuales.

Los motivos por los que he hablado de paz durante tantos años eran imperativos, pero después ha sido necesario proceder al lento cambio psicológico del pueblo alemán, hacerle entender que ciertas cosas deben conseguirse a la fuerza si no se puede por medios pacíficos.

Este trabajo […] se ha empezado, proseguido y reforzado conforme a mis planes.[99]

—Nunca imaginé que Hitler hubiera traicionado a la sociedad alemana. Para mí, eran los alemanes los que tenían sed de guerra —declaró Peter.

—Así pues, la guerra fue planeada estratégicamente por él. Uno de los hombres que más crímenes contra la humanidad cometió era un traficante de emociones —afirmó Billy.

—Menos de un año después de ese discurso, su contenido se materializó y estalló la segunda guerra mundial. El secuestro emocional de la sociedad alemana ya había empezado a ganar gran notoriedad el día 25 de febrero de 1934. En esa ocasión, Rudolf Hess, embriagado por su admiración de Hitler, anunció en un discurso retransmitido por una emisora de radio el juramento que los políticos, las Juventudes Hitlerianas, miembros de las fuerzas armadas, las SS, las SA, la Gestapo y la gente en general debían prestar al Führer: «Adolf Hitler es Alemania, Alemania es Adolf Hitler. Quien presta juramento a Adolf Hitler hace un juramento a Alemania».[100] Este enfermizo culto a la personalidad, que se inició en febrero de 1934, se cristalizó tras la muerte del presidente Hindenburg, el 2 de agosto. Hitler se nombró presidente, comandante supremo de las fuerzas armadas y el gran Führer del Tercer Reich, según él, «el hombre más capaz, determinado y perspicaz para sacar a Alemania del oscurantismo» —afirmó el profesor.

—Espera —lo interrumpió Katherine—. Recuerdo una famosa frase de Winston Churchill que revela, al menos inicialmente, que hasta él se dejó seducir por ese juego neurótico de Hitler. «Podemos execrar el sistema de Hitler, pero no podemos dejar de admirar su devoción patriótica. Si nuestro país es vencido, yo espero que encontremos un campeador tan envidiable que nos devuelva el valor y nuestro lugar en el concierto de las naciones».[101]

—Bien recordado, Kate. Churchill, a pesar de que era el más férreo enemigo de Adolf Hitler, no conocía los elementos psicosociales que conocemos hoy. Hitler nunca fue un patriota, nunca sirvió a Alemania, sólo a sus propias ambiciones. Cuando la guerra ya estaba perdida, en lugar de rendirse para salvar miles de vidas y los medios de subsistencia del país, usó la misma estrategia que Stalin cuando invadió Rusia: destruirlo todo, puentes, embalses, campos de labranza, incluso obras de arte. En primer, segundo y tercer lugar estaba el propio Hitler; en último lugar estaba la sociedad.

Y continuó explicando:

—Tras la segunda guerra mundial, nació un sentimiento de

culpa en la psique de decenas de millones de jóvenes y adultos alemanes de las generaciones siguientes: «¿Por qué nuestros antepasados eligieron a un psicópata? ¿Por qué depositaron en él su confianza? ¿Por qué no recurrieron a su autonomía y en cambio se volvieron autómatas, sometiéndose a una obediencia ciega?». Al no entender el funcionamiento de la mente, muchos no entendieron las sutiles artimañas construidas en el inconsciente colectivo de los alemanes por el Führer y sus secuaces, que los volvieron siervos y no autores de su propia historia. No hay disculpas para esa generación, pero sí hay explicaciones.

De repente, se oyó un barullo enorme que parecía venir de la planta baja. Era el estruendo de una bomba. Parecía haber paredes cayendo y gente gritando. No se podía distinguir bien, pues el grupo estaba en el décimo piso. Todos se asustaron. Pero Billy intervino:

—Calmaos, este edificio es extremadamente seguro. Deben de estar haciendo reparaciones.

Katherine y Julio Verne se miraron preocupados. Como estaba llegando al fin de su exposición, el profesor concluyó:

—Adolf Hitler, el mayor maestro de la manipulación de la emoción, probablemente seduciría a cualquier pueblo que no abortara sus mensajes cuando éstos aún estaban en gestación. Es fácil acabar con un dictador de ese calibre en su fase embrionaria, pero es muy difícil hacerlo en su «madurez».

—Nadie había exaltado tanto al pueblo alemán y, al mismo tiempo, nadie le hizo pagar un precio tan desorbitado —concluyó Katherine.

Cuando el profesor se preparaba para despedirse de su grupo de amigos, de repente, las puertas se abrieron e, interrumpiendo la reunión, aparecieron tres policías pidiendo que salieran rápidamente del edificio. Julio, ansioso, preguntó:

—¿Qué ocurre?

—Un ataque terrorista.

—Pero ¿este edificio no es seguro? —preguntó Peter, mirando a Billy.

—El terror vuelve cualquier lugar inseguro.

Y así se cerró la última reunión, el último debate. Tras evacuar el edificio, se despidieron con lágrimas en los ojos. Fue una despedida rápida pero conmovedora. Tal vez nunca más se volvieran a reunir. Cuando Julio estaba en el coche de policía que lo llevaba hacia otro lugar, Peter se acercó con su silla de ruedas y le dijo:

—No desista de ser profesor. Gracias por iluminar nuestra mente. Cuídese.

Él extendió un brazo, tocó una de sus piernas inmóviles y le dio las gracias. A continuación, junto con los demás amigos, Peter cantó de nuevo la canción *We are the World!* mientras el coche se iba alejando.

## 14

## UNA ESPECIE QUE MATA A SUS HIJOS

Invierno, 24 de febrero de 1942. Los soldados de las SS atravesaron apresurados el jardín de la hermosa casa de Abraham Kurt. Ojos fijos, rostros tensos, semblantes agresivos, comportamientos irreductibles, eran cazadores de humanos. El sol poniente era insuficiente para esconder el terror que estaba a punto de venir. Golpearon violentamente con los puños cerrados la elegante puerta central, con figuras talladas en forma de gallos y flores.

El señor Abraham Kurt, Rebeca, su mujer, sus dos hijos, Anne, de ocho años, y Moisés, de diez, y un huésped interrumpieron bruscamente su cena. La tardanza de los Kurt irritó a los soldados, que empezaron a dar patadas a la puerta, intentando echarla abajo.

El huésped, recibido en el seno de la familia la noche anterior, no sabía cómo reaccionar. Temía que la policía le estuviera siguiendo la pista. Pero Abraham y Rebeca fueron asaltados por otro temor. Angustiados, pensaban obsesivamente en el momento en que los deportarían desde Alemania, como plantas arrancadas del suelo sin amabilidad y sin sus raíces. Con frecuencia llegaban noticias de que los nazis estaban transportando judíos en trenes de ganado hasta Polonia. Vecinos alemanes los ayudaban en secreto con los pocos alimentos que les sobraban, pero el cerco se estaba cerrando rápidamente. Tropas alemanas que volvían del este traían noticias que hacían estremecer el alma: judíos tratados como animales, guetos, esclavitud en los campos, ejecuciones sumarias.

Rebeca, al oír los violentos golpes en la puerta, tuvo un ataque de nervios, se le contrajo el estómago y regurgitó el agua que acababa de beber. Ésta le invadió la tráquea y le produjo un ataque incontrolable de tos. En un esfuerzo casi sobrehumano, intentó contenerlo apretándose la boca con la mano derecha, mientras el líquido le corría entre los dedos y ella se lo limpiaba con una servilleta de tejido blanco. En ese momento había que mantener el control. Pero ¿cómo? Rebeca era una mujer guapa y fuerte, aunque últimamente el insomnio la castigaba con arrugas en torno a sus ojos verdes.

—¡Dios mío! ¡Ha llegado la hora! —dijo, cuando se le pasó el ataque de tos.

Pero Abraham Kurt, tomándola de las manos, intentó calmar su indisimulable ansiedad.

—¡Calma, Rebeca! ¡Calma! Voy a abrir la puerta. —A continuación, gritó a los que querían derrumbarla—: ¡Esperen! ¡Ya voy! ¡Ya voy! —E hizo una señal a sus hijos para que se escondieran en la parte baja de la vitrina en la que guardaba sus principales libros jurídicos. Parecían que hubieran sido entrenados para esa ocasión. El huésped también obedeció la señal y rápidamente se ocultó en el despacho de la casa.

El doctor Kurt, judío, abogado de renombre, vivía en la casa más hermosa del barrio, en un frondoso terreno de 2.300 metros cuadrados, alejado del centro de la bonita Frankfurt. Anne y Moisés tenían muchos amigos rubios y de ojos azules. No entendían por qué les habían prohibido asistir a la escuela. Con sus amigos alemanes se reunían clandestinamente: se juntaban para jugar, esconderse detrás de los árboles y tirarse agua los unos a los otros en la fuente de la parte trasera de la casa. Los niños no tenían noción de que Europa ardía en llamas.

El huésped estaba profundamente afligido. «Seguro que me descubren», pensó. Intentaba controlar su ansiedad, pero era imposible. Su mente se había convertido en un torbellino de ideas y preocupaciones. Era un forastero en el seno de aquella familia, pero había sido recibido con gran solidaridad. Seis horas antes, había tenido una franca conversación con el señor Kurt, un hombre abierto, afectuoso, dotado de una inteligencia poco habitual.

—No entiendo, señor Kurt, ¿por qué usted y su familia aún no han sido capturados por los nazis? —preguntó el invitado.

—Muchos jueces judíos colgaron la toga, se pusieron el manto de la humillación, fueron tratados como criminales. Brillantes abogados judíos también han sido expulsados de los foros con un coro de abucheos. Algunos tienen que trabajar en establos para ganar algo de dinero y sobrevivir. Y de éstos, los que han tenido suerte han emigrado. Los que no lo consiguieron, fueron deportados a Polonia, incluidos mis padres y mis hermanos —dijo, con semblante entristecido y lágrimas en los ojos—. En cuanto a mí, como soy conocido internacionalmente por mi lucha por los derechos humanos, he sido útil para el Tercer Reich.

—¿Cómo? —indagó el huésped, curioso.

—Me han obligado a enviar mensajes a las instituciones de Europa hablando sobre la preservación de los derechos humanos en Alemania.

—Pero ¡si eso es mentira! —afirmó el hombre, perturbado.

—Sí, pero me obligan a firmar los artículos que me traen, mientras me apuntan con un revólver. Además, negarme a firmarlos sería la sentencia de muerte para Rebeca y mis hijos. Pero no hay forma de esconder que el gobierno de Hitler viola las libertades individuales. En cualquier momento se desharán de mí.

—¿Y qué es lo que hace actualmente? ¿Cómo sobrevive?

—Desde 1938 no puedo trabajar como abogado, dejar el país ni la ciudad. Vivo en una especie de cárcel privada. En los últimos tres años, hemos sobrevivido de los bienes que conseguí vender antes de la Noche de los Cristales Rotos, en noviembre de 1938, cuando destrozaron los escaparates de las tiendas judías y saquearon sus propiedades, incluida la tienda de mis padres. Subastaron los bienes y quemaron las sinagogas. Fue el principio del fin de los judíos que vivían en Alemania.

—¿Tuvo lugar alguna protesta? —cuestionó el huésped, curioso.

—¿Alguna protesta? ¿Está bromeando? Dos años después de que Hitler se convirtiera en canciller, su cuerpo jurídico elaboró las Leyes de Núremberg, que impedían las bodas de judíos y alemanes e incluso las relaciones sexuales entre ellos. Como militante en pro de los derechos humanos, intenté protestar, pero…

El señor Kurt interrumpió su charla, conmovido. El visitante, ansioso, quería saber qué ocurrió, pero tuvo que esperar a que él se recobrara.

—Proclamé: «¡Somos judíos! ¡No somos animales! ¡Somos humanos! ¡Pertenecemos a la misma especie que los arios!». Y, osado, escribí un artículo que tuvo impacto internacional.

Una pausa más. El huésped esperó.

—La venganza no tardó en llegar. Algunos miembros de las SS me detuvieron cuando iba por la calle. Me quitaron la ropa, me tiraron al suelo, me dieron patadas, me golpearon y dijeron: «¡Nunca te compares con los animales! ¡Tú eres inferior a ellos!». Y posteriormente, me emborracharon y me soltaron desnudo en el centro de la ciudad. No me mataron por fuera, pero sí por dentro, pues sabían lo que yo representaba en el medio jurídico. Los discípulos de Himmler ya no toleraban que un activista judío interfiriera en la tesis de la purificación de la raza aria.

—Pero ¿no se dieron cuenta del monstruo que se estaba gestando? ¿Por qué no emigraron?

—Por un lado, debido a la pasión por mi pueblo; por otro, debido a un error de cálculo de riesgos. ¿Cómo podría yo haber supuesto que un desacreditado jefe de un partido periférico, un conspirador contra una sociedad democrática, un escritor de segunda de un panfleto como *Mein Kampf,* un defensor de tesis ultranacionalistas, prosperaría durante mucho tiempo en los suelos de la culta Alemania?

El señor Kurt, otros intelectuales y no pocos políticos alemanes éticos y comprometidos con el país realmente calcularon mal el ingenio del Hitler, Goering, Himmler, Goebbels... El ataque sorpresa era el arma más poderosa de Adolf Hitler. Como un hambriento felino, mordía rápidamente la garganta de sus presas y las asfixiaba, sin darles la posibilidad de defenderse, tampoco a los países que dominó.

—Viví mi infancia en esta calle, me aventuré en mi adolescencia en esta ciudad, soñé mis más hermosos sueños en esta patria. Siempre he amado Alemania y la he considerado el mejor lugar del mundo para vivir. Ni en mis peores sueños pensé que un día sería considerado como un gusano que había que aplastar, una raza inferior... Los terremotos nos sorprenden —dijo metafóricamente, no como abogado, sino ahora como un simple ser humano.

Mientras por la mente del huésped pasaba rápidamente la película de la conversación que horas atrás había mantenido con el señor Kurt, éste ya había abierto la puerta a los verdugos de las SS e intentaba negociar con ellos. Anne y Moisés, amedrantados, intentaban mantenerse quietos, una tarea difícil para dos niños. Sus padres ya los había prevenido de que algo podría ocurrir, pero para protegerlos no les revelaron los detalles. El señor Kurt intentó invocar la Constitución del país, pero Alemania vivía bajo un régimen de excepción. Las leyes servían al dictador y no el dictador a las leyes.

Al invocar sus derechos constitucionales, le golpearon en la cara y en el vientre y lo empujaron violentamente, haciéndolo caer en el salón. Rebeca intentó socorrerlo, pero ambos fueron tratados sin piedad.

—¿Dónde están los niños? —preguntó el jefe de la misión, el oficial de las SS que lideraba a los diez soldados cazadores de judíos.

—¡Ya no están aquí! —afirmó el señor Kurt.

—¿Y el hombre al que hospedáis?

—No sé de quién me habla.

Un golpe más en la cara, ahora acompañado de un gran estallido. El jefe de la misión dio órdenes para que los agresivos policías de las SS rebuscaran por toda la casa. Eran cinco jóvenes, pero no los encontraron. La pequeña Anne vio por una rendija los horrores que estaban ocurriendo en el salón. Cuando se dio cuenta de que se estaban llevando a sus padres, no aguantó más, olvidó todo lo que les habían enseñado y reaccionó como cualquier niño ante el abandono. Moisés intentó contenerla, pero no le fue posible. Ella abrió la puerta y, sumida en llanto, gritó:

—¡Mamá! ¡Papá! ¡No nos dejéis!

Rebeca amaba intensamente a su hija, pero su voz era lo que menos quería escuchar en ese fatídico momento. Tras pronunciar esas palabras, la pequeña Anne salió a su encuentro y la abrazó. Moisés también salió del armario y corrió hasta sus padres. Y, con una valentía que sólo un niño inocente posee, se atrevió a intentar librarlos de las manos de los soldados. Viendo al pequeño judío tocar sus brazos arios, un policía de las SS, que no tendría más de veinte años, le dio una bofetada y lo lanzó lejos. Cuando iban a golpearlo, el señor Kurt imploró al jefe de la misión:

—Por favor, es sólo un niño.

El hombre ordenó al policía que se contuviera. En seguida, el padre se acercó a Moisés y lo abrazó cariñosamente.

—Cariño, gracias por ser tan valiente. No tengas miedo.

El niño sangraba levemente por la nariz. El padre lo limpió con su bonita camisa blanca de algodón de sus tiempos gloriosos como abogado.

—No te preocupes, niño, vosotros también haréis el viaje —dijo el líder del grupo con sarcasmo.

Las SS eran las responsables de aplicar las políticas raciales del Tercer Reich, el exterminio en masa de judíos. Bajo el manto de la insensibilidad, el dolor de los niños no les quitaba el sueño, ni les conmovía, ni les revelaba que estaban en la última fase de la psicopatía.[102]

Allí fuera los esperaban camiones abarrotados de judíos asustados. Antes de subir en el convoy, el oficial de la misión comprobó los datos que tenía en el vehículo relativos a la casa de los Kurt y, con furia, volvió a preguntar:

—Se nos ha informado de que han recibido a un visitante. ¿Dónde está?

El señor Kurt hizo un movimiento rápido con la cabeza negando que hubiese nadie. El oficial lo tomó de los hombros y lo sacudió, diciendo:

—No me mientas o todos moriréis.

Pero el abogado guardó silencio. Ordenaron un nuevo registro de la casa y los jardines y no encontraron nada. Los padres y los hijos fueron empujados dentro de un camión cubierto por una lona. La familia, la «célula madre» que Hitler prometió defender en su primer discurso por la radio, era rota en mil pedazos. El Führer no sólo destruyó judíos, sino también la psique de todos los alemanes que aún conservaban un poco de sensibilidad. Tras participar o asistir a esos espectáculos sombríos, nadie más estaría plenamente vivo, a pesar de que su cuerpo no estuviera muerto…

De repente, un policía que había hablado con los vecinos del señor Kurt le dijo al oficial que habían visto a un extraño en la casa hacía poco más de dos horas. El oficial, en un ataque de furia, mandó bajar a toda la familia. Pero en esa ocasión, astuto, preguntó a los niños:

—¿Hay otra persona escondida en la casa?

Con la cabeza baja, los dos la movieron, negándolo. Pero, feroz, el policía indicó a los policías que apuntaran con las armas a la cabeza de sus padres.

—Voy a contar hasta tres, si no nos lo decís, vuestros padres morirán. Si decís la verdad, os soltaremos. —Y para espanto de los que estaban cerca, contó entre gritos—: Uno, dos…

Anne, temblando, cedió:

—¡Sí!

—¿Dónde? ¡Vamos!

Al ver a sus padres amenazados por un revólver, dijo llorando:

—En… el despacho… de papá.

Pero no tuvieron que entrar de nuevo en la casa para registrarla. El huésped salió a su encuentro, vistiendo la ropa de un oficial de las SS. Había oído la trampa que el oficial les había puesto a los niños y sabía que Anne sería la primera en ceder. Todos se quedaron perplejos con su aparición. Apuntándolo con el arma, el oficial le preguntó:

—¿Qué ropa es ésa? —Y los demás policías lo agarraron brutalmente, mientras su jefe le volvía a plantear la pregunta—: ¿De dónde has robado ese uniforme?

228

—Suéltenme o serán castigados. Serán todos fusilados.

—Pero ¿quién es usted?

El huésped, liberándose de sus manos, les mostró unos documentos.

Uno de los soldados se los quitó de las manos y se los entregó al oficial, que los leyó, atónito. Pero el inhumano jefe de la misión era una persona con experiencia.

—El documento parece legal, pero tú eres una copia barata de la raza aria. Tu cara de judío lo niega. —Y gritó—: ¡Es un espía judío! Matadlo.

Pero cuando iban a dispararle, el desconocido, en lugar de intimidarse, reaccionó con gran autoridad. Dijo algo que perturbó al señor Kurt y dejó confuso al oficial de las SS:

—¿No sabe que el poderoso Reinhard Heydrich también tiene apariencia judía? Himmler, Adolf Eichmann, Otto Fegelein, el señor Ernest Kaltenbrunner se enterarán de esta infamia. Estoy aquí en misión secreta para investigar a esta familia.

El oficial se sintió inseguro ante esos nombres; no los conocía a todos. Había oído hablar de Heydrich, del general Kaltenbrunner y del poderoso líder supremo de las SS, Himmler, pero no los conocía personalmente.

—Si me hacen daño, se someterá a un consejo de guerra —dijo el extraño, mirando fijamente a los ojos al oficial.

De repente, miró hacia el camión y lo vio lleno de pequeños niños y niñas, de madres, padres y ancianos. La escena le rompió el corazón. Se emocionó tanto que apretó los ojos para contener las lágrimas. Intentando disimular sus sentimientos, se acercó al señor Kurt y a su mujer y gritó:

—¡Respeten la gran Alemania!

Pensando que se estaba refiriendo a la contaminación de Alemania por los judíos, el oficial apuntó con el arma a los padres de Anne y Moisés. Pero el desconocido intervino vehementemente:

—Respetar la gran Alemania es respetar la honestidad de sus ciudadanos. ¿Es usted honesto, oficial?

—Sí, claro que lo soy.

—¿El mayor poder de un ser humano está en las armas o en las palabras?

—Bueno, yo… —dijo titubeando, pero antes de completar su idea, el extraño lo interrumpió.

—El Führer diría en las palabras. ¿Nunca ha oído sus discursos?

Recordando los largos discursos de Adolf Hitler que escuchaba en la radio, el oficial reconoció que era en las palabras.

—He oído la propuesta que les ha hecho a estos niños. Ellos han sido sinceros al responder a su pregunta. Ahora, salve a esta familia, cumpla su palabra si respeta la gran Alemania.

—Pero son judíos… —dijo el oficial, alterado.

Pero entonces, aquel osado hombre lo sorprendió aún más.

—Con ese comportamiento jamás ganará una Espada de Honor de las SS, un Anillo de Honor, una Cruz de Mérito de Guerra, ni siquiera una Cruz de Hierro de segunda clase.

El oficial se quedó impresionado con su conocimiento sobre los premios de las SS. Anhelaba esos galardones y soñaba ansiosamente con ganar uno de ellos. No podía correr el riesgo de manchar su historial.

—Los padres van al camión. Los niños se pueden quedar, por lo menos por ahora. Señor… —Y mirando su documentación, dijo el nombre del forastero—. Señor Julio Verne.

Julio seguía escoltado en la cabina del camión mientras verificaban sus palabras y su identidad. Mientras el camión circulaba por la pista llena de agujeros y a medida que sacudía su cuerpo, él miraba a sus compañeros de viaje y sentía que su mente

230

iba a estallar. Sabía cómo iban a tratar a aquellas pobres criaturas en breve. Dos kilómetros más adelante, fue presa del pánico. Como un loco, aun sabiendo que podía ser fusilado de inmediato, gritó sin parar que el camión se detuviera. Si no intentaba salvarlos, ya estaba muerto.

—¡Paren! ¡Paren el camión! ¿Qué especie es esta que asesina a sus propios hijos? ¡Paren!

Julio Verne se debatía en la cama desesperadamente. Jadeante, completamente desesperado, de repente se despertó de una pesadilla más. Otra vez sintió cómo la historia latía en sus arterias. En esta ocasión, no se acobardó ni se lo recriminó, pero parecía que estuviese sufriendo un infarto. Katherine, al verlo tan agitado, trémulo y con escalofríos, lo abrazó e intentó calmarlo. Sintió como su sudor le mojaba la piel. La habitación del hotel se hizo pequeña para contener tanta emoción. Sentado en la cama, se pasó las manos por el pelo y, angustiado, dijo:

—Yo estuve allí, Kate. Yo conocí a los niños.

—Julio, cálmate. Ha sido otra pesadilla.

—No, Kate, ¡yo conocí a Anne y a Moisés Kurt!

—¿A quiénes?

—Los dos niños que me enviaron la carta. Entonces, ella se acordó, asustada, de algunas de sus frases:

Querido tío Julio Verne,

Puedes estar tranquilo, la señora Fritz ha dicho que cuidará de nosotros mientras papá y mamá están en Polonia… Después de que salimos de nuestra casa, hicieron una subasta con todo lo que teníamos… También se llevaron nuestros juguetes y nuestra ropa. Anne llora mucho. Lo hemos perdido todo. No entiendo por qué nos odian… Anne y yo los echamos mucho de menos… Éste va a ser el invierno más triste de nuestra vida. Gracias por habernos ayudado.

Un beso de Moisés y Anne Kurt

Tras una larga pausa, Julio comentó:

—Anne era inteligente, cariñosa, sensible. Moisés era gordito, guapo, valiente.

Y le contó lo que había soñado. Tras el sorprendente relato, Katherine empezó a bombardearlo a preguntas. Pero él la interrumpió.

—Por favor, Kate, no me pidas explicaciones. No las tengo.

Ella, viéndolo confuso, impresionado e incluso taquicárdico, rezó la oración de los sabios: el silencio… Sólo el silencio era capaz de contener las innumerables dudas que saturaban sus mentes.

## 15

## EL MAESTRO DE LOS DISFRACES:
## SEDUCIENDO RELIGIONES

La última pesadilla y los extraños hechos que rodeaban a Moisés y Anne resucitaron el temor de Katherine de que el hombre que había elegido para compartir su historia pudiera estar sufriendo una enfermedad mental. Estaban en un cómodo hotel pagado por el gobierno, donde les servían las comidas en la misma habitación. Julio, aturdido, esa mañana no consiguió desayunar. A principios de la tarde intentó comer. Se metió una cucharada en la boca, pero no sentía el sabor de los alimentos como antes. Por la noche, su cuerpo le rogaba nutrientes, pero su angustiada emoción continuó suprimiendo su placer de comer. Mente y cuerpo disputaban en la arena de su estresado cerebro.

—No puedes seguir así, Julio. Tienes que alimentarte, si no, tu sistema inmunitario se va a debilitar.

—Lo sé, Kate, pero no soy dueño de mi cuerpo —dijo él, sintiéndose impotente.

—Pero tú puedes y debes proteger tu emoción. A fin de cuentas, tienes un gran compromiso esta noche. Billy vendrá más tarde con una escolta de policías.

Rara vez se alejaban de los alrededores del hotel donde se hospedaban. Como estaban bajo fuerte protección policial, sólo salían escoltados, algo que los incomodaba. Aunque un tanto desnutrido, para Julio esa noche sería un desafío complejo e inaplazable. El famoso profesor siempre recibía invitaciones de diversas instituciones para dar conferencias, pero debido a la implacable persecución, las rechazaba casi todas. La recomendación era que evitara al máximo exponerse públicamente. No obstante, no pospuso el compromiso de ese día, a las ocho de la tarde. A fin y al cabo, era el Primer Congreso Internacional sobre Tolerancia, Solidaridad y Paz Social, patrocinado por las más importantes religiones del planeta. Hablaría ante un público al que jamás se había enfrentado: líderes católicos, protestantes, musulmanes, judíos, budistas, brahmanistas y decenas de religiones más.

En un gesto muy noble, los líderes de las más diversas religiones habían decidido crear una asociación internacional para promover la fraternidad, la inclusión social, el respeto incondicional, en un mundo en el que los prejuicios afloran, el terrorismo se propaga, los representantes de las diferentes religiones se agreden, los partidos políticos se pelean y los países compiten ferozmente por el mercado. Querían poner fin a todo tipo de terrorismo. Era el primer gran evento de la nueva agrupación. Habría 411 líderes de los más diversos países, todos de gran nivel cultural y con extraordinaria influencia social. También participarían jefes de Estado.

Julio Verne era uno de los conferenciantes. Esperaban que el enigmático profesor hablara sobre la intolerancia, la exclusión racial y la relación de Hitler con la religiosidad. Un tema interesante, pero él estaba inicialmente distante, tenía ganas de aislarse; antes de hacer cualquier contribución al mundo, quería intentar reorganizar su pequeño y perturbado mundo.

Billy apareció a las siete y cuarto de la tarde, como había avisado. Como tenían que recorrer calles con mucho movimiento, partieron en un coche blindado. Billy iba en el asiento delantero, con un conductor experimentado, también policía. Katherine y Julio iban atrás. Cuatro policías más los acompañaban en otro vehículo.

El profesor no tardó en sentirse otra vez inquieto. Durante el trayecto, apareció un coche a toda velocidad, que por un momento se puso paralelo a ellos. En el asiento de atrás iba un joven de unos veinticinco años, rubio, bien peinado, de estilo militar, que hizo un gesto con las manos como si estuviera apuntando a Julio con una arma. Él lo miró a los ojos y se asustó: parecía el oficial con el que había soñado la noche anterior, el que estaba en la casa de los Kurt, encargado de deportar a las familias a Polonia.

Se frotó los ojos para ver si no era un espejismo. De repente, en lugar de avanzar, el coche redujo la velocidad de nuevo y el conductor quedó lado a lado con el profesor. Ambos se miraron. Un ataque de miedo más. Parecía el hombre que casi lo había matado la mañana siguiente a la primera pesadilla, el supuesto Heydrich. Y, por increíble que sonara, era muy parecido al mismo personaje de la historia. A continuación, el conductor aceleró sin causar ningún alboroto, al menos en aquella breve chispa de tiempo.

Julio pensó para sí que una mente estresada es capaz de imaginar cualquier cosa. A continuación, comentó con Katherine:

—No estoy bien. Me ha parecido ver al verdugo de mi última pesadilla en el coche que acaba de pasar por nuestro lado.

Billy lo oyó.

—¿El verdugo de la última pesadilla? ¿Qué sucede, profesor?

No podía explicárselo. El inspector lo internaría.

Muy preocupada, Katherine intentó una vez más calmarlo.

—Sabes que los sueños, aunque intenten traducir una realidad, son meras construcciones virtuales.

—Claro que lo sé. La imaginación no se materializa... —Y,

abatido, admitió—: Pero puede que esté realmente enfermo. Lo que construyo en mi mente es lo que estoy queriendo ver. Pero lo increíble es que el conductor que casi me mata hace tiempo estaba conduciendo ahora ese coche. Y él no es virtual.

Entonces, el conductor del vehículo en el que iban lo interrumpió:

—Yo he notado algo raro en ese coche. Me ha dado la impresión de que el pasajero del asiento trasero ha hecho un gesto con la mano izquierda, como si fuera un arma.

Julio se sintió aliviado, por lo menos todo aquello no era fruto de su imaginación. Pero eso no resolvía el problema. Sin embargo, Billy intentó tranquilizarlos.

—Recuerde, este vehículo está blindado. Y ya he avisado al coche que nos acompaña que estén alerta. Tal vez fuera mejor no acudir a la conferencia.

—No. Tengo que ir.

De repente, siguiendo órdenes de Billy, el coche que los llevaba, así como en el que iban los policías que los acompañaban dieron un giro brusco y cambiaron de ruta. Siguieron un trayecto inusual para ir al teatro. No hubo más sorpresas.

Llegaron al local solamente dos minutos más tarde de la hora señalada para la conferencia, una herejía para los británicos. Fueron recibidos con entusiasmo por Dorothy y por los demás organizadores del evento, pero el profesor estaba visiblemente pálido. En seguida lo condujeron al escenario. Pero incluso desconcentrado, seguía siendo provocador, como siempre. Para empezar, planteó la pregunta más obvia del mundo, casi sin sentido, dada la naturaleza de su público.

—¿Quién cree en Dios, de la forma que sea?

Todos levantaron la mano.

—¿Quién considera vergonzosas las acciones de Hitler?

La pregunta era más obvia aún, con un cierto sabor a ingenuidad, aún más por el nivel intelectual del público. Todos levantaron la mano.

Julio los miró prolongadamente y, sin medias palabras, les golpeó.

—Discúlpenme, pero muchos religiosos como ustedes, personas del más alto nivel y con las mejores intenciones humanitarias, apoyaron a Hitler en aquellos terribles tiempos.

Atónitos, los líderes se preguntaron:

—¿Cómo puede ser eso? ¡Imposible! ¡Jamás!

Entonces, el maestro hizo otra pregunta:

—Si ustedes hubieran vivido en la Alemania nazi y hubieran dispuesto sólo de información limitada sobre las atrocidades que Hitler cometía, ¿se habrían resistido a su poder e influencia?

Todos se quedaron callados. Katherine consideró que Julio había tenido poca delicadeza con aquellos respetados hombres. Pensó que aún debía de estar bajo los efectos de su última pesadilla. Sabía que una mente depresiva reducía su tolerancia, puede que eso fuera lo que le estaba ocurriendo a su marido. Él miró a su público y, como odiaba la pasividad, los provocó:

—Por favor, intervengan, discutan y debatan cuando y como quieran sobre mi charla.

—Sabemos que algunos importantes religiosos guardaron silencio, pero creer que apoyaron a ese fanático es distinto —comentó el señor Teo, un obispo de la Iglesia anglicana.

—¡Sí! Creer que un líder religioso no sólo guardara silencio sino que también apoyara a Hitler es inaceptable —afirmó James, un teólogo católico romano.

Ante eso, Julio Verne, sin decir nada, se metió la mano en el bolsillo derecho y sacó una carta escrita por religiosos elogiando a Hitler. El público se escandalizó:

[...] Usted, mi Führer, ha conseguido eliminar el peligro bolchevique del país y ahora llama a nuestro pueblo y a los pueblos de Europa al enfrentamiento decisivo contra el enemigo mortal de toda la cultura cristiana occidental [...] El pueblo alemán —y, como él, todos sus miembros cristianos— se lo agradece...

Que Dios Todopoderoso esté a su lado y al lado de nuestro pueblo, haciendo que salgamos victoriosos contra el enemigo doble que debe ser blanco de nuestra voluntad y nuestros actos. La Iglesia alemana recuerda en este momento a los mártires religiosos del Báltico de 1918, el sufrimiento anónimo provocado por el bolchevismo, como hizo con los pueblos que estaban bajo su dominio [...] y reza con usted y con sus valientes soldados [...] para que bajo su liderazgo haya un nuevo orden y que llegue a su fin toda la destrucción interna, toda la profanación de lo sagrado, todo ataque a la libertad de conciencia.[103]

Al escuchar el contenido de esa carta, los participantes en el congreso se miraron entre sí boquiabiertos; no conseguían creer en su veracidad.

—Seguramente no fue ningún importante líder religioso el que la redactó, sino algún fanático sin instrucción —apuntó el señor Teo.

Pero el profesor Julio Verne replicó:

—Discúlpeme, pero la carta fue escrita por el Consejo Eclesiástico de la Iglesia alemana. Y firmada por Maharens, Schultz y Hymmen el 12 de julio de 1941.

Los líderes religiosos se preguntaban unos a otros:

—¿Cómo pueden destacados religiosos haberle escrito esas palabras a Hitler? ¿Cómo pueden suplicar que el Todopoderoso esté al lado del mayor asesino de la historia?

—Aunque Hitler disimulara y la Conferencia de Wannsee en Berlín, presidida por Heydrich, que daría paso a la Solución Final de la cuestión judía, ocurriera seis meses después, en enero de 1942, no hay disculpa para estos religiosos. Tal vez no supieran de los campos de concentración, pero los pogromos de judíos, las leyes de Núremberg, la Noche de los Cristales Rotos y muchas otras barbaridades ya habían ocurrido a la vista de todos.

Y el profesor continuó:

—El apoyo de esos líderes religiosos alemanes a la guerra contra Rusia es emblemático. El bolchevismo ruso, capitaneado por Lenin, había eliminado el derecho de expresión, incluso la libertad religiosa. Mataron a los líderes religiosos, prohibieron rituales, silenciaron voces. Cuando Hitler invadió Rusia, esos miembros destacados de la Iglesia recordaron los sufrimientos de sus pares y, con una jactancia ciega, apoyaron la invasión. Reaccionaron como cualquier ser humano, movidos por la acción-reacción. Nutrieron la violencia con la violencia. Esos cristianos, que decían seguir a Jesús, traicionaron el pacto de tolerancia y solidaridad que él proclamó en el Sermón de la Montaña y que refleja las más extraordinarias tesis pacifistas —afirmó el profesor de historia, que, a pesar de ser judío, conocía muy bien la historia de Jesús.

El público se quedó nuevamente atónito.

—Yo soy budista y estoy de acuerdo con su pensamiento —dijo Herbert, un importante líder religioso—. Conozco el libro sagrado de los cristianos y me sorprende su apología de la mansedumbre, que es totalmente contraria no sólo al nazismo, sino al propio instinto humano. «Bienaventurados sean los mansos, porque ellos heredarán la tierra. Si alguien te golpea una mejilla, pon la otra…» Quienes heredan la tierra en su sentido más figurado no son los que ejercen el poder, la presión o la coacción, sino los que poseen paciencia. Desgraciadamente, algunos religiosos de la época de Hitler lo negaron.

Los líderes, en especial los cristianos, se quedaron impresionados ante tales conclusiones, aún más por ser expuestas por un profesor de origen judío y por un líder budista. Hicieron una introspección y empezaron a reflexionar sobre la historia y también sobre sus propias historias. Hitler odiaba el marxismo, pero para invadir Polonia y no abrir otro frente de guerra, tenía que firmar un tratado de no agresión con Rusia, que también tenía frontera con Polonia. Dos años después de invadir este país, Hitler traicionó ese tratado. Mientras Rusia enviaba cargamentos de alimentos en ferrocarril a Alemania, Hitler estaba invadiendo su territorio por tierra astutamente.[104] Stalin no confiaba en Hitler, pero no se imaginaba que fuera a romper tan rápidamente el tratado germano-ruso.

Youssef, un líder musulmán, sentado en la parte central del anfiteatro, interesado en conocer el carácter de Hitler, intervino con una cuestión:

—¿Hitler tenía una personalidad firme? ¿Se mostró titubeante en algún momento?

—¡Sí! Antes de invadir Polonia, dudó varias veces, tenía insomnio, estaba ansioso, afligido, temía la reacción de Inglaterra, Francia, Estados Unidos y otros países. Pero como un vampiro social, a medida que tenía éxito en sus campañas, se hacía más fuerte, osado, megalomaníaco.

—Sabemos que Hitler sentía una gran admiración por Napoleón Bonaparte. ¿La derrota de éste al intentar invadir Rusia no frenó su ambición geopolítica? —indagó Thomas, un teólogo protestante.

—El sueño de muchos admiradores es superar sus mitos. Hitler no quería cometer los mismos errores que Napoleón. Estratega, prefería, como siempre, los ataques relámpago, cargados de sorpresas. Usó uno de los mayores aparatos militares de la historia: tres millones de soldados, tres mil tanques, siete mil cañones, siete mil aviones. En veinticuatro horas, destruyó mil quinientas aeronaves rusas. Todo indicaba que saldría victorioso. Para ese psicópata, los pueblos eslavos eran una raza inferior, no merecían crédito ni sentimientos.[105]

»Contrariando a sus estrategas, Hitler dividió sus tropas en tres frentes para dominar Leningrado, Kiev y Moscú. Esperaba tardar cuatro meses, antes de la llegada del invierno, en lograr que la gran Rusia capitulara. Pero desconocía las fuerzas de la naturaleza. El avance, que debía ser rápido, no tardó en encontrar grandes obstáculos: el hambre, la falta de carreteras, la diarrea (había soldados que tenían treinta episodios de diarrea al día), el tifus, los piojos, las lluvias torrenciales y el fango, que se pegaba como cola en las máquinas alemanas. Y, por fin, debido a la resistencia rusa, la campaña se retrasó y el crudo invierno llegó. El poderoso ejército alemán vivió sus peores días. Los «demonios», los habitantes del país, que frenaron a Napoleón y que los alemanes intentaron ingeniosamente exorcizar los sorprendieron. Siguiendo órdenes expresas de Stalin, los agricultores y los habitantes de aldeas y ciudades usaban la estrategia de la «tierra arrasada»: quemaban todo lo que se podía comer o que el ejército alemán podía usar y se marchaban.

—Pero esa guerra fue un suicidio colectivo —expresó Thomas.

—Fue un verdadero suicidio para los jóvenes alemanes. Las acciones revelan el corazón. Hitler nunca amó a la juventud alemana y mucho menos a la raza aria, como intentaba demostrar en sus discursos. Cientos de miles de jóvenes alemanes fueron lanzados sin preparación a la intemperie. Sirviendo a las ambiciones de un hombre, murieron fuera de su patria. Como vasallos de los generales nazis, muchos ni siquiera sabían los verdaderos motivos por los que sucumbían en una lucha desesperada. No pocos de aquellos chicos deliraban a las puertas de la muerte, llamando a sus padres.

Hariri, un líder hinduista, sintiéndose libre para exponer sus ideas, comentó:

—En su lucha por destruir el socialismo ruso, el líder de Alemania se olvidó de los niños que jugaban en ese país, de los adolescentes que soñaban, de las madres que amaban. Y se olvidó también de las dificultades para dominar el indomable impulso humano de libertad.

—Al invadir Rusia y otros pueblos, Hitler se inspiró en el pasado de Inglaterra, que dominó países enteros, en especial la India, un enorme territorio, con un número muy reducido de efectivos en relación con los habitantes locales —comentó el profesor.

Comentó también que el desastre estratégico de la invasión de Rusia fue el principio del fin de Hitler. En la guerra, el sentimiento se embrutece; en la guerra nazi, se transformaba en piedra. Los soldados alemanes se volvían despiadados cuando se encontraban con judíos rusos.

—¿Cómo pueden los hombres abatir a sus semejantes sin mirarlos siquiera a los ojos? ¿Qué mentes son esas que se niegan a ver el dolor latente de personas inocentes? —preguntó Jack, otro líder protestante.

Un rabino judío, Joseph, uno de los grandes estudiosos de la Torá, respondió por Julio Verne:

—Al principio, los judíos, hombres y mujeres, eran escoltados hasta los bosques llevando palas y, sin saber lo que iban a hacer allí, cavaban sus propias tumbas. Pero Himmler, el carnicero de las SS, consideró que el método era demasiado lento. Así pues, cambió de estrategia: empezó a usar las fosas comunes, ante las que asesinaba a familias enteras.

Todos esperaban a que el profesor siguiera hablando, pero él hizo una pausa. Apretando el gatillo de su memoria, recordó la primera de sus recientes pesadillas. Se acordó del padre que había mirado a su hijo a los ojos y de las palabras inexpresables que le dijo para consolarlo.

William, un obispo católico romano, hizo una pregunta que llevó a Julio a disipar las dolorosas imágenes de su mente:

—¿Y con los prisioneros rusos? ¿Hubo una solidaridad mínima para con ellos por parte del ejército nazi?

—La suerte de cientos de miles de prisioneros rusos tampoco fue diferente. El coste de mantenerlos, asociado al hecho de que eran considerados seres de segunda clase, hizo que fueran asesinados o murieran en campos de prisioneros por inanición, enfermedad y frío.

—Usted ha comenzado su conferencia con una carta. ¿Era habitual que Hitler las recibiera? —preguntó el señor Teo.

—Las cartas recibidas por Hitler dependían de su curva de popularidad. En 1925, cuando era un mero propagandista de ideas radicales en ambientes pobres, las cartas cabían en una simple carpeta. En el primer cuatrimestre de 1933, recibió en cambio más de tres mil cartas. Pero aún era un líder poco común y visto con desconfianza. Al final de ese año, el seductor de mentes y corazones había recibido cinco mil cartas. En 1941, con el calor de la guerra y las tensiones sociales, recibió diez mil. Y, a medida que se fue convirtiendo en un tirano derrotado, las cartas empezaron a desaparecer.[106] En su cumpleaños de 1945, el deprimido Hitler recibió muy poca correspondencia y menos de cien personas aparecieron para felicitarlo, la mayoría de las cuales pertenecían a las Juventudes Hitlerianas.

A continuación, sacó otra carta del bolsillo:

La Unión de las Iglesias Libres le envía al señor, mi Führer, la más cordial felicitación por las estupendas victorias del este, con la certeza de que usted, como herramienta de Dios, finalmente acabará con el bolchevismo, con el poder del enemigo de Dios y del cristianismo, asegurando no sólo el futuro de la querida patria alemana, sino también del nuevo orden europeo. Reiteramos nuestras plegarias y nuestra incondicional disposición al sacrificio.

Director Paul Schmidt

Obispo Melle, 25 de agosto de 1941.[107]

Todos los presentes se quedaron de nuevo perplejos al escuchar el contenido de esa carta.

—¿Qué admiración es ésa? ¿Qué fascinación ejercía sobre los religiosos? —comentó Jack, indignado—. ¿Qué osadía lleva a decir que este crápula era la herramienta de Dios?

—Yo he estudiando el asunto —comentó el señor Teo—. Hitler fue considerado como una especie de semidiós por una sociedad debilitada política y económicamente. Por otra parte, Hitler, Goering y Himmler, los principales dirigentes del Partido Nazi, estaban involucrados en prácticas místicas ocultistas y visiones religiosas.[108]

—Incluso Bormann, que se encargaba de las finanzas y del acceso a Hitler, así como Goebbels y Rosenberg sentían una atracción especial por el ocultismo. Goebbels, en especial, se presentaba como el «Mesías de Alemania», el gran timonel de Europa. Era la religión al servicio del Estado.[109]

El profesor comentó también que los comicios del partido se celebraban en una atmósfera casi religiosa.

—Por increíble que parezca, Alemania estaba tan fascinada por Hitler que el prefecto de Hamburgo tuvo la osadía de declarar: «Podemos comunicarnos directamente con Dios por medio de Adolf Hitler». En 1937, un grupo de religiosos ya lo veía como una especie de mesías: «La palabra de Hitler es la ley de Dios».[110]

Y añadió que, en aquel año, más de cien mil alemanes abandonaron formalmente la Iglesia católica. No necesitaban religión, sólo necesitaban seguir a Hitler. Una minoría de adeptos católicos y protestantes era practicante. Los jóvenes habían perdido su conciencia crítica. Raros eran los que tenían opinión propia.

—Y por absurdo que parezca, incluso tras el fin de la guerra, en los Juicios de Núremberg, Baldur von Schirach, el líder de las Juventudes Hitlerianas, seguía sin perder la fe en el mesianismo de Hitler. Fue más lejos que muchos apóstoles de Jesús en sus últimos días. No lo negó, como Pedro.

El público se alborotó; estaban perplejos. Y el profesor continuó:

—Baldur, el líder de las Juventudes Hitlerianas, dijo: «Servir a Alemania es, para nosotros, servir verdadera y sinceramente a Dios; la bandera del Tercer Reich es para nosotros la bandera de Dios, y el Führer es el salvador del pueblo que Él nos envió».[111] Hitler era, por tanto, señoras y señores, más que alguien que unió a los alemanes y ofreció trabajo a las masas; era el guía, el mesías para millones de personas.

Los líderes musulmanes, judíos, católicos, protestantes, ortodoxos, brahmanistas, budistas e hinduistas comentaban unos con otros sobre hasta dónde un líder es capaz de dominar la mente de una sociedad e imponerse como sobrehumano. El arte de la «duda» siempre fue el principio de la sabiduría en la filosofía y Alemania tuvo una de las filosofías más provechosas y maduras, pero la capacidad de dudar fue abortada por la propaganda en masa y por los actos ingeniosamente orquestados por Hitler en el teatro social.

Mientras el público hablaba entre sí alborotado, un joven esbelto, rubio, de ojos azules, que estaba sentado en la última fila junto a la puerta de salida del anfiteatro, empezó a gritarle algo en alemán a Julio Verne. Como solamente algunos de los presentes, entre ellos el propio profesor, sabían alemán, el público no entendía lo que estaba ocurriendo, ni siquiera Billy ni Katherine.

Atónito, el profesor no tradujo el inquietante diálogo para no causar tumulto en la reunión:

—Profesor Julio Verne, he venido de muy lejos para asesinarlo. Pero después de todo lo que he oído hoy en esta reunión estoy confuso y desesperado. He descubierto que nuestra mente está entorpecida por el Führer.

Intentando mantener la calma, el profesor preguntó, también en alemán:

—Pero ¿quién es usted?

—¿Cómo que quién soy yo? Estuvimos juntos en la obra teatral *Hermanos de sangre*.

Julio tragó saliva y dio un largo suspiro.

—¿Obra teatral? Pero ¿qué obra? Nunca lo había visto antes. Dígame quién es usted realmente.

—Haga memoria: soy Alfred, uno de los líderes de las Juventudes Hitlerianas, la mano derecha de Baldur von Schirach.

Al oír esas palabras, el profesor sintió escalofríos. Billy y Katherine estaban entre el público. Sabía que algo no iba bien, pero no sabían qué era. Y, antes de marcharse, el joven, afligido, dijo:

—Nuestra juventud está siendo enterrada viva.

Y se batió rápidamente en retirada, como si estuviera huyendo de un fantasma o firmando su sentencia de muerte por su crítica a Hitler.

Julio se quedó sin aliento. Intentó decir «espere», pero no le dio tiempo.

Estaba en medio de su conferencia y aún tenía algunos asuntos importantes que tratar, pero no sabía cómo tranquilizarse. Los asistentes al evento conversaban unos con otros y preguntaban qué estaba ocurriendo. Nadie entendía nada. Katherine quería acudir a su encuentro, pero él estaba en el escenario, visiblemente preocupado. Julio Verne se disculpó ante su público y pidió un descanso de diez minutos. Su petición fue aceptada. Empezó a temer por la seguridad de los presentes. Necesitaba hablar urgentemente con Billy.

## 16

## LAS LOCURAS DEL III REICH

Durante la pausa, el profesor tradujo el diálogo con el alemán a Billy y a Katherine. El inspector, muy preocupado, rápidamente puso en movimiento a los policías que estaban de guardia. Tras inspeccionar toda la zona, concluyeron que el joven ya no estaba allí y que no había ningún sospechoso, al menos fuera del edificio.

—No lo entiendo. El joven Alfred ha dicho que me conocía.

—Explíquemelo mejor. ¿Dice que estuvieron juntos en una obra de teatro?

—Sí. Y aún ha dicho más, el nombre de la obra, *Hermanos de sangre.*

—¿Y usted participó en esa obra? —quiso saber el inspector.

—No, por lo menos que yo recuerde. Y lo que es aún más espantoso es que ha dicho que la conferencia le ha abierto los ojos, que ha descubierto que la juventud alemana está contaminada. Pero se refería a la juventud de aquella época, de los tiempos del nazismo.

—Por lo que yo sé y por lo que estudié en psicología social sólo ha habido unas Juventudes Hitlerianas en Alemania de 1933 a 1945 —afirmó Katherine.

—Es extraño. Se ha identificado como Alfred, la mano derecha de Baldur von Schirach, el líder de las Juventudes Hitlerianas, el mismo que he citado en la conferencia y que consideraba a Hitler como un mesías en los Juicios de Núremberg.

—Pero no hay nadie en la lista de participantes con ese nombre.

—Parece que me estoy volviendo loco.

—Eso o, profesor, es usted un Indiana Jones de los días actuales, un viajero del tiempo. Renan explica eso —dijo Billy, con una sonrisa, intentando calmar los ánimos.

—¡Billy! —exclamó Katherine.

De repente, llegaron los guardias y le informaron. El sujeto no había sido encontrado, no había ni rastro de él.

—Bien, profesor. Parece que, si había peligro, ya se ha disipado. Si quiere, puede continuar con su conferencia —comentó el inspector.

Julio ponderó, amedrentado:

—Es la primera vez que los principales líderes mundiales de las más diversas religiones se reúnen para promover la paz, la tolerancia y la inclusión social. ¡Imagine las consecuencias de un atentado aquí! No se reunirían más. La humanidad perdería una gran oportunidad de respetar las diferencias y desactivar el terrorismo y sus disputas.

Katherine vio el miedo en la cara de su marido, pero pensando en su salud mental, consideró que sería mejor que continuara con su exposición.

—Recuerda lo que dices: «Quien no tiene miedo es irresponsable. El valor no es la ausencia de miedo. Es su control». Domínalo y continúa con tu conferencia. Explicar lo que está ocurriendo sólo generará más alboroto. Ni nosotros mismos lo entendemos. Hablarles a estos líderes es un privilegio; incluso presidentes de países quisieran tener la oportunidad de hacerlo. Intenta ser breve.

En ese momento, el profesor, y no su marido, entró en escena.

—Kate, ¿cómo podría ser breve en una conferencia de esta

envergadura sin caer en la superficialidad? ¡Muchos de estos hombres y mujeres son más cultos que yo en varios campos! Tienen hambre y sed de conocimiento. —Sin embargo, respirando profundamente, intentó escucharla—: Pero voy a intentarlo.

Billy garantizó que reforzaría la seguridad, que alertaría a todos los policías de que intervinieran ante cualquier gesto sospechoso. Julio, más tranquilo, volvió al escenario y se esforzó por mostrar el mismo entusiasmo. Necesitaba que lo bombardearan a preguntas para animarse, lo que no tardó en llegar.

Nancy, una teóloga de la Iglesia anglicana, tras oír sus primeras palabras, rompió el clima de aprensión.

—Es sorprendente que un hombre tosco, grosero y radical fuera capaz de seducir a una de las sociedades más cultas de la historia. ¿Qué técnicas usó Hitler que podrían ser usadas por otros líderes para flirtear con otras sociedades en crisis, incluso con instituciones religiosas?

—El ser humano, cuando tiene un brote psicótico nunca delira diciendo que es un personaje anónimo de la sociedad, como un barrendero. Se proyecta siempre como un icono social, como un famoso presidente, un rey, un dictador o hasta una figura religiosa destacada. La sociedad también puede vivir una especie de psicosis colectiva en tiempos de caos socioeconómico, rebajando su conciencia crítica y proyectándose en un gran líder que aporta soluciones salvadoras. Dense cuenta de que palabras profundas pronunciadas por personas anónimas pueden no tener gran relevancia, pero palabras superficiales dichas por celebridades acaban adquiriendo un estatus elevado. Tal injusticia intelectual es un reflejo solemne de la cárcel del proceso de interpretación al que podemos someternos.

Preocupado por esos mecanismos que asfixian la libertad, Kemal, un intelectual del islam, dijo:

—El culto a la personalidad que ciertos líderes y dictadores difunden es uno de los mayores instrumentos de control de las masas. Es el momento de exaltar a los anónimos y estimularlos a tener una mente crítica para entender que todos los líderes sociales, incluso nosotros, existen para servir y no para ser servidos.

El público aplaudió con entusiasmo, incluido el profesor, que, a continuación, comentó:

—De hecho, el culto a la personalidad ejercido por Hitler era tan insidioso, que cuando él entraba en un lugar todos se ponían nerviosos, las risas se silenciaban, las voces se callaban. Era un semidiós. Llegó incluso a sustituir la Semana Santa y la Navidad por festividades nacionales. Y la cruz, como símbolo cristiano, por la esvástica. Se sirvió de la religión para subyugar a la sociedad.[112]

Paolo, uno de los grandes teólogos de la Iglesia católica apostólica romana, doctor en filosofía, perplejo con el Holocausto, añadió:

—Alemania era un país mayoritariamente cristiano. Pero para Hitler, las tesis sociológicas y humanistas de Jesús eran un tormento. Eliminó a enfermos mentales, mientras que Jesús se volcó en los más débiles. Hitler no admitía opositores, mientras que el maestro de Nazaret recomendaba la poesía del perdón. Su amor era un escándalo para el nazismo.

El profesor lo sabía y completó el pensamiento de Paolo:

—Para Hitler, el «Jesús judío» enseñaba una «ética femenina de piedad». Proteger a los que son diferentes y a los que viven al margen de la sociedad, como los leprosos y los enfermos mentales, era una herejía inaceptable para él y sus doce «apóstoles» (Himmler, Goering, Goebbels, Rosenberg, Hess, Ribbentrop, Schirach, Streich, Frick, Funk, Brauchitsch y Ley).[113] Por ello, se disuadía a los padres alemanes de que enviaran a sus hijos a cualquier escuela religiosa. Para sustituir la religión en

Alemania se instituyó «el culto al Führer, a la sangre y a la patria». Hitler, astuto, no se mostraba abiertamente en contra de la Iglesia, pero entre bastidores la minaba con argucias.[114]

Se produjo un murmullo entre el público. Los religiosos se quedaron atónitos con la perspicacia del Führer a la hora de influir y manipular las creencias del pueblo alemán. Tras esa exposición, Katherine entró en escena. Como psicóloga social, era especialista en ciencia de la religión.

—Hitler fue sobrevalorado en ambientes en los que debería haber sido minimizado, en especial en espacios académicos y religiosos. Sedujo la mente de muchos con una pesada propaganda que valoraba la sociedad, la autoestima, el bienestar social y hasta «Dios», sólo que ese dios había sido creado a su imagen y semejanza y él lo llamaba «Providencia». De hecho, citó más de mil veces la palabra «Providencia» en sus discursos públicos y en sus reuniones íntimas.

El profesor Julio Verne se hizo eco de ese cuestionamiento y comentó que, al asumir el poder, Hitler observó la fiebre partidista, las disputas irracionales y la crisis social, y, en 1933, con una habilidad sorprendente, hizo un dramático llamamiento por la radio a la unión nacional, con expresiones místicas y sociales muy contundentes.

Imitando la voz del Führer, el profesor reprodujo algunas partes de su primer discurso como canciller.

—«Desde el día de la traición de noviembre de 1918», aquí se refiere a la firma del Tratado de Versalles, «el Todopoderoso dejó de bendecir a nuestro pueblo». Esta expresión quiere decir que los alemanes que firmaron o ratificaron ese tratado serían vengados y perseguidos durante su gobierno. Y él se consideraba el único para esa misión: «Voy a restaurar la unidad de espíritu y de voluntad de nuestro pueblo». Y, burlándose de los religiosos, prometió poner bajo su protección «la cristiandad, que es la base de toda nuestra moral, y la familia, célula madre de nuestro pueblo y nación».[115] Al prometer defender la religión, la familia y el pueblo, Hitler mostró una notable habilidad para tocar la canción que la gente quería bailar. Fascinados, años más tarde él los lanzaría a todos al más lúgubre abismo.

Inspirado por la exposición de Julio Verne, William, un teólogo protestante estudioso del misticismo de los nazis, comentó enfáticamente:

—Hitler era tan manipulador de la religión que se atrevía a terminar algunos discursos usando una estructura de lenguaje semejante a la del Padre Nuestro para exaltar la grandeza de su gobierno: «Llegará la hora en que millones de seres que hoy nos odian cerrarán filas detrás de nosotros y saludarán con nosotros el nuevo Reich alemán... El Reich de la grandeza y de la honra, del esplendor y de la justicia. Amén».[116]

Billy recibió iluminación mental con toda esa información. Conocía poco la historia en general, pero con ganas de aprender, preguntó:

—En concreto, profesor, ¿qué es el Tercer Reich?

Era una pregunta simple, pero vital para comprender el gobierno que causó un terremoto social en Europa y arrasó a gran parte de las naciones del mundo.

—El Tercer Reich es el nombre del tercer imperio alemán. Representó el delirio de grandeza de los nazis. Alfred Rosenberg, ideólogo y papa del paganismo, propuso este nombre al gobierno nacionalsocialista, a pesar de que no fue el inventor de la expresión. Su autor fue un escritor, Moeller van der Bruch, conocido como excelente traductor de la obra completa de Dostoievski. «La idea del III Reich es un concepto histórico que se eleva por encima de la realidad...», dijo Moeller. Él quería que todos los nacionalistas alemanes participaran en su construcción. Rosenberg retomó, promovió y expandió las ideas de Moeller.[117]

—Pero ¿cuáles fueron los dos primeros Reichs? —preguntó Dorothy, una de las organizadoras del evento.

—El I Reich, según Moeller, fue el Sacro Imperio Romano-Germánico (926-1826). El II Reich fue el de los emperadores alemanes tras la unificación del país (1871-1918), que sólo se mantuvo gracias al gigantismo de Bismarck, pero desapareció junto con su promotor. El III Reich era, según Rosenberg, el auténtico Imperio alemán, que respondía a toda ansia y expectativa de los alemanes. Y en ese magno III Reich, el fundamento sería la raza alemana y ya no las dinastías o los líderes políticos. En ese imperio se puso en marcha algo asombroso: la política de la supremacía racial. La raza, afirma el filósofo del nazismo, es el alma vista desde fuera. No hay mayor locura que ésa. ¿Por qué?

—Porque Rosenberg hace una unidad inseparable: la raza y el alma son lo mismo. La raza es el centro de la historia biológica y la esencia de la historia de la humanidad. De ese pensamiento extrajo y vendió a los nazis la falsa tesis de una raza superior, para diseñar un nuevo capítulo en el desarrollo biológico e histórico de la humanidad —dijo Katherine.

—Al parecer, Rosenberg filosofó, de forma estúpida, sobre que el III Reich entero debía someterse a un grupo racial: la ideología política, la religión, las artes —dijo el señor Teo.

Todas esas intervenciones alegraron al profesor, lo que hizo que se calmara su estrés. La segunda parte de la conferencia le sirvió de terapia, pues lo hizo relajarse. Después, comentó que Rosenberg influyó a Hitler desde el principio. Estuvo con él en el Putsch de la Cervecería de Múnich, en 1923, aunque siempre saliera huyendo en los momentos de mayor riesgo. Cuando Hitler fue apresado, mantuvo la conexión con sus partidarios y escribió artículos y folletos sobre el programa del

Partido Nacionalsocialista de los Trabajadores Alemanes, que contenía ideas de Hitler, proyectos económicos de Georg Feder y del propio Rosenberg.

—Los textos de Rosenberg fueron leídos por Hitler en la prisión de Landsberg y originaron las ideas centrales de su libro *Mein Kampf*. Con esto, se introdujeron tres nuevos elementos en el programa del partido.[118]

1) La doctrina de purificación de la raza;

2) La doctrina del III Reich;

3) La ocupación del este de Europa en detrimento de la Rusia bolchevique.

Años más tarde, todas las ideas de Rosenberg se reunieron en un libro que se convirtió, junto con el de Hitler, en la biblia del nacionalsocialismo, llamado *El mito del siglo xx*. La propaganda de la editorial decía que el Führer consideraba esta obra como el trabajo filosófico más importante de la época.

—Pero ¿los alemanes de entonces se sentían superiores a otros pueblos? —preguntó Kemal.

—Al contrario de lo que muchos piensan, el alemán medio sufría, según Rosenberg, de un complejo crónico de inferioridad, se consideraba incluso «inferior a sí mismo»; tenía, por lo tanto, una necesidad vital de autoafirmación y poder, espacio que Hitler supo tan bien ocupar. Al situar la cuestión racial en el centro de la política nazi, Rosenberg y él se dieron cuenta de que era necesario elevar hasta las nubes la autoestima del pueblo alemán. Por eso, el nazismo empezó a usar hasta la saciedad expresiones como «grandeza de la raza», «el eterno destino de Alemania», «la sangre pura» o «somos únicos».[119]

Estas expresiones hablaban mucho más al sentimiento que a la razón, llevando paso a paso a la implosión del complejo de inferioridad y a la construcción del complejo de superioridad, generando así una exaltación irracional de la raza aria. El nazis-

mo empezó a perseguir y a masacrar todo aquello que consideraba una amenaza para la pureza racial, incluidos los homosexuales. No los veían como mentes complejas, como seres humanos
que amaban, lloraban y soñaban.

Nancy, la teóloga anglicana, hizo un nuevo comentario:

—Con esa exposición, entiendo que muchas desgracias de
la humanidad resultan de esa distorsión filosófica. Siempre que
sobrevaloramos una raza, un pueblo, una nación, un grupo religioso o un partido político, causamos accidentes históricos,
preparamos el camino para las atrocidades, el ser humano se
queda en segundo plano. Y confieso que ya he caído en esa en-
cerrona; sobrevaloré mi religión y disminuí otras. No admitía
perder miembros a favor de otras instituciones. Limité a seres
humanos sin aplaudir su libertad de elección...

Los brillantes líderes presentes en la Conferencia Internacional sobre Tolerancia y Paz Social se quedaron impresionados por la honestidad de la respetadísima Nancy. Hicieron ellos
también un examen de conciencia. El rabino Joseph, profundamente impactado, se levantó de la primera fila y comentó:

—Tenemos que aprender a enamorarnos de la humanidad,
tenemos que prestar más atención al dolor ajeno. El Artífice de
la existencia nos ha dado una conciencia existencial y, en el centro de ella, está la sed de libertad. Y no se puede ser libre en el
teatro social si no lo hemos sido antes en el teatro psíquico. Y no
se puede ser libre en el teatro psíquico sin respetar a los que
piensan y creen de manera diferente a nosotros.

Karl Marx consideró la religión como el opio que entorpece
el funcionamiento de la mente humana, pero esos líderes consideraban que ésta podría convertirse en un importante vehículo
para liberarla.

Con el mismo entusiasmo con que aplaudieron a Kemal, el líder musulmán, el público aplaudió a Joseph, el líder del judaísmo.

Julio Verne, inspirado por esas palabras, llegó al punto álgido de la conferencia:

—En mi humilde opinión, deberíamos frecuentar grupos, pero no pertenecer a ninguno de ellos. Entre frecuentar y pertenecer hay una diferencia enorme. Judíos, musulmanes, cristianos, budistas, hinduistas, incluso miembros de partidos políticos deberían pertenecer en primer lugar a la humanidad y después a su grupo; en caso contrario, surgirá el fundamentalismo religioso y el radicalismo ideológico y, consecuentemente, nunca beberemos del cáliz de la tolerancia ni sentiremos el paladar de la solidaridad. El futuro de la humanidad podrá ser sombrío.

Con esas palabras, el profesor terminó su conferencia y se inclinó ante aquellos líderes. El público se levantó a la vez y estalló en aplausos dirigidos a toda la comunidad. No pocos líderes se acercaron a Katherine y la besaron. Después, los participantes se abrazaron unos a otros, creando un clima de notable afabilidad. Billy, que era un tanto machista, nunca había besado a hombres y miraba a Julio Verne un poco incómodo, pero se dejó llevar por las aguas de la sensibilidad. Se olvidó por unos instantes de que allí fuera gente peligrosa los podría estar acechando.

El profesor se sintió intensamente realizado esa noche, aprendió mucho más de lo que enseñó. Su mente se vio llena de esperanza al ver a aquellos líderes viviendo un romance con la humanidad. Finalmente habían salido de su conformismo y empezado a pensar como especie. Guerras, exclusión, destrucción, frecuentemente eran propiciadas por disputas religiosas.

Al salir del teatro, Julio Verne entró rápidamente en el coche, bajo la mirada atenta de los policías que lo protegían. Todo parecía tranquilo, ninguna amenaza, ningún accidente, hasta que seis manzanas antes de llegar al hotel ocurrió lo peor. Un coche pasó a gran velocidad y los ametralló. El vehículo casi volcó. Si el coche que transportaba a Julio Verne, Katherine y Billy no hubiera estado blindado, todos habrían muerto. Sintieron cercano el sabor de la muerte. Fueron veinticinco balas, dieciocho de las cuales dieron cercano en el lado de la puerta en que estaba el profesor. Los policías que iban en el coche de atrás intentaron perseguirlo, pero la potencia del vehículo de los asesinos era mucho mayor que la del suyo. Y, del mismo modo que apareció, desapareció.

## 17

## DEVORANDO EL ALMA DE LOS ALEMANES: EL SUTIL MAGNETISMO SOCIAL DEL FÜHRER

Debido al clima de persecución implacable en que el profesor y Katherine vivían, no era recomendable que frecuentaran lugares públicos, por lo menos durante las semanas o meses siguientes, hasta que la trama en la que estaban implicados se resolviera y los hombres que querían asesinarlos fueran apresados.

Los días pasaron y esa cárcel privada los angustiaba mucho. Siempre habían vivido con libertad, les gustaban las fiestas y las comidas. Las películas ya no los animaban. El canal de historia y de ciencias era lo único que conseguía distraerlos.

El profesor no era tímido, pero sí introvertido, y en algunos momentos necesitaba dosis de soledad para reflexionar y producir. No obstante, la soledad que ahora lo rodeaba era excesiva. Katherine, a diferencia de él, necesitaba del estrés social para sentirse viva y producir. La soledad en la forma que fuera la perturbaba. Se fue deprimiendo. Quería salir, respirar, pero Billy, que siempre estaba cerca, era muy claro con ellos.

—El Departamento de Seguridad no se hará responsable si salís de este aparthotel.

—¿Por cuánto tiempo más? —preguntó Katherine, a sabiendas de que no había respuesta.

—¿Quién lo sabe? En estos veinte años como policía, nunca había visto a nadie correr tantos riesgos y que sucedieran tantos acontecimientos extraños a su alrededor. Hay veinte policías investigando las pistas. Y cada una nos deja más confuso que la anterior.

Después de esa respuesta, el matrimonio tuvo una intensa conversación. Estaban abatidos hasta tal punto que ni siquiera se daban cuenta de que Billy estaba presente en el salón.

—No veo la hora de volver a mis clases, a mis amigos, a restaurantes —dijo el profesor, consternado. Y mirando el lujoso apartamento victoriano en que se encontraban, añadió—: No nací para el lujo, nací para las ideas.

Katherine, además del tedio que la asfixiaba, no sabía qué contarles a sus padres y amigos. Hasta tenía miedo de que su móvil estuviera pinchado. Observando el abatimiento de su mujer, Julio Verne sintió que estar junto a él no era una invitación al placer.

—Discúlpame, Kate… Perdóname por haberte metido en este lío. Tienes todo el derecho de acabar con nuestra relación…

—No digas tonterías.

—A veces pienso si no serías más feliz en los brazos de otro hombre en vez de en los de este simple profesor. ¿Paul no te haría…?

Interrumpiendo su charla, ella afirmó, furiosa y entristecida:

—¿Paul? No me ofendas. Yo te elegí a ti, un aventurero, sin fortuna, pero rico en ideas. —Una vez más, coleccionó lágrimas.

—Perdóname, cariño —dijo él y le tocó suavemente la cabeza.

Ella levantó la cara y comentó:

—Mañana es nuestro aniversario de bodas, Julio. ¿Se te había olvidado? Nunca me había sentido tan insegura a tu lado y nunca he estado tan segura de que te amo.

Profundamente emocionado, la miró y nunca antes la había

visto tan guapa. Se besaron. Billy echó una miradita. Sintió cierta saludable envidia. Él se había casado dos veces y no había tenido hijos. Actualmente estaba separado, en busca de una nueva historia de amor.

—¡Me gustaría tanto tener un hijo tuyo! Pero con esta situación… —dijo Kate, insistiendo en un deseo que llevaba años experimentando.

—Tranquila, cariño, ya llegará el momento.

De repente, ella dijo:

—¡Un momento! ¡Se me había olvidado! Mañana no sólo es el día de nuestro aniversario, sino también del Encuentro Nacional de Psicólogos Sociales y Politólogos.

—¿Y tú quieres ir a ese encuentro? No es seguro, Kate.

—Yo no, pero tú sí. Acuérdate de que te nombraron invitado de honor para hablar sobre «El magnetismo social de Hitler para cautivar el inconsciente colectivo».

—Sí, pero te pedí que cancelaras mi asistencia hace por lo menos un mes y medio.

—Perdóname, estaba tan orgullosa de ti que no lo hice. Quería que los profesionales de mi especialidad te conocieran. También porque esperaba que todo se resolviera rápidamente.

—¡No! ¡No! ¡No! —proclamó Billy, que estaba muy atento a toda la conversación—. De ninguna manera.

—Billy, por favor, pónganos seguridad. Saldremos camuflados.

—¡No es seguro!

—Usted es un policía brillante, seguro que consigue protegernos —insistió ella, con ganas de respirar otros aires.

Al ver su resistencia, añadió:

—Por favor, no deje que me avergüence ante mis compañeros…

Y volviéndose hacia su marido:

—A no ser que Julio no me quiera hacer ese regalo de aniversario… —dijo Katherine, mimosa.

A los dos hombres les resultaba difícil resistirse a la petición de aquella fascinante mujer. La deuda de agradecimiento de Julio con Kate era grande. Ella vivía a su lado sin quejarse. Asintió finalmente con la cabeza. A continuación, Katherine miró a Billy, volviendo a pedirle el favor, en esta ocasión con los ojos:

—Mujeres… siempre me dominan. ¡Vale! Voy a intentarlo.

Ella se levantó y le dio un beso en la mejilla izquierda al policía cincuentón, con leve sobrepeso y el cabello un tanto despeinado. Billy bromeó:

—¿Es esto una declaración de amor, Kate?

Julio respondió en su lugar:

—Una declaración para que permanezcas a un kilómetro de distancia de ella.

—Los celos de un hombre son peores que el arma de un bandido —afirmó Billy.

Y todos sonrieron. Al inspector le costó mucho conseguir la autorización del Departamento de Seguridad. Una vez conseguida, empezaron a prepararse para una aventura más. El día del evento, subieron al ascensor del servicio, pasaron por la cocina y salieron por la parte trasera del hotel. Ningún sospechoso a la vista. En esa ocasión, iban protegidos por dos coches con guardias de seguridad, uno detrás y otro delante del suyo. No hubo ningún percance por el camino. En el lugar donde se celebraba el evento había más de diez policías.

El local estaba repleto. Había 215 participantes en el salón de actos, donde el profesor haría su intervención. Justo antes de dar comienzo a su discurso, se sintió aprensivo. Resoplaba, paseaba la mirada por el público, temía que hubiera algún terrorista entre ellos.

Billy montó un dispositivo de seguridad poco habitual e incómodo. Todos los participantes tenían que pasar por detectores de metales, lo que provocó que hubiera muchas quejas. Paul, el antiguo novio de Katherine, estaba presente en el evento y sabía que toda aquella rigurosa seguridad era por causa de Julio Verne. Quería que todo el mundo se enterase.

Se redujo la intensidad de las luces de la sala, mientras un foco iluminaba al profesor. Todos permanecían atentos. Su charla generaba expectación.

—Hitler penetró en el inconsciente colectivo de la sociedad alemana con una refinada propaganda pseudoafectiva de masas, nunca antes vista en la historia.

Ésas fueron sus primeras palabras, pero rápidamente se ganó un opositor entre el público: Paul. Éste seguía pensando que Julio Verne, a pesar de su inteligencia, estaba desarrollando una esquizofrenia. Su callada envidia asfixiaba su mente. Era psicólogo clínico y estaba presente en aquel evento de los psicólogos sociales no tanto para aprender, sino más bien para cuestionar a su «rival», lo que hizo en cuanto tuvo la primera oportunidad.

—Yo no estoy de acuerdo, profesor Julio Verne. Usted es muy romántico. Hitler era truculento. Dominó a la sociedad alemana de su tiempo por medio del clima de terror que creó, por el uso de las armas.

Katherine se sintió inquieta ante su intervención. Pero al profesor le gustaba que lo cuestionaran. Tomó la palabra y dijo con dulzura, pero sin perder su arte de instigar el raciocinio.

—Paul, qué alegría que estés aquí, y gracias por tu discrepancia. Sin duda, el empleo de las armas, en especial por parte de las SS, las SA y la Gestapo, para eliminar a cualquier opositor en los bastidores del régimen, empezando por los marxistas, creó un letal silencio. Pero la seducción a la que este dictador recurrió para seducir a la sociedad no fue lineal, sino multiangular. Dio un empujón a la economía invirtiendo poderosamente en el rearme de las fuerzas armadas. Disminuyó el número de desempleados. Atacó el Tratado de Versalles. Usó símbolos místicos para cautivar las religiones. Buscó la unidad política en una Alemania fragmentada. Todo esto contribuyó a la supremacía hitleriana. No obstante, se empuñaron otras poderosas armas que los historiadores no siempre han destacado, armas que incluso recurrieron a la psicología social y que tuvieron una importancia vital a la hora de que Hitler cautivara astutamente el inconsciente colectivo de la sociedad alemana. ¿Alguien puede señalar alguna?

Nadie respondió. Paul se quedó mudo. Entonces, Julio dijo:

—La «sopa del domingo».

—¿La «sopa del domingo»? —le preguntó Billy a Katherine, que tampoco sabía de qué se trataba.

—La «sopa del domingo» fue instituida por el nazismo en octubre de 1933, es decir, diez meses después del inicio de su gobierno. El primer domingo de los meses de octubre a febrero, se animaba a las familias alemanas de clase media y alta a que se alimentaran solamente con una sopa de pocos ingredientes y el ahorro resultante de ese sacrificio era recaudado de casa en casa para ayudar a los pobres en los meses de noviembre a mayo, cuando llegaba el invierno. Había siete millones de desempleados, un caos social. El país se sumergió colectivamente en un clima de solidaridad patrocinado por los nazis.

El señor Herbert, profesor y doctor en ciencias sociales, se levantó y dijo:

—No conocía esos hechos, pero fue increíble la habilidad de ese hombre para secuestrar el afecto de la sociedad. Me imagino la escena de los padres teniendo que explicarles a sus hijos las causas y los objetivos de ese pequeño sacrificio.

—Es de suponer también que millones de pobres agradecieran la ayuda que emanaba de la sociedad, en la que se había creado una red de fraternidad, aunque superficial. Y aunque esa política no fuera en absoluto eficaz a la hora de erradicar la pobreza, fue un gran golpe de propaganda —comentó Michael, especialista en marketing social.

El profesor añadió:

—El partido de Hitler no había sido mayoritario en las elecciones. Y él se convirtió en canciller por medio de maniobras políticas. Muchos políticos tradicionales esperaban que el extraño Hitler cayera en poco tiempo por su falta de habilidad política, pero de golpe empezó a penetrar en todos los hogares alemanes y, lo que es más, en sus almas, incluidas las de niños y adolescentes.

—Ahora estoy empezando a entender por qué un forastero magnetizó la sociedad a la que no pertenecía —le dijo Billy a Katherine.

—Ese austríaco, no cualificado política ni intelectualmente, pero muy bien preparado en marketing, consiguió, sin usar recursos del Estado, que se lo mencionara mes a mes en todas las familias alemanas, en el mejor ambiente, en la mejor fecha —comentó Anna, una ilustre profesora de psicología social—. Sin duda, el Führer penetró a fondo en el inconsciente colectivo.

Paul se removió en su silla. Y el profesor pasó a explicar la compleja y trastornada personalidad de Hitler. El lobo y el cordero habitaban en la misma mente. La misma mano que acariciaba era la que mataba.

A la sombra de su ministro de Propaganda, Goebbels, inauguró el marketing político asistencialista y fue más competente que los especialistas de la actualidad. Fue incluso más creativo que los líderes socialistas, como Lenin o Stalin, a la hora de cautivar a la población. Los socialistas expurgaron a millones de «opositores»; Hitler sedujo millones de almas. Las puertas de Alemania estaba abiertas para la emigración de los alemanes, pero pocos se marchaban.

—Hitler sabía como pocos recaudar impuestos y, como casi nadie, recaudar afectos —comento Katherine.

—Observad los efectos del marketing de Hitler en el territorio de la emoción de los niños, en una época en la que no había televisión. Analizad esta carta, escrita el 19 de abril de 1934 —dijo el profesor.

Estimado señor canciller del Reich, Adolf Hitler,

Nosotros, niños y niñas hitlerianos, no queremos dejar de expresarle nuestros más sinceros deseos de felicidad en el día de su cumpleaños. Deseamos de todo corazón que Dios le dé muchos años de vida para que podamos convertirnos, bajo su gobierno, en auténticos y valientes alemanes, y para que podamos disfrutar de sus obras en la Alemania que está despertando bajo el sol brillante de su magnífica victoria [...].[120]

—Es sorprendente que los niños reaccionaran así. ¿Cómo pudo, señoras y señores, haber niños y niñas *hitlerianos* en la Alemania de aquella época? ¿Qué golpe es ése en el territorio de la emoción? Es probable que la mayoría de los niños y adolescentes de la actualidad, a pesar de todos los medios de comunicación disponibles, ni siquiera conozcan el nombre de sus líderes políticos —comentó Victoria, impresionada; era la jefa del departamento de ciencias políticas de su universidad.

El profesor continuó diciendo que en una época sin televisión, internet, Twitter, Facebook, Hitler construyó una red de relaciones sociales no sólo entre los jóvenes, sino también entre niños y adolescentes. Y en un contexto de inseguridad de posguerra, de miedo al futuro y de crisis económica, se fomentó un medio cultural para los grandes lances de propaganda de Hitler, que llevaría poco a poco a la sociedad alemana, que no tenía vocación belicista, a dejar de quedarse perpleja ante su ambición psicótica.

A continuación, Julio Verne hizo esta observación:

—Hitler era una superestrella, una celebridad mayor que cantantes y actores —afirmó—, y, como tal, rompía con las convenciones. Usaba contundentes golpes de efecto, hablaba de improviso, tenía reacciones y gestos poco comunes para un presidente, primer ministro, rey o gobernador. Sus comportamientos se comentaban en el tejido social y provocaban reacciones en cadena. Escuchen la otra parte de la carta que he leído antes y saquen sus propias conclusiones...

> Sabemos que usted es el padrino de todo séptimo hijo. Pero como a nosotros nos va a tardar en llegar [eran sólo cinco hermanos] y como no estamos bautizados y queremos ser sus ahijados, le pedimos que consagre nuestro sentimiento divino por medio del bautismo y nos apadrine a todos nosotros. ¿Atenderá nuestro deseo? ¡Por favor, por favor!
>
> Estos jóvenes que lo felicitan y que lo adoran sobre todas las cosas:
>
> Gerhard, once años; Horst, ocho años; Evi, cinco años; Dietrich, tres años; Sigfried, dos años.[121]

El público se sumió en la introspección y, una vez más, se quedaron boquiabiertos ante la manera en que Hitler secuestraba la inocencia de aquellos niños y sus padres. No se trataba de jóvenes, sino de niños que formaban una liga de admiradores del Führer.

—Señor Julio Verne, si he entendido bien, ¿la carta de esos niños quería decir que Hitler apadrinaba al séptimo hijo de toda familia alemana numerosa con el ritual cristiano del bautismo? ¿Es así? —preguntó Sam Moore, un columnista político que escribía para grandes periódicos.

—Sí, así es.

—Soy especialista en ciencias políticas. Que yo sepa, ningún otro político reveló un afecto tan dedicado, aunque falso, en el seno de su sociedad. ¿De cuándo es esa carta?

—Del 19 de abril de 1934. Menos de un año y cuatro meses después de que asumiera el poder, siendo políticamente aún débil, pero gozando de una popularidad altísima.

—Esa información del apadrinamiento no es correcta —dijo Paul con arrogancia—. ¿Cómo podría Hitler haber hecho eso si Alemania tenía más de cincuenta millones de habitantes en aquella época?

Julio Verne respondió pacientemente:

—Alemania tenía en la época cerca de ochenta millones de habitantes —lo corrigió—. Y esa información no es invención mía, forma parte de recientes descubrimientos.

Y dio la fuente:

—Está en el gran libro, *Cartas para Hitler,* de Henrik Eberle. Por el tamaño de la población, era imposible el apadrinamiento colectivo de las familias numerosas. Hitler sólo «apadrinó» a algunos de esos niños, al principio de su gobierno. El Führer era un populista. Seducía y engañaba a la sociedad sin ningún sentimiento de culpa, con ideas impracticables, para agigantarse en su percepción.

—Y lo que vale para los políticos populistas es la obra de marketing y no la aplicabilidad de sus tesis. Esos cinco niños terminaron su carta diciendo «por favor, por favor», como los niños de la actualidad, cuando insisten en obtener un objeto deseado, como un móvil, una tableta o unas zapatillas —concluyó David.

Susan, amiga de Michael desde hacía tiempo y profesora en la misma universidad, dijo:

—Completando la idea, en una única obra de marketing y sin gastar nada de dinero del Estado, él consiguió tres fascinantes objetivos: *a)* exaltó la religiosidad al valorar el ritual del bautismo cristiano; *b)* estimuló la multiplicación de la raza aria al valorar a las familias numerosas; *c)* asumió la «paternidad nacional» para conducir a Alemania a su «destino» histórico.

—Los políticos actuales abrazan a niños durante sus campañas electorales para mostrar afecto y proximidad. Hitler fue más allá. Para conquistar el escenario social, en primer lugar, conquistó los bastidores de la emoción —completó David.

El público aplaudía a la profesora Susan, las ideas de David y del profesor. Paul, avergonzado, se ruborizó. No los aplaudió. La profesora Ellen le preguntó a Julio Verne a continuación:

—¿Usted cree que todas las acciones de marketing de Hitler, que generaron su magnetismo social, fueron planeadas?

—No creo, profesora. No cabe duda de que Hitler, junto al genio Goebbels, fueron los grandes inventores del «marketing de la emoción en masa». Pero una parte de sus acciones se mezclaba con sus conflictos de la adolescencia; era un intento de superación de su complejo de inferioridad y de su sociabilidad contraída.

—Nunca confíes en un político antes de analizar sus dientes —dijo Billy, arrancándole una carcajada al público.

Katherine, que estaba a su lado, añadió:

—El soldado que corría solitario por la zona donde se libraban las batallas corría ahora por los espacios más íntimos de la mente de los alemanes.

Isaac, profesor de sociología de una importante universidad de Jerusalén, que había ido a Londres como profesor invitado a ese congreso, había hecho indagaciones sobre la fluctuabilidad enfermiza y extrema la psique de Hitler, un tema que el profesor ya había comentado en sus clases:

—¿Cómo puede un líder que estableció la «sopa del domingo» y que, aparentemente, pensaba en el hambre de los pobres alemanes, financiar los campos de concentración que mataron de hambre a millones de judíos y a otros seres humanos? ¿Qué hombre es ese que apadrinó a niños arios de familias numerosas y, al mismo tiempo, fue capaz de llevar a la muerte sin piedad alguna a un millón de niños y adolescentes judíos? ¿Qué mente es ésa?

—La paradójica mente del mayor criminal de la historia. Era un hombre de doble cara, al igual que Stalin, que era capaz de asesinar a sus supuestos enemigos por la noche y por la mañana tomar café con sus viudas como si no hubiera pasado nada.

De repente, un profesor, especialista en movimientos sociales, se levantó y dijo la siguiente perla:

—El voto es muy poderoso durante las elecciones, pero muy débil después de éstas. La sabiduría está en saber cuándo ejercerlo. Era fácil que la sociedad alemana eliminara al candidato, pero no al dictador.

Julio Verne lo aplaudió y el público lo acompañó. Marc, investigador de un instituto de investigaciones sociales, encaró un tema muy polémico:

—Si hay exámenes médicos para ser admitido en un determinado puesto de trabajo, ¿por qué no se hace un examen psiquiátrico para dirigir un país?

—Su propuesta es interesante, pero... —declaró Michael, contestándole a Marc— podría haber pruebas psiquiátricas manipuladas que incluso podrían vetar a personas aptas por pensar de manera diferente. La decisión del elector es soberana. Y la prensa debe ayudarle a tomarla exponiendo y criticando la historia de los candidatos.

—Pero ¡la prensa podría manipularse! Sin una prensa libre, no hay sociedad libre —dijo Marc en tono seco.

Y así se inició un debate durante el evento. Algunos apoyaban la idea del examen psiquiátrico, otros la condenaban. Minutos después, empezaron a atacar el marketing político actual.

—El marketing político es injusto dependiendo de quién lo financie y de cuánto se financie. Con él se presenta a líderes como mercancías —dijo Douglas, un psicólogo social indignado por el dinero que se gasta en época de elecciones.

Una voz dijo:

—¡Estoy de acuerdo! El marketing político, en ocasiones se presta a transformar a hombres corruptos en líderes apetecibles. Los políticos no deberían usar propaganda de masas para promocionarse. Deberían exponer sus ideas y sus proyectos en «blanco y negro» —afirmó Jeferson, usando una metáfora.

—Pero el marketing muestra acciones, revela propuestas… ése es el juego. En las grandes sociedades es casi imposible conocer a los candidatos sin su extenuante exposición en los medios de comunicación —comentó Mary, amiga de Katherine.

Julio Verne observaba el debate. Sin preocuparse por dar respuestas rápidas, intentó calmar los ánimos. Dio las gracias por todas las acaloradas opiniones y a continuación relató que Hitler fue, probablemente, el primer político que usó hasta la saciedad el más penetrante medio de comunicación de todos los tiempos: la radio.

—¿La radio? ¡Qué ingenuidad, Julio Verne! —replicó Paul de nuevo, que usó la oportunidad para humillarlo—. La radio no puede ser el mayor medio de comunicación de todos los tiempos. En realidad es un instrumento tímido. Las imágenes transmitidas por la televisión y por internet son mucho más poderosas.

Paul pensó que en esa ocasión lo había pillado. El profesor respiró profundamente y, tras un momento de silencio, continuó:

—Gracias una vez más, Paul. No he dicho que la radio sea el instrumento más poderoso, sino el más penetrante medio de comunicación de todos los tiempos. La televisión, e incluso internet, al transmitir imágenes rápidas, saturan el córtex cerebral, lo que puede llevar a la contracción de la percepción. La radio, en cambio, al transmitir sólo sonidos, libera la imaginación del oyente, transformándolo en un constructor de imágenes que «visten» los sonidos, instigándolo a ser un ingeniero de ideas y no un repetidor de ellas.

Paul se calló, pues nunca había pensado en ello antes. Y, para confirmar sus tesis, Julio Verne se dirigió a él y después al público:

—¿En qué época se produjeron cualitativamente más pensadores: en la de la televisión o en la de la radio?

Paul tampoco había pensado nunca sobre ello, al igual que la mayoría de los psicólogos y sociólogos presentes. Pero éstos aprovecharon para hacer un breve viaje por la historia y se sorprendieron de las conclusiones que sacaron.

Edwin, un investigador que estudiaba la relación entre la física cuántica y las relaciones humanas, concluyó:

—Rompiendo con mis prejuicios, al parecer fue en la era de la radio. En esa época surgieron Einstein, padre de la Teoría de la Relatividad, Werner Heisenberg, padre de la mecánica cuántica, Hubble, Freud, Piaget, Erich Fromm, Sabin y otros tantos científicos.

—Las grandes teorías surgieron en una época en que el tráfico de imágenes rápidas no saturaba la mente humana. El uso de la radio fomentaba la imaginación, lo que propiciaba la creatividad —comentó el profesor—. Y, hablando de Einstein, éste se imaginaba viajando en un rayo de luz y observando lo que ocurría con el tiempo. Él mismo confesó que la imaginación era más importante que el exceso de información.

Los participantes en el evento se dieron cuenta de que la conferencia sobre el magnetismo social de Hitler abarcaba tantos campos que tenía grandes implicaciones para el futuro de la especie. Goebbels, el «genio» del marketing político, tenía un plan que preveía el uso más amplio posible de la radio, una masificación «que nuestros adversarios no han sabido explorar...», escribía el jefe de propaganda.[122] Quería que Hitler hiciera sus discursos en todas las ciudades dotadas de emisoras de radio, para así llegar al mayor número de alemanes posible. Pero esos discursos debían romper la cárcel del tecnicismo político y adoptar la forma de arte plástica.

—De Goebbels son estas palabras —dijo el profesor:

Nosotros retransmitiremos los mensajes radiofónicos al pueblo y daremos así al oyente una imagen plástica de lo que ocurre durante nuestras manifestaciones. Yo mismo haré una introducción a cada discurso del Führer en la que intentaré transmitir a los oyentes la fascinación y el clima general de nuestras manifestaciones colectivas.[123]

Continuando, dijo también:

—Y Albert Speer, el arquitecto y gran amigo de Hitler, confirma en sus memorias:

Por medio de recursos técnicos como la radio o el megáfono, ochenta millones de personas fueron privadas de su libertad de opinión. Por consiguiente, fue posible someterlas a la voluntad de un único hombre.[124]

—Quien observe las actitudes de Goebbels podría considerar que antes no era una mente independiente. Pero se equivoca. El Partido Nazi volvió a la legalidad en 1925 y Goebbels fue uno de los primeros en afiliarse a él. Al principio, vivía discutiendo con Hitler: «Exijo que ese pequeño burgués Adolf Hitler sea expulsado del partido». Más tarde, anotó en su diario:

> Estoy exhausto. ¿Quién es ese Hitler, a fin de cuentas? ¿Un reaccionario? ¿Extremadamente torpe y voluble? … Italia e Inglaterra son nuestras aliadas naturales… Nuestra tarea es aniquilar el bolchevismo, pero el bolchevismo es una invención de los judíos…[125]

Ante esto, Katherine comentó:

—Unos son hábiles a la hora de adiestrar animales; otros, mentes humanas. Adolf Hitler tenía habilidad para adiestrar a hombres que antes eran mentes independientes. Años después, Goebbels se convirtió en una mera sombra del Führer.

La discusión era apasionada, pero el profesor miró el reloj y vio que se había pasado diez minutos de su tiempo de exposición, aunque los participantes seguían con ganas de viajar por la historia con las alas de la psicología social y de las ciencias políticas. Debido a la hora, sintetizó las características del marketing político y de los discursos electrizantes de Hitler, que cimentaban su magnetismo social:

—*1)* Entonación imponente y teatral de la voz; *2)* uso de frases de efecto; *3)* sobrevalorización de la crisis social y económica; *4)* propagación continua de la amenaza comunista, lo que sembraba el pánico entre los empresarios y producía una adhesión histérica al Führer; 5) recuerdo constante de la humillación sufrida en la primera guerra mundial; 6) excitación del odio a los enemigos de Alemania, en especial, marxistas y judíos; 7) promoción exhaustiva de la raza aria y de la autoestima del pueblo alemán; 8) exaltación del nacionalismo y de su postura como el alemán de los alemanes; 9) utilización exagerada de sus orígenes humildes; 10) verborrea o necesidad neurótica de hablar, expresada por monólogos interminables.

Y añadió:

—En cuanto a la verborrea, Hitler hablaba durante horas seguidas utilizando palabras, expresiones y tesis para impresionar al público y presionarlo para que depositase en él su confianza.[126] No pocos dictadores tienen tanto aprecio por las palabras como por las armas.

—Tenemos que recapacitar sobre los líderes con tales características —declaró de nuevo Isaac—. Odio a Hitler desde lo más profundo de mi alma, pues él casi llevó a mi pueblo a la aniquilación, pero hoy he entendido que sólo hizo lo que hizo por su finísima astucia. En el escenario, acariciaba; entre bastidores, asfixiaba. El monstruo estaba armado con su marketing de masas de características impactantes.

Tras ese comentario, Anna, doctora en ciencias de la educación, dijo lo siguiente:

—La conclusión a la que he llegado, profesor y queridos colegas, y que me ha dejado perpleja, es que, antes de devorar a los judíos, Hitler devoró la psique de los alemanes...

Julio Verne estuvo de acuerdo:

—Ésa es también mi conclusión: antes de devorar a los judíos, Hitler canibalizó las emociones de los alemanes.

Y Anna añadió:

—Y me perturba concluir que la humanidad está atravesando y atravesará crisis energéticas, inseguridad alimentaria, calentamiento global, que está creando un medio cultural ideal para el surgimiento de nuevos líderes radicales, sedientos de poder y «seductores». ¿Estamos preparados para abortarlos? ¿Estará nuestra educación formando a jóvenes pensadores que sepan hacer elecciones inteligentes y sean protagonistas de su propia historia? —completó la mujer.

Todos la aplaudieron, incluido el profesor. Para él, no se estaban formando tales pensadores de mente libre, al menos no colectivamente. Saturar el cerebro de información y no estimular las funciones más complejas de la inteligencia era una opción educacional peligrosa. Personalmente, le preocupaba que un niño de siete años en la actualidad tuviese más información que un emperador romano en el auge de Roma. Ese exceso de información estresa mucho la mente, pues no se elabora como conocimiento, el conocimiento como experiencia y la experiencia como sabiduría.

Para concluir su charla, habló sobre el magnetismo que Hitler exhibía en las inauguraciones y en las paradas militares, capaces de generar delirios de grandeza:

—La argucia de Hitler salía de la radio para extenderse por las calles. Era un especialista en poner primeras piedras y colocar las primeras palas en obras que se iba a iniciar. Sirvió de ejemplo para muchos políticos. Y su notable capacidad de autopromoción también ganaba terreno en las fuerzas armadas. Hitler reunía a decenas de miles de soldados en grandes plazas para que hicieran exhibiciones espectaculares. Un perfeccionismo rítmico y un exhibicionismo que anunciaban los grandiosos espectáculos de la actualidad.

Y continuó:

—El punto álgido de las exhibiciones del régimen eran las Honras Fúnebres, cuando Hitler atravesaba hileras gigantescas de miles de soldados rigurosamente organizados. El portentoso homenaje a los caídos excitaba el cerebro de quien los contemplaba, provocando una gran emoción y fomentando el instinto de lucha. La debilitada Alemania se despertaba hacia su gigantismo. Los desfiles militares se convirtieron en grandes obras de marketing. Celebrados al aire libre, en horarios en que se combinaban las luces y las sombras, tenían como objetivo dar aires mesiánicos a la imagen del Führer —dijo el profesor al final de su exposición.

Y completó:

—Ésta es una breve historia de la tan sofisticada propaganda ideada por un simple soldado que, quince años después de perder la primera guerra mundial, se convirtió en canciller y dominó a generales y mariscales, dejando al mundo asombrado. Sin su virulencia y sus impactos en el inconsciente colectivo, patrocinados por su marketing de masas, nunca habría salido del anonimato. Lo mejor de Hitler era su faceta como actor, pues, como ser humano era ególatra, radical, inestable, arbitrario, agresivo, explosivo, exclusivista, amante de aduladores y adverso a las críticas y al diálogo. Adolf Hitler quería inscribir su nombre en el concierto de las naciones y grabarlo a fuego en la historia. El hombre que tuvo la ambición de Alejandro Magno, la habilidad oratoria de Julio César y la sed de poder de Napoleón Bonaparte desconocía que la vida humana, por larga que sea, es como la brisa que astutamente aparece y luego se disipa con los primeros rayos de luz del tiempo.

## 18

## MI AMIGO ENFERMO MENTAL

Julio Verne finalizó su conferencia para psicólogos sociales y especialistas en ciencias sociopolíticas sin ningún atropello, por lo menos externo. Se sintió motivado con todas las intervenciones y conclusiones. Una vez más, fue consciente de que había aprendido mucho, tanto o más de lo que había enseñado. No se incomodó con Paul, su desafecto y su arrogancia acabaron contribuyendo a enriquecer el debate.

Tras su conferencia, los guardias de seguridad rodearon a Julio como si fuera una celebridad, lo que alejaba de él a la gente que se le quería acercar. Él insistía en que lo dejaran libre para saludar a las personas ilustres del congreso. El movimiento que había en torno a él generó un ataque de celos en Paul, al que le encantaba el asedio social.

A Billy no le gustó que los policías cedieran, pero el momento no parecía necesitar de mayores atenciones. A la salida del local, Julio Verne recibió más felicitaciones. Algunos participantes se acercaban a Katherine y le decían: «La felicito por la agudeza intelectual de su marido. Hacen una bonita pareja». Ella se sentía orgullosa de él. Esos elogios, provenientes de un grupo de intelectuales de su especialidad, eran un bálsamo que aliviaba el dramático estrés que había pasado junto a él los últimos meses.

Paul, incómodo, intentaba acercarse para saludarlos, pero le faltaba valor.

Cuando estaban a punto de entrar en el coche, de repente se produjo un suceso. Apareció un individuo extraño, de gestos raros y enormes manos y cuello, vestido en pleno verano con una vieja chaqueta negra remendada que parecía una pieza de museo. De repente, el sujeto se acercó a Julio Verne y dijo con un vozarrón:

—¡Soy un general del Führer! ¡Maten a las moscas! Viva...

El profesor se asustó. Le parecía conocerlo. Pero antes de que el desconocido terminara su frase, los policías lo atacaron. A pesar de que quedaban pocas personas en el lugar, fue un escándalo, después de una noche tan hermosa. Los guardias, muy bien entrenados, lo sometieron a la fuerza: lo agarraron, le pusieron los brazos detrás y le apuntaron con un arma a la cabeza. Pensaron que se trataba de un terrorista disfrazado. Lo cachearon rápidamente, pero no encontraron ninguna arma. El pobre hombre se sintió desolado ante tanta violencia.

Rápidamente, hicieron entrar a Julio y Katherine en el vehículo blindado, pero el sujeto identificó al profesor y, para su espanto, le pidió ayuda:

—¡Julio Verne, amigo, socorro!

Él, que estaba a punto de entrar en el coche, se volvió, miró bien al individuo y se quedó pasmado. Desde el otro lado, al ver que lo llamaba por su nombre, los policías, confusos, relajaron un poco las manos. Entonces, el sujeto soltó su frase completa:

—¡Soy un general del Führer! ¡Maten a las moscas! ¡Vivan los judíos!

El pequeño grupo de psicólogos sociales que aún estaba en las inmediaciones no entendió nada, y mucho menos aún Katherine y Billy.

—¿Rodolfo? ¿Cómo es posible? —preguntó el profesor, como si estuviera viendo a un fantasma.

—Soy yo, amigo. Eres un tipo famoso, ¡¿eh?! —dijo el desconocido, que sabía hablar inglés, pero con un marcado acento alemán—. Tienes que volver. Ya hemos salvado a unos veinte de los nazis. —Y se golpeaba con las manos la cabeza, haciendo muecas como de una persona mentalmente desequilibrada.

—¡Hola, Julio! —gritó otra persona desde el otro lado de la calle, también vistiendo una chaqueta azul remendada y rasgada, con el pelo despeinado. Y fue a su encuentro.

Los policías lo apuntaron con las armas, pero se echaron atrás cuando vieron que tenía los rasgos físicos de una persona con síndrome de Down.

—¿Klaus? ¡No puede ser! —exclamó el profesor, atónito.

—Has dicho muchas tonterías hoy —dijo el personaje en alemán, pues no sabía hablar inglés.

Ambos se acercaron a Julio y le dieron un largo abrazo. Al principio, él se resistió, pero después respiró hondo, dejó a un lado sus prejuicios y los abrazó con cariño. Parecía una escena surrealista.

Katherine conocía a los amigos de su marido y sabía que aquellos dos no figuraban en la lista. Perturbada, preguntó:

—Julio, ¿de qué los conoces?

Él no dijo nada, pero ella insistió:

—¿Quiénes son?

—No lo sé.

—¿Cómo que no lo sabes? Has dicho sus nombres.

—Sí, los he dicho, pero no sé de qué los conozco.

Paul estaba allí, casi invisible para la pareja, asistiendo en segundo plano a todo el confuso encuentro. Parecía estar diciendo, con un júbilo inexpresable: «A mí Julio Verne no me engaña. Sólo puede ser un psicótico que alterna períodos de lucidez».

—¿No serían tus pacientes cuando ejercías? —preguntó Kate.

—No, son mis amigos…

—¿Amigos de dónde?

—Si te lo contara, no te lo creerías.

—Inténtalo, Julio. Inténtalo, por favor.

Tragando saliva, dijo:

—De mis pesadillas. Rodolfo era un personaje del centro de enfermos mentales. Tenía amigos judíos desde su infancia y, con su exclusión y detención, se agudizó su psicosis.

Al confesar de dónde conocía a ese individuo, el profesor no parecía el mismo intelectual vibrante e instigador de minutos atrás. Katherine, que estaba muy feliz por su inteligencia, empezó de nuevo a desconfiar de su salud psíquica. La mente de Julio Verne fluctuaba:

—Eh, Julio, díselo. Estuvimos juntos hace pocos días, jugando en la nieve —comentó Rodolfo.

—¡Nieve! ¡Qué nieve! ¡Estamos en verano —pensó Paul en voz alta. Todos lo oyeron y descubrieron su presencia. Y él completó, ahora en voz baja—: Dos psicóticos en pleno brote.

Katherine oyó su diagnóstico y le dieron ganas de abalanzarse sobre él, pero la salud mental de su marido era más importante.

Rodolfo miró a su alrededor y, sorprendido, dijo:

—¡Así es! La nieve ha desaparecido, Julio. Voy a quitarme la chaqueta. —Y se la dio a Paul para que se la agarrara. Éste, oliéndola, la tiró al suelo.

Billy cogió la chaqueta y se la devolvió a Rodolfo, al que no le gustó la actitud de Paul. Fijó sus ojos en él y dijo:

—¡Qué loco! ¿Es tu amigo, Julio?

Incómodo, éste respondió:

—Nunca lo ha sido.

Paul, enfadado, se despidió de la pareja, pero sin estrecharles la mano.

—Lo siento mucho, Kate. —Y, mirando a Julio, añadió—: Si quieres, ven a verme…

—Ni aunque fueras el último terapeuta de la Tierra —respondió ella.

—Si deseas una consulta, yo te atiendo —le ofreció Rodolfo a Paul, que salió bufando de rabia.

Abatido, el profesor dijo:

—Discúlpame, tengo que irme, Rodolfo. Adiós, Klaus.

—Pero ¿no vamos a salvar a los judíos? —indagó Rodolfo.

—Pronto… —exclamó, sin saber si estaba delirando o viviendo una realidad.

Billy no podía ni siquiera investigarlos, no habían cometido ningún delito. Parecían mendigos sin familia y sin protección social. Julio y Kate se dirigieron al coche, escoltado por los policías. En el trayecto, no hubo ninguna pregunta, sólo un silencio pesado. Katherine, que también se estaba convirtiendo en una coleccionista de lágrimas, con los ojos húmedos se dijo para sí misma: «Nadie podría dar una conferencia tan brillante, con datos tan bien organizados, si estuviese mentalmente enfermo, ¿no? Algo no funciona —pensó luego, contraponiendo este otro pensamiento—: Pero los genios también enferman».

Al entrar en el aparthotel, se despidieron de Billy. Éste, antes de marcharse, intentó confortar a Julio Verne:

—Profesor, no sé lo que está ocurriendo, pero soy su fan. He aprendido más con usted en este último mes que en décadas en la policía.

Él le dio las gracias con la cabeza. Después, cansado, tomó un largo baño. Las gotas de agua que corrían por su cuerpo eran una metáfora viva del río de dudas que desbordaba su mente. Estaba profundamente pensativo. Recordó la pesadilla que había tenido con Rodolfo y no llegó a ninguna conclusión que lo aliviara.

Se reunió con Katherine en el salón, también reflexiva. La abrazó y le contó detalladamente su sueño. Ella lo escuchó y no se lo podía creer. La misma frase, la misma cara, la misma chaqueta... el Rodolfo de sus sueños era el Rodolfo que había aparecido aquella noche. La única explicación plausible era que él salía en trance las noches que Katherine no dormía en casa, hacía amigos por las calles y, después, volviendo a la cama, dormía y soñaba con los personajes que había conocido como si hubieran salido del pasado. Una explicación poco acorde con la racionalidad.

—Vale, yo sé que una persona que está en medio de un brote psicótico no reconoce que está enferma y mucho menos que necesita ayuda. Pero Kate, ayúdame a pensar en mi caso con objetividad. Si me quieres decir que estoy teniendo brotes, lo aceptaré. ¿Me desvío de mis pensamientos? ¿Me descentro?

—No —dijo ella.

—¿He perdido los parámetros de la realidad? ¿Mis ideas carecen de una secuencia lógica?

—No.

—¿He perdido la conciencia crítica? ¿He dejado de saber quién soy, dónde estoy y cuáles son mis funciones sociales?

—No.

—¿Oigo voces? ¿Tengo delirios de grandeza? ¿Tengo falsas creencias? ¿Tengo ideas de persecución?

—No. Estamos siendo perseguidos por personas reales. No es una invención de tu mente.

—¿Veo imágenes desconectadas del mundo real?

—No lo sé. Has firmado cartas como si estuvieras viviendo en el pasado. Has recibido cartas sin saber su origen. Hace poco, hablaste con un joven que interrumpió tu conferencia y que dijo que estaba ahí para matarte, pero que se arrepintió. Y hoy has visto a personajes que solamente existían en tus pesadillas.

—Pero no eran alucinaciones. Eran objetos y personajes reales, no creados por mi mente. Kate, yo amo el principio de la sabiduría en la filosofía, que es el arte de la duda. Una persona con psicosis pierde la capacidad de dudar, incluso de sí misma. ¿Quién duda o pregunta más que yo?

Efectivamente, nada encajaba en el cuadro psiquiátrico de Julio Verne. Rara vez alguien estaba tan integrado en la realidad y, al mismo tiempo, era víctima de una avalancha de fenómenos perturbadores e inexplicables. Pero para tranquilizarla, aceptó acudir a un famoso psiquiatra, el doctor Henry, amigo del padre de Katherine.

Después de tres consultas, el psiquiatra, además de no haber llegado a ningún diagnóstico, estaba más confuso que cuando lo conoció.

—Tal vez tenga algún problema mental debido a un síndrome neurológico. Tiene la sensación de que ya ha vivido esos hechos, pero no es así; tiene una certeza falsa, debido a algunos problemas neurológicos y puede que hasta metabólicos —dijo el doctor Henry, despidiéndose de Julio Verne y de Katherine.

Pero el padre de ella ya había valorado esa hipótesis y no había encontrado nada. Sin embargo, una vez más, Julio acudió a un neurólogo. Al día siguiente, acompañado por muchos guardias de seguridad, se sometió a una serie de pruebas de laboratorio, incluso resonancias magnéticas. Y nada, literalmente nada fue detectado.

El neurólogo sólo le recetó un tranquilizante, pero su mente necesitaba otro remedio: respuestas. Respuestas capaces de hacer que frenara su portentosa ansiedad y calmar las aguas agitadas de su emoción. Sin ellas, no podían salir del bello presidio del aparthotel.

Siempre pedían comida de restaurantes, pero habían descubierto que la libertad realzaba el sabor de los alimentos, algo que ellos no tenían. Después de los resultados neurológicos, decidieron comer algo simple, preparado por Kate.

Ésta abrió un paquete de mantequilla de cacahuete y untó con ella pan de molde con granos de trigo y linaza. Hizo también una tortilla de verduras. Julio prefirió un poco de pan con mantequilla calentado en el microondas. No tenían mucho apetito, pero debían alimentarse. Ambos bebieron un zumo de naranja. Mientras se lo tomaba, él acariciaba las manos de su mujer:

—Siempre he estado seguro de lo que hago, de mis metas y de mis proyectos. Hoy todo es inconcluso en mi historia. Hasta mi examen neurológico.

Intentando aliviarlo, Kate le dijo:

—Mira el lado bueno. Por lo menos no tienes un tumor cerebral o cualquier otra cosa grave. Nos gusta la certeza, pero la existencia es una fuente interminable de dudas.

—Tienes razón. Pensar es un misterio. Perturbarse también. Gracias. ¿Qué haría yo sin la mujer más hermosa de Londres a mi lado?

Y se levantó de la mesa para besarla. A pesar del estrés, se amaron suave y apasionadamente. Durmieron abrazados. La noche prometía ser una laguna plácida, sin alteraciones. Pero la imprevisibilidad formaba parte de la «rutina» de esa inteligente pareja.

# 19

## UNA JUVENTUD INFECTADA

14 de mayo de 1934, Turingia, Alemania. Los sillones no eran cómodos, el anfiteatro no era pomposo, pero estaba repleto, mitad de adultos, mitad de niños y adolescentes, que asistían a una tragedia escrita y producida por Hugo Hertwig.[127]

Todos se sentían emocionados con el desarrollo del espectáculo, pero un espectador de la primera fila estaba teniendo un ataque de pánico. Con el corazón palpitante, un sudor excesivo y la respiración jadeante, se movía en su asiento compulsivamente. Se frotaba la cara con las manos, quería interrumpir la obra a gritos: «¡Estáis locos! ¡Hitler va a devoraros a todos!». Pero había muchos soldados de las SS y de las SA que asistían a la obra, armados y listos para disparar contra cualquier opositor. Además, había tanta gente de pie que no podía gritar y salir corriendo pues sería aplastado por la multitud.

Intentó relajarse, contener sus náuseas y calmar su rabia, pero le resultaba imposible. A su lado, un adolescente aplaudía entusiasmado al final de cada acto. Entre uno y otro, intentando salvar por lo menos a un joven de la fascinación por Hitler, el hombre que odiaba la obra le preguntó al adolescente de su lado:

—¿Cómo te llamas?

—Alfred Günther.

—¿Y qué es lo que más te atrae de esta obra?

—El Führer. ¿No lo está viendo? Tenemos al mayor líder de Europa.

—¿Y si fuera un monstruo con piel de cordero?

—¡¿Qué?! ¡¿Un opositor?! ¡Usted no ama al Führer! —dijo el joven y, en un ataque de rabia, se levantó súbitamente, llamando la atención de algunas personas que estaban a su alrededor.

—¡Calma, Alfred, calma! Siéntate, sólo quería comprobar tu fidelidad a Hitler.

El chico se sentó, desconfiado. Algunas personas también prestaban atención al extraño espectador. En los últimos actos aparecieron los actores más pequeños. Y aquello que era tan ruin se convirtió en impasable. El descontento espectador descubrió, para su completo disgusto, que Hitler ya tenía seguidores hasta entre niños inocentes. Salió, asustada, una niña de unos diez años, de la Liga de las Niñas Hitlerianas, y un niño de nueve, de la Liga de los Niños Hitlerianos. La niña decía:

¡Salve a nuestro Führer! ¡Salve a nuestro pueblo! ¡Creemos en el Dios de los Justos! Él nos trae la luz del sol, aparta las nubes grises. Obsequia a los buenos, deshereda a los malos. Ser alemán significa: «Soplo divino». ¡Los arios son portadores de cultura! A los pueblos de Europa les gusta vivir de acuerdo a los hábitos alemanes; ¡el modelo de humanidad es usted, «alemán»!

Al espectador empezaron a entrarle ataques de tos que entorpecían la actuación de la niña. De repente, recibió un golpe en la espalda de un gigantón del asiento de atrás.

—¡Esto le va a ayudar! Cállese.

El golpe casi le rompió algunas costillas, calmando sus ataques de tos, pero no su mente, cuyos cuestionamientos burbujeaban: «¿Qué palabras son ésas?». La filosofía nazi se había vuelto teatral en lugares distantes de Berlín. Alfred Günther, así como sus pa-

287

dres y amigos, que estaban a su lado, cada dos por tres miraban al desconocido y veían que no le estaba gustando el contenido de la obra. El hombre se quedó más perplejo aún cuando el niño de nueve años empezó a actuar.

> El Führer fue enviado por la misericordia de Dios:
> ¡No sólo para Alemania! ¡También para otros países!
> ¡Somos profetas del Führer
> y vamos a acabar con las religiones!
> Somos la juventud y llevamos la Iglesia en el corazón.
> Cargamos las piedras y encendemos las velas.
> Podemos construir los puentes para el futuro de Alemania.
> ¡Que nuestros hijos miren, orgullosos, arriba!

Hitler llevaba en el poder un año y cuatro meses cuando se representó la obra *Hermanos de sangre*. Era sólo una muestra de lo que ocurría en todo el tejido social alemán. La filosofía barata de Rosenberg, las habilidades de Goebbels, el poder paramilitar de la poderosa policía SS, dirigida por Himmler, y de las SS, dirigidas por Ernst Röhm exaltaban a Hitler hasta niveles que ni los «Césares» alcanzaron. Calígula, que soñaba con ser dios, lo habría envidiado.

«¿Profetas del Führer? El nazismo se ha convertido en una religión», pensó. El sueño nazi era que en el seno de la humanidad existiera una religión, un partido, una cultura y hasta una capital mundial, proyectada por Albert Speer.

Y, de repente, la obra se clausuró de manera apoteósica. Una enorme cantidad de niños y niñas de ocho, nueve y diez años entraron por todos lados, anunciando con una sola voz:

> ¡Alemanes! ¡Creed en vosotros mismos! ¡Creed en vuestros hechos! Alemania es eterna.

Los tiempos del sentimiento de inferioridad detectado por Alfred Rosenberg habían cesado, el ánimo de la sociedad alemana rápidamente se había ido al otro extremo.

La propia historia del autor de la pieza, Hugo Hertwig era un drama. Su padre había muerto durante la primera guerra mundial, víctima de una enfermedad incurable. Su hermano mayor resultó seriamente herido en la guerra. Su madre y sus seis hijos dependían de la ayuda del gobierno para no morir de hambre. Proyectando sus dificultades en las dificultades que Hitler había pasado durante su vida, Hertwig había escrito la obra en homenaje al salvador de Alemania.[128]

Todo el público se levantó y ovacionó al autor y a los actores, todos excepto el espectador que no consiguió traicionar a su conciencia. Sería ametrallado por los policías de las SS o linchado por la multitud. En estado de shock, sabiendo que moriría de todos modos, en un acto de valentía dio un salto y se subió al escenario.

Muchos pensaron que se trataba de un exaltado más, emocionado con el contenido de la obra. Él, observando la masa de niños y jóvenes, se conmovió intensamente. Pronto, la mayoría de ellos perdería su vida en los campos de batalla: unos por el hambre, otros por las infecciones y otros más por los proyectiles.

Como un loco, entre gritos, preguntó:

—¿Ustedes saben a quién están exaltando?

El público de repente se calmó, se quedó pasmado ante la osadía del espectador, incluido Alfred. Esperaban más elogios a Hitler, pero él sutilmente los contrarió. Imitando la voz del Führer, soltó uno de los discursos que él haría mucho tiempo después:

Todo lo que sea esencial para el mantenimiento de la vida debe ser destruido... El abastecimiento de alimentos, las mercancías deben ser reducidos a cenizas; el ganado, muerto. Ni siquiera las obras de arte que sobrevivieron a las bombas deben preservarse. Los monumentos, castillos, iglesias, óperas, también deben ser arrasados…[129]

A continuación, con su propia voz, sentenció:

—Hitler destruirá Alemania por completo. La mayoría de estos jóvenes perderá la vida. No lo améis. —La gente no se podía creer lo que estaba oyendo. Hitler era el Führer, infalible, inatacable, el padre de la nación. Y el hombre añadió sus últimas palabras antes de su funeral—: ¡El Führer es un monstruo! Millones de judíos, incluso niños como vosotros, morirán en sus manos.

Cuando pronunció esas palabras, todos gritaron «¡muerte al judío!». Alfred lo empujó y fue atacado por la multitud que se encontraba a su alrededor, antes incluso de que las SS le dispararan. Hombres, mujeres y adolescentes se abalanzaron sobre él, lo golpearon, lo patearon, lo pisotearon.

—¡Julio, despierta! ¡Despierta! ¡Estás sangrando! ¡Despierta! —Era Katherine, asustada al ver la hemorragia de su nariz.

Su marido no se despertaba. Estaba en medio de un sueño profundo. Con miedo, se cubría el rostro con las manos, intentando protegerse del linchamiento. Ella, desesperada, intentó abrazarlo y protegerlo. Él siempre soñaba, pero era la primera vez que tenía dificultades para despertarse.

—¿Qué pasa, Julio? ¡Estamos aquí, seguros!

Y una vez más, lo abrazó. Estaba temblando, debilitado, desfigurado psíquicamente. Finalmente, él se despertó.

—Me acaban de linchar, Kate… —Y, tras una pausa, la miró y dijo—: Pero no sé qué dolor era peor, si el de la paliza de mi cuerpo o el de mi alma.

En sus ojos se mezclaban lágrimas con gotas de sangre.

—¿Qué ha ocurrido, cariño?

—He visto a niños alemanes preciosos dominados, seducidos por el nazismo.

—Afortunadamente, sólo ha sido una pesadilla.

—¿Te acuerdas de aquel joven que interrumpió la conferencia ecuménica?

—Sí, me acuerdo.

—Estaba allí, a mi lado. Era el primero en atacarme.

Ella suspiró y dijo:

—Bueno, por lo menos tuvisteis contacto y después has soñado con él, no ha sido como el extraño caso de Rodolfo y Klaus.

—Hay muchos policías protegiéndome. Puedo huir del mundo, pero no de los fantasmas de mi mente.

Se pasó las manos por los labios, que también le sangraban. De repente, el recepcionista del hotel lo llamó diciendo que había una carta para él. Ese tipo de cartas le producía escalofríos. Le pidió que se la diera a los guardias para que evaluaran su contenido. Éstos la analizaron y constataron que se trataba sólo de papel. Katherine miró el reloj: eran las ocho de la mañana.

—Espera, iré yo a buscarla.

El sobre era de plástico y no estaba cerrado.

El remitente era el rector Max Ruppert. Tras entregársela a su marido, éste la abrió. Katherine estaba sentada en un gran sillón, esperando a que su marido leyera el mensaje, que era corto y directo.

Profesor Julio Verne,

Es usted el profesor más popular de nuestra universidad y, de lejos, también el más polémico. Amado por algunos y odiado por no pocos. El consejo académico respeta su manera de ser y de pensar, pero sus servicios profesionales no siguen la línea pedagógica de esta institución de enseñanza. A partir de hoy, queda desvinculado del cuadro de profesores.

El rector, Max Ruppert

—¿Cómo ha descubierto el rector esta dirección? —preguntó Julio Verne.

Katherine, aprensiva, dijo:

—Hace un par de día hablé con una amiga íntima, que conoce a Max, y le dije dónde estábamos. Me desahogué con ella. Puede que se lo comentara.

Julio volvió a leer el mensaje, respiró profundamente y, mientras se llenaba los pulmones de aire, intentaba llenar su emoción con serenidad. Pero fue incapaz.

—¡Hipócritas!

Sus clases generaban crisis y rompían tópicos, pero sus alumnos dejaban de ser repetidores de información.

—No gravites en la órbita del rector.

—No se trata de eso, Kate. —Se sentó en la cama, indignado—: Acabo de tener una pesadilla sobre la masificación de jóvenes de los años treinta del siglo xx. Y hoy, ¿en qué hemos cambiado? No pocos jóvenes de la actualidad desconocen la historia, no tienen cultura general ni opinión propia. Si ellos deliran ante artistas con los que nunca han convivido, ¿cómo no se van a quedar fascinados ante un hombre carismático como Hitler?

Tras pronunciar esas palabras, empezó a sentir una opresión en el pecho, una sensación de asfixia y ganas de vomitar. Soltó un grito desesperado, como si estuviera a las puertas de la muerte.

—¡Ahhh!

Tambaleándose, fue rápidamente al baño y empezó a vomitar sin parar. Se llevaba las manos en la garganta, pero parecía que algo le impidiese el paso del aire. Su intestino empezó a aumentar el peristaltismo, contrayéndose sin parar. En seguida los guardias entraron en el apartamento del matrimonio a toda prisa. Encontraron a Katherine en el baño, intentando socorrer a Julio. Ella tampoco se sentía bien. Sudaba mucho y estaba taquicárdica.

—La carta debía de estar envenenada, señora Katherine. El agente que la ha abierto no se encuentra bien.

—¿Qué? ¿Envenenada...? Entonces debe de ser eso... —dijo ella, mirando desesperadamente a su marido.

Si el agente que la inspeccionó no hubiera usado máscara y gafas, habría muerto envenenado con el gas tóxico que liberó. Tenía los mismos síntomas que Julio Verne. Éste no había muerto solamente porque quedaba poco gas. Los demás agentes metieron el sobre con la carta en un recipiente hermético para que se analizaran los productos tóxicos que contenía.

Hubo que llevar al profesor urgentemente al hospital y estuvo un día ingresado en la unidad de cuidados intensivos. Después, fue directamente a un nuevo aparthotel para intentar despistar a los conspiradores o terroristas. Los agentes de Scotland Yard estaban desolados por ese agujero en el sistema de seguridad. No entendían cómo, con todo el aparato policial y las técnicas modernas con que contaban, no habían conseguido atrapar a los sospechosos. Surgían como por arte de magia y desaparecían con igual maestría.

Al día siguiente, en la nueva dirección, los dos agentes del servicio de inteligencia especializado en terroristas, Thomas y James, junto a Billy, fueron a informarles sobre los resultados de las pruebas periciales.

—No lo entendemos. El gas venenoso que los intoxicó ya no se fabrica en la actualidad —dijo Thomas.

—¿De qué tipo es? —preguntó el profesor.

—Zyklon B.

—¡No es posible! —exclamó Julio.

—¿Has oído hablar de él? —preguntó Katherine.

—Es un poderoso pesticida. El mismo que se usó en las cámaras de gas de Auschwitz.

Todos se quedaron sin palabras ante esa información. Una vez más, los nazis estaban implicados en aquella persecución implacable. El profesor se llevó las manos a la cabeza y, después de un largo suspiro, dijo:

—Cerca de mil hombres, mujeres, niños, ancianos, entraban por turnos en una pequeña cámara de poco más de dos mil metros cuadrados, pensando que iban a ducharse. Desde el techo, se les lanzaban gránulos de veneno que, con las altas temperaturas, desprendían el gas tóxico que permeaba todo el ambiente.[130] Después, prisioneros judíos eran obligados a recoger los cuerpos y meterlos en hornos para no dejar rastro.

—¡Dios mío, qué crueldad! —exclamó Billy.

Katherine abrazó a Julio.

—Yo sentí los síntomas, son horribles —dijo él, completamente impresionado.

Tras una larga pausa, Kate, ansiosa, preguntó:

—¿Está Max Ruppert implicado en esta conspiración?

—No podemos acusarlo de momento. Pero es posible que alguien de la universidad o algún mensajero esté metido de alguna forma —comentó James.

Billy se adelantó y habló sobre las sospechas de su equipo de seguridad:

—Puede que el número de personas interesadas en su asesinato sea mayor de lo que imaginamos. Es probable que busquen a todos los que tiene acceso a ustedes para rastrear su dirección y atacarlos. Contacto cero por el momento, ni siquiera con familiares.

—¿Cómo pueden dos profesores ser el blanco de una conspiración tan gigantesca, Billy? ¿No será que somos el objetivo equivocado? —preguntó Julio.

—Ojalá lo sean, profesor —dijo Thomas.

Los días pasaron y el matrimonio seguía en una cárcel privada, intentando esconderse de enemigos que desconocían y que tenían una increíble habilidad para penetrar en laberintos difíciles de explorar.

## 20

## EL PROYECTO ULTRASECRETO

Las veinte horas. Verano. Julio Verne y Katherine caminaban abrazados libremente, como al principio de su ardiente relación. Iban disfrazados; ella, con un sombrero que le cubría parte del rostro, él con una barba postiza. Deprimidos, aburridos, no soportaban más la rutina extenuante de «refugiados» en el aparthotel. Tampoco aguantaban más que los vigilaran. Hacía dos semanas que no ocurría nada.

Huyeron, al menos por una noche, para escapar de las fronteras del tedio y respirar libertad, una libertad patrocinada por los disfraces. Airearon su emoción, estaban con razón felices. La mano izquierda de él ora tocaba el hombro de ella, ora se deslizaba por su pelo. En ese clima, le susurraba al oído cuánto la quería, palabras intraducibles. La tranquilidad sólo se veía interrumpida por algún sonido distante. Sus ojos atentos y sus mentes sobresaltadas denunciaban su bajo umbral para enfrentar estímulos estresantes.

—¿Qué ha sido eso? —preguntó él, preocupado.

—No lo sé. Es como si se hubiera caído un objeto metálico en alguno de esos despachos.

Ella le puso la mano en su cintura y lo empujó suavemente, queriéndole decir: «olvídalo, sigamos». Pasaron por el Big Ben y nunca lo habían visto tan hermoso. Cruzaron el río Támesis, anduvieron dos manzanas, giraron a la izquierda y recorrieron unos metros más hasta llegar a un restaurante francés que les gustaba.

Los padres de Julio habían fallecido hacía más de diez años en un accidente de tráfico. No sólo les gustaban los escritores franceses, sino que también apreciaban la cocina de ese país. Hijo único, el profesor había aprendido, en los tiempos de abundancia con ellos, a apreciarla también y, más aún, a contemplar sus colores, sus olores y sus sabores. Rechazaba la comida rápida. Para Julio Verne, comer era un ritual lento y placentero, una invitación a una buena conversación. El problema era que su reducido sueldo no siempre le permitía esas aventuras y aún menos ahora con él desempleado y ella de permiso.

Pero necesitaban relajarse y pensaron que no había nada mejor que un plato francés acompañado de un buen vino.

—Eres tan guapa, Kate —dijo Julio en la puerta del restaurante.

—Tengo que reconocer que no eres miope —bromeó ella.

—Tú, de baja autoestima nada —dijo él, besándola en los labios y, romántico, le dio las gracias de un modo especial—: Gracias por existir e invadir mi historia. Te amo.

Al entrar en el restaurante, intentaron dejar fuera todas las ideas de persecución, las reacciones fóbicas, la inseguridad, los misterios inquietantes. A pesar de eso, pidieron el lugar más aislado. Un camarero los llevó hasta la mesa del fondo, en el lado izquierdo. Según recorrían el lugar, observaban las vidrieras pintadas con monumentos parisinos: la Torre Eiffel, el Arco de Triunfo, el Louvre… Era un pedacito de Francia dentro de Londres. Solían ir a ese restaurante tres veces al año, para celebrar sus cumpleaños y el aniversario de su matrimonio.

El camarero que los condujo a la mesa, les dijo que en seguida les llevaría la carta de vinos y de platos. Se sentaron y Katherine, embargada por la emoción, posó suavemente sus manos sobre las de él.

—La libertad es como el aire. Tan invisible, pero tan fundamental. Perderla es morir por dentro, es quitarle oxígeno a la emoción —comentó, jubilosa.

—Sólo se da cuenta de su valor quien la pierde —dijo él, fascinado, como si la hubiera rescatado, por lo menos por algunos instantes.

Después, Kate cambió de tema.

—Es una pena que el bolsillo de los profesores no se pueda permitir con más frecuencia este restaurante.

—Pero todo lo que es poco habitual se hace especial. —Y añadió—: Tú eres una mujer poco habitual.

—Y tú eres un hombre complejo.

—¿Eso es un elogio o una crítica?

—¿Tú qué crees? —dijo ella, provocándolo, como él solía hacer con sus alumnos.

—Hum, déjame ver. Un hombre complejo puede ser profundo, pero imprevisible, inteligente, pero con preocupaciones tontas, osado, pero capaz de sufrir estúpidamente por el futuro. Complejo y complicado son dos características muy próximas.

—¿Te estás describiendo?

—Tal vez —dijo Julio con una suave sonrisa.

—¿Tú crees que yo me enamoré de un hombre común? —preguntó ella.

—Creo que no.

—Toda mujer inteligente escoge hombres complicados para sus relaciones —dijo Kate con su refinado humor. Él soltó una carcajada y la interrumpió.

—Soy un hombre complicado, pero te quiero —dijo en un tono más alto, para que quien estuviera cerca de ellos lo oyera.

—Habla bajo —le pidió ella, llena de alegría, pero avergonzada.

Él bajó el tono de voz, pero continuó la melodía.

—Gracias por no renunciar a mí.

—¿Adónde podría huir? Si duermo, estás en mis sueños; si viajo, te llevo conmigo; si estoy tensa, tú formas parte de mi ansiedad…

—Lo sé. Soy un hombre pegajoso.

Y la delicada conversación se prolongó unos largos veinte minutos, como si no se encontraran en un restaurante, como si tuvieran hambre de afecto, sed de entrega. Y ningún camarero apareció para molestarlos.

—Qué raro que no haya venido todavía ningún camarero —comentó Julio, dándose cuenta de la situación.

—A lo mejor han venido, pero, distraídos con nuestro amor, no los hemos oído y, discretos, no nos han querido interrumpir —dijo ella, despreocupándose de los hechos inusitados e intentando olvidar el tumulto de las últimas semanas.

Él intentaba llamar a los camareros, pero nada, parecían ignorarlos. Se levantó para ir a buscar a uno de ellos, pero no fue necesario, en cuanto dio los primeros pasos, tres de ellos se acercaron, muy bien vestidos; uno llevaba en la mano un vino que a Julio le gustaba, que costaba por lo menos doscientas libras la botella y que sólo había tomado en casa de unos amigos muy ricos.

—Se equivoca. ¡Yo no he pedido este vino! Es más, no he pedido ningún vino.

—Pero sabemos que le gusta mucho. Ya lo han pagado quienes le han invitado a cenar.

En ese momento, se abrieron las ventanas tensas de su cerebro y, preocupado, afirmó:

—Pero ¡si nadie me ha invitado! He venido aquí por iniciativa propia.

Katherine, asimismo ansiosa, empezó a creer que habían descubierto su identidad. Empezó a mirar a su alrededor para ver si algún enemigo los acechaba.

—¡Relájate! —dijo Julio.

Pero creyendo que se trataba de un atentado más, ella se levantó de repente. Él la acompañó.

—Espere, señor. ¡Tengo un recado de sus alumnos!

—¿Mis alumnos?

Sin darle más explicaciones, el camarero leyó la frase:

Los libros nutren el cerebro tanto como los alimentos el cuerpo, pero su digestión tarda más. ¡Que tenga una excelente digestión, profesor! Acuérdese de sus alumnos: Deborah, Lucas, Gilbert, Evelyn, Brady.

Y recordó que él era el autor de ese pensamiento.

—¡Qué increíble! Mis alumnos me han seguido y han preparado una fiesta para un profesor desempleado.

—Es demasiado —dijo Kate, sentándose y relajándose.

El profesor sabía que Lucas y Deborah eran muy ricos.

Él también se sentó aliviado, suspirando suavemente. Los camareros se presentaron. Uno, de pelo grisáceo, de aproximadamente unos sesenta años, alto y de voz imponente, se llamaba Hermann; el segundo, de unos cincuenta, también alto y moreno, se llamaba Theodor, y el tercero, el más joven, que parecía estar en la cuarentena, con leve sobrepeso y de estatura mediana, se llamaba Bernard. A continuación, les trajeron los entrantes.

Antes de que Julio Verne y Katherine pidieran los platos principales, los camareros se los trajeron también. Y eran justamente los platos que más les gustaban.

—Sorprendente. Sólo con Lucas había hablado de nuestras

preferencias en la cocina francesa. Es impresionante lo generosos que son —comentó el profesor.

—Pero estos platos son muy caros, ¿no? —dijo Katherine.

—Tranquilos, esta noche tienen bufet libre —dijo Hermann, que parecía ser el *maître*.

Julio, que estaba sufriendo una ligera anorexia, recobró el apetito. Vibrando de alegría, comió con gusto. Se bebieron toda la botella de vino, acompañada de agua Perrier. Al final del banquete, tras un postre de frutas flambeadas con coñac y un sabroso café, se disponían a marcharse. Pero entonces apareció otro camarero, diferente al que los había servido, y les llevó lo inesperado.

—La cuenta, señor.

—¿Cuatrocientas nueve libras? Pero si nos han invitado.

—¿Dónde están las personas que los han invitado?

—No lo sé, pero el *maître* ha dicho que estaba todo pagado.

—¿Cómo puede ser? ¿En estos tiempos de dificultades económicas, alguien te invita sin aparecer y te da la libertad de gastar lo que quieras? ¡Se está quedando conmigo! —exclamó el camarero, incrédulo, creyendo que Julio Verne quería jugársela.

Katherine se quedó atónita.

—Unos alumnos nos pagaban la cena.

—¿Alumnos? ¿Dónde están?

No había forma de explicarlo. Irritado, el hombre preguntó:

—¿Cómo se llama el camarero que les ha dicho tal cosa? —preguntó, muy desconfiado.

—Hermann, Theodor y... —contestó él, casi sufriendo una indigestión.

—Bernard... —completó Kate el tercer nombre.

—¿Hermann, Theodor y Bernard? No hay nadie en esta casa con esos nombres. Mire a nuestros camareros e identifíquelos, por favor.

—Es muy raro. No los veo.

Ellos dos se miraron, pasmados, y nuevamente detonó el gatillo cerebral que rescató el trauma del terror. Sintieron un incontrolable deseo de salir corriendo, pero la cuenta era el problema.

—¡No es posible! ¿Qué está ocurriendo? —preguntó Katherine de nuevo, con los ojos humedecidos.

—Soy yo el que les está preguntando qué está ocurriendo, señora. ¿Cuál es su profesión, señor? —espetó el hombre con aspereza.

—¡Soy profesor!

—¿Cómo puede un profesor explicarles tantas cosas a sus alumnos y dar una explicación tan incoherente para no pagar su cuenta?

El camarero los dejó en estado de shock. Estaba equivocado. Indignado, se marchó para tomar medidas. Julio, que tenía pesadillas mientras dormía, ahora estaba en una pesadilla despierto, en su restaurante preferido. Echó de menos a Billy.

—Pero ¡qué ingenuo soy! Vamos a pagar la cuenta y a irnos de aquí lo antes posible.

Para su sorpresa, en cuanto se puso de pie para ir a buscar al camarero que les tenía que cobrar, tres hombres vestidos de esmoquin, impecables, que estaban sentados a una mesa a sólo unos metros de distancia, se levantaron dirigiéndose hacia ellos. El profesor y Katherine, pasmados, los reconocieron.

—Pero ¿no son ustedes los camareros que nos han servido?

—Sí, somos sus servidores —afirmó Hermann.

—Pero ¿qué significa eso? —preguntó Katherine.

—Permítannos sentarnos, que nos vamos a explicar.

—Discúlpennos pero tenemos compromisos —contestó Julio, temiendo que fueran nazis disfrazados.

Pero no parecían terroristas, si es que éstos tienen rostro. Aunque tampoco inspiraban confianza.

—Tranquilícense. Es un gran placer estar aquí con usted, profesor Julio Verne, y con su señora, profesora Katherine.

—Pero ¿ustedes nos conocen?

—¿Cómo no conocer al aventurero de las aulas, que sorprende a sus alumnos y rompe esquemas? —preguntó Theodor.

Y se presentaron, exhibiendo sus credenciales.

—Yo soy Theodor Fritsch, doctor en teoría de la relatividad, jefe del Departamento de Física Aplicada del... Bueno, eso en otro momento.

—Yo soy Bernard Gisevius, doctor en física cuántica.

—Yo soy Hermann Klee, general de carrera.

—¿Un general? —dijo Katherine, impresionada.

—Sí, pero también soy ingeniero y especialista en mecánica cuántica. Soy jefe del proyecto que vamos a explicarles. Somos todos alemanes, creo que nuestro acento nos delata un poco.

—¿Físicos renombrados? ¿Han sido ustedes quienes nos han invitado a la cena? ¿No han sido nuestros alumnos? ¿Qué broma de mal gusto es ésta? —preguntó el profesor.

—Sí, hemos sido nosotros quienes los hemos invitado —confirmó el general.

—Pero... ¿y la frase que ha leído usted de Julio, antes de servirnos, y el nombre correcto de los alumnos? —indagó Kate, realmente recelosa.

—Conocemos muy bien sus historias, sus tesis y sus frases. Sabemos de sus alumnos. Hemos citado una de sus frases y luego hemos dicho «acuérdense de sus alumnos» pero no que ellos los hubiesen invitado.

En ese ínterin, llegó el gerente del restaurante con la cuenta y se la dio de nuevo al profesor. El general la tomó.

—No se preocupe, la cuenta es nuestra. Él es nuestro invitado. Si tiene cualquier duda, hable con el dueño del restaurante. —Y le dio su tarjeta de crédito.

Impresionado, Julio Verne esperaba respuestas. Por lo menos en aquella ocasión no tendría que explicar lo inexplicable. Pero no tocó el asunto de los terroristas. No sabían hasta entonces en qué terreno se estaban moviendo.

—¿Nos podemos sentar? —volvió a preguntar Hermann.

—No recibo todos los días a un general —dijo el profesor.

Los tres se disculparon por el trastorno que les habían causado, pero dijeron que habían planeado todo aquello para abrirles la mente a otras posibilidades. Hermann tomó la palabra y dijo:

—El caos es dramático, pero puede ser un momento único para nuevos inicios. Quien tiene miedo de él, se entierra en los pantanos del conformismo.

Y, con la mirada, le pidió a Theodor que continuara.

—Hay fenómenos aparentemente inexplicables, pero no por eso son irreales. Les hemos mostrado que éramos reales, después hemos desaparecido, pero estábamos bien cerca de ustedes, que no nos han visto más que cuando nos hemos descubierto.

—No estoy entendiendo nada —dijo Katherine, sincera como siempre. Theodor continuó:

—Del mismo modo, en la física hay fenómenos reales, pero que nuestro sistema sensorial no capta. Están presentes, pero no conseguimos explicarlos con un razonamiento simple o unifocal. Usted ha intentado hablarle al camarero de nuestra existencia y él ha creído que deliraba. Pero no somos un delirio, somos reales. Para muchos, algunos fenómenos que no conocen o no entienden son locuras, prefieren ignorarlos.

—Yo les entiendo. Me he enfrentado a algunos fenómenos que parecen una locura —afirmó Julio Verne con cierto ánimo. Si él se estaba volviendo loco, aquellos tres, al parecer, también.

Katherine se sintió confusa y estúpida después de esa explicación. El profesor sabía que aquellos extraños hombres querían decir algo, pero también sabía que los habían metido en una confusión de mil diablos.

—¿Adónde quieren llegar? —preguntó Julio, curioso.

—Queremos hablar sobre una de las más fantásticas locuras de la física —afirmó Bernard.

—Pero se equivocan. Yo no soy de esa especialidad. Soy profesor de historia.

—Y yo de psicología social. No tenemos nada que ver con la física —comentó Katherine.

—Están equivocados. La historia y la física siempre han estado divorciadas. Pero ha llegado el día en que estas dos disciplinas del conocimiento celebrarán el más sorprendente matrimonio —afirmó Theodor.

—Es más, la física podrá corregir la historia —dijo orgullosamente Hermann, con tono mesiánico.

—¿Corregir la historia? No se corrige el pasado, sólo se corrige el presente —dijo el profesor, arrugando la nariz, como hacía cuando estaba en desacuerdo con algo—. Soy crítico con el sistema cartesiano. Para mí, la mente de los alumnos está abarrotada de información lógica, lo que ha destrozado su raciocinio complejo y su sensibilidad. Y ustedes vienen a hablarme de la supremacía de la física.

—Sabemos lo que usted piensa, profesor —dijo Hermann y bromeó—: Incluso lo que le gusta comer y beber. También creemos que las ciencias humanas son fundamentales y somos críticos con el tecnicismo de las universidades.

Esa postura sorprendió a Julio Verne.

—Pero a fin de cuentas, ¿quiénes son ustedes? ¿Qué quieren físicos alemanes de mi marido? —preguntó Katherine, completamente insegura.

—La fama de Julio Verne ha superado las barreras de su

país. Estábamos buscando a un judío con un buen conocimiento de la segunda guerra mundial, cuyas palabras denotaran ansiedad e inquietaran a sus oyentes.

—¿Por qué? —cuestionó el profesor. La respuesta fue directa y absurda.

—Para intentar corregir la historia de la humanidad.

Julio Verne sonrió, sin mucho control.

—Discúlpenme, señores, yo ya les he dicho y afirmo lo que es de sentido común: no se corrige el pasado. ¿Están locos?

—Es aquí donde entran la física cuántica y la teoría de la relatividad general.

Julio tosió dos veces.

—Es mucho para nuestra cabeza. Por favor, vamos a parar de elucubrar. Seamos claros —dijo Katherine, estresada, tal como hacía Billy.

Pero de repente, Julio Verne recordó las palabras que aquellos hombres habían dicho. Dijo en voz alta: «Ellos aparecieron, después se disiparon, más tarde reaparecieron, pero ya estaban presentes. Su existencia parecía improbable, pero no irreal». Sintió un escalofrío en la columna vertebral. Se acordó de las cartas, de la persecución implacable, de los agentes extraños que querían su cabeza, que aparecían y desaparecían como en un truco de magia. Se sintió emocionado y confuso. Los hombres que estaban a su mesa no eran psicóticos. Por unos instantes, pensó que si Billy estuviera allí, ya se habría embarcado en su fantasía.

Hermann fue directo al asunto.

—Trabajamos en un proyecto ultrasecreto patrocinado por el gobierno alemán. Uniendo la teoría de Einstein con la mecánica cuántica, hemos construido la máquina más admirable de todos los tiempos, una cuerda cósmica. En otras palabras… hemos construido por fin la máquina del tiempo…

Julio Verne y Katherine casi se cayeron de la silla. Se miraron sin decir nada. Sólo querían descubrir adónde querían llegar aquellos hombres.

Entonces, Theodor sentenció:

—El ser humano puede viajar en el tiempo.

Hermann volvió a tomar la palabra y dijo:

—No podemos entrar en detalles, pero durante muchos años hemos trabajado en una máquina que puede distorsionar el espacio-tiempo hasta tal punto que se hace posible trazar una curva en el tiempo y volver al pasado, o viajar al futuro.

—¿Viajar al pasado? El pasado es irrecuperable. ¿Transportarse al futuro? El futuro es inexistente. Discúlpeme, pero esto parece cosa de locos —exclamó Katherine, con ganas de marcharse. Y añadió—: Ya hemos tenido suficientes hechos extraños en nuestra vida como para embarcarnos en una aventura arriesgada más. Vámonos, Julio. —E hizo ademán de levantarse.

Pero su marido dudó.

—Espere, por favor. Tienen derecho a pensar que esto es absurdo. Eso era lo que queríamos demostrarles cuando les hemos servido como camareros. Lo improbable no es imposible. Nuestro laboratorio, a un precio muy alto, produjo la más fantástica locura de la física —afirmó Bernard.

—¿Y cómo sé yo que ustedes no están delirando? —preguntó el profesor.

—Vengan y véanlo con sus propios ojos.

—¿Y qué es lo que quieren de mí? —cuestionó él de nuevo.

—¡Necesitamos a un héroe capaz de intentar cambiar la historia! —dijo Theodor.

—¿Yo? ¿Un héroe? ¿Cambiar la historia? Soy más bien tirando a cobarde como para hablar de héroes.

—Sabemos quién es usted. Es a quien buscamos.

—Pero ¿y si me niego?

—Tiene todo el derecho a hacerlo.

—¿No les da miedo que contemos su secreto?

—¡No! El camarero que nos ha cobrado ya lo ha llamado loco por no conseguir explicar quiénes eran las personas invisibles que lo invitaban. Imagine si un profesor de historia y una profesora de psicología dicen que hay una máquina del tiempo con la que se puede viajar por la historia.

—¡Me encierran seguro! —afirmó Julio.

—Solamente Billy y Renan creerían esta locura —dijo Katherine.

—Pero ¿cambiar qué capítulo de la historia?

Se hizo un silencio en la mesa. El matrimonio notó algo extraño en el ambiente. El general Hermann fue evasivo.

—¿Quién sabe? Cambiar guerras…

El profesor soltó una carcajada nerviosa. Y, mirándolos, intentó contenerse:

—Discúlpeme, pero eso no me lo esperaba.

Katherine, inquieta, se frotaba las manos.

—¿Ustedes pretenden que un simple profesor que incita a pensar a algunos alumnos cambie el curso de la historia? —Y mirando a su marido, le pidió disculpas y añadió—: ¿Quieren que un hombre que no ha matado una mosca en su vida silencie bombas y cañones?

Theodor, observando la incredulidad del profesor, le golpeó en lo más profundo de su alma:

—Con una mano, un maestro escribe en la pizarra y con la otra cambia el mundo cuando cambia la mente de un alumno. ¿No es eso lo que usted afirma? ¿No confía en el poder de la enseñanza?

—Pensábamos que era un profesor de historia enamorado de la humanidad y crítico con las injusticias sociales. Pensábamos que tendría curiosidad por conocer otras caras de la ciencia. Usted dijo osadamente en el aula que se sentía un cobarde por no ayudar en sus pesadillas a las personas que son sangre de su sangre, carne de su carne.

Julio Verne pensó: «¿Cómo saben ellos todos estos detalles?». El general completó su bombardeo:

—No creo que usted sea un cobarde, profesor. Si así fuera, no causaría tumulto entre su público. Como mínimo, es un maestro encerrado en su conformismo, que no honra la investigación científica. Y quien no la honra no es digno de grandes descubrimientos y morirá en su mediocridad.

Y entonces los dejaron. Julio Verne y Katherine, silenciosos, no conseguían mirarse el uno al otro. Cuando los tres individuos estaban a punto de salir del restaurante, Julio no aguantó y llamó a Hermann. En ese momento, un camarero se acercó a ellos con una bandeja cubierta por un paño blanco, bajo el que escondía una de sus manos.

Al aproximarse, el profesor vio asombrado que era el conductor que casi lo mató después de su primera pesadilla. Sin demora, el supuesto camarero, sacó una arma y apuntó a Julio, que sólo tuvo tiempo de decir:

—¡Espere!

Pero el camarero no quería perder ni un segundo. Cuando iba a disparar su revólver a quemarropa, fue detenido por una sofisticada arma que paralizó su musculatura. Pertenecía al general Hermann.

El asesino cayó temblando al suelo. Era un intruso, no formaba parte del equipo de camareros del restaurante. Era un nazi que seguía el rastro del profesor. Presa del pánico, dijo:

—¡Gracias, general! ¿Qué está ocurriendo?

—Nosotros tampoco lo sabemos.

De repente, apareció otro personaje intentando matarlo. Era Thomas Hellor, el mismo que había dejado a Peter parapléjico.

De no ser por el arma secreta, ahora de Theodor, en esta ocasión, Kate, Julio y el general habrían sido asesinados.

—Vámonos rápidamente de este lugar —recomendó el militar.

Y se marcharon en su coche. Katherine estaba en estado de shock. Hermann sabía que la pareja había estado viviendo cosas extrañas durante las últimas semanas, pero no conocía muchos detalles. Tras llegar a un lugar seguro, les preguntó si habían pasado por otras situaciones de riesgo. El profesor, más confiado, se abrió y le contó con detalle las increíbles experiencias que había vivido, le habló sobre las cartas y los intentos de asesinato.

Los tres forasteros se miraron entre sí, pasmados con el relato. Muy preocupados, no tenían una explicación completa de lo que estaba pasando, pero parecía estar gestándose algo imprevisible y, probablemente, incontrolable. Theodor, sin esconder su ansiedad, encendió un sofisticado aparato digital con hologramas y se puso en contacto con el mando central del laboratorio encargado del megaproyecto en el que trabajaban. Pasó diversos datos por medio de un complejo sistema de códigos. Hubo un tenso momento de silencio mientras analizaban los hechos. Hermann se hacía crujir los dedos, Theodor movía una pierna y Bernard los labios sin parar. Estaban estresados. Minutos después, llegó la respuesta. Theodor leyó el informe como si estuviera viendo un fantasma. No resistió e hizo una observación en voz alta, mirando a sus dos amigos.

—El proceso ya ha empezado. Pero ¿cómo puede ser? Él nunca ha estado en el laboratorio.

Después, intercambiaron algunas palabras más en código, en una lengua desconocida para la pareja. Julio Verne y Katherine se miraron, completamente desconcertados

—Pero ¿cómo? ¿Qué lo ha desencadenado? —preguntó el general, ahora en inglés.

—No sabemos. Nadie lo sabe —afirmó Theodor.

A continuación, Hermann miró fijamente a los ojos a Julio Verne y, levantándose inmediatamente, le dijo sin medias palabras.

—Profesor, usted no se está volviendo loco. Sus inquietantes preguntas serán respondidas. Podemos esclarecer el infierno por el que está pasando. Pero tal vez las respuestas que le daremos no serán menos perturbadoras que pensar que está desarrollando una psicosis.

—¿Cómo?

—Su vida pende de un hilo.

—Eso lo sé.

—Lo siento mucho, pero no podemos revelarle lo que está ocurriendo sin que antes participe en las reuniones de nuestro laboratorio y conozca de cerca el proyecto. Ustedes deciden y tiene que ser ahora.

Julio miró a Katherine, que quería por lo menos unos cuantos datos más.

—No tendrá respuestas, señora. Son dos las opciones: o siguen inmersos en un mar de dudas o tienen la posibilidad de encontrar las respuestas que tanto buscan.

Ella se quedó paralizada por momento y, más tarde, indicó con la cabeza que él debía decidir. Julio Verne, aún inseguro, dijo:

—Acepto, pero con una condición. Katherine tiene que acompañarme y participar en todas las charlas que tengan lugar.

Theodor sonrió. Y Kate matizó:

—Necesito seis horas para ponerme en contacto con nuestros amigos y parientes y preparar las maletas.

—Creo que no entienden lo que está ocurriendo. Tienen seis

minutos. ¿No se dan cuenta de que hay algo muy extraño en esta persecución implacable? ¿No han percibido que se ha producido una distorsión en el tiempo y que en cualquier momento pueden morir? No podrán comunicarse con nadie. Solamente cuando estén seguros en nuestra base —afirmó categóricamente el general.

—Pero... ¿y mi ropa? —preguntó ella, poniendo un toque de trivialidad en medio del caos.

—Tenemos mucha ropa de su estilo y de su talla.

—¿Y...?

—Señora Katherine, lo siento mucho, no hay más «pero» ni «y». Están al borde de un precipicio y tememos que puedan arrastrar nuestro proyecto con ustedes. O aceptan venirse ahora y gozarán de nuestra protección o nosotros los abandonamos para siempre.

¿Qué podían perder? ¿La situación se podía agravar? ¿Qué era peor que la falta de libertad y el riesgo inminente de muerte?, pensaron. Necesitaron solamente un minuto para aceptar la propuesta tal como se la habían ofrecido; a fin de cuentas, no soportaban más la cárcel privada.

Por el camino, absorto en sus pensamientos, Julio, aún incrédulo, se dijo: «¿Máquina del tiempo? ¡Sólo existe en la ciencia ficción!». Después, no pudo más y le preguntó al general Hermann:

—¿Por qué no les han hecho esta propuesta a otros?

Hermann volvió la cara hacia él y respondió:

—Ya se la hemos hecho a once personalidades. Algunos se fueron y no han vuelto.

Viéndolo su reacción, intentó arreglar las cosas:

—Es una broma. No cumplían con los requisitos.

Katherine se quedó helada. ¿Sería de verdad una broma? Ella, siempre saturada de curiosidad, tuvo miedo de plantear nuevas preguntas. Sabía que el conocimiento que suaviza la emoción es el mismo que puede avivar la ansiedad.

—Julio Verne, usted es un privilegiado, participará en la mayor aventura en que se haya embarcado un ser humano —afirmó Bernard, intentado aliviar la tensión que el peligroso proyecto podía generar—. Las aventuras de Indiana Jones y Marco Polo serán juegos de niños al lado de la que usted va a iniciar.

—¿Debo relajarme o preocuparme ante sus palabras?

—Depende del ángulo desde el que lo mire.

Perplejo por sus terrores nocturnos, asombrado por la propuesta y confuso por las posibilidades que se abrían ante él, Julio Verne decidió finalmente hacer honor a su nombre y lanzarse a un mundo completamente desconocido.

## 21

## EL TÚNEL DEL TIEMPO

Katherine y Julio Verne volaron de Londres hacia una parte secreta de Alemania en un jet privado. No les dijeron nada sobre la ciudad ni la región. Todo era sigiloso y arropado por un manto de misterios. Julio intentó hacer preguntas durante todo el vuelo, en especial, sobre los capítulos de la historia que querían cambiar, pero Theodor le indicó que no le darían ninguna respuesta. Debía aguardar a la reunión con los principales encargados del Proyecto Túnel del Tiempo.

El osado profesor intentaba tranquilizar sus pensamientos, pero en aquel contexto era un eficiente gestor de su ansiedad.

El aeropuerto estaba extremadamente protegido; se trataba de un espacio fuera de los grandes centros, perteneciente a las fuerzas armadas. Tras aterrizar, subieron a un autobús blindado, protegido por veinte oficiales armados en pie y preparados para disparar. Entraron en el aeropuerto. Todos los pasajeros tuvieron que identificarse y pasar por sofisticados escáneres de rayos X. Les leyeron e identificaron la retina. Por el número de guardias de seguridad y por el sistema de identificación, el profesor se dio cuenta de que el proyecto tal vez podía no funcionar, pero los tres científicos que había conocido en Londres no estaban bromeando.

Tras ese proceso, tomaron un tren subterráneo que, tras veinte kilómetros, salió del subsuelo y los introdujo en una región rodeada de montañas y con acantilados inmensos. La vegetación era hermosa: jardines suspendidos, lagos y cascadas. No parecía un laboratorio, sino más bien un oasis. Entraron en un edificio pequeño, con gruesas paredes de hormigón. Allí había un ascensor que los condujo a los espaciosos pisos subterráneos, ricamente iluminados e intensamente protegidos. Cuando salieron del ascensor, hicieron un largo trayecto en un vehículo eléctrico por la quinta planta, donde las puertas se abrían y cerraban. La pareja miraba con extrañeza toda aquella tecnología. Todo era automático, digital. Fueron directamente a la reunión en la que el «consejo» los esperaba.

Siempre escoltados por una docena de oficiales armados en otros vehículos eléctricos, bajaron del coche y recorrieron cincuenta metros más hasta que por fin llegaron a su destino: una inmensa sala, donde los principales responsables del proyecto se encontraban reunidos. Los nombres de Julio Verne y de Katherine estaban frente a un par de asientos, en el centro del espacio.

En la reunión participaban seis científicos, dos de los cuales eran mujeres, Angela Feder y Eva Groener, y seis altos cargos de las fuerzas armadas. Todos ellos alemanes. Estaban sentados en torno a una gran mesa redonda de caoba africana.

Arthur Rosenberg, un brigadier, dio la bienvenida a Julio y a Katherine. Y, como militar, tomó la palabra y pidió a todos que se presentaran. Tras ese breve momento, el general Hermann se presentó como jefe general del Proyecto Túnel del Tiempo y Theodor, como jefe científico. Al general, como pragmático que era, no le gustaba andarse con rodeos. Fue derecho al asunto:

—Alemania, en especial sus fuerzas armadas de después de la primera guerra mundial, al someter nuestra mente al mando de un extranjero teatral y rudimentario, Adolf Hitler, cometió el mayor error de su historia. Todos somos conscientes de ello, incluso nuestros hijos. A día de hoy, nos consideramos uno de los pueblos más pacifistas del mundo pero no estamos satisfechos.

Julio Verne contuvo la respiración, intentando analizar sus palabras, pero sin entender adónde quería llegar el general. Katherine, observadora, trataba de captar cada detalle de su expresión y de su discurso.

A continuación, Arthur Rosenberg completó la idea:

—Somos conscientes de que cada judío, gitano, homosexual, marxista o eslavo que el nazismo sacrificó pertenecía más que a un grupo cultural: pertenecía a la humanidad. La estrecha proximidad del código genético entre los pueblos declara que no existen las razas humanas tal como pensaba el nazismo y algunos grupos radicales de la actualidad; todos pertenecemos a la misma familia humana, como usted suele decir, profesor.

El brigadier se expresó con delicado afecto, algo inesperado, que el matrimonio no esperaba de un militar de alto rango.

Julio Verne los interrumpió con una pregunta cuya respuesta no conseguía averiguar:

—¡Discúlpenme! ¿Ustedes quieren cambiar el capítulo de la segunda guerra mundial? —indagó, asombrado.

—¡Sí! ¡Es lo que pretendemos! Si lo vamos a conseguir, no lo sabemos —contestó el general, sin rodeos.

Katherine se quedó muda Y Julio Verne empalideció. Emocionado, el general comentó:

—Conocíamos mil causas para el ascenso de Hitler al poder, pero todas ellas reunidas no formaban un cuerpo de ideas capaz de explicar por qué entregamos nuestra alma a ese desgraciado. Pero después le conocimos a usted. Pudimos acceder a todas sus clases por internet y muchos miembros de nuestro equipo asistieron a no pocas de ellas. Sus conferencias ni de lejos resolvieron todas nuestras dudas, pero nos ayudaron a comprender un poco más la personalidad de Adolf Hitler y las sofisticadas estrategias que empleó para penetrar y agigantarse en el inconsciente colectivo de Alemania y con ello convertirse en un depredador de nuestras emociones.

Katherine, al oír esas palabras, se sintió orgullosa de su marido. Era la primera vez que ambos veían a un militar emocionado.

No fue la derrota en la segunda guerra mundial, sino la conciencia de sus errores lo que transformó a los militares alemanes en la casta más humana y sensible de todas las fuerzas armadas de los países modernos. A ello contribuyó la actitud generosa de los aliados que vencieron en la guerra. A diferencia de los ganadores de la primera, éstos pidieron poco y dieron mucho, e invirtieron en la reestructuración de Alemania, lo que disminuyó la animosidad y cultivó el altruismo. Pusieron en práctica la siguiente máxima: «Nunca pises el cuello de un vencido, porque un día se transformará en una víbora. Extiéndele la mano y extraerá importantes enseñanzas».

Después de un ligero carraspeo, Theodor, bajo la mirada animadora del general Hermann, continuó:

—Como el general Hermann ha dicho, desarrollamos un proyecto ultrasecreto llamado Túnel del Tiempo. Se han gastado más de doce mil millones de dólares durante unos largos quince años. Tenemos pruebas reales de que funciona.

—Pero ¿es posible transportarse en el tiempo? Parece una ficción que huele a delirio —exclamó Katherine, asustada con toda esa historia.

Theodor, en esta ocasión, les dio más detalles:

—Si estudiamos en profundidad los agujeros negros, la mecánica cuántica y la Teoría de la Relatividad de Einstein, comprobamos que el tiempo no es una línea recta entre el pasado y el futuro. Puede ser distorsionado, acelerado o incluso desacelerado.

—¡No entiendo! Para mí el tiempo siempre ha sido uniforme. ¿Qué tiene que ver la plasticidad del tiempo con el transporte al pasado? —comentó el profesor.

—A medida que nos aproximamos a la velocidad de la luz, el tiempo se hace más lento. Usando una máquina que hace que las partículas entren en un torbellino, éstas lo circundan y se aceleran tanto que distorsionan la línea temporal dentro del anillo, creando un «túnel» por el podemos volver al pasado —afirmó Angela Feder, especialista en aceleración de partículas.

—Éste es un relato sintético de cómo funciona esta sofisticada máquina. Y, si funciona, podemos viajar en el tiempo. Y si podemos viajar en el tiempo, se puede cambiar la historia, aunque sea una posibilidad remota. Y si se puede cambiar la historia, podemos elegir qué período y qué capítulo queremos intentar cambiar —explicó el brigadier Arthur.

Hermann intervino entonces para hablar sobre la gran meta:

—Hemos escogido eliminar a Hitler. Si es posible, queremos cambiar no sólo la historia de las fuerzas armadas alemanas, sino también la historia del mundo. En fin, queremos borrar a Hitler y la segunda guerra mundial de las páginas de nuestros libros, de las páginas de nuestros recuerdos, de los textos de la humanidad —concluyó enfáticamente el general.

Julio Verne se llevó las manos a la cabeza. No sabía si estaba febril o eufórico. Taquicárdico, jadeante, sudoroso... lo asaltaban síntomas psicosomáticos. Ni en su imaginación de niño había ido tan lejos.

Katherine acababa de escuchar la historia de ciencia ficción más loca y brillante de su vida. Con dificultades para articular, dijo:

—¡Ustedes no son dioses! Y, además, yo pensaba… que… que Alemania ya había resuelto su culpa.

El profesor también intervino:

—Disculpa, Kate, como sabes, el sentimiento de culpa es fundamental. Es uno de los fenómenos psíquicos que más humanos nos hace. Si la culpa es intensa, deprime la psique; si no existe, sustenta el instinto animal; pero si está dosificada, es de una pedagogía fascinante. No obstante, a pesar de ser especialista en la segunda guerra mundial, nunca he culpado a la sociedad alemana actual de las locuras del nazismo. Los hijos no pueden ir a la cárcel por los errores de los padres.

—Somos conscientes de ello y estamos de acuerdo, pero ¿quién controla plenamente su mente? Tras la segunda guerra mundial, nuestras generaciones miraban hacia ese período avergonzadas por los errores que aquella fatídica generación cometió. Alemania ya pidió disculpas a su pueblo por el Holocausto judío y por otras atrocidades. Pero nosotros, miembros del Proyecto Túnel del Tiempo, queremos, más que reconocer nuestros errores, corregir la «propia historia». Sabemos que no somos dioses, sino seres humanos imperfectos y limitados y es así como queremos intentarlo…

El brigadier Arthur, sincero, declaró:

—Nosotros, militares, cada vez que estudiamos la historia nos sentimos profundamente incómodos con nuestros pares del pasado…

El almirante Hans Oster rompió su silencio y comentó:

—Es probable que la sociedad alemana haya resuelto su angustia, pero nosotros no conseguimos mirar las páginas de la historia sin preguntarnos por qué. Es casi increíble que los militares se inclinasen ante un maníaco, con una filosofía irresponsable e infantil. El Proyecto Túnel del Tiempo puede aliviar el dolor de los perjudicados, desde los niños hasta las madres, desde los adolescentes hasta los ancianos.

—Pero ¿tenemos ese derecho? —preguntó Katherine, que era una mujer muy espiritual.

Eva Groener, especialista en física cuántica, respondió:

—La ciencia modifica el presente y reescribe el futuro. Ahora tiene la posibilidad de reescribir el pasado. No hay ningún problema ético en eso. ¡Es nuestro deber!

—¿En qué puedo yo ser útil en este proyecto? —quiso saber Julio Verne, con el corazón palpitante.

Tomando la palabra, Angela Feder le hizo una pregunta sorprendente al intrépido profesor:

—Si tuviera la oportunidad de volver atrás en el tiempo, eliminar a Hitler y cambiar la historia, ¿lo haría?

Katherine se quedó muda. Julio Verne dudó unos segundos.

—¿Yo? ¿Un asesino?

En ese momento, se disparó el gatillo de su memoria y abrió la ventana de la propuesta de Peter, hecha en tono de broma: «Si tuviera la oportunidad de entrar en una máquina del tiempo y destruir a Hitler, ¿lo haría?». El profesor le había respondido: «No me callaría…». Ahora la pregunta era planteada con seriedad, lo que lo puso en un enorme dilema. Ser o no ser, ir o quedarse.

—Supongamos que la máquina del tiempo de verdad transporta a alguien al pasado. ¿Cuáles serían las consecuencias? ¿Cuáles serían los efectos colaterales? ¿Cuál sería el margen de error? —indagó Katherine.

—No es el momento de entrar en esos temas ahora —respondió contundentemente y con sequedad Eva Groener, pese a estar ante una persona que había atravesado una gran cantidad de acontecimientos.

Katherine replicó.

—¡¿Cómo que no?! ¡No se puede tomar un camino sin conocer los riesgos que éste implica, por lo menos los que se pueden conocer!

—Discúlpeme. Queremos ser transparentes con ustedes. Sólo les pediría un poco más de paciencia —contestó Eva en un tono más amable.

Julio Verne tenía muchas dudas sobre el proyecto, pero también una certeza: si aquello era real, no quería ser un cobarde ante la posibilidad de cambiar la historia. No podía ser un activista de los derechos humanos de quinta categoría, como algunos que berrean ante las sedes de sus gobiernos, pero que son incapaces de correr riesgos para aliviar el dolor ajeno.

Angela, consciente de la influencia de una mujer sobre un hombre, fue más aguda que los demás científicos y militares.

—¿El llanto de los niños en los campos de concentración no la afecta, Katherine? ¿El trabajo esclavo en Auschwitz no la desespera? Si usted fuera una alumna de Julio Verne y derramara una lágrima por cualquiera de ellos, tendría la nota máxima del profesor…

La científica usó una de las expresiones de éste para vencer la resistencia de ella, que efectivamente se quedó muda y emocionada.

Las palabras de Angela Feder transportaron a Julio Verne a las imágenes de sus pesadillas. Él se llevó la mano derecha a la frente, apoyando la cabeza en ella. Después la levantó y empezó a contar sus pesadillas.

Contó especialmente los detalles de la primera de la serie. Comentó que familias enteras de judíos eran obligadas a quitarse la ropa para después ser fusiladas sin la menor piedad. Habló sobre el padre que besó a sus dos hijos antes de morir y del diálogo inaudible con su hijo de diez años. Tras relatarlos, una vez más se convirtió en un coleccionista de lágrimas. El equipo de aquel megaproyecto, al haber ido siguiendo la historia de Julio, ya conocía sus pesadillas.

—Pero ¿por qué yo?

—Porque vivió su infancia en Alemania antes de mudarse a Inglaterra. Su alemán es perfecto. También porque es usted uno de los mayores especialistas en la segunda guerra mundial, por lo que conoce detalles históricos como ninguno de nosotros. Sería más eficaz para la operación. Y, además de eso, consideramos que es mejor que sea de origen judío, para así corregir su propia desgracia perpetrada por el nazismo —afirmó Hermann.

A continuación, Theodor hizo la pregunta fatal.

—Usted aceptó conocer el proyecto. Y ahora, ¿acepta formar parte de la misión? ¿Acepta entrar en la Máquina del Tiempo?

El proyecto constituía la invitación más hermosa y emocionante para un humanista, en especial, para un profesor de historia. Él miró fijamente a Katherine a los ojos y respondió:

—¿Cómo podría rechazarlo?

Todos los miembros del equipo se relajaron y esbozaron una leve sonrisa, a pesar de que él aún no había dado una respuesta definitiva. Pero fue un gran paso.

En ese momento, Theodor, extrañamente, en lugar de celebrarlo, empezó a hablar de los riesgos. Parecía que quisiera disuadirlo. Se trataba del método del proyecto y seguían a rajatabla el protocolo de elección.

—La máquina que hemos creado necesita grandes cantidades de energía para hacer un pequeño agujero negro. Ese proceso es muy inestable y difícil de manipular. Por tanto, hay riesgos.

—¿Cuáles? —preguntó Katherine, ansiosa, y, al mismo tiempo, animada por poder hablar del asunto.

Honesto, el científico, los enumeró:

—Riesgo de que el viajero en el tiempo sufra una hemorragia cerebral. Riesgo de alterar su código genético y de que sus células se multipliquen y, por lo tanto, pueda desarrollar un cáncer.

Julio Verne y Katherine empalidecieron. Y Eva continuó:

—Riesgo de desintegrarse con la radiación.

Julio continuó mirando a su esposa, presa del un estrés, aunque sus «enemigos» estaban en el campo de las posibilidades. Y, para espanto del matrimonio, la enumeración de los riesgos continuó:

—Sabemos que el tiempo se desacelera un poco cuando nos acercamos a grandes masas. Si viajamos dentro de un agujero negro, dependiendo de la cuerda cósmica y de la velocidad que se alcance, podríamos ir a miles de años luz en el futuro o a miles de años luz en el pasado. El espacio-tiempo puede sufrir una distorsión hasta tal punto que se podría llegar hasta el inicio de la historia del universo, incluso al momento del Big Bang, la gran explosión cósmica inicial —dijo el general Hermann.

—¿Y cuáles son las implicaciones de todo esto? —preguntó Katherine, perpleja.

Julio Verne, tenso, no quería oír la respuesta.

—El riesgo es que se quede preso en la barrera del tiempo, atrapado en cualquier época y lugar del espacio-tiempo. Podría, por ejemplo, ser enviado a la Era del Hielo y quedarse allí —explicó Theodor.

La osadía de Julio Verne se derritió como hielo al sol del mediodía. Nunca se había sentido tan débil. Tragando saliva, pensó en echarse atrás.

—Pero hay muchas personas que odian el nazismo y conocen los movimientos económicos, políticos y sociales que lo orientaron. ¿Por qué yo? —preguntó de nuevo.

Los impulsores del viaje más increíble se miraron entre sí. Había llegado la hora de contarles el último secreto.

—También fue escogido por sus pesadillas —afirmó Angela.

—¿Cómo?

—De acuerdo con la Teoría de la Relatividad, nada supera la velocidad de la luz. Pero descubrimos que hay un fenómeno capaz de hacerlo...

Se hizo el silencio. «¿Qué será?», se preguntó para sí Julio Verne.

—La velocidad del pensamiento y de la imaginación. La velocidad de la luz es constante, pero la del pensamiento puede acelerarse o desacelerarse —afirmó Theodor.

El profesor no entendió nada, ni siquiera adónde quería llegar el científico. No obstante, se sintió muy perturbado y empezó a temblar.

—Necesitamos de la energía de sus pensamientos, en especial, del almacenado de sus pesadillas, como botón de *stop* para interrumpir el transporte en la historia. No hay forma de frenar el proceso de retorno al pasado, a no ser que la energía metafísica de los pensamientos entre en...

—... sintonía con la energía física de la Máquina del Tiempo e interrumpa el retorno del tiempo en un determinado espacio —concluyó el profesor, asombrado.

—Exactamente —confirmó Theodor.

—Esperen un poco. ¿Están queriendo decir que los terrores nocturnos sobre los horrores del nazismo alojados en el inconsciente de mi marido van a dirigir la actividad de la Máquina del Tiempo? —inquirió Katherine.

—Sí, es lo que creemos —afirmó Erich.

—¿Lo que creen? Pero la ciencia no puede sobrevivir a base de creencias —replicó ella, indignada.

Tenía razón. Eran científicos renombrados, habían llevado a

cabo innumerables investigaciones, pero no conocían todas las facetas de la misteriosa máquina.

—Tenemos evidencias bastante seguras de que la energía mental podrá guiarlo dentro del agujero negro a los momentos históricos que queremos, o, mejor dicho, que su mente o su imaginación quieren —afirmó el jefe científico de la misión, Theodor.

—Dios mío, un medicamento tarda por lo menos diez años en lanzarse al mercado. Es sometido a test y más test para saber su eficacia y sus efectos colaterales, y ustedes quieren meterme en una máquina tremendamente inestable, peligrosa y sin botón de control —les espetó Julio Verne.

—Pero ¡vale la pena el sacrificio! —afirmó Hermann.

La ansiedad del equipo tenía justificación. Producir un pequeño agujero negro dentro de la supermáquina no sólo exigía una gran cantidad de energía, sino que sus consecuencias en el presente eran difíciles de controlar. Tenían que enviar a un «héroe».

—Pero no soy un mesías, general —afirmó Julio Verne—. Soy un ser humano lleno de defectos y dominado por diversos miedos.

—Pero es un profesor de historia indignado con las locuras de la humanidad. Le estamos ofreciendo la posibilidad que ningún historiador ha tenido nunca y siempre ha soñado; la de visitar in situ los acontecimientos del pasado que son meros textos en los libros. Le estamos ofreciendo la posibilidad de reescribir la historia. No hay causa tan noble —opinó Arthur Rosenberg.

—Además de eso, profesor, no puede rechazar la misión —dijo contundente el poderoso jefe general del proyecto, Hermann.

Katherine se indignó con él. Parecía que la democracia no funcionaba en aquel laboratorio. Irritada, le espetó:

324

—¿Cómo que no? No somos sus prisioneros. Por lo menos suponemos que no.

—Esperen, no me juzguen precipitadamente —dijo el general—. No es nuestro prisionero, profesor, pero desgraciadamente, es prisionero del tiempo...

Se hizo un pesado silencio y la pareja no se atrevió a preguntar nada. Esperaban más datos. Y éstos vinieron de la mano de Theodor.

—No puede rechazar la misión de viajar al pasado, porque, simplemente, ya estuvo allí.

—¿Qué locura es ésa? —preguntó Julio Verne.

—La carta a Goebbels que usted escribió, la carta de los niños Anne y Moisés y todas las demás, todas ellas con fechas y materiales de aquella época, demuestran que usted ya estuvo allí y abrió de alguna forma una cuerda cósmica, una ventana en el tiempo —explicó Hermann

—Ustedes se están quedando conmigo —dijo, confuso, el profesor—. Yo nunca he estado en una máquina del tiempo, nunca he estado allí, nunca he vivido esas aventuras.

—No sabemos seguro lo que está ocurriendo, pero usted ya ha viajado por medio de la Máquina del Tiempo y abrió el transporte de cosas y personas del pasado...

A punto de tener una crisis de nervios, Katherine cortó al general Hermann y se preguntó:

—¿Ustedes están afirmando que los hombres que quieren matarnos son verdaderos nazis que han sido transportados por esa ventana en el tiempo? ¿Una ventana que Julio abrió?

—Tenemos fiables indicios de que sí. Julio Verne no está mentalmente enfermo, como algunos piensan, incluso su adversario llamado Paul. Lo que tiene son pesadillas con hechos reales que vivió en su viaje al pasado. Y, además de eso, a través de la cuerda cósmica que su energía mental de alguna forma crea, ha transportado a nazis de los tiempos de Hitler a los días actuales, generando una persecución nunca vista. Dense cuenta de que no tienen identidad, usan métodos del pasado, aparecen y desaparecen con increíble facilidad... —afirmó Theodor.

El profesor, como si estuviera siendo iluminado, respiró profundamente aliviado y exclamó:

—¡Eso es! ¡Sólo puede ser eso! Haber viajado en el pasado es lo único que explica los extrañísimos fenómenos que me han rodeado en los últimos meses. ¡Eso es, Kate! —dijo conmovido, tomando las manos de su esposa. Sintió que se quitaba una tonelada de peso de su cerebro.

Confirmar que la confusión de su mente no era signo de locura, por un lado calmó su ansiedad, pero por otro avivó el fuego de sus cuestionamientos.

—¿Yo conocí a Rodolfo? ¿Ayudé a rescatar a algunos enfermos mentales? ¿Viví con los pequeños Moisés y Anne? ¿Envié cartas para Katherine desde los tiempos de la segunda guerra mundial a los días actuales? ¿Tuve contacto con Thomas Hellor? ¿De alguna forma conocí al desalmado de Heydrich? ¡Él intentó asesinarme! Ay, si hubiera sabido que era él... Pero ¿cómo es eso posible? Nunca acepté viajar en el tiempo.

—No se acuerda de ese hecho porque ese permiso se produjo en el futuro, aunque el futuro sea de aquí a unas horas o días —afirmó Theodor.

—Además de eso, el transporte de esos nazis indica que usted no sólo viajó a través de la Máquina del Tiempo, sino que alteró el pasado de alguna forma. Esos hechos extraños demuestran claramente que la máquina funciona y que la energía mental es el mecanismo de localización espacio-temporal —confirmó Angela, entusiasmada.

Todos estuvieron de acuerdo con esa afirmación.

—Discúlpenme por hacer una última pregunta —dijo, esta

vez con delicadeza, Katherine—: Y si Julio se niega a entrar en la máquina, ¿qué puede ocurrir?

El general, después de mirar a sus colegas, disparó una bomba.

—Como hay una cuerda cósmica abierta y con dirección mental del profesor, en una situación de intenso estrés de él, puede que se cree un agujero negro capaz de absorberlo definitivamente hacia el pasado. Del mismo modo como los nazis continuarán transportándose hacia el presente, él podrá ser transportado al pasado.

—¿Sin la máquina?

—Probablemente. Podrá rechazar el transporte en el presente, pero no podrá negarse en el futuro.

Los científicos confesaron que había revuelto en la caja negra del tiempo involucrándolos a ellos dos. Pidieron disculpas, pero de poco servían.

Julio siempre había luchado en sus aulas para formar a alumnos que tuvieran las funciones más complejas de la inteligencia bien desarrolladas, como la capacidad de exponer y no imponer sus ideas, proteger su emoción, gestionar su estrés y, por encima de todo, que fueran autónomos y autores de su propia historia y, así, que pudieran contribuir al «Holocausto nunca más». Ahora era un fugitivo, en ningún lugar estaría seguro. Le faltaba la habilidad para proteger su psique y su integridad, así como la de su mujer.

—Desgraciadamente, incluso dentro de una cárcel de seguridad máxima, esos verdugos pueden perseguirlo —dijo el brigadier Arthur.

—Entonces, somos muertos vivientes —afirmó Katherine aterrorizada.

—Puede que no —dijo Hermann—. Hay que cerrar esa cuerda cósmica. La única posibilidad de que sobreviva, profesor, es intentar volver al pasado y hasta puede que consiga eliminar a Hitler.

—Si ustedes tienen razón y mi mente funciona como control del viaje del tiempo y realmente caigo en una sociedad nazi, ¿cómo yo, judío con rasgos de judío, biotipo de judío, voy a sobrevivir? Estos locos cazadores de mi pueblo me matarán.

—Para esas eventualidades hemos preparado documentos y uniformes falsos, semejantes a los de los oficiales de las SS —afirmó Hermann.

En ese momento, el profesor recordó que en sus pesadillas llevaba puesto ese uniforme. Theodor, pragmático, añadió:

—Se someterá a pequeñas cirugías correctivas y de relleno, para disfrazar su biotipo. E incorporará a su diccionario lingüístico una serie de expresiones de la época.

—Y para minimizar los riesgos y maximizar las posibilidades de éxito del Proyecto Túnel del Tiempo, deseamos transportarlo a la infancia de Hitler y no a la Alemania nazi —explicó Arthur sin titubear.

—¿No estarán pensando en...? —preguntó, trémulo, Julio Verne.

—Será más fácil eliminar a un niño que a un adulto —respondió el brigadier.

En ese momento, Julio saltó:

—¿Matar a un niño? ¿Yo? ¿Cómo puede un profesor que afirma que los débiles usan la agresividad y los fuertes la generosidad asesinar a un niño? Hitler se convirtió en el mayor psicópata, criminal y villano de la historia, pero no hay niños psicópatas.

—Piénselo bien. Será un niño por un millón de niños judíos; eso sin contar a los niños ingleses, polacos, rusos... —dijo el pragmático Bernard.

—Por favor, Bernard, no es una cuestión de números. Imagínense que lo consigo. Habría asesinado a un niño para cambiar la historia. ¿Y cuáles serán las secuelas de eso en mi psique? Lo primero que mataré será mi conciencia. Las mantas ya no me calentarán. Los antidepresivos no me animarán. Las primaveras ya no tendrán perfume ni colores para mí. Andaré errante día y noche.

—Intentar eliminar a un Hitler adulto es muy arriesgado —dijo bien claro el general Hermann—. No olvide que está blindado por las SS y que tiene millones de seguidores. Todo nuestro trabajo podría irse al garete.

—Si elimino a un niño, aunque sea al pequeño Adolf, no seré diferente de los nazis. Tiene que haber alternativas.

Katherine tomó las manos de su marido y se las acarició. Estaba visiblemente trastornado. Ella suplicó a los presentes:

—Por favor, déjenlo pensar. Julio necesita organizarse.

Y así terminó aquella larga reunión. Era necesario meditar todas las posibilidades. A fin de cuentas, el hermoso sueño de corregir la historia podría transformarse en su más angustiosa pesadilla, capaz de robarle la tranquilidad al dormir y al despertar. Jamás sería el mismo. «Jugar» a ser Dios era una responsabilidad insoportable.

## 22

## ¡HE AQUÍ EL HOMBRE ADECUADO!

Condujeron a la pareja de profesores a una cómoda habitación. Cama blanda, *king size*, almohada enorme y suave, como a ellos les gustaba, cortinas aleteantes estampadas con tulipanes blancos del gusto de Katherine, escritorio de mármol de Carrara para la lectura, biblioteca particular con los libros preferidos de Julio Verne... Había un frutero sobre una pequeña mesa al lado del escritorio, con uvas, peras y papayas, todas ellas frutas apreciadas por la pareja. Había incluso atemoyas, una fruta tropical brasileña considerada por la inglesa Katherine la reina de las frutas. Bajo la cama, suaves zapatillas para caminar del baño a la habitación.

—Han pensado en todo, Julio.

—Es sorprendente. Creo que nos conocen mucho mejor que nuestros amigos.

—Puede que prepararan todo esto por el sentimiento de culpa de habernos soltado en el coliseo del tiempo.

—Es probable. Nunca gente tan bienintencionada había causado tantos trastornos a simples profesores. Sinceramente, he llegado a pensar que estaba teniendo brotes psicóticos.

—En algunos momentos, yo también he tenido la certeza de que así era. Creía que tendría que internarte —dijo Katherine, sonriendo. A continuación, reflexionó sobre el antes y el después de esos trastornos.

—Me siento completamente indecisa.

—Kate, no estamos aquí por mi culpa ni por la tuya. Es hora de enfrentarnos a ese desierto…

Ella reflexionó y se mostró de acuerdo:

—Tienes razón. Es hora de dejar de lamentarse. No podemos hacer nuestro entierro antes de tiempo.

—Eso eso, esa frase es mía —bromeó con la mujer que amaba.

—Concédeme el honor de vivir la vida —dijo ella, esforzándose por mostrarse alegre.

Esa actitud dio impulso al convaleciente ánimo del matrimonio. Aún vivirían períodos de aguda incertidumbre, representarían lágrimas en el teatro del rostro, miedos surcarían el territorio de su emoción, pero decidieron asumir el caos social y encontrar en él oportunidades creativas. Pasaron horas debatiendo y estudiando los libros de historia que estaban sobre el escritorio, para construir alternativas a la propuesta del grupo de eliminar a Hitler de niño. Entraron en un dilema ético en que jamás se habían planteado adentrarse.

—¿Has pensado ya qué pasaría si consiguieras eliminar al Führer? Tú que eres mi héroe, serás mi superhéroe —bromeó ella.

—Me da pánico oír el disparo de una arma. ¿Cómo voy a hacer eso? —dijo él, sintiéndose débil.

—A juzgar por los que quieren eliminarte, no eras tan indefenso. Debiste de causar mucho tumulto en el pasado.

Julio Verne levantó los hombros y reflexionó, dudoso. Era difícil convencerse de que hubiera perturbado tanto a los nazis.

Después de mucho hablar, fueron organizando alternativas extremadamente motivadoras. Cansados, necesitaban dormir. El estrés y los sobresaltos de las últimas semanas habían reducido la entrega del uno al otro, el preludio, el afecto, las palabras íntimas y únicas. Fueron a acostarse, pero no consiguieron abstraerse de la cruda realidad para tener un sueño reparador. A las cinco y media de la mañana, Julio se despertó asustado. Volvió a sufrir un episodio de intenso estrés.

—Descansa, mi héroe —bromeó Kate de nuevo.

Abrazándola, consiguió volver a dormirse. Nadie los llamó por la mañana. Se despertaron solos a las diez. Minutos después, oyeron unos suaves golpes en la puerta, diferentes de los que los asustaban. Julio se puso su bata blanca y fue a observar por la mirilla de la puerta. Era un camarero que vio que llevaba una bandeja con un rico desayuno de tortillas de verdura, frutas flambeadas, ensalada de frutas y zumo de uva natural, como a ellos les gustaba. Eran raciones generosas, que podían satisfacer a dos personas hambrientas. Y aquel día, al estar más relajados, su apetito era mayor.

El profesor puso la cadena en la puerta para abrir solamente una rendija.

—Tranquilo, Julio Verne. He pasado el control de seguridad.

Él abrió completamente la puerta pidiendo disculpas.

Tras el agradable desayuno, se marcharon a la reunión con los científicos y militares, que aún temían la posibilidad de que el profesor se echara atrás. La pareja se sentó en sus lugares en la gran mesa oval. Segundos después, el general Hermann, directo como siempre, preguntó:

—Entonces, profesor, ¿cuál es su decisión?

A Julio, a diferencia del militar, le gustaba fundamentar sus respuestas. En lugar de hablar de su decisión, hizo un relato sobre la pesadilla que había tenido aquella primera noche. Aún no había comentado el episodio con Katherine.

—Soñé que estaba preso en Auschwitz. Me libré de las cámaras de gas y me convertí en uno de los trabajadores esclavos en la industria química IG-Farben. Los nazis nos usaban como cuerpos desechables hasta agotar la energía de nuestra última célula.[131] Estaba delgado, abatido, deprimido, desanimado. Entonces apareció un nazi y pidió a mi grupo de compañeros que nos juntáramos para hacernos una foto.[132] Tal vez fuéramos su trofeo, del que presumiría cuando volviera a Alemania.

—Pero ¿por qué no me habías hablado sobre esa pesadilla, Julio? —preguntó Katherine, intrigada, pues entre ellos no había secretos.

—No quería arruinar una de nuestras mejores noches de los últimos tiempos.

Los miembros del equipo se miraron y los animó oír que se sentían bien. A continuación, el profesor completó su impresionante relato.

—No parecíamos hombres, sino esqueletos vivos. Vi médicos, profesores, empresarios, banqueros, trabajadores de empresas, extremadamente flacos, con las costillas marcadas, sin musculatura, las piernas flácidas que a duras penas conseguían sostenerlos. No llevaban camisas, pantalones y zapatos, sino unas sandalias con las suelas de madera y un viejo y roto blusón de rayas que hacía meses que no se lavaba. Algunos ni siquiera tenían ropa interior debajo. Hacía mucho frío y con esos harapos intentábamos calentarnos, una tarea imposible, por lo que los más debilitados morían.

También dijo que en la foto esbozaban una leve e irónica sonrisa, como si se estuvieran despidiendo de la vida, preparándose para el último acto existencial.

Tras ese relato, Julio, para espanto de los presentes, incluso de Katherine, abrió un sobre y sacó la foto de la que había hablado. Era supuestamente la misma que el nazi había tomado del grupo de Auschwitz en 1942. El papel de impresión era muy antiguo.

Cuando Katherine la tuvo en sus manos, la observó y el pánico se reflejó en su cara.

—Julio, cariño, ¡estás aquí! ¡No puede ser, Dios mío! —Llevándose la mano derecha a la boca, añadió—: Eres el de la izquierda, al fondo.

La foto pasó de mano en mano. Todos se quedaron asombrados, no parecía un montaje.

Profundamente apenado, no por él, sino por los judíos de Auschwitz, Julio continuó:

—Éramos un montón de basura para los policías de las SS y no seres humanos. Para ellos, no teníamos aspiraciones, sentimientos, deseos... no existíamos. Cualquier comunicación entre nosotros o cualquier tropiezo era suficiente para recibir una bala. No había la más mínima compasión. Los miembros de las SS habían perdido su humanidad y asfixiaban la nuestra. Algunos, al dormir, deliraban soñando que estaban hablando con sus hijos y sus mujeres. Brindaban el afecto en su imaginación. La psicosis para muchos se manifestaba en su intento de salir de las fronteras de la realidad. Pero los *capos*, los criminales encargados de vigilarnos, oyéndolos, los mataban y ordenaban a sus compañeros que hicieran la limpieza.

Después de esa descripción, las palabras del coleccionista de lágrimas no conseguían fluir. Theodor, indignado, preguntó:

—¿Cómo se puede mantener un organismo vivo de millones de células con míseros pedazos de pan y un simple caldo de sopa al día durante meses seguidos?

Y el tono del cuestionamiento subió. Ahora por parte del general Hermann:

—¿Cómo se puede no tener un ataque de furia contra Hitler al ver a un capataz con gruesos guantes y cazadora de cuero gritarles a los desnutridos prisioneros que realizaban trabajos insoportables sin abrigo y a una temperatura de veinte grados bajo cero?

Y el tono de los horrores subió más aún. Ahora por parte de Angela:

—¿Cómo se puede soportar el estrés de cargar con tu cuerpo, sabiendo que pronto morirías de inanición o te meterán en una cámara de gas del otro lado de la valla eléctrica? A los nazis les gustaba que algún judío intentara huir, para así entrenar sus habilidades de caza.

—¿Y cómo resistir la tentación de no electrocutarse y terminar con el dolor físico y emocional, cuando un día parecía una eternidad? —preguntó el propio Julio Verne, mirando a Katherine. Ésta ganó una fuerza irresistible y también preguntó:

—Sí, ¿cómo es posible soportar el trabajo esclavo, teniendo la certeza de que tus hijos y tu mujer ya han sido aniquilados en las cámaras de gas del campo?

Los hombres y las mujeres de los campos de concentración fueron grandes héroes de la historia, aunque sólo quisieran tener el derecho a ser simples seres humanos.

Angela se sintió impresionada con la sensibilidad y la actitud de Katherine. No parecía la misma mujer atónita de la víspera.

Tras esa sesión de citas crueles, el profesor quería, más que cualquier otro, entrar en aquella Máquina del Tiempo, aunque intentaran impedírselo. De modo que, con voz firme, se levantó y dijo:

—Acepto la misión.

Recibió los calurosos aplausos del equipo. Pero después añadió:

—Sin embargo, no eliminaré al pequeño Adolf, intentaré eliminar al Adolf Hitler adulto, al hombre culpable, al desalmado social, antes de que ascienda al poder o que desencadene la segunda guerra mundial.

Todos recibieron esto como una ducha de agua fría. Treinta años de investigaciones y diez años de construcción del poderoso laboratorio. Cerca de 2.500 personas trabajando directa o indirectamente para ejecutar el Proyecto Túnel del Tiempo, aunque la gran mayoría de ellas no supiera lo que estaban construyendo, y ahora todo corría peligro por causa de una fiebre humanista. ¿Cómo evitar la decepción?

El general Hermann le recordó los atentados frustrados que había sufrido Hitler:

—En uno de esos atentados, escapó sólo con escoriaciones y acudió a la radio inmediatamente para demostrar que estaba vivo, después ordenó una persecución sin piedad, raramente vista antes.

—Conozco esa persecución, general. Hitler no sólo cazó a los que atentaron contra él, sino que los colgó en cámaras frigoríficas y pidió que se grabara el hecho. Después, con una crueldad extrema, mató a sus padres, a sus mujeres y a sus hijos; a todos sus parientes. Y, al dar la orden de acabar con toda su familia, aún tuvo la desfachatez de decir que tal exterminio era diferente de las purgas que Stalin practicaba.[133]

Katherine salió de su aparente seguridad y entró en un estado de intensa indignación.

—¿Qué? ¿Hitler eliminó a niños, mujeres y ancianos alemanes para vengarse de los que habían conspirado contra él?

A pesar del clima creado, Julio Verne no cedió.

—General, no sirve de nada que intente disuadirme. ¿No ve que me están persiguiendo los seguidores de Hitler? ¿Qué indica eso? Que yo viajé en el tiempo en el período en que el Führer era adulto. Indica también que, en cuanto a eso, no cambié de opinión en el futuro, que no acepté asesinar a un niño, que no bebí del mismo cáliz que los dictadores.

Todos tuvieron que estar de acuerdo con el profesor. El argumento tenía fundamento, lo que los llevaba a escucharlo con una atención diferente.

—Si me voy a convertir en un viajero del tiempo, quiero atacar los puntos de mutación de la historia.

Se oyó un murmullo.

—¿Puntos de mutación? —repitió, curioso, el general Hermann—. Nunca he oído hablar de ese fenómeno.

—Los puntos de mutación de la historia son curvas existenciales, los nudos con los que ésta se amarra, se desarrolla y se pone en marcha. Metafóricamente hablando, un acontecimiento marginal cambia un párrafo de la historia, pero un punto de mutación cambia un capítulo. Si cambiamos un punto de mutación, podemos cambiar incluso todo un contexto histórico, quizá incluso la segunda guerra mundial.

—Sigo sin entender, profesor —dijo honestamente Eva. Ella no sólo era una científica brillante de física cuántica, sino que también gozaba de una notable cultura general. Se quedó desconcertada con aquella expresión. Pensó, por un momento, que él estaba huyendo de su responsabilidad.

—No se cambian las grandes acciones de la historia con un hecho marginal, sino por los puntos de mutación o centrales. Necesitamos encontrar esos puntos de mutación y eliminarlos, o cambiar su curvatura.

Angela Feder, que odiaba sentirse ignorante, fue directa:

—Defina claramente ese fenómeno y denos un ejemplo inteligible.

—Un punto de mutación es el punto de desplazamiento de una gran secuencia de acontecimientos. Si yo destruyo una ametralladora, puedo cambiar un párrafo de la historia, pero si destruyo una fábrica de armas, ataco un punto de mutación, puedo cambiar un capítulo de la guerra.

Finalmente, lo entendieron.

—Al inicio del Proyecto Túnel del Tiempo, si yo elimino a un soldado, estoy atacando un hecho marginal y, por tanto, estéril, pero si elimino al general Hermann, el proyecto podría ser anulado —bromeó Theodor. Algunos sonrieron, aliviando el tenso ambiente.

—Perfecto. Asesinar a Hitler es un gran punto de mutación, pero hay otros puntos de mutación más fáciles que, si conseguimos alcanzarlos, producirán los mismos efectos. Tenemos que encontrarlos y elegirlos. Kate y yo hemos localizado unos cuantos —afirmó el profesor.

El general Hermann, a pesar de ser siempre escéptico, apreció la idea. Y hasta se emocionó:

—Evitar que el Partido Nazi reciba votos masivos puede ser uno de ellos, pero será más difícil conseguirlo en una Alemania en crisis financiera, política y social. Quizá sea mejor calumniar a Hitler, eliminar a Goebbels o sobornar al juez que lo condenó para que le eche diez años de prisión sin reducción de pena.

—¡Perfecto! —exclamó el profesor.

—¿Cuáles son sus puntos de mutación? —le preguntó a Julio el circunspecto almirante Hans Oster.

—¡Danzig! Sí, Danzig es uno de ellos.

—¡La ciudad de Danzig! ¡Genial! —dijo el almirante.

—Hitler era combativo, radical, aguerrido, tenía aprecio por la guerra, pero antes de invadir Polonia y de iniciar la segunda guerra mundial en agosto de 1939, se mostró inseguro y titubeante. Sus guerras relámpago sólo surgieron con el éxito de las primeras campañas. Le aterrorizaba pensar que una invasión de Polonia provocara que Francia, Inglaterra y Rusia entraran en guerra con él. A partir de la primavera de 1939, sus ambiciones geopolíticas empezaron a palpitar incontrolablemente. Reivindicaba como alemana la pequeñísima ciudad de Danzig, en Polonia, que había sido anexionada por ésta en la primera guerra mundial. Danzig no tenía importancia estratégica para Polonia, era una ciudad alemana cuya separación había sido una concesión del Tratado de Versalles. No era fundamental para la economía alemana, pero conquistarla se había convertido en una obsesión para Hitler, un «juguete» para nutrir su autoestima y la de Alemania.[134]

Y continuó, diciendo que Ribbentrop, el ministro de Exteriores convocó al embajador de Polonia en Berlín, Jozef Lipski, y le propuso hablar de una compensación germano-polaca. Insistió en viejas reivindicaciones, entre las que se encontraba la restitución de la ciudad de Danzig y el establecimiento de una vía extraterritorial, a través del Pasillo Polaco.[135]

—Ése es un punto de mutación de la historia —dijo finalmente Julio Verne—. Si el líder polaco cediera, puede que no se produjera la segunda guerra mundial.

—Pero las verdaderas intenciones de Hitler no eran Danzig. La ciudad no era más que un pretexto para ampliar su dominio germánico hasta Polonia —afirmó el general Hermann.

—Tiene razón. Pero por medio de Ribbentrop, hizo una oferta que, si Polonia hubiera aceptado, habría posibilitado suavizar, al menos temporalmente, las ambiciones de Hitler. A cambio de las reivindicaciones, ofreció a Polonia una prórroga de veinticinco años del Pacto de No Agresión de 1934 y la garantía formal de que no se tocarían las fronteras del país.[136]

—Sin duda, valdría la pena «pagar» por ver si Hitler traicionaría ese pacto —afirmó el brigadier Arthur.

—El Führer quería hacer gala de su fuerza ante ochenta millones de alemanes, la población de la época —dijo Julio Verne, y comentó que Alemania no estaba en condiciones de sustentar una guerra de larga duración, tanto desde el punto de vista político, como material y psicológico—. Y el Führer lo sabía.

El principio fundamental es la liquidación de Polonia —empezando por un ataque a ella—, pero sólo lo conseguiremos si Occidente permanece fuera de juego. Si eso fuera imposible, será mejor atacar Occidente y aprovechar para liquidar Polonia... La guerra contra Francia e Inglaterra será una guerra a vida o muerte... No entraremos en guerra contra nuestra voluntad, a no ser que sea inevitable.[137]

—¿Y cuál fue la respuesta de Polonia ante las ofertas de Hitler? —preguntó, curioso, el científico Theodor.

—No pudo ser peor. Las acogió con extrema irritación. El sueño secreto de Polonia de participar en igualdad de condiciones en el tablero político de Europa y de ser una gran potencia estaba en la recusación seca e irracional del ministro de Asuntos Exteriores polaco, Jozef Beck. Como un Don Quijote, negaba el poderío militar de Alemania. Para él, Danzig era un símbolo de su política. Perderla, así como aceptar otras peticiones de Hitler que eran insoportables, era robar la identidad de Polonia como futura potencia.

Irritado con el rechazo de Beck, el Führer liberó los monstruos que habitaban en su mente. Se volvió más obsesivo aún sobre la invasión de Polonia. Y, cuando lo hizo, fue con fuerza brutal y simplemente los aplastó.

—¿Conoce la petición apasionada y hasta suplicante del embajador francés para que Beck aceptara la oferta de Hitler, incluso la de ceder a Alemania un pasillo de paso a Polonia, en caso de un combate contra Rusia? —preguntó el general Hermann, que conocía algunos detalles de la segunda guerra mundial.

—Los líderes polacos respondieron con increíble arrogancia: «Con los rusos perdemos la libertad, con los alemanes perdemos el alma». ¡Propongo, por lo tanto, convencer a Beck para que acepte la oferta alemana! —concluyó el profesor.

Después de eso, Julio Verne comentó otro punto de mutación de la historia. Hitler había quebrado la espina dorsal del

340

Partido Comunista en Alemania. Él odiaba a los comunistas y, por extensión, a Rusia, y Stalin lo sabía. Pero sólo invadió Polonia tras conseguir un Tratado de No Agresión germano-ruso, algo para lo que aún no estaba preparado. Sellar ese tratado fue un gran triunfo de la diplomacia alemana, un fenómeno fundamental para quebrar la inercia megalomaníaca del Führer.

Hitler había dado un ultimátum a Polonia. El tiempo apremiaba. Como no había disuadido a los polacos, Francia, junto con Inglaterra, sabía que era fundamental cerrar un acuerdo con Stalin antes que Hitler. Enviaron a representantes para negociar con el secretario del Partido Comunista, pero cometieron un fallo grotesco, imperdonable, que facilitó el inicio de la guerra.

Todos se miraron, curiosos otra vez, queriendo saber cuál sería ese punto de mutación. El profesor continuó:

—Es casi increíble. En esa carrera contra el tiempo, mientras el ministro de Exteriores de Alemania, Ribbentrop, abordaba un avión para firmar el acuerdo con Stalin, los embajadores francés e inglés tomaron un barco.[138]

—¡No es posible! ¿En la era del avión, subieron a un navío? —exclamó Hermann, dando un golpe en la mesa.

—Perdieron días muy valiosos, días que cambiaron el destino de la historia. ¿Cómo pudieron, en esa carrera contrarreloj, ser tan lentos? ¿Acaso Francia e Inglaterra querían ahorrar? —preguntó Theodor, indignado.

—El hecho es que Inglaterra y Francia lucharon como leones para evitar la segunda guerra mundial. Pero no fueron perfectos —afirmó el profesor.

—Si Julio Verne entra en la Máquina del Tiempo y consigue encontrar a los embajadores inglés y francés y los convence de que cojan un avión antes que Ribbentrop, tendrán posibilidades de abortar el Tratado de No Agresión germano-ruso. Es un hermoso punto de mutación de la historia —comentó animado el general Hermann, que empezó a pensar que intentar eso era un desafío más humano que perseguir su propuesta inicial.

Varios otros puntos de mutación fueron discutidos, lo que animó mucho a los miembros del equipo del Proyecto Túnel del Tiempo. Se hizo un informe de los principales hechos que podrían rediseñarse.

El profesor, dotado de gran sensibilidad, había optado por invertir en aquellos que podían cambiar el curso de la historia, sin derramar una gota de sangre. Era romántico, era ingenuo, no imaginaba los acontecimientos que lo aguardaban. Tenía una semana para prepararse para su increíble viaje.

## 23

## UN ROMANCE EN PELIGRO

Cinco días más tarde se produjo otro grave accidente. Cinco nazis consiguieron entrar en el edificio de máxima seguridad en que se encontraba la Máquina del Tiempo, dispararon a diez soldados, de los cuales tres murieron y después intentaron invadir las habitaciones donde se encontraban Julio Verne y Katherine. Los invasores eran todos miembros de las SA y las SS. No se sabía si ignoraban que había cámaras repartidas por todos los pasillos o si eran osados. Sólo querían eliminar a su objetivo. Ametrallaron la puerta del cuarto de la pareja, pero, como era de acero, no se rompió. Al intentar volarla, consiguieron entrar en el cuarto, pero ellos habían escapado por un pasaje secreto.

Más de cien policías de los que formaban la seguridad del laboratorio central y de la Máquina del Tiempo empezaron a perseguir a los intrusos. Tras treinta minutos, cesó la persecución. Como por arte de magia, los nazis desaparecieron. Entraron en un portal del tiempo y se desvanecieron. Dejaron una antigua ametralladora portátil, un rifle y sangre por los pasillos.

Julio Verne necesitaba marcharse. Probablemente no sólo la seguridad de Katherine dependía del éxito de la misión, sino también la de todo el equipo del laboratorio y puede que la de muchas personas más.

A pesar de que los científicos y militares del proyecto estaban convencidos de que el profesor era el hombre adecuado para viajar en el tiempo, se sentían incómodos por no haberles contado a él a y Katherine otros riesgos que implicaba el viaje. Riesgos que hasta el momento no habían sido discutidos.

Se convocó una última reunión antes de que Julio partiera. El general Hermann se volvió a anticipar, pero en esta ocasión fue lacónico.

—Las posibilidades de que muera son grandes. Pero si no va, ya está muerto.

Inesperadamente, él repitió una de las primeras preguntas que había planteado al equipo. Tenía dudas sobre si habían sido completamente sinceros:

—Estoy metido hasta el cuello en este proyecto. Sean honestos, por favor. ¿Ya han enviado a algún militar para que asesine a Hitler?

Hermann tragó saliva y, en una de las pocas veces en que se sintió inseguro, respondió:

—¡Enviamos a tres…! Pero no volvieron…

—¿Y por qué no volvieron? —preguntó inquieta Katherine, apretando la mano derecha de su marido.

—Probablemente, como hemos dicho, no tenían el *stop* de la Máquina del Tiempo y se perdieron en algún lugar del espacio-tiempo.

A continuación, mostraron una caja llena de reliquias del Egipto de los faraones, de Persia, de Grecia y de Israel. Todas ellas fechadas con carbono 14, mostrando su período histórico.

El padre de Julio era un aficionado al arte antiguo, pasión que él también compartía. Allí había incluso el original del *Mito de la caverna*, de Platón. Fascinado, lo examinó:

—¿Quién trajo todo esto?

—Un comerciante de arte muy habilidoso. Fue y volvió dos veces con éxito, pero a la tercera no apareció.

En ese momento, Theodor accionó un dispositivo, se abrió una cortina enorme y al fondo se proyectó una magnífica película en 3D sobre cuerdas cósmicas y universos paralelos. Se mostró la curva del espacio-tiempo y sus distorsiones. Se reveló el interior de agujeros negros y la contracción del tiempo. Todo parecía surrealista por su belleza.

Al término de la exposición, Angela Feder, pragmática, les comentó con honestidad la Paradoja del Abuelo.

—Tenemos la Máquina del Tiempo, pero sinceramente no tenemos la seguridad de que sea posible cambiar la historia. La Paradoja del Abuelo dice que no.

En realidad, todos los pasos que daban, así como todos sus comentarios, estaban planificados.

—¿La Paradoja del Abuelo? Nunca he oído hablar de ello —preguntó, curiosa, Katherine.

—Esa teoría dice que, si un viajero del tiempo se encuentra a su abuelo antes de que su padre nazca y lo asesina, su padre, por tanto, no nacerá y el viajero del tiempo, consecuentemente, no existirá. Al no existir, se produce una paradoja irreconciliable.

—Pero las teorías son teorías. Y usted las confirmará —dijo categóricamente el brigadier Arthur, intentando no desanimar a su hombre.

—El amor por la ciencia, el amor por la humanidad tienen que moverlo, profesor. Hay muchos puntos inseguros, pero nosotros hemos cumplido nuestra parte. Intente hacer lo máximo por cumplir la suya —añadió Theodor.

Tras escuchar atentamente todos los argumentos, surgió una cuestión filosófica vital en el último instante, que el grupo no estaba preparado para responder.

—¿Y si consigo cambiar la historia? Si consigo eliminar a Hitler, ¿ustedes sabrán quién soy yo? ¿Nos volveremos a encontrar? ¿Podremos abrazarnos por el éxito de la misión?

Angela frunció el cejo, apretó los labios y miró fijamente a Julio Verne antes de responder:

—Hemos pensado en ello. Y, sinceramente, no tenemos respuestas. Sólo posibilidades. Si tiene éxito, tal vez no estemos en esta sala o nunca vayamos a estar en ella, pues ni siquiera haya llegado a existir.

Eva completó el mar de dudas:

—No sabemos si tendremos conciencia de quién es usted. Ha hablado sobre los puntos de mutación y puede que éstos expliquen parte de la respuesta. El tipo de desplazamiento de la historia desencadenará una secuencia de acontecimientos que podrán cambiarlo todo. Pero sólo son hipótesis.

Katherine enmudeció.

—Cambiar la historia es muy serio. Nuestras maneras de ser, de ver y de reaccionar podrán cambiar. Mi gloria, en caso de éxito, puede que sea solitaria —afirmó Julio.

—Puede que no reciba aplausos, ni reconocimiento o crédito alguno —convino el siempre ponderado Theodor.

—Y si explico lo que he hecho, me tacharán de loco —afirmó Julio de nuevo, y luego bromeó—: Bueno, loco ya lo estoy por participar en este proyecto. Pero puede que me convierta en el loco más feliz de la historia.

Todos aplaudieron con entusiasmo, excepto Katherine, que lo hizo discretamente. Tras la reunión, los dos salieron abrazados por los largos jardines de tulipanes y margaritas. Ella amaba la humanidad, pero no estaba conforme con la misión.

—Estamos casi a mediados del siglo XXI y Hitler sigue cobrándose víctimas. Yo soy una de ellas. Puede que nunca más te vuelva a ver.

—No, Katherine. Te quiero. Dame ánimos. Si consigo rescatar a un niño, ya habrá valido la pena.

—Siempre dices que «el amor es ilógico, nos hace ver lo invisible…». Tu amor por la humanidad es muy bonito, yo lo sé y lo apoyo. Pero no tengo vocación de heroína, déjame ser una persona por un momento. Permíteme ser un ser humano como cualquier otro —dijo ella, profundamente conmovida e intensamente temerosa.

Él le tomó las manos y notó que le estaba impidiendo expresar sus sentimientos más íntimos.

—Kate, cariño, dime sin miedo lo que está pasando por tu cabeza.

Ella, más confiada, aunque no quisiera desanimarlo, desnudó su alma.

—Después de todo lo que he oído, tengo serias dudas sobre nuestro futuro. Creo que nunca más nos volveremos a ver.

—¡Kate, no! Nosotros…

—Espera, Julio. —Él se controló y ella continuó—: Sueño con tener un hijo contigo, acompañarlo en sus desayunos cuando un día envejezcamos, viajar por los más diversos países y por el mundo de las ideas. ¿No estaremos asistiendo hoy al entierro de nuestro romance?

—¡Eso no va a ocurrir nunca!

—¿Tú crees? ¿Has pensado en las consecuencias de este proyecto? Es probable que seamos el primer matrimonio que muera enterrado vivo, sin rastros, clausurado en el tiempo.

Y, como coleccionista de lágrimas, ella volvió a llorar. Su pelo largo, levemente ondulado, escondía un rostro herido.

—¿Cómo? No entiendo…

Y de verdad no entendía. Su fascinación por el proyecto estaba turbando su mente. En ese momento, delicadamente, ella le quitó la venda de los ojos:

—No quiero ser egoísta. La humanidad va en primer lugar, el dolor ajeno también, pero como formo parte de ella, también estoy sufriendo. ¿Te has parado a pensar eso? Si entras en la

Máquina del Tiempo y falla, morirás o nunca volverás. Y yo me quedaré sola. Y si funciona, distorsionarás los acontecimientos del tiempo y puede que nunca me reconozcas. Y, en ese caso, también me quedaré sola…

El momento era de indescriptible reflexión. Julio Verne estaba atónito. De repente, el general Hermann apareció acompañado del científico Theodor y algunos soldados armados con ametralladoras y extrañas armas portátiles, interrumpiendo súbitamente el emotivo diálogo de la pareja.

—¡Tenemos que irnos, profesor!

No obstante, Julio Verne no podía marcharse sin intentar reconfortar a Kate, aunque sus palabras difícilmente calmarían las turbulentas aguas de su emoción.

Percibiendo el evidente conflicto de Katherine, el general permitió que los acompañara hasta la zona de seguridad más cercana a la compleja y temible máquina del Tiempo.

—Si lo desea, señora Katherine, será un placer que nos acompañe al menos hasta la zona permitida.

En silencio, ella caminó al lado del hombre que amaba. Sus ojos fijos en el horizonte denunciaban sus temores. El profesor, por su parte, a cada paso que daba se hundía más en las cálidas palabras de la mujer que había arrebatado su emoción y sus sueños. Estaba pensativo, perturbado, confuso.

Perderla jamás figuró en sus planes. Era un sacrificio insoportable. Según transitaban por los largos pasillos, pasaban delante de un gran número de policías que formaban la seguridad del área central del laboratorio. Al acercarse, se quedaron perplejos, impresionados. Aunque estaban protegidos por una gruesa pared de vidrio, la luz que emanaba de la Máquina del Tiempo era muy intensa y los deslumbraba. Una esfera giraba a una velocidad espantosa.

Julio Verne respiró con más rapidez y ansiedad. Titubeó.

Aventurarse con el transporte en el tiempo, para un simple mortal podría traer consecuencias inimaginables.

El general Hermann estaba ansioso por que entrase en la máquina y proseguir el experimento, pero bajo la mirada suplicante de Julio, él y los que los acompañaban se alejaron unos breves instantes de la pareja, dándoles libertad para una despedida.

Tras un prolongado suspiro, Julio, mirando a Kate apasionadamente a los ojos, dijo casi sin voz:

—Mi querida Kate, gracias por tolerar mi ansiedad, comprender mis locuras y haberme amado con todos mis defectos. Recuerda las cartas que te envié desde el pasado. Si de verdad estuve allí, no perdí mi identidad ni dejé de quererte. Sin ti, mi cielo no tiene luna, mis noches no tienen descanso... —Y la besó suavemente.

Después de ese beso, ella se separó levemente, lo miró bien a los ojos y le dio una de las noticias más importantes de su vida:

—¡Estoy embarazada!

—¡Kate, por favor! ¡No bromees con eso! —dijo él, espantado y con una sonrisa entre la certidumbre y la desconfianza. Hacía por lo menos tres años que intentaban sin éxito tener hijos.

Un hijo era el intenso deseo del profesor y el preciado sueño de la profesora. No pocas veces se había imaginado la escena de un hijo y una hija corriendo por el campo, escondiéndose detrás de los árboles y gritando: «¡Mamá! ¡Mamá! ¡Ven a buscarme!».

—¡Es verdad! Estoy embarazada. Puede que, al sentirme perseguida, haya olvidado la obsesión por quedarme encinta y, finalmente, ha ocurrido. Fue en el aparthotel.

Intentando contener su emoción, una vez más habló con gran delicadeza:

—Discúlpame por revelarte esto en este momento de la partida. Pero no podías hacer ese viaje sin saber que vas a ser padre.

—¡Dios mío! Finalmente voy a tener un hijo. —Y también derramó unas lágrimas, se le quebró la voz y la volvió a besar. Por fin, agarrándola por los hombros y mirándola fijamente, proclamó—: Yo viajaré en el tiempo, pero aunque camine por los desiertos de la tierra o por los valles de la sombra de la muerte, aunque beba del cáliz de la sabiduría o me embriague con las tazas de la locura, yo te prometo, Kate, que volveré... Atravesaré los umbrales del espacio, superaré los portales del tiempo y te buscaré como el más enamorado de los amantes, como el jadeante en busca de aire, como el deprimido en busca de alegría, como el romántico que busca ansiosamente una coma más en las curvas de su imaginación para seguir escribiendo su más sublime historia de amor... Te amé, te amo y te amaré.

El miedo a la pérdida, esa argamasa tan primitiva y tan actual, que moldea y transforma al ser humano, fue utilizada como un memorial eterno para sellar el amor entre Katherine y Julio Verne, un amor sin duda sólido y que había pasado por muchos test de estrés, pero que no se sabía si resistiría al más invisible y penetrante de los fenómenos: el tiempo.

Y así, Julio Verne entró en la poderosa máquina. Aquella que podría cambiar la historia, por lo menos la suya propia...

*Fin (del primer volumen)*

# REFERENCIAS BIBLIOGRÁFICAS

1. SERENY, Gitta, *Albert Speer: His Battle with Truth*, Picador, Londres 1996. KLEIN, Shelley, *Os Ditadores Mais Perversos*, Planeta, São Paulo 2004. FEST, Joachim, *Hitler*, Nova Fronteira, Río de Janeiro 2006.

2. SERENY, Gitta, *Albert Speer: His Battle with Truth*, Picador, Londres 1996. KLEIN, Shelley, *Os Ditadores Mais Perversos*, Planeta, São Paulo 2004.

3. FEST, Joachim, *Hitler*, Nova Fronteira, Río de Janeiro 2006, p. 772.

4. BARANOWSKA, Olga; DZIENIO, Eliza; SOSNOWSKA, Katarzyna, *Lugares de Exterminio*, Parma Press, Polonia 2011. PELT, Robert Jan Van; DWORK, Debórah, *Auschwitz*, Yale University Press, Nueva York 1996.

5. FEST, Joachim, *Hitler*, Nova Fronteira, Río de Janeiro 2006. PELT, Robert Jan Van; DWORK, Debórah, *Auschwitz*, Yale University Press, Nueva York 1996.

6. BARANOWSKA, Olga; DZIENIO, Eliza; SOSNOWSKA, Katarzyna, *Lugares de Exterminio*, Parma Press, Polonia 2011. PELT, Robert Jan Van; DWORK, Debórah, *Auschwitz*, Yale University Press, Nueva York 1996.

7. BARANOWSKA, Olga; DZIENIO, Eliza; SOSNOWSKA, Katarzyna, *Lugares de Exterminio*, Parma Press, Polonia 2011.

8. FEST, Joachim, *Hitler*, Nova Fronteira, Río de Janeiro 2006; PELT, Robert Jan Van; DWORK, Debórah, *Auschwitz*, Yale University

Press, Nueva York 1996; Baranowska, Olga; Dzienio, Eliza; Sosnowska, Katarzyna, *Lugares de Exterminio*, Parma Press, Polonia 2011.

9. Williamson, Gordon, *A SS: O Instrumento de Terror de Hitler*, Escala, São Paulo 2006.

10. Williamson, Gordon, *A SS: O Instrumento de Terror de Hitler*, Escala, São Paulo 2006.

11. Kershaw, Ian, *Hitler*, Companhia das Letras, São Paulo 2010.

12. Kershaw, Ian, *Hitler*, Companhia das Letras, São Paulo 2010. Cohen, Peter, *Arquitetura da Destruição*, Versátil Home Vídeo, Suecia 1992.

13. Kershaw, Ian, *Hitler*, Companhia das Letras, São Paulo 2010. Cohen, Peter. *Arquitetura da Destruição*, Versátil Home Vídeo, Suecia 1992.

14. Cohen, Peter, *Arquitetura da Destruição*, Versátil Home Vídeo, Suecia 1992.

15. Cohen, Peter, *Arquitetura da Destruição*, Versátil Home Vídeo, Suecia 1992.

16. Kershaw, Ian, *Hitler*, Companhia das Letras, São Paulo 2010.

17. Kershaw, Ian, *Hitler*, Companhia das Letras, São Paulo 2010.

18. Cury, Augusto, *Inteligência multifocal*, Cultrix, São Paulo 1999.

19. Fest, Joachim, *Hitler*, Nova Fronteira, Río de Janeiro 2006.

20. Fest, Joachim, *Hitler*, Nova Fronteira, Río de Janeiro 2006.

21. Fest, Joachim, *Hitler*, Nova Fronteira, Río de Janeiro 2006.

22. Gellately, Robert, *Apoiando Hitler*, Record Río, de Janeiro 2011.

23. Gellately, Robert, *Apoiando Hitler*, Record Río, de Janeiro 2011.

24. Kershaw, Ian, *Hitler*, Companhia das Letras, São Paulo 2010.

25. Gellately, Robert, *Apoiando Hitler*, Record Río, de Janeiro 2011.

26. Williamson, Gordon, *A SS: O Instrumento de Terror de Hitler*, Escala, São Paulo 2006.

27. Cohen, Peter. Arquitetura da destruição, Versátil Home Vídeo, Suecia 2006.

28. FEST, Joachim, *Hitler*, Nova Fronteira, Río de Janeiro 2006.

29. FEST, Joachim, *Hitler*, Nova Fronteira, Río de Janeiro 2006.
LUKACS, John, *O Duelo Churchill x Hitler*, Jorge Zahar, Río de Janeiro 2002.

30. LUKACS, John, *O Duelo Churchill x Hitler*, Jorge Zahar, Río de Janeiro 2002.

31. FEST, Joachim, Hitler, Nova Fronteira, Río de Janeiro 2006.

32. FROMM, Erich, *Anatomia da Destrutividade Humana*, Guanabara Río, de Janeiro 1987.

33. FROMM, Erich, *Anatomia da Destrutividade Humana*, Guanabara Río, de Janeiro 1987.

34. PELT, Robert Jan Van; DWORK, Debórah, *Auschwitz*, Yale University Press, Nueva York 1996.

35. WILLIAMSON, Gordon, *A SS: O Instrumento de Terror de Hitler*, Escala, São Paulo 2006.

36. FEST, Joachim, *Hitler*, vol. II, Nova Fronteira, Río de Janeiro 2006.
KERSHAW, Ian, *Hitler*, Companhia das Letras, São Paulo 2010.

37. FEST, Joachim, *Hitler*, vol. II, Nova Fronteira, Río de Janeiro 2006.

38. DELAFORCE, Patrick, *O Arquivo de Hitler*, Panda Books, São Paulo 2010.

39. GORTEMAKER, Heike, *Eva Braun*, Companhia das Letras, Río de Janeiro 2011.

40. FEST, Joachim, *No Bunker de Hitler*, Objetiva Río, de Janeiro 2009.

41. DELAFORCE, Patrick, *O Arquivo de Hitler*, Panda Books, São Paulo 2010.

42. DELAFORCE, Patrick, *O Arquivo de Hitler*, Panda Books, São Paulo 2010.

43. FEST, Joachim, *Hitler*, vol. II, Nova Fronteira, Río de Janeiro 2006.

44. FEST, Joachim, *Hitler*, vol. II, Nova Fronteira, Río de Janeiro 2006.

45. COHEN, Peter, *Arquitetura da Destruição*, Versátil Home Vídeo, Suecia 1992.

46. COHEN, Peter, *Arquitetura da Destruição*, Versátil Home Vídeo, Suecia 2006. FEST, Joachim, *Hitler*, Nova Fronteira, Río de Janeiro 2006, p. 772.

47. COHEN, Peter. *Arquitetura da Destruição*, Versátil Home Vídeo, Suecia 2006. FEST, Joachim, *Hitler*, Nova Fronteira, Río de Janeiro 2006. p. 772.

48. KERSHAW, Ian, *Hitler*, Companhia da Letras, São Paulo 2010. COHEN, Peter. *Arquitetura da Destruição*, Versátil Home Vídeo, Suecia 2006.

49. DELAFORCE, Patrick *o Arquivo de Hitler*, Panda Books, São Paulo 2010. COHEN, Peter, *Arquitetura da Destruição*, Versátil Home Vídeo, Suecia 2006.

50. FROMM, Erich, *Anatomia da Destrutividade Humana*, Guanabara Río, de Janeiro 1987. SMITH, Bradley F., *His Family, Adolf Hitler Childhood and Youth*, Stanford University, Palo Alto 1967.

51. FROMM, Erich, *Anatomia da Destrutividade Humana*, Guanabara Río, de Janeiro 1987. SMITH, Bradley F., *His Family, Adolf Hitler Childhood and Youth*, Stanford University, Palo Alto 1967.

52. FROMM, Erich, *Anatomia da Destrutividade Humana*, Guanabara Río, de Janeiro 1987. SMITH, Bradley F., *His Family, Adolf Hitler Childhood and Youth*, Stanford University, Palo Alto 1967.

53. FROMM, Erich, *Anatomia da Destrutividade Humana*, Guanabara Río, de Janeiro 1987.

54. FROMM, Erich, *Anatomia da Destrutividade Humana*, Guanabara Río, de Janeiro 1987.

55. FROMM, Erich, *Anatomia da Destrutividade Humana*, Guanabara Río, de Janeiro 1987. SMITH, Bradley F. *His Family, Adolf Hitler Childhood and Youth*, Stanford University, Palo Alto 1967.

56. DELAFORCE, Patrick, *O Arquivo de Hitler*, São Paulo, Panda Books, 2010.

57. FROMM, Erich, *Anatomia da Destrutividade Humana*, Guanabara Río, de Janeiro 1987.

58. Smith, Bradley F., *His Family, Adolf Hitler Childhood and Youth*, Stanford University, Palo Alto 1967.

59. Fromm, Erich, *Anatomia da Destrutividade Humana*, Guanabara Río, de Janeiro 1987.

60. Delaforce, Patrick, *O Arquivo de Hitler*, Panda Books, São Paulo 2010.

61. Fest, Joachim, *Hitler*, Nova Fronteira, Río de Janeiro 2006.

62. Klein, Shelley, *Os Ditadores Mais Perversos*, Planeta, São Paulo 2004.

63. Fest, Joachim, *Hitler*, vol. II, Nova Fronteira, Río de Janeiro 2006. Kershaw, Ian, *Hitler*, Companhia das Letras, São Paulo 2010.

64. Fest, Joachim, *Hitler*, vol. II, Nova Fronteira, Río de Janeiro 2006.

65. Cohen, Peter, *Arquitetura da Destruição*, Versátil Home Vídeo, Suecia 1992.

66. Klein, Shelley, *Os Ditadores Mais Perversos*, Planeta, São Paulo 2004.

67. Williamson, Gordon, *A SS: O Instrumento de Terror de Hitler*, Escala, São Paulo 2006.

68. Williamson, Gordon, *A SS: O Instrumento de Terror de Hitler*, Escala, São Paulo 2006.

69. Williamson, Gordon, *A SS: O Instrumento de Terror de Hitler*, Escala, São Paulo 2006.

70. Williamson, Gordon, *A SS: O Instrumento de Terror de Hitler*, Escala, São Paulo 2006. Fest, Joachim, *Hitler*, volume II, Nova Fronteira, Río de Janeiro 2006. Kershaw, Ian, *Hitler*, Companhia das Letras, São Paulo 2010.

71. Williamson, Gordon, *A SS: O Instrumento de Terror de Hitler*, Escala, São Paulo 2006.

72. Cury, Augusto, *A fascinante construção do eu*, Academia de Inteligência, São Paulo 2011.

73. Williamson, Gordon, *A SS: O Instrumento de Terror de Hitler*, Escala, São Paulo 2006.

74. Fest, Joachim, *Hitler*, vol. II, Nova Fronteira, Río de Janeiro 2006.

75. KERSHAW, Ian, *Hitler*, Companhia das Letras, São Paulo 2010.

76. DUTCH, Oswald, *Os Doze Apóstolos de Hitler*, Meridiano, Porto Alegre 1940.

77. DUTCH, Oswald, *Os Doze Apóstolos de Hitler*, Meridiano, Porto Alegre 1940.

78. DUTCH, Oswald, *Os Doze Apóstolos de Hitler*, Meridiano, Porto Alegre 1940. FEST, Joachim, *Hitler*, vol. II, Nova Fronteira, Río de Janeiro 2006.

79. WILLIAMSON, Gordon, *A SS: O Instrumento de Terror de Hitler*, Escala, São Paulo 2006.

80. FEST, Joachim, *Hitler*, vol. II, Nova Fronteira, Río de Janeiro 2006. KERSHAW, Ian, *Hitler*, Companhia das Letras, São Paulo 2010.

81. FEST, Joachim, *Hitler*, vol. II, Nova Fronteira, Río de Janeiro 2006. KERSHAW, Ian, *Hitler*, Companhia das Letras, São Paulo 2010.

82. DUTCH, Oswald, *Os Doze Apóstolos de Hitler*, Meridiano, Porto Alegre 1940. FEST, Joachim, *Hitler*, vol. II, Nova Fronteira, Río de Janeiro 2006.

83. DELAFORCE, Patrick, *O Arquivo de Hitler*, Panda Books, São Paulo 2010.

84. FEST, Joachim, *Hitler*, vol. II, Nova Fronteira, Río de Janeiro 2006. KERSHAW, Ian, *Hitler*, Companhia das Letras, São Paulo 2010.

85. FEST, Joachim, *Hitler*, vol. II, Nova Fronteira, Río de Janeiro 2006.

86. DELAFORCE, Patrick, *O Arquivo de Hitler*, Panda Books, São Paulo 2010.

87. FEST, Joachim, *Hitler*, vol. II, Nova Fronteira, Río de Janeiro 2006. KERSHAW, Ian, *Hitler*, Companhia das Letras, São Paulo 2010.

88. DELAFORCE, Patrick, *O Arquivo de Hitler*, Panda Books, São Paulo 2010. FEST, Joachim, *Hitler*, vol. II, Nova Fronteira, Río de Janeiro 2006.

89. HUBERMAN, Leo. *História da Riqueza do Homem*, Guanabara Río, de Janeiro 1986. VAN DOREN, Charles, *A History of Knowledge*, Ballantine Books, Nueva York 1991.

90. FEST, Joachim, *Hitler*, Nova Fronteira, Río de Janeiro 2006. SWEETING, C. G., *O Piloto de Hitler: A Vida e a Época de Hans Baur*, Jardim dos Livros, São Paulo 2011.

91. KERSHAW, Ian, *Hitler*, Companhia das Letras, São Paulo 2010. FEST, Joachim, *Hitler*, Nova Fronteira, Río de Janeiro 2006.

92. FEST, Joachim, *Hitler*, vol. II, Nova Fronteira, Río de Janeiro 2006.

93. KERSHAW, Ian, *Hitler*, Companhia das Letras, São Paulo 2010.

94. FEST, Joachim, *Hitler*, vol. II, Nova Fronteira, Río de Janeiro 2006. WILLIAMSON, Gordon, *A SS: O Instrumento de Terror de Hitler*, Escala, São Paulo 2006.

95. FEST, Joachim, *Hitler*, Nova Fronteira, Río de Janeiro 2006.

96. COHEN, Peter, *Arquitetura da Destruição*, Versátil Home Vídeo, Suecia 1992.

97. HITLER, Adolf, *Mein Kampf*. Verlag Franz Eber Nachfolger, Múnich 1930. HUBERMAN, Leo. *História da Riqueza do Homem*, Guanabara Río, de Janeiro 1986.

98. FEST, Joachim, *Hitler*, vol. II, Nova Fronteira, Río de Janeiro 2006.

99. FEST, Joachim, *Hitler*, vol. II, Nova Fronteira, Río de Janeiro 2006.

100. FEST, Joachim, *Hitler*, vol. II, Nova Fronteira, Río de Janeiro 2006.

101. FEST, Joachim, *Hitler*, vol. II, Nova Fronteira, Río de Janeiro 2006.

102. WILLIAMSON, Gordon, *A SS: O Instrumento de Terror de Hitler*, Escala, São Paulo 2006.

103. EBERLE, Henrik. *Cartas para Hitler*. Planeta, São Paulo 2010.

104. FEST, Joachim, *Hitler*, Nova Fronteira, Río de Janeiro 2006.

105. KERSHAW, Ian, *Hitler*, Companhia das Letras, São Paulo 2010.

106. EBERLE, Henrik. *Cartas para Hitler*. Planeta, São Paulo 2010.

107. EBERLE, Henrik. *Cartas para Hitler*. Planeta, São Paulo 2010.

108. DELAFORCE, Patrick, *O Arquivo de Hitler*, Panda Books, São Paulo 2010.

109. DELAFORCE, Patrick, *O Arquivo de Hitler*, Panda Books, São Paulo 2010.

110. DELAFORCE, Patrick, *O Arquivo de Hitler*, Panda Books, São Paulo 2010.

111. DELAFORCE, Patrick, *O Arquivo de Hitler*, Panda Books, São Paulo 2010.

112. FEST, Joachim, *Hitler*, Nova Fronteira, Río de Janeiro 2006. DELAFORCE, Patrick, *O Arquivo de Hitler*, Panda Books, São Paulo 2010.

113. DUTCH, Oswald, *Os Doze Apóstolos de Hitler*, Meridiano, Porto Alegre 1940.

114. Fest, Joachim, *Hitler*, Nova Fronteira, Río de Janeiro 2006. Dela-force, Patrick, *O Arquivo de Hitler*, Panda Books, São Paulo 2010. Eberle, Henrik. *Cartas para Hitler*. Planeta, São Paulo 2010.

115. Fest, Joachim, *Hitler*, vol. II, Nova Fronteira, Río de Janeiro 2006.

116. Fest, Joachim, *Hitler*, Nova Fronteira, Río de Janeiro 2006.

117. Dutch, Oswald, *Os Doze Apóstolos de Hitler*, Meridiano, Porto Alegre 1940.

118. Dutch, Oswald, *Os Doze Apóstolos de Hitler*, Meridiano, Porto Alegre 1940.

119. Dutch, Oswald, *Os Doze Apóstolos de Hitler*, Meridiano, Porto Alegre 1940.

120. Eberle, Henrik. *Cartas para Hitler*. Planeta, São Paulo 2010.

121. Eberle, Henrik. *Cartas para Hitler*. Planeta, São Paulo 2010.

122. Fest, Joachim, *Hitler*, Nova Fronteira, Río de Janeiro 2006.

123. Fest, Joachim, *Hitler*, Nova Fronteira, Río de Janeiro 2006.

124. Sereny, Gitta, *Albert Speer: His Battle with Truth*, Picador, Londres 1996.

125. Fest, Joachim, *Hitler*, Nova Fronteira, Río de Janeiro 2006.

126. Lukacs, John, *O Duelo Churchill x Hitler*, Jorge Zahar, Río de Janeiro 2002.

127. Eberle, Henrik. *Cartas para Hitler*. Planeta, São Paulo 2010.

128. Eberle, Henrik. *Cartas para Hitler*. Planeta, São Paulo 2010.

129. Speer, Albert. *Inside the Third Reich: Memory of Albert Speer*, Macmillan, Nueva York 1970. Fromm, Erich, *Anatomia da Destrutividade Humana*, Guanabara Río, de Janeiro 1987.

130. Pelt, Robert Jan Van; Dwork, Debórah, *Auschwitz*, Yale University Press, Nueva York 1996. Fest, Joachim, *Hitler*, Nova Fronteira, Río de Janeiro 2006.

131. Kershaw, Ian, *Hitler*, Companhia das Letras, São Paulo 2010.

132. Revista *Ultimato*, Viçosa, noviembre-diciembre, 2010.

133. Fest, Joachim, *Hitler*, Nova Fronteira, Río de Janeiro 2006.

134. Fest, Joachim, *Hitler*, Nova Fronteira, Río de Janeiro 2006.

135. FEST, Joachim, *Hitler,* Nova Fronteira, Río de Janeiro 2006.

136. FEST, Joachim, *Hitler,* Nova Fronteira, Río de Janeiro 2006. KERSHAW, Ian, *Hitler,* Companhia das Letras, São Paulo 2010.

137. FEST, Joachim, *Hitler,* Nova Fronteira, Río de Janeiro 2006.

138. FEST, Joachim, *Hitler,* Nova Fronteira, Río de Janeiro 2006.

*La Editorial Planeta y el autor dan las gracias a todos los colegios secundarios y universidades por estar adoptando el libro* El coleccionista de lágrimas *y por colaborar en la prevención de los más diversos holocaustos en distintas sociedades.*

# BIOGRAFÍA DEL AUTOR

Augusto Cury es médico psiquiatra y psicoterapeuta desde 1986. Durante más de veinte años ha desarrollado la teoría de la Psicología Multifocal, una de las pocas teorías mundiales que estudia las funciones de la memoria, la constitución del yo, la construcción del pensamiento y la formación de pensadores.

Está considerado el autor más leído en Brasil de los últimos diez años, con más de dieciséis millones de ejemplares vendidos de sus obras. Sus libros se han traducido a más de cincuenta países y están recomendados en múltiples universidades y cursos de posgrado.

Si desea contactar con el autor puede escribirle a
instituto.academia@uol.com.br

Si desea más información sobre su trabajo puede contactar con la Academia de Inteligencia: www.escolainteligencia.com.br